LA MANSIÓN DE LA SRTA. COOPER
Y
SUS SECRETOS

La mansión de la Srta. Cooper y sus secretos

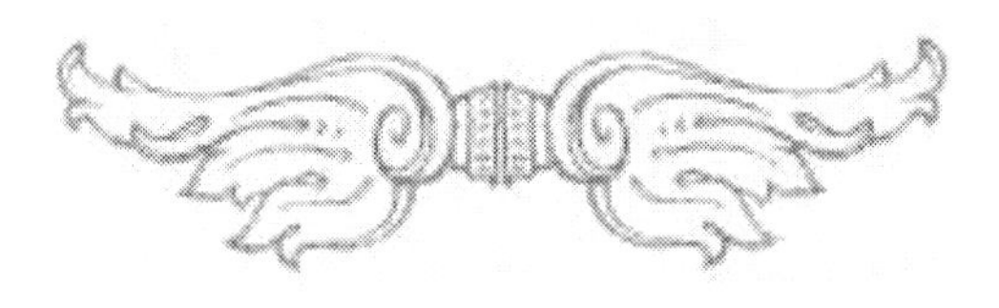

ALICE K. LONG

Primera edición: mayo 2022

ISBN: 979-88-20-15234-4

- Título original: *La mansión de la Srta. Cooper y sus secretos*
- Texto y maquetación: Alice K. Long
- Diseño cubierta: Dany Sol
- Edición original 2022 por Alice K. Long

PÁGINAS DE LA AUTORA:

Facebook:
https://www.facebook.com/alice.k.long/

Blog:

https://aliceklongescritora.blogspot.com/2022/12/blog-post.html

E-mail:
alice.k.long.autora@gmail.com

DEDICATORIA

Me hace mucha ilusión dedicar mí segundo libro a todos mis fans y a todas las personas que me han animado a seguir escribiendo.

De hecho, este libro, lo hice de esta forma, especialmente, para vosotros: mis lectores que me pidieron que "siga escribiendo así". Quise dejarlo, por motivos personales, pero aquí está vuestro deseo: la segunda parte que, además, se puede leer de forma individual y luego buscar a la primera parte para descubrir qué ha pasado en la famosa excursión de la que todo el mundo está hablando.

Os agradezco de todo corazón y quiero que sepáis que vuestros comentarios me han alegrado la vida y animado para cumplir vuestro sueño y seguir con mi pasión, la escritura.

EL AUTOR

Llevo la escritura en la sangre. A lo largo de mi vida me di cuenta de que tengo un don: el de escribir. Empecé con una poesía y, hasta el día de hoy, no pude parar. La primera novela la escribí por casualidad, al desear recrear un simple dialogo entre dos adolescentes. Hasta el final, cuando vi que había salido una novela entera, no fui consciente de que tengo el don de escribir.

Por los infortunios de la vida no quise seguir, pero cuando vi cuánto gustó mi novela a los amantes de la literatura, y que hasta me han pedido, encarecidamente, que deje todo lo que estoy haciendo y ponerme a escribir, no pude resistirme a sus deseos y a su admiración así que decidí hacerlo por vosotros: mis lectores.

Al pedirme que siga escribiendo igual me puse a leer mi primera novela para ver si pudiera darles una sorpresa: sacar una segunda parte, que ya me dijeron que desean. Es allí cuando la sorpresa fue para mí: me salieron ideas para otros cuatro libros: otra tres partes, que se desarrollan en diferentes escenarios, interviniendo diferentes sectores en la trama, cómo por ejemplo los fenómenos paranormales en la primera parte, la ciencia en la segunda, la matemática en la tercera, en la cuarta "sorpresa" y el origen que solo el autor puede saber de dónde empezó todo y por qué.

Por los nuevos lectores, que no han dado con la primera parte, he creado de tal manera esta segunda parte que se pueda leer como si fuera la primera y luego puedan buscar la primera novela para descubrir lo que ha pasado en la famosa excursión de la que todo el mundo habla.

Todo esto lo hago por vosotros: los amantes de la literatura, ya que, yo misma, soy uno de ellos. Y espero que animéis a otras personas a leer porque de ello se aprende mucho y hasta cosas que ni sabíais que pudieran existir y que en algún momento de vuestras vidas os hará falta.

INTRODUCCIÓN

En primer lugar voy a advertir de que **NO es un libro para menores de 18 años** por las escenas eróticas, muy explicitas, que esta novela contiene.

Os preguntareis ¿por qué? tantas escenas eróticas y, también, por qué tan explicitas. El motivo es el siguiente: desde luego hacer el amor y tener sexo son dos acciones distintas que muy pocas personas saben diferenciar. Un escritor, a la hora de escribir, de forma consciente, o no, quiere dejar enseñanzas, adquiridas a lo largo de su vida, o lecciones de vida a las futuras generaciones, tanto como a las actuales.

Me preguntaron en una entrevista literaria ¿cómo he dado con la combinación perfecta? En aquel momento no pude contestar a la pregunta, pero lo voy a hacer ahora. Aunque es una novela de ficción mi propia experiencia de vida ha encajado a la perfección en este género. Por eso puedo confirmar que la realidad supera a la ficción. Lo que realmente resaltan en mis libros es "la verdadera cara de la gente". De allí tantas encrucijadas, enigmas y misterios por resolver. Ese es el detonante de todo.

Quiero haceros unas cuantas preguntas y que os contestéis, a vosotros mismos, de forma sincera:

¿Podrá surgir el amor en un escenario lleno de sospechosos? Sospechosos ¿de qué?

¿Sabes detectar si las buenas intenciones de una persona son buenas de verdad o está fingiendo para esconder otros fines?

¿Qué harías tú si te vieras atrapado en una situación de la que deseas salir, pero no sabes cómo?

¿Los celos son buenos o malos?

¿El amor existe? ¿Lo conociste? ¿Qué serías capaz de hacer por él?

¿Sabías que el lenguaje no verbal dice más cosas que las palabras?

¿Sabes cuál es el material más resistente de nuestro planeta?

¿La inteligencia es un arma más potente que la fuerza física?

¿Te gustan los misterios, la intriga, la venganza, el amor, la pasión, la ciencia, los fenómenos paranormales, el suspense, el thriller y resolver encrucijadas?

Si te atrae toda esta mezcla estás de suerte porque mis novelas contienen todos estos matices y más.

La mansión de la Srta. Cooper esconde muchos misterios y es clave en la resolución de ellos.

¿Te atreves a entrar?

Capítulo I

Reencuentro con el pasado

El sonido de un cristal roto rompió el silencio tranquilizador de la noche. La joven que habitaba aquella lujosa mansión, al oír el ruido, despertó sobresaltada porque no había nadie más que ella en toda la casa.

«¿Qué habrá pasado? ¿Habrá sido el viento?» fue lo primero que le vino a la mente.

Echando un vistazo fuera, a través de la ventana, constató que no había ni pizca de viento. «Entonces ¿de dónde provino aquel ruido? ¿Fue provocado por *algo* o por *alguien*? Pero, si hubiera sido por alguien, ¿por qué no saltó la alarma? ¿Y los perros? ¿Por qué no ladraron?»

Nada más pensar eso, bajó sigilosamente de la cama y fue directo al escondite secreto donde guardaba una pistola de 9 mm. La cogió, comprobó que estaba cargada y lista para disparar y se escondió en el amplio vestidor de su habitación. Se quedó quieta, sin mover ni un músculo, escuchando.

¿Habrá sido su imaginación?

...

Los minutos pasaban y... nada. No se oía nada. Dudaba si salir o esperar un poco más.

De pronto, el teléfono empezó a sonar. Instintivamente quiso salir, pero oyó algo. Pasos. Alguien estaba en su habitación. No se lo había imaginado. El sonido del cristal roto fue real. Alguien había entrado en su casa.

* * * * *

Toda la casa estaba a oscuras y en silencio, pero aun así, Sammy no podía conciliar el sueño. No era por la pierna que tuvo fracturada hace poco, sino por no haberle salido el plan tal como ella lo había deseado. Su intención no había sido esa: romperse la pierna. Con un esguince tenía la excusa perfecta para no ir en aquella excursión. Tampoco la molestaba haber fallado su argucia de asustar de muerte a uno de ellos para que él y sus mejores amigas no fueran a aquella nefasta excursión. Gracias a Dios que su mejor amiga había salido con vida de aquella experiencia o si no, eso no se lo hubiera podido perdonar jamás. El plan no había ido sobre ruedas, como ella esperaba que fuese, pero, por lo menos, tampoco salió tan mal. Por primera vez en la historia había supervivientes. Ahora, lo que le quitaba el sueño era que, aunque había supervivientes, nadie hablaba sobre aquello. Cada vez que intentaba averiguar qué había pasado allí, todo el mundo se callaba o cambiaba del tema utilizando cualquier excusa. Sea como sea, tenía que descubrir lo que había ocurrido allí, en aquel lugar. Con todos los detalles posibles. Pero para eso, haría falta trazar otro plan. Tiempo tenía de sobra, pero de seguir así, todos callados, un año pasa rápido y ella tenía que saberlo todo antes de que finalice el año, si no, su pierna rota y la muerte de sus amigos no habrá servido para nada.

* * * * *

Él, miraba el teléfono y no sabía qué hacer. Era muy tarde para llamarla, pero se moría de ganas de oír su voz. Solo un simple buenas noches, salido de su boca, le quitaba todo el estrés acumulado durante el día. Sabía que no acostumbraba dormir a aquella hora, pero a veces sí. A veces lo llamaba ella misma, pero nunca lo había hecho tan tarde. Eran casi las tres de la madrugada, pero llevaba días sin haber escuchado su voz. Había estado tan liado últimamente con su trabajo y otros asuntos personales que no encontró un huequito para llamarla y ya no aguantaba más sin oír su bonita voz. Sabía que no se iba a enfadar con él, pero tampoco quería que ella se diera cuenta de cuán grande era su amor por ella. Ella, para él, era el fruto prohibido. Había sido la novia de su hermano difunto y eso era un hecho que nunca podían cambiar y tampoco soñar con que habrá algo entre ellos algún día o esperar que aquello fuera posible. Pero, por más que lo intentaba, no podía alejarse de ella.

Ni fijarse en otra chica. Ni mucho menos olvidarla. Su voz tan dulce y tranquilizadora lo hechizaba. Su mirada alegre le confería optimismo —lo que él necesitaba mucho—, su carácter tranquilo, su inocencia, su bondad, su inteligencia, su paciencia, su dulzura... Todo lo atraía en ella.

* * * * *

A aquella hora tan tarde de la noche y con la tremenda lluvia, que cubría como una capa todo el pueblo, tenía la oportunidad perfecta para saciar su sed de venganza. Solo necesitaba una víctima. Preferiblemente una mujer o, incluso mejor, una chica joven. Pero con aquel temporal las calles estaban vacías. Tan vacías que parecía una ciudad fantasma. Ni un solo alma se atrevía a recorrer las calles del pueblo en un día de miércoles a las, casi, 3 de la noche. Si hubiera sido fin de semana la situación hubiera sido totalmente distinta. Pero no tenía prisa. Paseará tranquilamente por las calles hasta dar con su víctima. Necesitaba hacer eso. Algo dentro de él se lo pedía a gritos. Era, más preciso, una inquietud que no le dejaba calmarse.

Al girar la esquina de un edificio vio en el portal de un bloque de viviendas, de aquella calle principal, una pareja de jóvenes despidiéndose uno del otro, abrazándose y besándose como era normal que lo hagan dos personas enamoradas una de la otra. Sin ser visto, se escondió detrás de un coche de la misma acera, el más próximo posible, y se puso a esperar muy quieto, pero sin perder detalle. En poco tiempo vio al chico alejándose de la zona andando muy apresurado por la lluvia que le había empapado toda la ropa, pero eso no parecía importarle mucho. Se alejaba tan contento de haber pasado la tarde con su prometida que se le notaba hasta en su forma de andar.

Antes de que la puerta del portal se cerrase detrás de la chica que ya había empezado a subir las escaleras para volver a su casa, se acercó con rapidez y llegó justo a tiempo para impedir que la puerta se cerrase del todo. Una vez dentro, buscó con la mirada a la chica y llegó a verla un instante antes de desaparecer de su vista en el momento justo en el que ella empezaba a subir hacía la primera planta. En un abrir y cerrar de ojos se quitó los zapatos para no hacer ruido y empezó a subir las escaleras de tres en tres peldaños para alcanzarla. Preocupada por abrir la puerta sin que sus padres se dieran cuenta, la chica, no observó que un hombre la estuvo siguiendo por las escaleras y se había parado justo detrás de ella. El golpe que recibió en la cabeza la dejó inconsciente en el instante desplomándose como un trapo en los brazos de su atacante.

Lo había hecho más veces antes y sabía exactamente donde golpear para que la víctima no tuviera ninguna oportunidad de defenderse o de gritar para pedir ayuda. Con toda la calma del mundo se la llevó y bajó tranquilamente hasta el lugar donde había dejado sus zapatos. Se los volvió a poner y luego salió cargando a la chica sobre su hombro sin ninguna preocupación de ser visto perdiéndose con facilidad en la oscuridad de la noche y la densa capa creada por la tremenda lluvia que le había venido como anillo al dedo para poder llevar a cabo su plan sin ser descubierto. El paraguas hacía casi imposible que alguien viera que estaba cargando un cuerpo sobre uno de sus hombros y también impedía que la víctima se mojara y despertase. Bendita lluvia.

*****

El sonido del teléfono la despertó. Echando un vistazo a su alrededor vio que estaba en su cama. En su cuarto. Sola. El corazón le latía a tanta velocidad que parecía un caballo desbocado en una carrera a vida o muerte. Aunque se había dado cuenta que solo había tenido una pesadilla y que nadie había entrado en su cuarto mientras dormía seguía muy asustada. Todo le parecía tan real que incluso al darse cuenta que todo había sido un sueño no se le quitaba la sensación de que estaba en peligro.

Para distraerse y salir de aquel estado, cogió el teléfono y contestó la llamada:

—¿Sí? Dígame —dijo ella con la voz baja temiendo hablar normal como si intentará que no la oyeran desde otro cuarto aunque estaba sola.

—Hola, Alice. ¿Qué tal estás? ¿Te he despertado?

—Hola, Chris —le contestó ella más animada reconociendo la voz de su amigo —. Sí que me has despertado, pero no pasa nada. Al contrario. Te lo agradezco, porque justo tenía una pesadilla…

—¿Una pesadilla? —la interrumpió Chris alterado —. ¿Sobre lo que pasó hace un mes… allí?

—No, no —se apresuró Alice a tranquilizarlo al notar su angustia —. Estaba soñando que alguien había entrado en mi habitación mientras dormía, de noche. Parecía tan real que todavía estoy temblando por el gran susto que me provocó.

—Si quieres vengo a tu casa ahora mismo. No me gusta saber que estás allí, sola. La verdad que no entiendo por qué preferiste irte a vivir sola en una zona tan solitaria y en una casa tan grande. Mucho más después de lo que pasó…

—Lo que pasó, pasó, Chris. Y allí se queda. Me vine aquí porque necesito tranquilidad. Quiero olvidar todo aquello para poder seguir con mi vida…

Chris, no sabía qué decirle en aquel momento. Le había prometido que no volvería a hablar sobre lo que les había pasado allí, hace poco, pero acababa de hacerlo y ahora no sabía cómo enmendar aquel error.

—Ahora es muy tarde y supongo que necesitas descansar ya que tú mañana trabajas. Pero si quieres y tienes tiempo por la tarde, ven a visitarme. Te enseñaré los nuevos cambios que he hecho en la arquitectura y el *design*[1] interior de la casa.

Al oír aquello, el corazón de Chris empezó a dar brincos de alegría. Él iría a verla en aquel mismo momento, pero para que ella no se diera cuenta de lo ansioso que era de verla, le contestó manteniendo la calma, con total normalidad:

—Vale. De acuerdo. En cuanto me libere de mis asuntos, te visitaré. Estoy muy ansioso de ver los cambios que has hecho en la casa. Nunca me has dicho que eres una artista. Cada vez que creas algo, no dejas de sorprenderme.

—Artista —se rió Alice al oír aquello —. ¡Anda! Vete a dormir ya que empiezas a decir unas cosas…

—Que sííí —insistió Chris hablando en serio —. Eres una artista. Pero no por creer esto voy a ir a dormir, sino porque me quedan muy pocas horas para descansar. Ah, una cosa. Si vuelves

---

1 *Design= diseño, estructurar, concebir, idear (traducción del inglés).*

a tener pesadillas, llámame y voy enseguida. Sabes que para este tipo de emergencias nunca estoy cansado.

—Ya lo sé, Chris. Gracias. Eres un buen chico. Descuida. Si voy a necesitar algo, te llamaré. Buenas noches. Que descanses.

—Buenas noches… gran artista.

Alice colgó la llamada sonriendo. «Gran artista» se repetía la frase en su mente igual a un eco. «Como se nota que me sigues amando, Chris. Yo finjo no darme cuenta, pero lo sé. Lo siento por ti, pero eres el hermano de mi ex y eso no hay quien lo cambie. Entre nosotros no podrá haber algo nunca. Por eso tengo que alejarme todavía más. Tanto que no puedas alcanzarme y para que tú puedas, por fin, olvidarme.»

Ya que se había desvelado de aquella manera tan espeluznante, al no poder seguir durmiendo, Alice, decidió ir a la cocina para prepararse una taza de leche caliente esperando que la ayudara a conciliar el sueño de nuevo.

Mientras bajaba las escaleras, descalza, oyó un ruido de cristales rotos. Enseguida se paró. Le pareció que provenía de la cocina. Instintivamente empezó a retroceder, dando marcha atrás, tan despacio que parecía ir a cámara lenta, procurando no hacer ningún tipo de ruido que podría delatar su presencia allí mientras pensaba: «¿Qué habrá pasado? ¿De dónde provino aquel ruido? ¿Fue provocado por *algo* o por *alguien*? Pero, si fue por alguien, ¿por qué no saltó la alarma? ¿Y los perros? ¿Por qué no ladraron? O… ¿habrá sido mi imaginación?».

En ningún momento dejó de mirar a través de la oscuridad hacia la cocina. De por medio estaba el salón —muy amplio— donde tenía una luz de noche enchufada que le permitía ver con claridad a través de la densa oscuridad de la noche. Llegada a su habitación, aunque no había visto a nadie en la casa, cerró la puerta y se alejó de ella sin dejar de mirarla. De repente se dio cuenta de algo: la lámpara. Para no perder más tiempo, al rodear la gran cama para llegar hasta el botón de la lámpara, prefirió saltar y rodar por la cama para apagarla cuanto antes. Luego permaneció quieta, de pie, al lado de la mesita de noche, mirando atenta la puerta como si intentara ver a través de ella. De pronto oyó un sonido a lo lejos. Parecían pasos. Pasos acercándose. Sin esperar a comprobar si era verdad lo que le parecía oír, corrió rápidamente hacia el gran vestidor de su habitación y se encerró dentro quedando quieta en la esquina más lejana a la puerta, bien camuflada entre su ropa colgada sobre las perchas de forma muy ordenada y cuidada. Cerró los ojos para agudizar sus oídos e intentó controlar la respiración acelerada por el susto que aquella situación le había provocado.

«¿Pero no se dice que si sueñas algo y lo cuentas, no se cumple?» pensaba Alice recordando la pesadilla que había tenido hace muy poco. O ¿era un sueño premonitorio que, otra vez, no supo interpretar, igual que las veces anteriores?

Los minutos pasaban y... nada. No se oía nada. Dudaba si salir o esperar un poco más. Sigilosamente, como un felino, se acercó a la puerta del vestidor. Justo cuando tocó el tirador para salir, oyó un ruido. Pasos. Alguien estaba en su habitación. Esta vez no estaba soñando. El sonido del cristal roto había sido real. Alguien había entrado en su casa y en aquel mismo momento se encontraba en su habitación a solo dos pasos de ella.

«La llamada» pensó Alice con remordimiento. Ahora se arrepentía de no haberle dado permiso a Chris para que la visitara aquella noche. Pero todavía le quedaba una oportunidad de ponerse a salvo y ver quién había entrado en su casa, en su propia habitación. Gateando se acercó a la parte del fondo de su gran vestidor y con las manos temblando activó un mecanismo que apartó la falsa pared y le permitió el acceso a un cuarto oculto, de cuya existencia no sabía nadie más que ella. Desde aquel cuarto podía ver en su habitación a través del falso espejo de su tocador. Había pensado instalar más mecanismos de seguridad, como por ejemplo poder activar la alarma desde allí mismo e instalar más cámaras de vigilancia, pero no le había dado tiempo a hacerlo. Y ahora, lo único que podía hacer era permanecer fuera del alcance de la persona que había entrado en su casa. Estar a salvo y al mismo tiempo poder ver al que le había invadido la propiedad. Nada más.

Caminando de puntillas, con muchísimo cuidado, se posicionó justo enfrente del falso espejo y lo vio. Era un hombre. Muy fuerte y bastante alto. Se encontraba de espaldas mirando la foto a la que ella le tenía mucho cariño y guardaba sobre la mesita de noche, al lado de la cama. Era un recuerdo de ella junto a sus perros adoptados: Foxy, Bebito, Julieta y sus dos mejores amigas, Diana y Sammy.

Después de volver a dejar la foto en su sitio, en cuanto el individuo se dio la vuelta, Alice apenas pudo abstenerse a no gritar. La respiración se le paró, los ojos se le agrandaron tanto como si estuvieran a punto de explotar, la sangre se le heló en las venas al instante y el corazón empezó a latir descontroladamente igual a un tren descarrilando a gran velocidad en una curva muy peligrosa.

«Esto sí que no puede ser. No, no, no. No puede ser» repetía su mente sin parar.

El individuo, después de echar un vistazo por toda la habitación, se acercó al tocador y se quedó mirando al espejo. Alice sintió como el suelo se abre y la tierra se la traga. Tenía la sensación de estar en caída libre. Le pasaba eso porque aquel individuo al que ella había reconocido, parecía mirarla a ella. Directo a los ojos. «¿Podrá verme?» no pudo ella evitar a preguntarse aterrorizada. Con solo imaginarse que aquello fuese posible, Alice no aguantó más y cayó desplomada al suelo.

Capítulo II

Lo que se esconde detrás del viaje

—Hola, Diana. ¿Sabes algo de Alice? Es que no consigo localizarla. Llevo toda la mañana llamándola y no contesta al teléfono.

—Pues, no. No sé nada. La verdad es que no la vi desde hace unos días y liada con los preparativos de mis proyectos no tuve tiempo para llamarla. ¿Por qué? ¿Ha pasado algo?

—No. Pero justo eso mismo intento averiguar. Yo tampoco la vi desde hace varios días y al llamarla para ver como está, se me hizo muy raro que no contestara a ninguna de mis llamadas o que no me devolviera la llamada en cuanto le fuese posible. Pero dejalo. Me acercaré ahora mismo a su casa. No puede estar en otro sitio. Ella no suele salir a esta hora.

—Vale. En cuanto sepas algo, llámame. A mí también me parece extraño que no conteste a tus llamadas en toda la mañana. No es propio de ella. Estaré pendiente del teléfono. Cuídate.

—Tú también. Y suerte en tus proyectos.

—Gracias. Besitos.

Después de colgar el teléfono, Sammy, subió al coche y emprendió su camino hacia la nueva casa de Alice.

Desde que Alice había vuelto de aquella inolvidable excursión su suerte había cambiado radicalmente. Había recibido una herencia, bastante cuantiosa, se había comprado la mansión más lujosa de todo el pueblo y la había reformado sólo por capricho y no porque hubiera necesitado mejoras. Transformó el jardín en un jardín botánico en toda regla consiguiendo traer un sin fin de especies de flores exóticas, arbustos y árboles que parecían sacados del Paraíso mismo. Justo en la entrada había construido una fuente artesiana que, de noche, tenía un brillo peculiar —gracias al sistema de iluminación especial que le había instalado de tal forma que alumbre todo el jardín delantero—, paseos formados por piedras artesanales a su alrededor bien marcados por la gran variedad de palmeras que se había traído desde varios países lejanos. También había adoptado tres perros: Foxy, a la que insistió quedársela después de la muerte de su dueño, Rick, Bebito al que había encontrado medio muerto en una parada de autobús y Julieta, una hermosa perra —mestiza, parecida a un dálmata— abandonada por sus dueños a la que la había atropellado un coche y el conductor se había dado a la fuga dejándola malherida al lado de la carretera.

Se había comprado un coche también, pero rodeada de tanta hermosura, Alice casi no salía de su mansión. Solo la podían ver si iban a visitarla y poco más cuando iba de compras unas cuatro veces al mes como mucho.

Al parecer, aquel día, Sammy, estaba de suerte. Nada más llegar a la puerta de la entrada, al llamar al interfono, Alice le contestó y activó la apertura de las grandiosas puertas de metal que flanqueaban los impresionantes jardines que escondían la mansión, impidiendo de aquella manera que pudiese ser vista desde fuera de su propiedad.

Nada más ver el panorama que había delante de la puerta principal de la mansión, Sammy entendió que algo estaba pasando. El coche de Alice aparcado allí, en mitad del camino, con las puertas y el maletero abierto. Dentro del maletero, una encima de la otra, tiradas con prisa, unas cuantas maletas, mochilas y bolsas.

—Sammy, que gusto verte. Pero, ¿qué te trae por aquí a esta hora?

—¿No has oído mis llamadas? —empezó Sammy confusa por todo lo que estaba viendo.

—No. ¿Me habías llamado? —se sorprendió Alice mientras colocaba en el coche, de manera más ordenada, las cosas que se quería llevar con ella.

—Alice, ¿cuándo he venido yo sin avisar?

—Bueno, la verdad que nunca, pero no he oído el teléfono…

—Claro que no lo has oído —la interrumpió Sammy enfadada —. Estás demasiado ocupada con tus planes secretos ahora que tienes una fortuna y ya no nos contamos las cosas como lo hacíamos antes.

Al oír a Sammy hablándole de aquella manera tan irónica por primera vez desde que eran amigas, Alice paró de ordenar maletas y otras cosas y la miró muy seria. Estaba dudando si contarle lo que estaba pasando o... quizás contárselo en otro momento más oportuno.

—Sammy. No es lo que tú crees. No salgo de viaje porque ahora tengo mucho dinero y puedo permitírmelo. Me ha surgido una emergencia y tengo que arreglarla. Ni siquiera tengo tiempo de contártelo. Pero te prometo que a la vuelta te llamaré y hablaremos de ello.

Viéndole la cara de preocupación y la palidez que cubrió su rostro nada más ponerse muy seria, Sammy preguntó:

—¿Ha pasado algo grave?

—No —le contestó Alice enseguida con una sonrisa fingida para no preocupar a su amiga —. No es grave. Pero urgente sí.

—Tu cara desfigurada y pálida me dice otra cosa. Parece que has visto un fantasma o que no has dormido en toda la noche. Me da la impresión de que me estas ocultando algo.

Alice tragó en seco al oír la frase "has visto un fantasma". Lo cerca que estaba Sammy de la verdad la hacía pensar que su cara era un libro abierto. No acostumbraba mentir y si lo hacía se le notaba enseguida. Se preguntaba ¿cómo hacían otros para ser tan buenos en engañar a otras personas?

—Alice. ¿Qué está pasando?

Molesta por las insistencias de su amiga de la infancia, Alice cerró el maletero y las otras tres puertas de su coche, acarició a sus tres perros y contestó:

—A la vuelta hablaremos de esto. Ahora tengo mucha prisa. Por favor, diles a los otros que no vengan a verme mientras no estoy. El guardia de seguridad tiene órdenes estrictas de no dejar pasar a nadie. He contratado uno para vigilar todo mientras estaré fuera. En cuanto vuelva, os haré saber y quedamos. Ahora, por favor, discúlpame, pero si no me doy prisa, perderé el avión.

Después de darle un abrazo fugaz de despedida, Alice subió al coche y se fue sin más.

Sammy quedó perpleja. Nunca antes había visto a la tímida Alice así. Parecía otra. Había cambiado tan de repente, de la noche a la mañana, que era irreconocible. Ahora no solo vestía elegante, con clase en cualquier ocasión, sino que también hablaba de forma distinta. «¿Qué la habrá hecho cambiar tanto? ¿La excursión o… el dinero?» se preguntaba Sammy sin poder salir de su asombro. «Por lo que veo será muy difícil descubrir lo que ha pasado en aquella excursión ya que nadie quiere hablar de ello» fue el pensamiento con el que se marchó Sammy de la propiedad de su amiga y que no dejaba de darle vueltas a la cabeza. Por eso decidió que ahora debería trazar otro plan para descubrir todos aquellos detalles por los que arriesgó tantas vidas y hasta la suya propia.

* * * * *

UN MES MÁS TARDE

Todo le había salido a la perfección aquella noche, pero ya había pasado un mes desde entonces y la inquietud había vuelto a hacer estragos en su cuerpo empujándolo a salir de nuevo de caza. Pero era de día y no podía hacer nada al respecto. Tenía que esperar a que caiga la noche para poder llevar a cabo su misión sin tener problemas. Esa era la razón por la cual, a pesar de la inquietud que le impulsaba salir, seguía sentado en el sillón de su salón fumando tranquilo un cigarro mientras recordaba con una sonrisa tonta el hermoso sonido de la risa de su hermana pequeña y el brillo de sus ojazos azules que parecían el cielo en calma después de una gran tormenta. Le dolía mucho tener que recordarlos en vez de verlos cada día como lo hacía antes de aquel fatídico día. Jamás podrá olvidar aquel día. El más horrendo de su vida cuando volvió a casa como cualquier otra persona en un día normal y corriente y se encontró con aquel horrible cuadro que le iba a transformar en un monstruo sediento de venganza, quizás el resto de su vida. En una historia de amor jamás debería haber pasado algo así. Por eso ni lo vio venir, ni se le había cruzado por la cabeza que algún día le tocará, a él mismo, vivir algo tan espeluznante. Ni pudo hacer nada. Solo certificar la muerte de su hermana. A pesar del horrible cuadro en el que la encontró aquel día y la cantidad tremenda de sangre que había salpicado y, casi, pintado la habitación entera, todavía recordaba su carita angelical que, inexplicablemente, había quedado intacta e incluso más radiante que cuando estaba viva y con una hermosa sonrisa que le inspiró que ahora estaba en calma y feliz. Nunca había visto un cadáver con una cara tan feliz y mucho menos en aquellas circunstancias. Lo que más le frustró en aquel momento fue haberla encontrado demasiado tarde. Si hubiese llegado antes quizás habría podido salvarla o incluso aquello no hubiera llegado a pasar. Aunque reaccionó con rapidez llamando a emergencias nada más encontrarla y la ambulancia había llegado en solo unos minutos, no pudieron hacer nada por ella. Ya estaba fría y la sonrisa se le había quedado congelada en la cara. En cambio la mirada estaba vacía. Sus ojos ya no brillaban y nunca jamás volverían a brillar. Y todo aquello, ¿por qué?

Y así pasaban todos los días de su vida desde aquel fatídico día. Aquel *por qué* resonaba en su cabeza sin parar al no encontrar la respuesta. Y tenía claro que eso no iba a parar hasta el momento que daría con la respuesta. Pero mientras la investigación estaba en curso, y solo aparecían más y más preguntas sin respuestas, él, no podía parar. Cada cierto tiempo tenía que salir y cumplir su misión. Su misión secreta que nadie tenía que descubrir porque, de una forma rara, aquello era su medicina.

* * * * *

Alice, después de comprobar que el nuevo sistema de seguridad, recientemente instalado, funcionaba correctamente, que todo en la casa estaba en orden y tras achuchar a sus queridos perros enloquecidos de la alegría causada por su regreso después de mucho tiempo sin verlos, cogió el teléfono e informó a Chris de su regreso.

Al teléfono no le contó nada sobre las novedades, pero nada más pasar por la puerta —que ella misma le abrió—, mientras iban los dos hacía el salón, Chris no pudo aguantar más y empezó el sermón:

—¿Cómo has podido hacerme esto? Hemos quedado en pasar a verte aquella tarde y tú sales de viaje ¿sin avisar, ni nada? Hasta has interrumpido cualquier comunicación o contacto con todo el mundo…

—Con todo el mundo no —lo corrigió Alice sonriendo —. Estuve en otra ciudad, no en la Luna o en el planeta Marte...

—¿A ti te resulta gracioso lo que has hecho? —se enfadó Chris mirándola severamente.

—No, no. Claro que no —lo aprobó Alice poniendo cara seria.

—No sé ni cómo has encontrado valor suficiente y fuerzas para salir de viaje, sola, después de aquella excursión…

—Para —le ordenó Alice tajantemente frunciendo el entrecejo —. No hablemos de eso, por favor.

—¿Ves? Eso es lo que no entiendo yo. Ni te has curado emocionalmente de las heridas que te hicieron hace poco y tú ya sales de viaje. Y sola. Y sin avisar. Y sin despedirte. E interrumpiendo toda comunicación con todos, incluyéndome a mí.

—Chris. ¿Qué te molesta más a ti? ¿Haberme ido sin despedirme o el hecho de no haberte contado nada sobre mis planes?

—No me molesta nada, joder. Me preocupo por si te pasase algo. Me preocupas tú.

Alice se quedó sin palabras. Era más que obvio que el amor que él sentía por ella no se le iba a pasar aunque no la viera mil años, hiciese lo que hiciese.

Él también se había quedado mirándola, desesperado y superado por la situación. Era consciente de que los dos lo sabían, pero no podían hablar del tema o tendrían que alejarse uno del otro para siempre y eso sí que sería un infierno para él. Aunque no podía tocarla, besarla o soñar siquiera con aquello, tenerla cerca, verla, oírla, protegerla, lo consolaba lo suficiente como para poder seguir adelante con sus cosas cotidianas. Sin ella no tenía fuerzas ni para levantarse de la cama.

—Chris, ¡perdóname! —se oyó la voz dulce de Alice que interrumpió sus pensamientos y la tristeza que se habían apoderado de él —. Te prometo que nunca más haré algo así. Aunque fuera necesario salir de inmediato, no lo haré antes de avisarte o de… despedirme.

—Vale. Te perdono, pero… ¿por qué tuviste que salir de esa manera? —se interesó Chris al darse cuenta de que había algo raro en todo aquello.

—¿Quieres tomar algo? —se apresuró Alice en preguntar levantándose con prisa del sofá para tener tiempo de preparar la historia.

Chris la agarró con rapidez del brazo y la obligó a volver a sentarse, insistiendo:

—No, gracias. No quiero tomar nada. Quiero que me digas el motivo que te hizo salir con tanta prisa y de esa manera. Noto que me escondes algo.

«Vamos, intentalo. Tienes que contárselo tarde o temprano. Además te está afectando hasta la salud. Los retrasos en el periodo los sufres solo cuando algo te está pasando factura y esta vez pasas por los peores momentos de tu vida. Necesitas desahogarte y tener un aliado para encontrar de nuevo la tranquilidad de tu vida» se animaba Alice a sí misma mirando perdida por todo el salón intentando evitar la mirada insistente de Chris.

—¿Tan grave es que no te atreves a contármelo y buscas una mentira plausible o dar con una manera de evitar contestarme?

—¡¿Qué?! —se extrañó Alice mirando sorprendida a Chris por descubrir lo bien que la conocía.

—Sí. Evitas mirarme y desconfías de mí. Hay algo que no me quieres contar y para esto, tiene que ser algo grave ya que no te atreves a soltarlo.

—Chris. Pensarás que estoy loca.

—Ponme a prueba —la animó Chris.

Alice empezó a frotarse nerviosa las manos. Sin dejar de mirar al suelo empezó:

—La última noche, en la que hablamos por teléfono, después de colgar la llamada… alguien entró en mi casa…

—Esa es la pesadilla que tuviste —la interrumpió Chris acordándose de la última conversación de aquella noche que se le había quedado grabada en la memoria igual que en un disco duro.

—No. Escucha hasta que acabe. Mientras tenía la pesadilla, me llamaste tú y desperté. Después de finalizar la conversación, al desvelarme, quise ir a la cocina a por un vaso de leche para conciliar de nuevo el sueño, pero… oí un ruido de cristales rotos proveniente de la cocina, así que volví a subir. No sabía lo que había pasado, pero en mi habitación había un sitio secreto donde podía esconderme y estar a salvo del intruso…

—¡¿Un sitio secreto?! ¡¿Un intruso?! —repitió Chris asombrado.

—Sí, Chris. Después de aquella inolvidable excursión, ya no soy la misma. Vivo con miedo, tengo pesadillas casi cada noche, me asustan los hombres…

—Pero, yo... no, ¿verdad?

—Claro que tú no. A ti te conozco y sé que nunca me harías daño. Me refiero al resto de los hombres de este mundo. Por eso, al mudarme aquí, lo primero en que pensé fue en mi propia seguridad e impedir que me vuelva a pasar…

Alice bajó la cabeza avergonzada y triste. Chris la cogió entre sus brazos, pegándola con ternura a su pecho mientras le acariciaba con suavidad la espalda.

—Shhh. No sigas por allí. Olvida eso. Solo tú y yo lo sabemos y nadie más. Y de aquí no saldrá nunca. Justo por ese motivo acordamos no volver a hablar de aquel tema: para poder olvidarlo. No sabes cómo lo siento por no haber podido impedir que te pasara aquello. Pero tampoco tienes porqué avergonzarte de la maldad ajena.

—El problema es que… el intruso… era… tu hermano, Chris.

Al oír aquello, a Chris se le puso la piel de gallina. Había parado de acariciar la espalda de Alice quedándose de piedra, tal como estaba, con ella entre sus brazos. Después del fuerte impacto de la noticia, apenas pudo decir:

—Alice. Mi hermano está… muerto.

—¿Ves como no me crees?

—La casa estaba a oscuras a esa hora de la noche. Te pareció que era él por las pesadillas que…

—No, no, Chris. Te juro que era él. Lo vi bien. Estaba en mi cuarto, con la luz encendida.

—¿Cómo pudiste verlo si estabas en ese sitio secreto? ¿Has puesto cámaras de vigilancia por la casa?

—Estaban instaladas, pero el sistema no estaba finalizado y no estaban en funcionamiento todavía. No me dio tiempo a terminar la instalación. Pero lo vi a través de un falso espejo…

—Enséñame ese cuarto y aquel espejo —le pidió Chris levantándose bruscamente del sofá.

—No puedo. Esto es imposible.

—¿Y eso? —se extrañó Chris sin entender nada.

—Por eso salí de viaje tan de repente y de aquella manera. Al ver que un intruso había logrado entrar en mi casa sin problemas, me acordé de lo que me dijo un día tú hermano: "Las cerraduras y las alarmas están hechas para la gente honrada, porque un ladrón si quiere entrar, entra". Así que me fui lejos para ponerme a salvo, mientras un equipo especializado instalaba un nuevo sistema de seguridad, único en el mundo, que nadie sabe cómo desactivar o pasar de él. Para instalarlo, los arquitectos han modificado toda la arquitectura de la casa desde los cimientos. Por ese motivo ahora ya no puedo enseñarte el lugar de donde vi a…

—Pero ¿qué me estás contando? —alucinaba Chris sin poder creer lo que oía.

—Si no me crees, ¡vete! —le pidió Alice con frialdad.

—No es que no te crea. Es que… es imposible que mi hermano siga vivo. Los dos sabemos que lo han matado. Hasta cómo murió. Y modificar la casa de esta manera para instalar un sistema de seguridad no lo había oído nunca.

—No sé cómo es posible que siga vivo... —Alice paró bruscamente como si se hubiera acordado de repente de algo —. ¿Tienes conocimiento de que tengas un hermano gemelo? Solo esto tendría sentido.

—La verdad que no lo sé, pero no lo descarto. No sé mucho de él ya que nos separaron desde pequeños y nos criamos en sitios distintos, lejos uno del otro, sin tener algún contacto. Tampoco era muy hablador sobre su vida…

—Claro. Con tantos secretos y una vida tan oscura ¿quién iba a contar nada?

—¿Estás cien por cien segura de que era él? —se interesó Chris pensativo.

—Sí. Al cien por cien. Idénticos como dos gotas de agua. El pelo, los ojos, la boca, el cuerpo… Todo. Casi me da un infarto al verlo. Menos mal que solo me desmayé en cuanto le vi. Tan impactante fue volver a verlo de esa manera justo delante de mí y… mirándome.

Al escucharla Chris la miró como a una loca.

—A través del falso espejo —se lo aclaró Alice de nuevo al ver la cara que había puesto su amigo.

—Y ¿qué pasó cuando despertaste del desmayo?

—Tuve muchísimo miedo a la hora de salir del escondite, pero tenía que hacerlo. Lo busqué con mucha cautela por toda la casa y al comprobar que se había ido, me puse a pensar. Sabiendo que *nadie me iba a creer* —en aquel punto Alice acentuó las palabras mirando insinuante a Chris— tenía que buscar una solución, pero ya mismo. ¿Qué era lo primordial en ese caso?

—¿Ponerte a salvo? —dedujo Chris.

—Efectivamente —lo aprobó Alice —. Y, el segundo paso: poner remedio al fallo del sistema de seguridad. Reemplazarlo con uno nuevo que nadie conoce y obviamente no podrá desactivar. Y, el tercer paso, investigar al intruso.

—Esto sí que va a ser muy interesante.

—Desde luego. Pero no te preocupes. También he pensado en eso. Después de cenar, ya empezaremos a trazar un plan de investigación si te quieres implicar en todo esto. Todavía no he tenido tiempo de encargarme de este último asunto.

Chris quiso seguir preguntando sobre el tema, pero no le dio tiempo. Alice se levantó y se fue directo a la cocina poniéndose a preparar la cena. Sabía que Chris no la iba a rechazar y que se moría de ganas por pasar tiempo juntos. Y ella no pensaba perder la oportunidad, ya que temía estar sola. «Ojalá se quedara a dormir también» pensaba Alice sin atreverse a decir nada al respecto.

* * * * *

Diana sentía que se iba a volver loca. Crockett había ido de vacaciones a su ciudad natal para pasar tiempo con su familia que echaba de menos y solo durante las vacaciones podía verlos, Alice había salido de repente de viaje sin decir nada a nadie y sin fecha de vuelta, Sammy había cambiado de un día para otro, sin razón alguna, dejando de verse por completo, utilizando cada vez excusas más y más tontas, Chris estaba perdido sin Alice llenando todo su tiempo libre con el trabajo para poder superar su ausencia y sus otros amigos y compañeros del instituto estaban fuera de la ciudad de vacaciones. Desde que sus mejores amigos habían vuelto de aquella nefasta excursión todo había cambiado. De todo el grupo, solo habían quedado ellos cinco. Sin tener noticias de ninguno de ellos, Diana cogió el teléfono y decidió llamar a Chris:

—Por fin una voz amiga —se alegró ella al escuchar la voz de su amigo después de mucho tiempo sin verse.

—Si te das prisa, llegarás justo a tiempo para la cena.

Oír la voz de Alice a través del teléfono móvil de Chris la sorprendió muchísimo, pero le cambió el ánimo a ciento ochenta grados.

—Pero ¿dónde estáis, embusteros? —se interesó Diana loca de alegría al descubrir que Alice había vuelto.

—En mi casa, hermosa —se lo aclaró Alice que no dejaba de entrometerse en la conversación ansiosa de volver a ver a su amiga que tanto había echado de menos durante los últimos meses.

—Enseguida voy. Ni falta que hace que insistan —les informó Diana bromeando mientras cogía su bolso y las llaves de su coche —. Antes de que os deis cuenta, estaré allí.

—Conduce con cuidado. Y ponte el cinturón —la aconsejó Alice como siempre acostumbraba hacer.

—Que sííí, mamá —bromeó Diana riendo contenta antes de colgar la llamada.

Capítulo III

Sammy esconde algo

—¿Estás seguro de que no te ha visto nadie al entrar? —preguntó Sammy mientras cerraba la puerta tras él con la llave.

—Claro que sí. No solo tú tienes interés en que nadie lo sepa, sino yo también.

—Hablaremos en la habitación. Ve rápido, antes de que te vean mis padres.

Como de costumbre, él se fue a hurtadillas hasta su habitación y ella se fue a la cocina a por dos vasos y algo para picar. Llevó todo a la habitación y luego fue a ver que estaban haciendo sus padres, con el pretexto de desearles buenas noches.

Al volver a su cuarto, nada más cerrar la puerta con el cerrojo, él se le acercó por detrás y la empotró contra la pared, pegándose a ella con fuerza mientras frotaba su parte baja contra sus nalgas para hacerla notar el deseo acumulado en aquel bulto que a ella le volvía loca.

—Mmm, estás "hambriento" hoy —se percató Sammy sonriendo contenta mientras ponía cara de traviesa.

—No tienes ni idea cuánto. Pero pronto lo sabrás.

Al mordisquearle el cuello, los hombros y la espalda lascivamente mientras sus manos friccionaban la entrada ya húmeda y anhelante de acción a través de sus tanguitas, Sammy no pudo resistirse en hacerle saber cuánto le gustaba su forma de ser:

—¡Ah! Como me pones. Mmm…

—Ya sabía yo qué te gusta. En este caso te daré más. Mucho más —le susurró él al oído arrastrando de forma muy incitante las últimas dos palabras.

Sin saber qué significaba exactamente lo que acababa de decirle Sammy se alegró por dentro moviendo su cuerpo inconscientemente al sentir sus dedos entre sus piernas explorándola por dentro. Le había apartado el tanguita a un lado para poder llegar hasta su objetivo. Al mismo tiempo se mordía el labio inferior en el intento de ahogar sus gemidos difíciles de controlar.

Viéndola preparada la tiró sobre la cama, boca abajo, y empezó a morderle las nalgas lo suficientemente como para provocarle dolor.

—¡Auu! —se quejó Sammy al notar un dolor más intenso de lo que estaba acostumbrada —. Eso duele.

—Shhh —le ordenó él inmediatamente —. Esa es la idea.

—Ya, pero no te pases —le pidió ella subiendo un poco el tono de voz para mostrar su enfado.

—No hables tan alto que nos pueden oír tus viejos y entonces ya verás —la advirtió él con actitud traviesa.

—No serás capaz de…

—Tú arma un escándalo y ya verás lo que te va a pasar.

Mientras le mordisqueaba —con suavidad esta vez— las nalgas su mano le acariciaba la entrepierna subiendo hasta entre las nalgas, volviendo a bajar y a subir para untar bien el sitio que deseaba explorar. Al verla moviendo su pompis en círculos, por el placer que él le provocaba, empezó a penetrarla suavemente con los dedos subiendo cada vez más en intensidad la velocidad provocándole espasmos descontrolados que apretaban sus dedos con cada vaivén frenético que delataba su deseo de algo más. Había hundido su cara en la almohada para que sus gemidos no se oyeran hasta la habitación de sus padres. Sabía que no debía hacer ruido, pero con tanto placer le resultaba casi imposible abstenerse.

Con los dedos más húmedos que cuando empezó le untó la parte de entre las nalgas con movimientos circulares y suaves, adentrando poco a poco uno de los dedos en la parte inexplorada hasta entonces.

—¿Qué haces? —se alarmó Sammy al sentirse explorada en aquel sitio prohibido para ella.

—Déjate llevar —le pidió él con voz suave —. No te cierres al placer completo.

—No. Quita la mano de allí —le ordenó Sammy cabreada mientras intentaba apartarlo con las manos.

Al ver que no cooperaba, le dio la vuelta sin preaviso adentrando su cabeza entre sus piernas para darle placer con su lengua hambrienta hasta verla entregada y participe y entonces volvió a jugar con su dedo trazando círculos en el mismo sitio prohibido de antes. Esta vez, el placer siendo más intenso, ya no protestó. Al contrario. Se movía y estiraba su cuerpo mientras jugaba con su pelo de forma frenética intentando de vez en cuando apartarlo de allí por la intensidad demasiado alta del placer que él mismo le inyectaba a través de su lengua que sabía exactamente dónde y cómo tocarla. Tanto placer sentía que, sin darse cuenta, sus gemidos se habían convertido poco a poco en gritos demasiado altos para aquella alta hora de la noche que, al final, lograron despertar a su padre que tocó la puerta preocupado mientras intentaba entrar:

—Hija, ¿estás bien?

En un primer momento los dos se quedaron quietos mirando asustados hacia la puerta. Al constatar que el cerrojo estaba puesto y que el padre no podía entrar, él, se tumbó de lado, detrás de ella, muy pegado a su cuerpo, y le apartó suavemente las nalgas para poder colocar su causante del placer justo en la entrada prohibida. En la imposibilidad de poder protestar por la presencia de su padre al otro lado de la puerta, ella, giró la cabeza mirándolo insinuante, pidiéndole de forma silenciosa que se quedase quieto. Pero era justo lo que él quería: aprovechar el momento en el que ella no podía protestar en dada la situación colocándose bien a la entrada deseada, empezando a adentrarse muy despacio mientras le sujetaba firmemente la cadera, de aquella manera impidiéndole escapar. No se atrevía gritar o protestar, así que empezó a empujarle desesperada con la mano para alejarlo de la zona del peligro sin hacer ruido. Encontrándose en desventaja no logró impedírselo, sino todo lo contrario. Sus movimientos al intentar liberarse y alejarse de él, le facilitaron a él la entrada, con cada movimiento adentrándose un poco más hasta que consiguió entrar del todo. En aquel momento quedó quieto. Para que su padre no escuchara los sonidos, ella, le mordió con furia el brazo en el intento desesperado de ahogar los gritos que ya no podía controlar y con la esperanza de que a su amante secreto también se le quitaran las ganas de explorar aquel sitio.

—Hija. ¿Estás teniendo una pesadilla? ¿Estás bien?

Quería decirle que estaba bien, pero no se atrevía desprender la boca del brazo de su amante, temiendo que en vez de palabras le saliera un grito de dolor mezclado con placer o algo parecido.

Intuyendo que el padre no se iba a ir hasta que su hija le asegurase que estaba bien, él joven le susurró:

—Dile algo para que se marche.

Al estar quieto, aunque la tenía atrapada, Sammy logró hablar con un tono de voz, aparentemente, normal:

—Estoy bien papá. Habrá sido la tele. Es que yo no oí nada ya que me quedé frita con los auriculares puestos. Sabes que así duermo yo.

—Vale, hija. Pero baja un poco el volumen de la tele o apagalo si no miras, por favor. Que descanses.

—Igualmente, papá.

Mientras los pasos del padre indicaban que se estaba alejando de la habitación, él, empezó a moverse dentro de ella. Sintiéndose incómoda con aquella situación intentó protestar, pedirle que parase, pero él le tapó la boca con el mismo brazo que, antes, ella misma estaba mordiendo, y a continuación la empujó con su cuerpo bien fornido hasta quedar boca abajo manteniéndose encima de ella. Al principio empezó a moverse despacio, subiendo, con cada vaivén, en intensidad.

—Muérdeme todo lo que quieras. Eso a mí me excita —le susurró él al notar los dientes de ella clavándose de nuevo en su antebrazo.

Si al principio estaba furiosa con él por haberle hecho experimentar algo nuevo a traición, aprovechándose de la situación, cada vez le mordía con menos intensidad y furia al sentir una extraña mezcla de dolor excitante y un placer extraño. A él sus mordiscos provocados por la furia le excitaban y a ella los gemidos de él y los empujones suaves que le daba como respuesta a sus mordiscos en el brazo. De aquella forma, los dos, se vieron inmersos en un círculo vicioso de placer y de dolor que les llevaron a un intenso éxtasis explotando al mismo tiempo entre jadeos entrecortados y una avalancha de espasmos parecidos a una placentera descarga eléctrica que se expandió como una onda expansiva en todo el cuerpo. Aquella sensación intensa les dejaron exhaustos a los dos. Exhaustos por las fuertes sacudidas de placer que recorrieron sus cuerpos en su totalidad al haber acabado su larga y duradera nueva experiencia que Sammy jamás se hubiera imaginado que viviría y que pudiera existir. Tanto habían disfrutado y tanta energía habían gastado que no tardaron mucho en quedarse dormidos abrazados y tan a gusto como unos bebés.

* * * * *

La cena que había preparado Alice había sido todo un éxito.

—Si hubiera sabido antes que eres una excelente cocinera, me hubiera declarado antes que mí…

Al darse cuenta de que su boca habló sin él, Chris paró antes de acabar la frase mirando apenado a Alice. Ella, que en aquel momento estaba recogiendo la mesa ayudada por Diana, giró y lo miró. Se quedó pensando un rato y luego dijo:

—No te asustes. Sé que hemos decidido no hablar nunca más de él, pero ya que tenemos que investigar su reaparición…

Diana los miró confusa a los dos y la curiosidad le picó tanto que no pudo resistirse y preguntar:

—La reaparición de ¿quién? Ahora acaba la frase que me mata la curiosidad.

—La reaparición de Martín —soltó Chris la frase de sopetón.

Al oír aquello, los platos que había recogido Diana para llevarlos a la cocina casi se le escapan de las manos por el shock que le provocó la sorpresa.

—Pero ¿no habéis dicho, hasta a la policía, que ha muerto en aquella casa…?

—Sí, Diana. Y así fue. Justo por este motivo nos hemos reunido esta tarde aquí. Para investigar qué ha pasado ya que, hace un mes, ha aparecido aquí, en mi propia casa.

—Si quieres que te sea sincera, no he entendido nada —reconoció Diana más confusa que al principio.

En cuanto acabó de lavar los platos y haber dejado la cocina limpia y ordenada, Alice les invitó a los dos que la siguieran del comedor al salón. Después de sentarse cómodos en el gran sofá situado en el medio de la sala enfrente de una elegante mesita de cristal, Alice y Chris, decidieron que ya era hora de contarle los últimos acontecimientos a Diana que estaba muy impaciente por oírlo todo.

—Empieza tú ya que fuiste precisamente tú la que lo viste —invitó Chris a Alice con la que estableció antes de la llegada de Diana omitir ciertos detalles de la historia.

—Los dos estábamos seguros de que Martín murió aquella noche en aquella casa situada en el bosque. Pero hace un mes, en plena noche, alguien entró en mi casa. Conseguí esconderme a tiempo para que no me vea, pero yo sí que he logrado verlo. Era un individuo igualito a Martín. Digo esto porque hasta a mí me resulta imposible creer que siga vivo y aunque era igualito a él tengo dudas. Por este motivo queremos trazar un plan de investigación y descubrir o *quién es ese joven* o *cómo es que sigue vivo*. Lo hemos visto muerto los dos —mintió Alice para evitar tener que contar los detalles de todo lo que había pasado allí en aquella horrenda noche que interrumpió la excursión que planificaron para celebrar el fin de curso y que todavía les costaba olvidar.

—Pero ¿estáis seguros de que estaba muerto? Puede que se hubiera desmayado o solo estuviera herido cuando lo habéis visto vosotros.

—No, Diana. Estaba muerto —la aseguró Chris mirando insistentemente a Alice para que lo apruebe.

—Así es. De eso no cabe ni la menor duda.

—Entonces este debe de ser un hermano gemelo —sacó Diana la conclusión al no encontrar otra explicación plausible.

—Como no tengo conocimiento de haber tenido más hermanos, voy a ir al registro civil a indagar por allí sobre el tema. Mi padre está muerto y mi madre... no está en condiciones de darme detalles sobre este tema.

—Si quieres yo puedo ir a hacerle una visita a la residencia donde ella vive y averiguar si sabe algo sobre esto. Sabes que soy mejor que una psicóloga profesional y consigo más información que los agentes del F.B.I. —se ofreció Alice sonriendo por lo que acababa de decir.

—Y yo puedo ir al hospital donde dio a luz si me dices cual es y cuando fue eso —se unió Diana deseosa de participar ella también en la investigación.

—Sería una buena idea —aceptó Chris encantado de ver que Diana también se quería unir a la investigación.

—Pero... tú ¿por qué te fuiste un mes entero y… dónde? —se acordó Diana preguntando de repente mirando insistentemente a Alice —. O sea, por lo que me acabo de dar cuenta, te fuiste justo después de entrar ese misterioso en tu casa, ¿verdad? ¿Por qué huiste? Y ¿por qué no dijiste nada a nadie?

—Demasiadas preguntas. De una en una, por favor —le pidió Chris pensando en la pobre Alice por lo que debía estar pasando.

—No. Déjala. Se lo aclararé —le indicó Alice con la cabeza girando luego la cabeza hacía su amiga —. Ya te imaginas el fuerte impacto que provoca volver a ver a alguien que creías muerto, a las tantas de la noche, en tu casa, entrando como un vándalo. ¿Quién me iba a creer? Tenía que huir y ponerme a salvo. También pensar en cómo arreglar esto.

—Y… ¿por qué te dio tanto miedo? Era… tu novio. Os amabais. ¿Por qué huiste de él? Yo si me hubiera pasado esto con mi novio hubiera ido corriendo a sus brazos, loca de alegría por volver a verle…

—Diana. ¡Para ya! —le ordenó Chris sin aguantar más —. Cada uno reacciona de una forma u otra en una situación similar. Además no sabemos si es él u otro individuo.

—Vale. No insisto más. Si algún día te va a apetecer hablar de esto… Ahora cuéntame qué hiciste fuera un mes entero. ¿A dónde fuiste?

—Mientras estuve fuera, lejos del peligro, mandé un equipo especializado en montar un sistema de seguridad que me garantice que nadie puede desactivarlo o pasar de él. He vuelto en cuanto me han dicho que ya está listo y que estoy completamente segura en mi casa.

—Vaya. Muy interesante —se asombró Diana encantada de oír las novedades.

—Una cosa. En todo este tiempo que yo estuve fuera de la ciudad, vosotros ¿no habéis visto por allí a… ese Martín? —les lanzó Alice la sorprendente pregunta.

—Tú te crees que si nosotros lo hubiéramos visto por allí ¿no se lo hubiéramos contado a nadie? —se rió Diana —. Yo no sé cómo sabes tú guardar un secreto tan bien porque yo...

Pensando en secretos, Alice decidió que debería avisar a su amiga de alguna forma sobre lo peligroso que puede ser aquel individuo por si resultara ser Martín.

—Diana, por si te encuentras a ese individuo, no confíes en él. Evítalo todo lo que puedas. No sabemos quién es y de lo que es capaz. Aunque fuera el auténtico Martín, evítalo y avísanos de inmediato.

—Vale. Si así lo deseas —aceptó Diana muy desanimada y extrañada.

«Aquí está pasando algo raro. Estos dos me esconden algo. Intentan decirme que Martín es peligroso y no saben cómo. Algo muy grave debe de haber pasado en la casa de aquel bosque maldito para que los dos reaccionen de esta manera al enterarse del regreso de Martín. Tengo que descubrir *qué es* lo que me están ocultando».

—De Sammy ¿qué me decís? ¿Creéis que ella también se va a unir a la investigación? —cambió Alice de tema para no levantar sospechas y verse puesto en peligro su secreto.

—Pues, sinceramente no lo creo. Llevo sin verla unas tres semanas. Siempre que la llamo encuentra toda clase de excusas para no vernos y si me la encuentro por la ciudad y quiero hablar con ella me dice que tiene prisa. Está muy rara últimamente. A mí personalmente me huele a secretismo. O sea que me está escondiendo algo.

—De mí ni te cuento. Estuve tan ocupado con mis trabajos que no vi a nadie. Ni salí, ni sé nada de nadie. Y tampoco ella y yo somos muy amigos. Apenas la conozco un poco. Y eso por ser la novia de mi amigo Rick.

—Pues sí que es raro este comportamiento en ella. Mañana la llamaré para hablar con ella. No le cuenten que he vuelto. Quiero comprobar una cosa primero.

Diana y Chris la miraron sorprendidos. No entendían que pretendía hacer. Pero aceptaron afirmando los dos con la cabeza. Al fin y al cabo, sabían que ella misma les iba a contar el resultado de su ocurrencia.

—¡Ah, sí! Hay algo que no te he contado —se acordó Diana de repente —. ¿Te acuerdas de Sonia?

—¿Una de las hermanas gemelas? —se extrañó Alice.

—Sí. Esa misma. Ha desaparecido. No hay rastro de ella por ninguna parte. Su familia sospecha que se habrá fugado con algún chico o algo por el estilo, aunque su carácter no es tan rebelde.

—Sinceramente, yo no la veo capaz de hacer algo así, pero tampoco la conozco tan bien. Es solo una impresión mía. Ya ves que una es lo que uno aparenta ser y otra lo que en realidad es.

—¿A quién te refieres exactamente cuando dices esto? —preguntó Diana sin saber que su amiga se refería a Martín cuando dijo aquello.

—A nadie en especial —mintió Alice —. Me refería a la gente en general.

Mirando el reloj de la pared, al ver la hora tardía que era, Alice aprovechó en preguntar para pasar del tema:

—¿Os gustaría quedar a dormir esta noche en mi casa o... tenéis cosas que hacer?

Chris miró a Diana dándole a entender que la deja que hable ella primero. Captando el mensaje, Diana contestó:

—Tengo algunos asuntos pendientes, pero mañana, al medio día. Si me quedo, nos vendría bien detallar el plan de batalla mientras desayunamos juntos.

—Si desayunamos temprano, yo también podré participar a la charla antes de repartirnos los papeles de la operación cada uno —dijo Chris escondiendo tras la frase sus ansias de quedarse a dormir por fin en la casa de la chica que le había robado el corazón sin darse cuenta en qué momento y desde cuándo.

—¡Genial! —exclamó Alice contentísima —. Si no tenéis sueño, podríamos jugar a las cartas o ver la tele como en los viejos tiempos...

—Sí. Vamos a jugar a las cartas. Llevamos tanto tiempo sin relajarnos un poco y divertirnos —se alegró Diana animando a Chris también.

—Con dos votos a favor, ¿yo qué puedo hacer? Nada más que aceptarlo —bromeó Chris fingiendo ser derrotado por la mayoría.

* * * * *

Al ver a una joven volviendo sola hacía su casa, el hombre que llevaba rato vigilando la zona, empezó a seguirla manteniendo cierta distancia para que la chica no se diera cuenta de que alguien la estaba siguiendo. Cuando faltaba poco para llegar hasta el portal de su casa el individuo empezó a caminar más de prisa para alcanzarla justo en el momento cuando iba a dejar la puerta de la entrada que se cierre sola, muy despacio, gracias al mecanismo del que disponía para que no se cerrara de golpe y provocase un ruido molesto o incluso la rotura del cristal. Una vez dentro del portal, el individuo se apresuró en subir las escaleras para alcanzar a la chica justo antes de que esta cerrase la puerta de su casa.

Al ver que la puerta se resiste al pretender cerrarla, la chica volvió a abrirla para averiguar cuál era el motivo por el que no lo lograba y al dar con la mirada de un hombre desconocido se quedó paralizada por el miedo, con los ojos desorbitados, mirándolo fijamente y boquiabierta sin poder decir nada por el susto que sentía. El hombre pensando que su intención era gritar, le propinó un fuerte golpe en la cabeza que la dejó inconsciente al instante. La agarró rápidamente con sus brazos para evitar que se cayera y provocase algún ruido que pudiera despertar a los otros habitantes de la casa o a algún vecino y cerró con mucha cautela la puerta del piso sin hacer ni el más mínimo ruido. Después empezó a bajar rápidamente las escaleras, pero con mucho cuidado al mismo tiempo para no provocar ruido y al salir del edificio, giró a la primera esquina sólo para aprovechar la oscuridad de aquella zona no transitada. Depositó con mucho cuidado el cuerpo de la chica en el suelo, en la parte más oscura de la zona y se fue. En un par de minutos volvió con su coche, bajó echando un vistazo rápido en todas las direcciones para comprobar si hay alguien por la zona que pudiera verle y al asegurarse que no hay ni un solo alma en las calles a esa hora o algo que podría arruinar su plan, depositó con cuidado el cuerpo inconsciente de la chica en el maletero de su coche, subió al volante y se fue contento y más tranquilo de la zona, perdiéndose entre la telaraña de calles pequeñas y muy mal iluminadas de aquel pequeño pueblo. La inquietud que le había obligado a salir de nuevo de caza había desaparecido por completo en cuanto llegó enfrente de su casa. Allí ya nadie podía entrometerse en sus planes ya que era una casa solitaria, muy apartada de las otras y bastante lejos de la zona central. Esos aspectos fueron los que le convencieron alquilar esa casa en particular. Le pareció perfecta para lo que él la necesitaba. También teñía más atractivos dentro que le encantaron a la hora de elegirla: el sótano.

Capítulo IV

La visita a la residencia

Eran casi las diez. Siempre a esa hora, durante las vacaciones de verano, después de darse una ducha, Sammy se estaba tomando tranquila su zumo recién exprimido de frutas en el salón de su casa viendo el canal de las noticias. No era muy madrugona y solía planear sus asuntos pendientes del día en curso con calma antes de salir a entrenar. Tampoco acostumbraba recibir visitas en su casa sin ser avisada con antelación, así que ahora, al oír el timbre de la puerta, pensó que no podría ser otra persona que el cartero que solía pasar por su edificio, dejándole alguna carta o paquete, sobre esa misma hora del día, así que abrió sin más.

—¡Alice! —exclamó Sammy muy sorprendida al abrir la puerta y ver que no era el cartero —. Has vuelto…

El tono de su voz y el nerviosismo, que era más que obvio, le confirmaba a Alice que sus sospechas estaban fundadas: Sammy les escondía algo.

—Que alegría verte. No te llamé antes para avisarte de que he vuelto porque quería darte una sorpresa —mintió Alice fingiendo que no había observado el nerviosismo y el disgusto que le dio a su amiga por haber aparecido en la puerta de su casa por sorpresa.

—Pasa. Pasa —se apresuró Sammy en fingir a su vez estar encantada de volver a ver a su amiga —. Enseguida te preparo un café…

—Preferiría que sea un té si no es demasiada molestia para ti. Es que estoy un poco tensa y un té me ayudaría a relajarme un poquito —le pidió Alice mientras se sentaba cómoda en el sofá del salón.

—¿Estas tensa? ¿Y eso? Si acabas de volver de un viaje… —se interesó Sammy mientras iba hacía la cocina para preparar el té.

—Como ya te dije, antes de salir, no era un viaje de placer sino una emergencia. Papeleo. Nada interesante —mintió Alice para pasar rápido del tema y llegar al punto que de verdad le interesaba y que era el verdadero motivo por el que estaba allí a esa hora y de esa forma —. Y tú, ¿qué tal? ¿Qué has hecho en todo este tiempo mientras yo estuve fuera? ¿Alguna novedad?

—¿Novedad? —repitió Sammy con la voz titubeante mientras traía la taza con su platito para ponerlas sobre la mesita delante de Alice mirando intrigada a su amiga.

—¿Por qué me miras así? ¿Qué he dicho? —se interesó Alice al ver la rara reacción de su amiga al oír la palabra *novedad.*

—La única novedad que hay es que Sonia ha desaparecido —la informó Sammy para dirigir el tema por un camino que no tenía nada que ver con su vida personal.

—¡Vaya! Y ¿cuándo pasó esto? —preguntó Alice haciéndose la sorprendida para que su amiga no sospeche que ya lo sabía.

Al hacer un repaso mental para recordar más o menos cuándo desapareció la amiga común de ellas, Sammy dijo:

—Si no recuerdo mal, creo que esto pasó justo después de tu salida de viaje.

—¿Tanto tiempo lleva desaparecida? ¿Un mes? —se impacientó Alice.

—Pues, sí —le confirmó Sammy después de habérselo pensado bien —. Lo raro es que no ha dado ninguna señal de vida hasta ahora ya que la familia sospecha que se habrá fugado con un novio que tenía en secreto. Si ese hubiera sido el verdadero motivo de su desaparición, digo yo que ya se hubiera puesto en contacto con su familia para decirles que está bien, ¿no?

—La verdad que no sé qué pensar. Al saber esto, acabo de darme cuenta que yo también hice algo parecido al salir de viaje de esa manera, sin comunicarme con nadie. Puede que Sonia haya hecho lo mismo que yo solo que lo hizo por otro motivo.

—De no haberte pillado justo en el momento de tu salida, ¿nos hubieras avisado a alguno de nosotros de que estás bien?

—Pues… no lo creo —confesó Alice después de pensárselo un poco —. Eso porque no quería que alguien pudiera localizarme, pero lo sabía mi madre. Le había dicho que me tengo que ir y que no sé cuándo volveré.

—Quieres decir que ¿no la has llamado ni una sola vez en todo este tiempo cuanto estuviste fuera? —se extrañó Sammy agrandando los ojos de asombro.

—Ya que las llamadas se pueden rastrear, pues no. No lo hice.

—Cuanto has cambiado últimamente. Desde que has vuelto de la excursión, casi no te reconozco…

—¡Por favor! No hablemos de eso. Todavía no lo he superado —reconoció Alice estremeciéndose con solo oír la palabra *excursión* que para ella era como un botón detonador de todo lo que había pasado allí, en aquel lugar, aquella noche, algo que para ella se había vuelto difícil de olvidar —. Mejor háblame de ti. No sé. ¿Habéis hecho algo especial tú y el resto de la pandilla durante este mes en el que yo estuve fuera? ¿Habéis salido o… yo que sé?

—Pues la verdad que no tuve tiempo de salir para nada y llevo mucho sin ver a los otros.

—Ah, ¿sííí? —fingió Alice ser sorprendida de lo que oía —. ¿Y eso? ¿A qué se debe tu falta de tiempo ya que estamos de vacaciones y no tenemos que estudiar ni… tienes pareja? Si se puede saber, claro.

—Bueno, en realidad es eso. Desde que Rick… murió estoy un poco deprimida y no tengo ganas de nada. Duermo mucho para que se me pase más rápido el tiempo y solo salgo si es necesario, nada más. Ya sabes. Para entrenar. No quise decírtelo y no se lo conté a nadie más para no afectaros a vosotros también. Voy a traerte el té. Enseguida vuelvo —se excusó Sammy ansiosa de desaparecer de la vista de su amiga para que no le noté el nerviosismo al mentir.

—Sam, si te molesta mi visita yo me voy. Por mí, no hay problema. No sabía que te encuentras mal y quieres estar sola…

—No, no. Está bien. No me molesta tu presencia. Al contrario me sienta bien. Cuéntame mejor de tu viaje. Así me distraigo. ¿Dónde fuiste? —cambió Sammy de tema mientras traía la tetera para servir a su amiga.

—Sinceramente, no me apetece hablar de esto. Justo por culpa de este viaje estoy tensa y como no fue nada interesante o divertido, no tiene caso hablar de algo que me estresa. Mejor hablemos de otra cosa.

«¿Pero de verdad se cree que soy imbécil? Está claro que me está ocultando algo y que está mintiendo. O ¿es que sabe algo y no sabe cómo decírmelo?» pensó Sammy fastidiada por la incómoda situación.

—¿De qué quieres que hablemos? —preguntó Sammy mientras le servía el té a su amiga.

—De los otros amigos nuestros de la pandilla ¿qué me cuentas? —se interesó Alice dejándola creer que no los había visto todavía y que no sabe nada de ellos desde que se fue.

—Pero si ya te dije que no salí y que llevo mucho tiempo sin ver a los otros —se molestó Sammy al no saber que más mentir levantando un poco la voz sin darse cuenta.

—Creo que sería mejor irme y volver en otro momento cuando te encuentres mejor —dijo Alice levantándose del sofá —. Ahora ya sabes que he vuelto. Cuando te apetecerá salir, me llamas y quedamos.

—¡Perdona! Es que no me encuentro bien —se excusó Sammy muy contenta por dentro de que su amiga ya se iba —. Ya te llamaré yo y saldremos por ahí en cuanto me encuentre mejor. Tú debes saber mejor que nadie que no es una situación fácil de superar y cada cosa lleva su tiempo.

—Claro que lo sé. Tú no te preocupes. Llamame cuando quieras o me necesites. Si no, ¿para qué están los amigos? Mientras tanto, cuídate. Tus ojeras me dicen que no descansas bien últimamente —se hizo Alice la preocupada mientras salía por la puerta de su casa.

—Gracias, Alice. Cuídate tú también —le deseó Sammy mientras cerraba la puerta detrás de su fastidiosa visita.

«¿De verdad tengo ojeras o es que sabe algo?» se preguntaba Sammy mientras iba intrigada de camino al espejo de su tocador para mirarse la cara.

«Así que estás escondiendo algo. Siempre nos hemos contado todo desde pequeñas, hasta las cosas más íntimas y de repente empiezas incluso a mentirnos para que no descubramos lo que nos escondes. De ser así, tiene que ser algo grave y, por este motivo, tenemos que descubrir *qué es* lo que no quieres que descubramos» se planteó Alice en su mente mientras salía del edificio donde residía su amiga satisfecha por el resultado de su visita.

* * * * *

En vez de ir a almorzar, Chris eligió quedarse en la oficina de su trabajo y hacer unas cuantas llamadas a varios sitios para obtener alguna información sobre un posible hermano gemelo de Martín. Justo cuando estaba a punto de empezar a hacer las llamadas, su teléfono empezó a vibrar en el bolsillo interior de su chaqueta. Cogió su chaqueta colgada en el respaldo de la silla de su escritorio donde estaba sentado, sacó el móvil y, al ver que era Diana la que le estaba llamando, contestó:

—Hola, Chris. ¿Qué tal?

—Bien. A punto de "almorzar" haciendo unas llamadas. ¿Y tú?

—Yo acabo de salir de la maternidad donde se supone que nació tu hermano. Por desgracia no pude hacer nada. No quisieron darme ningún tipo de información ya que no soy ni familiar ni autorizada para este tipo de asuntos.

—¡Por Dios! Que tonto soy. Claro. Tenía que haberte dado una autorización firmada para que te den información sobre mi hermano.

—No pasa nada. Volveré otro día cuando encuentre un hueco. Con la autorización firmada...

—No. Que va. Ir otros 80 km hasta allí y otros tantos de vuelta otra vez... Fue un descuido mío así que iré yo en cuanto tenga tiempo.

—Chris, tú trabajas y estudias y tu tiempo libre es muy limitado. Déjame que te eche una mano. Yo no tengo muchas cosas que hacer. Crockett no está, Sammy ya no sale ni me visita, Alice está investigando por su lado en otra parte...

—Vale. Está bien. Esta tarde hablaremos de esto en la casa de Alice en cuanto nos reunamos todos para ver qué progresos hemos hecho en nuestro primer día de investigación cada uno. No olvides llamar antes a Alice para abrirte la puerta. No vaya a ser que haya puesto alguna trampa para osos o una bomba en la entrada para aniquilar los posibles intrusos.

—Sí. Tienes razón. La verdad que no nos contó nada sobre el nuevo sistema de seguridad que ha instalado. Para salir de su casa corriendo y estar un mes escondida e incomunicada con nosotros, debe de estar muy asustada y vete tú a saber qué trampas mortales habrá instalado por allí para que nadie se le acerque.

—Bueno. No la veo yo tan… Pero tampoco lo descarto —se lo pensó Chris mejor conociendo el secreto del gran temor de Alice.

—Si te soy sincera, yo la veo mejor que cuando volvieron de la excursión, pero tampoco ha mejorado mucho. Y eso que ahora tiene una vida de lujo. Debería haberle cambiado mucho el ánimo, pero por lo que veo es justo al revés. Más callada, más seria, más encerrada en sí misma y hasta más aislada de todo el mundo. ¿Tú no la has notado cambiada desde que habéis vuelto de la excursión?

—Diana. Aquella no ha sido una excursión normal y corriente sino una excursión en el mismísimo infierno. ¿Cómo quieres que sea?

—Si antes era pobre y ahora es rica, digo yo que debería de ser más alegre, más…

—Diana. ¿Crees que el dinero que tiene puede borrar el hecho de que nuestros amigos de la infancia han muerto en aquel fatídico viaje del que apenas nos libramos con vida?

—Es verdad, Chris. Pero… a ti te veo normal y ella…

—Yo soy un hombre y de carácter más fuerte. Cada uno lleva su luto a su manera. No todos reaccionamos igual frente a una catástrofe. Además, no se te vaya a ocurrir hablarle a ella de esto porque todavía no lo ha superado y solo conseguirás hacerle más daño.

—Vale. De acuerdo. No diré nada más sobre esto —se apresuró Diana en prometerle al percibir el tono amenazante de su voz que sonó igual a la orden de un general de armada cabreado.

—Entiende que ahora estamos todavía en la fase de recuperación después de vivir una pesadilla. Mientras más intentas descubrir sobre lo que ha pasado allí, más difícil se nos hará a nosotros olvidarlo y seguir con nuestras vidas.

—O.K. O.K. Ya lo entendí. No hace falta que lo repitas —lo tranquilizó Diana con rapidez para cerrar de una vez el asunto.

—Me alegro. Ahora te dejo que se me acaba la pausa del almuerzo y quiero ver si descubro algo sobre este nuevo aparecido en nuestras vidas en los archivos del registro civil. Hablamos esta tarde en cuanto nos veamos. Cuídate.

Después de colgar, Chris se puso a hacer varias llamadas tal como había dicho que iba a hacer, pero al ver que por teléfono no le podían dar la información que él quería, decidió salir un poco antes del trabajo e ir en persona al registro civil para hablar con alguien con más autoridad y hasta sobornar a algún empleado si hiciera falta para descubrir quién era el individuo que apareció de aquella manera asustando tanto a su Alice que logró hacerla huir de la ciudad y quién sabe qué otras ideas más le podía dar con su aparición. Por su manera de actuar y de desaparecer sin rastro un mes entero a él le latía que existía incluso el riesgo de perderla para siempre. Ella era su fuente de energía aunque era consciente de que nunca podrá haber nada entre ellos como pareja. Pero la necesitaba cerca y ahora que disponía de una fortuna incalculable podría perderla, en cualquier día, para siempre al huir de ese *fantasma* que para ella debía de ser la reencarnación del mismísimo diablo. Tenía que descubrir la identidad de aquel extraño cuanto antes y eliminarlo de su camino para siempre. Si antes no pudo defender a Alice ni impedir que le pasase lo que le pasó, ahora estaba dispuesto a *arreglar* ese error estando al lado de ella y luchando contra quien sea por lo fuerte o peligroso que fuera. No dudaría ni un segundo en defender a su amor con su propia vida.

* * * * *

Eran las doce del mediodía y la mujer de la habitación del fondo, de aquel pasillo interminable, todavía seguía en la cama. Vivía resignada, pero cargada y atormentada por las decisiones tomadas a lo largo de su vida. También arrepentida por haberlo hecho tan mal. De allí el comportamiento que llevaron a sus hijos tomar la decisión conjunta de *depositarla* en una residencia despojándose de ella igual que de un viejo mueble que ya no encajaba con el nuevo design de la casa. Pero era justo lo que ella quería. Prefería vivir sus últimos días de vida sola, lejos de sus hijos, de otros familiares o vecinos e incluso de amigos que, en cualquier momento, podían hacerle preguntas incómodas sobre el pasado poniendo de esa forma en peligro su secreto tan bien guardado hasta entonces. También había pensado que lejos de la ciudad y de la muchedumbre le sería más fácil olvidarlo todo, pero en poco tiempo se dio cuenta que por más que intentaba olvidar el pasado más se le agolpaban los recuerdos a la cabeza transformando cada día de lo que le quedaba de vida en un sin vivir. Para ella su calvario acababa de empezar.

Se extrañó mucho al ver entrando en su habitación a una joven de ojos azules como el mar. Desde que la habían *depositado* allí nadie la había visitado. Ni siquiera sus hijos. Por eso, al primer instante, pensó que la chica se había equivocado de cuarto con tantas puertas sin numeración en aquel pasillo tan largo que parecía no tener fin.

—Buenos días, señora Northon —la saludó la joven amablemente y con una inocente sonrisa mientras se acercaba a ella para darle un beso en cada mejilla como si la conociera de algo.

Aunque ese era su apellido, la mujer, se quedó mirándola atónita. Le quedaba claro que era ella misma la persona a la que aquella chica buscaba, pero como no la había visto nunca antes y no la conocía de nada, decidió ir con cuidado esperando a ver de qué la conoce y qué es lo que quiere de ella.

—Me llamo Alice. ¿Ha oído hablar de mí? —se presentó la joven con jovialidad.

—No —fue la respuesta seca y fría que la mujer le dio mientras la miraba con una cara inexpresiva.

—Sus hijos ¿no le han hablado de mí? —empezó Alice su interrogatorio con cuidado para averiguar si sabe algo de la relación que tuvo con uno de sus hijos y por donde dirigir la conversación para poder sonsacarle la información que necesitaba.

—¿Mis hijos? —repitió la mujer intrigada.

—Sí. Sus hijos. Chris y Martín. Son sus hijos, ¿no?

—Sí. Pero llevo mucho tiempo sin verlos. No sé quién eres. Lo siento —contestó la madre de los hermanos mencionados con una frialdad y un tono rígido para dar a entender a la joven que no está interesada en seguir conversando con ella.

—No pasa nada. Enseguida se lo aclaro. Fui compañera de clase de Martín y soy amiga de Chris…

—¿Fuiste compañera de clase de mi hijo Martín? —se extrañó la mujer al oír aquello —. Pero ¿por qué *fuiste*? ¿Otra vez cambió de escuela? O ¿ha abandonado los estudios? Todavía le queda un año por terminar…

«Dios mío. La pobre mujer. No sabe que su hijo ha muerto. Pero ¿nadie la ha avisado sobre ello?» pensó Alice horrorizada.

—No señora. No ha abandonado los estudios. Me he cambiado yo a otra clase —mintió Alice decidiendo guardar el secreto sobre la muerte de su hijo considerando que no es ella la que tenía que darle aquella horrorosa noticia —. Pero ¿por qué pensó usted que ha abandonado los estudios?

—Si fuiste su compañera de clase deberías haberle conocido bastante como para darte cuenta que es capaz de hacer esto y… más.

«La verdad que no parece que hablamos de la misma persona. En los 6 meses que Martín llevaba en el pueblo se ha ganado el respeto y la admiración de todo el mundo. Resultados muy buenos en la escuela, trabajador y muy hábil en arreglar cualquier tipo de cosas: de una casa, de un coche, lo relacionado con la electrónica y más. Respetuoso, divertido, atento, el sueño de todas las chicas… Esto me lleva a pensar que estuvo fingiendo durante todo este tiempo y que estoy en el camino correcto para descubrir su verdadera cara que nadie conoció mejor que su madre».

—Se podría decir que es un poco rebelde, pero a esta edad la mayoría de los jóvenes suelen serlo —inventó Alice improvisando en el momento.

—¡¿Un poco rebelde?! —se extrañó la mujer —. Vamos a ver. ¿Qué ha hecho esta vez?

«Así que su madre sabe mucho del pasado de su hijo aunque él vivió con su padre lejos de la ciudad donde se crió su hermano Chris, al lado de su madre».

—Es muy diferente a Chris aunque son hermanos. Si no lo supiéramos, ni nos hubiéramos dado cuenta de este hecho —le contó Alice intentando ganar tiempo para inventarse algo sobre

Martín que haga que su madre suelte más detalles sobre su vida en el otro pueblo donde vivió con su padre.

—Se parece a él —dijo la mujer con la mirada perdida como si viera a aquel hombre mencionado en aquel mismo instante.

—A… ¿su padre? —intuyó Alice.

La mujer la miró triste y bajó la cabeza como intentando evitar el contacto visual con ella. Pero, no. No se refería a él. Y quedó así, en esa postura, sin hablar más.

Al ver a la pobre mujer sufrir tanto, Alice decidió que era hora de dejarla descansar por ahora y volver otro día para seguir sonsacándole información. Insistir demasiado en una sola visita, podría echarlo todo a perder.

—Veo que está usted muy cansada y muy débil. Sería mejor volver otro día cuando se encuentre mejor —decidió Alice estrechándole la mano con cariño como despedida y, sin molestarla más, salió de la habitación cerrando la puerta con mucho cuidado para no hacer ningún ruido.

«Se parece a él» era la frase que se repetía sin parar en la cabeza de Alice. «¿Por qué se habrá puesto tan triste la pobre mujer al mencionar a ese *él*? Y ¿por qué dejó de mirarme al mencionar a su padre? ¿Se avergüenza de esto o se siente culpable? ¿Tan malo habrá sido el padre de Martín?» no dejaba Alice de darle vueltas a la corta, pero interesante, conversación que tuvieron las dos mientras abandonaba la residencia. «Definitivamente tengo que descubrir el pasado de Martín. Puede que allí esté la clave de todo» se propuso Alice con vehemencia.

Capítulo V

¿Quién está vigilando a quién?

Sammy cogió el móvil y miró la pantalla para ver quien la estaba llamando. Se sorprendió al ver que su amor secreto la llamaba a aquella hora del día ya que siempre la había buscado solo de noche.

—Sí, dime. ¿Ha pasado algo?

—Hola, preciosa. ¿Podríamos vernos ahora? Necesito que me hagas un favor.

—¿En mi casa? Pues a esta hora va a ser que no. Mis padres pueden llegar en cualquier momento y descubrir nuestro secreto.

—Entonces sal tú. Iremos a un sitio donde podamos hablar tranquilos.

—Vale. Espera que me vista y bajo. ¿Dónde te encuentro?

—He aparcado en la esquina de tu edificio cerca de la farmacia. Te estoy esperando en el coche para que no me vea alguien conocido.

—En cinco minutos estaré allí —le tranquilizó Sammy antes de colgar la llamada para poder vestirse.

«¿Qué habrá pasado? ¿Por qué tanta urgencia en verme? Hasta ahora nunca me buscó de día» se preguntaba Sammy mientras bajaba las escaleras que llevaban hacia la salida del edificio.

Nada más salir vio el coche de su *amigo* secreto. Asegurándose que ningún conocido la estaba viendo se acercó disimulando estar de paseo y en cuanto estuvo al lado del coche, abrió la puerta y se metió dentro con la velocidad de un rayo.

—¿Qué es tan urgente que no podía esperar hasta la noche? —se interesó Sammy preocupada.

—Enseguida te cuento. ¿Dónde quieres que vayamos para hablar?

—Al lado de la escuela. Ya que está cerrada por las vacaciones y se encuentra en un lugar bastante apartado de las calles principales no hay mucho tráfico por esa zona.

Mientras iban en la dirección sugerida por Sammy, su amigo secreto empezó a contarle el motivo de su sorprendente visita:

—Necesito que vuelvas a salir con tus amigos para descubrir qué piensan de mí. Además, en cuanto se enteren de mi existencia y pensarán que he vuelto tendrás que convencer a todos de que soy el hermano gemelo de Martín, no Martín.

—Y ¿cómo voy a hacer yo esto si Chris sabe que no tiene ningún hermano gemelo en la familia? —se alteró Sammy al oír aquella penosa argucia.

Martín aparcó el coche delante de la escuela a la sombra de un castaño de india y le contestó:

—No lo sabe. Hasta ahora no supo que tiene dos hermanos y que son gemelos. Esto tienes que hacerle creer. ¿Tú no miras telenovelas? ¿No has visto que siempre aparece un hermano, un padre, una madre, alguien del que nadie sabía que existe? Algo así los tienes que hacer creer a todos.

—Para tu información, no veo telenovelas. Solo veo y leo cosas que me pueden servir para entrar en la universidad.

—Da igual. Invéntate algo, hazte un plan para convencerles de esto. ¿Qué? ¿Tú nunca has mentido a tus padres inventándote algo para que no te echen la bronca por volver tarde a casa o por lo que sea?

—Pero ¿a qué viene todo esto ahora? ¿No querías mantener en secreto tu vuelta?

—Sam. No puedo vivir así el resto de mi vida. No tengo casa, no tengo vida, no tengo nada. Quiero volver a vivir con mi hermano Chris y tener una vida normal como todos.

—Lo que me pides es muy complicado. Además, quieres pasar como hermano gemelo y no como el que eres en realidad. ¿Por qué no decirles directamente que eres Martín?

—No. Esto no me conviene. Además, ¿cómo reaccionarían todos al ver que soy tu novio y no sigo con Alice? Acuérdate que cuando nos fuimos de excursión yo era su novio. Se supone que la amaba.

—Ah, ¿que somos novios? —se extrañó Sammy al oír aquello.

—¿Quieres decir que no lo sabías? … Entonces ¿qué creías que somos? ¿Amantes? ¿Un rollo? —la preguntó Martín sorprendido.

—Pues sinceramente no lo sé. No creo que mis padres te aceptarían como…

—¿Como novio? —completó Martín la frase al ver que ella no sigue.

—Sí. Como novio. Mi padre es ingeniero y mi madre doctora como bien sabes. Nunca aceptarían que mi novio sea un chico… No sé… Sin carrera, sin una familia bien estructurada, sin metas en la vida. He visto que reacios han sido con las novias de mi hermano, hasta que encontró a la adecuada por ser hija de abogados y ella teniendo su propio negocio a sus 25 años. Sólo entonces aceptaron que se case y que se vaya a vivir con ella en la capital.

—¿Quieres decir que soy un don nadie? ¿Que soy muy poca cosa para ti? —preguntó Martín obviamente ofendido y enfadado.

—Yo no. Te digo qué es lo que quieren mis padres para mí y como son. Si yo pensara igual que ellos no te permitiría que vengas a mi cuarto cuando tú quieras y no me alejaría de mis amigos por ti.

Contento con la respuesta recibida, Martin la cogió con suavidad de la nuca y la acercó a él para besarla hasta dejarla sin aliento. Besándola de aquella manera suya con la que despertaba todos sus sentidos y deseos de ser amada y explorada en todos los sentidos su mente se quedaba en blanco mezclando todos sus pensamientos y eso era justo lo que él pretendía hacer.

—Mmm. No me hagas esto ahora y aquí. No es ni el sitio, ni el momento adecuado —se quejó Sammy casi sin aliento y con el cuerpo en llamas —. Alguien nos puede ver y luego no podré ayudarte en nada.

—¿Esto significa que estás de acuerdo con mi plan y me vas a ayudar? —preguntó Martín esperanzado y sorprendido.

—Sí. Esto significa que te ayudaré con tu plan. A mí tampoco me gustaría que sepan que eres Martín y que tengas que volver con Alice. Además tienes razón. Todos pensarían que soy una traidora al quitarle el novio a mi mejor amiga de la infancia.

—¿Ves? A los dos nos conviene mi plan. Ni yo quiero volver con ella —le confesó el mirándola con deseo —. Me gustas tú. Alice fue solo un error. Pero, claro, no pude acercarme a ti ya que tenías novio y nunca se despegaba de ti.

—Bueno. Al final me gusta cómo han acabado las cosas. Rick era más soso… Después de conocerte a ti, me di cuenta que no tenía ni puñetera idea de hacer el amor y de lo que me hubiera perdido.

Encantado de la confesión de su chica, Martín volvió a besarla, atrapando su boca con la suya de sopetón, gimiendo con ganas por el calentón que le provocó al morderle y saborearle la lengua y los labios lascivamente.

Ella intentaba librarse de él y apartarlo, pero no podía. Ni siquiera se dio cuenta cuando él se había posicionado encima de ella. Se percató de eso sólo en el momento cuando el respaldo de su silla se bajó del todo quedando en posición horizontal igual a una cama. Ni cuando la abrazó y la subió más arriba no le dio tiempo a protestar. Mientras su mano se hacía hueco debajo de su falda, apartando con ansias su mini tanguita sin ningún problema, seguía besándola apasionadamente para no darle tiempo a quejarse. Aunque le gustaba como sus dedos la tocaban, con esa experiencia suya inconfundible que no se la podía igualar nadie, ella seguía luchando con él intentando apartarlo y cortarle el rollo ya que podían ser vistos por algún vecino o conocido del barrio y no se sentía nada cómoda con ese pensamiento que la aterraba y le quitaba las ganas. Pero por más que se empeñaba ella en apartarlo, más fuerza empleaba él para lograr lo que quería. Intentando hablarle mientras él la besaba con frenesí sólo conseguía sacar gemidos lo que a él le animaba más y hasta parecía que le envuelven el cerebro metiéndole en un nuevo estado de ánimo, como si estuviera poseído. En cuanto se sintió invadida por sus dedos expertos, dejó de luchar dejándose llevar. También lo hizo por estar agotada. El gran esfuerzo empleado en apartarlo, obviamente sin éxito, la dejó sin fuerzas. Al sentirla entregada, le atrapó una pierna con una de sus fuertes piernas manteniéndola doblada debajo de él. Para mantenerle la otra pierna apartada usó la rodilla de su otra pierna. Contento y con la vía libre siguió explorándola con sus dedos con movimientos cada vez más frenéticos. Aunque no era su miembro el que la penetraba sí que le daba mucho placer. Tanto que empezó a morderle los labios por el gusto que sentía y los gemidos eran gritos ahogados de un placer que la volvía loca. Sentía que se había mojado en exceso aunque ella no era así. Pero esa lubricación excesiva hizo posible el aumento del ritmo hasta que sintió una explosión de placer. Con cada espasmo tenía la sensación de expulsar un líquido como el agua. Quería pedirle que pare porque el placer era demasiado, como si estuviera a punto de explotar, pero él no le soltaba la boca aunque la había entendido perfectamente. Retiró sus dedos para frotarle el botoncito del placer, pero también lo hizo para que esos espasmos que expulsaban ese aluvión de néctar del placer puedan fluir libremente. Cuando la notó más calmada empezó a explorarla de nuevo de la misma forma que antes, pero metiendo un dedo más esta vez. Se dio cuenta que a ella también le gustaba mucho la nueva experiencia en cuanto, ella sola, apartó las piernas lo máximo posible arqueando su cuerpo sin control alguno. Cuando notó que está cerca de la culminación él paró. Se apartó de ella quedando sentado y en silencio. Con el corazón a mil pulsaciones por minuto y la respiración entrecortada ella le preguntó:

—¿Qué ha pasado? ¿Por qué paraste?

—Es que yo también me calenté y como aquí no podemos... Es mejor que paremos ahora y nos calmemos. Si no me pondré malo.

—¿Solo era eso? Me asustaste. Pensé que nos había visto alguien. Sigue. Yo tampoco me puedo quedar así. Creo que ni una ducha fría me serviría para algo en el estado en el que me has metido.

—No podemos. No tengo ningún condón conmigo y es mejor que lo dejemos así.

—No importa. Sabrás cuando retirarte y listo —lo animó Sammy tumbándose de nuevo mientras tiraba de su camiseta en señal de que vuelva en la posición en la que estaba antes.

No hizo falta insistir. Estaba tan encendido que al volver a explorarla como antes de parar hasta él empezó a gemir. Ella estaba tan excitada que no tardó mucho en explotar de nuevo eyaculando de nuevo unas cuantas olas de líquido mientras todo su cuerpo se retorcía debajo de él como una serpiente agitada.

Cuando las olas pararon, le agarró una pierna y apoyó el tobillo en uno de sus hombros. Aunque entró salvajemente, ella estaba tan encendida y húmeda que se estremeció de placer. Notaba como el cuerpo se le vuelve a inundar de placer y quería más. Normalmente esa posición le provocaba dolor, pero esta vez no. Y con cada empujón perdía más y más la cordura. Tal era el placer que se mareó por completo y le daba la sensación de que estaba flotando. Lo notaba más potente que nunca. Y verle tan fuera de control, gimiendo igual que ella, la hizo explotar de nuevo. Él la notó y empezó a darle golpes más fuertes y profundos. Eso la dolió, pero la hizo explotar de nuevo en olas liquidas, notando aparte de eso como olas expansivas de electricidad recorrían todo su cuerpo. Parecía estar hechizada. Hasta la vista se le volvió borrosa mientras el cuerpo no paraba de retorcerse debajo de él del placer titánico que recibía. Cuando quedó quieta, exhausta, él también paró, pero sobre su sorpresa, al cabo de un minuto, volvió a penetrarla hasta el fondo y no paró hasta que volvió a echar olas retirándose en cuanto las sintió y siguió penetrándola con los dedos. Cada vez que ella expulsaba una ola él retiraba la mano y volvía a penetrarla para provocarle otra. Estaba tan desquiciada con el nuevo placer que estaba experimentando que no quería que parase nunca. Por eso no dijo nada. Se dejó en sus manos hasta que perdió la noción del tiempo. No sabía cuánto tiempo estuvieron así. Pero lo tenía claro: quería repetir y descubrir más.

En cuanto recuperaron el aliento, tiempo después, él dijo:

—Debería irme. Ya hablaremos.

Sabiendo el poder que él tenía sobre ella, se bajó del coche antes de que reaccione prefiriendo volver andando. Se arregló el vestido y se fue en dirección a su casa a toda prisa. Todavía sentía el sabor y el calor de sus labios mientras mordía a los suyos. Estaba tan encendido su cuerpo que no entendía cómo pudo alejarse de él. Desde que empezaron la relación, nunca pudo pararlo cuando él la deseaba y ella le explicaba que no podía ser. Ella pensaba que solo hablarían y siempre acababan haciendo el amor. Todo aquello la hizo pensar: «Pues sí que es muy difícil entrar en aquella universidad. Sólo espero que todo salga bien y que mi nuevo plan funcione».

Satisfecho por el resultado de la conversación, Martín se alejó de aquella zona antes de que alguien conocido le vea y le reconozca mientras pensaba: «Mi plan va viento en popa. Ahora a ver como llego hasta la otra».

* * * * *

Alice miraba a través de la ventana de su cuarto lo bonito que era el atardecer. El cielo de color amarillo anaranjado le decía que el sol se iba para iluminar y calentar las otras partes del planeta donde la gente, que vivía allí, se preparaba para empezar el día, mientras aquí toda la gente se preparaba para ir a dormir. Pero ella no tenía sueño. Se sentía intranquila. Tenía un mal presentimiento de que algo malo le iba a pasar. Con esos pensamientos que la inquietaban se fue a su vestidor, entró, apartó la ropa que colgaba bien ordenada y clasificada sobre las perchas que tapaban la pared del fondo y apretó esa misma pared en un punto que solo ella conocía. A continuación un trozo cuadrado del tamaño de una microonda se apartó dejando a la vista un montón de botones parecidos a los de un ordenador portátil y una pequeña pantalla. Al pulsar el primer botón, la pantalla se encendió. Pulsando otro botón pudo ver —de una en una— cada habitación de la casa y todos los rincones de su amplio jardín. Luego, al pulsar otro botón —distinto a los otros— y luego otro, fue recorriendo la casa entera a través de las cámaras para asegurarse del correcto funcionamiento de su nuevo sistema de seguridad. Contenta con el resultado, salió al jardín para ver si sus perros habían comido bien y ¿por qué no?, jugar un rato con ellos. Le encantaban sus perros. Siempre que se sentía mal por una enfermedad o por culpa de alguna mala noticia, al jugar con ellos, se le pasaban todos los males dejándola como nueva. Al rato, el timbre de la puerta principal sonó. Volvió rápido a la casa para pulsar el botón que la abría. No la sorprendió ver llegar al mismo tiempo a Diana y a Chris ya que los dos eran muy puntuales. Después de aparcar y bajar del coche los tres entraron en la casa, los perros quedando libres por todo el jardín.

—Que coordinación. Puntuales como los ingleses —observó Alice encantada.

—Claro. A una dama no se le debe hacer esperar. Me esforcé mucho en no fallarte ya que hoy he tenido reunión con los jefes de todos los departamentos. Y tenía que dejarlo todo preparado para la visita de mañana a primera hora.

—Oh. Muy bonito de tu parte. Eres un verdadero *gentleman*[2] —apreció Alice encantada por descubrir aquel detalle sobre Chris mientras iba hacia la cocina para traer la cena.

—Mmm. Que detalle de tu parte. Pensando en todo —se alegró Diana ya que tenía mucha hambre porque todavía no había cenado.

—Buena idea. Así podríamos hablar sobre el primer día de nuestra investigación mientras cenamos —dijo Chris al mismo tiempo que se sentaba en la mesa del comedor.

Diana ayudó a su amiga a poner la mesa y ansiosa por saber si hay novedades lanzó la primera pregunta apuntando con la mirada a Alice:

—¿Cómo te ha ido en la investigación nuestra? ¿Has descubierto algo?

—La verdad que no y creo que va a ser una tarea muy difícil. Tendremos que armarnos de paciencia y calcular bien cada paso que vamos a dar. De otra forma no conseguiremos nada —contestó Alice mientras se sentaban las dos en la mesa después de haber traído todo lo necesario.

—Si dices esto es que algo nuevo hay. Y si quieres que la investigación dé frutos, tendrás que contármelo todo.

Alice le miró a Chris sonriendo por su intuición tan sabia. Le atraía su inteligencia. Desde siempre la atrajeron las personas inteligentes.

—Sí que algo hay, pero de momento son solo sospechas. No he conseguido sacar mucho de tu madre, pero no me rechazó y hemos entablado una conversación bastante prometedora. La tuve que dejar a medias para no fastidiarla o hacerla desear no volver a verme. Creo que ella tiene mucha información muy útil para nosotros y no está tan mal como os ha hecho creer. Me dio la impresión de que está muy apenada por la vida que os ha dado a

---

2 *Gentleman (inglés): caballero.*

los dos y que solo quiere alejarse del mundo entero por las consecuencias de sus… decisiones o… errores.

—¡Vaya! —exclamó Chris maravillado por la correcta descripción que Alice le hizo a su madre sin conocerla de nada —. ¿Tienes buen ojo o… es la intuición femenina de la que todas las mujeres disponéis?

—No sabría decirte qué es. Pero tenías que mirarla a los ojos. Se le podía leer en ellos el dolor que lleva dentro. Y no es tristeza. Es algo más. Algo mucho más grave que tú desconoces de ella. Algo como… un secreto que uno lleva dentro y le pesa muchísimo. Pero no por guardarlo dentro, sino por haber salido mal y tener que cargar con ello sin poder contárselo a nadie.

Mientras Alice volvía de la cocina con el postre y una cerveza, Chris recordaba que su madre siempre estaba triste y abatida. Y que en todas las ocasiones que hablaron de su nacimiento y el de su hermano cambiaba de tema o evitaba hablar sobre aquello. Él también había llegado a sospechar que hay algo que su madre les esconde, a él y a su hermano.

—Venga. Come algo de postre. Tanto trabajo sin descanso y sin alimentarse bien te va a hacer daño —le animó Alice mientras se sentaba en el sofá al lado de él —. Además, si queréis quedaros a dormir aquí esta noche, por mí, no hay problema.

—Yo no puedo. Mañana temprano tengo planes con mis padres —le rechazó Diana la oferta apenada.

—Tú ¿puedes quedarte, Chris? Prometo dejarte dormir tranquilo. Hoy no jugaremos a las cartas. Pero podemos ver juntos las noticias si te apetece —le propuso Alice encendiendo el gigantesco televisor colgado a la pared justo delante de ellos.

Chris la miró sorprendido al oír aquello. Con todo lo que había pasado entre ellos, en ciertas circunstancias, no se esperaba que ella confiara tanto en él. «Alice ha cambiado. ¿Qué me está ocultando? Su cambio se debe a algo. Nunca antes me había invitado a su antigua casa y sigo siendo el hermano de su ex novio con lo cual no me está tirando los tejos, pero por algo me quiere aquí, cerca de ella. Para descubrir lo que me está escondiendo tendré que aceptar su invitación».

—Chriiis. ¿Me estas escuchando? ¿En qué estás pensando? —le regañó Alice alzando la voz al verle completamente distraído.

Chris se sobresaltó como despertado de un sueño al ser interrumpido de aquella manera de sus profundos pensamientos.

—Perdóname. Será el cansancio —inventó Chris al ser pillado —. Creo que debería aceptar tu invitación y quedarme a dormir aquí esta noche.

—Me alegra oír esto, pero te estaba diciendo que algo pasa con Sammy. Creo que nos esconde algo y no deberíamos confiar tanto en ella.

—Ah, ¿sííí? —se extrañó Chris al oír a Alice hablar así de su mejor amiga de la infancia.

—No me digas que tú no notaste nada raro en ella desde que he vuelto del viaje. Se ha alejado de todos nosotros. Ya no sale. Se ha encerrado en su casa y sus excusas para no salir con nosotros son penosas. La visité esta mañana antes de empezar nuestra investigación y me estaba mintiendo. Creo que incluso se alegró en cuanto me he ido de su casa aunque la visita fue muy corta. Diana dijo que cambió hace unas tres semanas. Ella no estuvo con nosotros en la excursión para tener pesadillas u otro motivo para cambiar así. Yo no estuve aquí para ver cuando ha cambiado, pero tengo que descubrir el motivo. Además, lo que más me intriga es ¿por qué no comparte con nosotros el motivo de su cambio? Desde siempre nos lo hemos contado todo. A mí, personalmente, me huele que esto tiene que ver con… nosotros —terminó Alice su teoría acentuado la palabra *nosotros*.

—Tiene sentido lo que dices —la aprobó Diana pensativa —. Si se alejó de todos nosotros…

—Muy interesante tú teoría, pero yo en esto no te puedo ayudar porque no tengo, ni tuve, una relación muy cercana con ella. Además, no es mi tipo —bromeó Chris intentando disipar la tensión.

Por fin, Alice, sonrió al oírle decir aquello. A Chris le gustó verla sonreír después de tanto tiempo sin hacerlo. Sabía que para ella todo lo que había pasado en la horripilante excursión de fin de curso no va a ser fácil de superar. El proceso iba a ser lento. Muy lento. Y, lo más probable, nunca jamás volverá a ser la misma de antes.

—Chicos. Mirad —les atrajo Diana la atención indicándoles que miren hacía la tele mientras buscaba el mando para subir el volumen.

Alice, que tenía el mando en la mano, subió el volumen. La foto que mostraban en las noticias fue la que captó la atención de todos nada más verla. Se quedaron mirando y escuchando sin pestañear. En cuanto acabó la noticia, los tres se quedaron mirándose callados. Obviamente estaban pensado en lo mismo: en lo que acababan de escuchar en la noticia.

—A mí esto me parece demasiada coincidencia —opinó Diana horripilada.

—Esto significa que vuestra amiga, Sonia, ¿no se fugó con su novio? —preguntó Chris desconcertado mirándolas cuando a una cuando a la otra.

—No quiero alarmarme, pero dos desapariciones en un solo mes no pintan nada bien. Además, justo hace un mes, apareció…

Alice no termino la frase por empezar automáticamente a atar cabos en su cabeza mientras un escalofrío le recorrió todo el cuerpo al sospechar que los últimos acontecimientos podrían estar relacionados entre sí.

—Y ¿eso que tiene que ver con la aparición de Martín? Ni que fuera un asesino —se apresuró Diana en contradecir lo que Alice insinuaba.

—No. No quise decir eso. Solo quise resaltar que en un solo mes han pasado tantas cosas raras —mintió Alice al darse cuenta que luego tendría que explicarle demasiadas cosas a Diana.

—Chicos. Lo siento mucho, pero os tengo que dejar. Tengo que preparar unas cosas para mañana y por eso me tengo que ir ya —dijo Diana levantándose del sofá.

—Por favor, ten mucho cuidado y avísame en cuanto llegues de que estas bien —le pidió Alice preocupada.

—Lo prometo —la tranquilizó su amiga al ver la expresión de su cara.

Después de despedirse de Chris también, Alice condujo a su amiga hasta la puerta y esperó hasta que las grandes puertas de hierro de la entrada principal se cerraron por completo para asegurarse de que todo estaba en orden y activar la alarma.

* * * * *

Por fin, después de casi una hora de espera, las grandiosas puertas de hierro que flanqueaban la entrada de la mansión más elegante del pueblo se abrieron. Un coche conducido por una joven rubia salió e inmediatamente después volvieron a cerrarse. Era el momento que tanto había esperado, pero por culpa de las cámaras de vigilancia no pudo aprovechar la ocasión para entrar. Ahora tenía que pensar en otra modalidad para poder hacerlo. No había otra forma de dar con la información que buscaba. Sólo entrando allí. Pero ¿cómo? Esa parecía más bien una base militar de máxima seguridad que la mansión de una jovencita.

Aunque no la veía bien desde su posición, la silueta negra —que vigilaba desde hace un buen rato aquella mansión apartada del centro del pueblo— le parecía ser la de una mujer. Era lo más raro que había visto hasta entonces. Una mujer, sola, en mitad de la noche, vestida toda de negro para camuflarse bien en la oscuridad, vigilando pacientemente la entrada de una casa, casi sin moverse durante una hora o quien sabe cuánto tiempo llevaba allí vigilando. Esto le intrigó tanto que decidió dejar sus asuntos personales de lado por el momento y se pusiera a vigilar a aquella mujer para descubrir cuál era su intención. Luego ya tendrá tiempo de seguir con lo suyo pensó el hombre que estaba muy interesado en la grandiosa mansión de Alice.

«Así que la chica es muy obediente. Esto es bueno. Significa que mis encantos no fallan. A ver cómo va a actuar esta noche y qué va a obtener. Según los resultados sabré como proceder y qué hacer a continuación. Pero... ¿ese tío quién es? ¿Qué diablos pretende? ¿Por qué demonios está vigilando a mi chica? No me digas que es algún pervertido de esos que se están tocando mientras miran a las mujeres por la calle. Es que no le quita los ojos de encima. ¡Joder! Este va a arruinarlo todo. ¿Por qué demonios no se larga? Pfff. Yo ¿qué hago ahora? Es que si voy a por él, me va a descubrir ella. Y ella no debe saber que la estoy siguiendo. Esto podría arruinar mí plan» pensaba la tercera sombra que también estaba vigilando desde la oscuridad en las inmediaciones de aquella suntuosa y solitaria mansión.

Capítulo VI

Intruso en el perímetro

Con las puertas bien cerradas, todas las cámaras de vigilancia operativas y la alarma activada, Alice volvió tranquila al salón y se sentó de nuevo en el sofá a poca distancia de su amigo.

—Chris —le llamó Alice mirándolo a los ojos mientras cogía una de sus manos entre las suyas —, gracias por estar aquí.

Sus ojos azules, cristalinos como el agua del mar cerca de la horilla, su voz suave, aquellas palabras y su tacto angelical hicieron despertar en él unas sensaciones muy parecidas al deseo. Sentir sus manos suaves estrechando la suya, percibir su calor, estar tan cerca de ella sin poder besar aquellos labios rojos con forma de corazón que enloquecían a cualquier hombre, para él, todo aquello era una tortura.

—Ojalá no fueras el her…

El sonido ensordecedor de la alarma que empezó a retumbar por todos los rincones de la casa seguida por todos los sistemas de seguridad que estaban programados a activarse al detectar movimientos extraños en la casa o en el jardín, interrumpió bruscamente a Alice. Todas las puertas y ventanas empezaron a ser tapadas de inmediato por contrapuertas que salían de unas aperturas secretas de las que nadie podía sospechar que existieran. En la pantalla del televisor, de repente, apareció una imagen dividida en 16 cuadrados que enfocaban todas las zonas principales de la casa y de las afueras. Una de ellas tenía el marco de color rojo vivo parpadeando constantemente y de unos altavoces que resonaban por toda la casa, sin saber dónde se encontraban exactamente, empezó a oírse de forma repetida la frase:

—Intruso en el perímetro 4A1. Intruso en el perímetro 4A1. …

Los dos se habían levantado del sofá de un salto mirando sorprendidos y asustados en todas las direcciones de la casa sin saber a qué atenerse. Chris quiso ir hasta las ventanas mientras estaban tapadas por las contrapuertas, pero Alice lo paró agarrando firmemente su brazo con una mano mientras con la otra le indicó que se quedara quieto. Su cara descompuesta por la preocupación le hizo obedecer sin rechistar quedando quieto como una estatua. A continuación, Alice, sacó de debajo de la almohada —justo donde estuvo sentada hasta entonces— un objeto con forma de linterna. Chris estaba mirando atónito, pero sin perder detalle a todo lo que estaba pasando a su alrededor. No podía creer lo que estaba viendo. Alice cogió un mando a distancia que estaba en un bolsillo secreto del sofá y apuntó la imagen que parpadeaba en la pantalla de la tele ampliándola para ver mejor a la persona que había invadido su propiedad.

—Es... ¡Samantha! —exclamó Chris perplejo. Pero... ¿qué demonios... ?

Lo que estaba viendo en la imagen de la pantalla le hizo estremecerse del horror que sintió sin poder salir de su asombro al mismo tiempo. Samantha estaba pegada al muro interior del jardín, manteniendo su equilibrio con gran dificultad para no caer en un gran charco que tenía justo delante de ella repleto de algo que se movía de forma tan violenta que hacía salpicar el agua en todas las direcciones. Sin poder dejar de mirar la pantalla del televisor, no vio cuando Alice apretó un botón del mando para parar el sonido de la alarma y desactivó el sistema de seguridad haciendo que el charco que Sammy tenía delante sea tapado por una gran tapa que parecía trozo del mismo jardín con su hierba y sus respectivas flores sin que se note que allí debajo había una trampa letal. Las compuertas que taparon las puertas y las ventanas de la casa volvieron a retirarse subiendo despacio hacia el techo. Cuando volvieron a estar del todo en su sitio, el hueco por donde habían salido se tapó enseguida con un trozo del mismo material que el techo o la pared de donde salieron y, si no lo hubiera visto, ni se hubiera dado cuenta de que todo aquello existía, la casa volviendo a su aspecto anterior, como cualquier otra casa normal y corriente.

—No cuentes nada a nadie sobre lo que acabas de ver, por favor. Esperame aquí. Ahora vuelvo —le ordenó Alice saliendo por la puerta principal de la casa.

Corrió por el jardín como loca para llegar cuanto antes al lugar donde se encontraba su amiga Sammy. Abrió una puerta en el muro interior, de cuya existencia solo ella sabía, y cruzó el trozo de tierra que tapaba aquel charco que se encontraba debajo. Encontró a su amiga casi sin aliento, con el alma en vilo, blanca como la leche y en estado de shock pegada al muro aunque la trampa ya estaba tapada y ya no había peligro de caer en ella.

—¿Por qué demonios entraste de esta manera en mi propiedad? —la increpó Alice furiosa—. ¿Tú no sabes llamar? Podías haber muerto por tu estupidez.

—No quería molestarte y necesitaba algo que está en tu posesión. ¿Quién coño sospecharía que has vuelto tan trastornada de la excursión transformando tu propiedad en una fortaleza de máxima seguridad?

—¿Trastornada? —repitió Alice más nerviosa que antes.

—Perdón. Perdón. No me hagas caso. Son los nervios. Acabo de ver toda mi vida pasando por delante de mis ojos en sólo unos segundos. ¿Te parece poco? —se justificó Sammy al darse cuenta que se había pasado y que de aquella manera su plan no iba a funcionar.

—Vamos a la casa —la invitó Alice tendiéndole la mano para ayudarla a caminar al verla temblar por el miedo que obviamente se había apoderado de ella.

Sammy pisaba con miedo por la zona donde antes había visto aquel charco revuelto por algo que la aterraba sabiendo lo que había debajo. Temía que todavía podía caer en aquella trampa que sospechaba ser mortal. Pero al ser guiada por Alice que se la veía muy segura y confiada logró tranquilizarse y alejarse del peligro caminando cada vez con más confianza. Cuando llegaron en el salón, Sammy se sorprendió ver allí, de pie como una estatua, a Chris.

—Pues vaya cara que tienes —se rio Sammy al verle en estado de shock —. Parece que has visto un fantasma.

—Hm. Tendrías que haberte visto a ti en el jardín, guapa —le devolvió Chris su comentario con ironía sentándose en el sofá al mismo tiempo que ella.

Alice prefirió sentarse en una butaca cerca de los dos.

—En primer lugar, por favor, no contéis nada de lo que acabasteis de ver. A nadie.

—Por mí, no hay problema —la aseguró Chris —. Sabes que puedes contar conmigo para cualquier cosa que necesites.

—Conmigo también puedes contar —se apresuró Sammy en prometerle para tranquilizarla y parecer creíble —. De mi boca no saldrá nada.

—Gracias. Y ahora, cuéntame ¿por qué entraste así? Y a estas horas. Son casi las 12 de la noche.

—Como ya te dije, necesito algo que lo tienes tú.

—Sabes lo mal que lo pasamos durante la última excursión y a ti ¿se te ocurre entrar de esta forma en mi casa para obtener algo que lo tengo yo?

—Ya vi que fue un grave error —se excusó Sammy con cara de arrepentida —. No quería molestarte por si estabas dormida ya.

Con aquel comentario, las miradas de Alice y Chris se encontraron, como si las palabras sobraran en su conversación muda. Los dos estaban sacando las mismas conclusiones. Y lo supieron con solo mirarse a los ojos.

—Y ¿qué es eso que deseas tan urgente que no podía esperar hasta mañana? —siguió Alice con el interrogatorio intentando pillar a su amiga con las manos en la masa.

—Un libro. El libro que te enseñé antes de que os vayáis de excursión.

—¿Hablas en serio? —flipó Alice en colores oyendo tan penosa excusa.

—Sí. Lo necesito urgentemente para un proyecto que estoy preparando…

—Samantha. Déjate de jueguecitos que somos muy mayorcitos para esto y dinos la verdad. Dinos el verdadero motivo por…

El timbre de la puerta y del teléfono les interrumpió la conversación, Sammy sintiéndose aliviada por ser salvada por la campana. Pero por desgracia era la policía que había acudido al lugar para ver qué había pasado. Después de recibir a los agentes, Alice se excusó un momento para atender la llamada. Tal como había sospechado eran de la central. Ella les confirmó que los agentes de la policía y el intruso se encontraban allí en ese mismo momento, que no le pasó nada y que la situación está bajo control. Luego, sin que nadie la vea, marcó un código de 5 dígitos que sólo ella conocía que era la confirmación de que todo lo que había afirmado antes era verdad y que no estaba en peligro. Arreglado ese asunto, se acercó a atender a los agentes.

—Ella es el intruso —empezó Alice a explicarles a los dos agentes de policía que no se habían movido de la puerta, mientras ella atendía la llamada, con las armas apuntando a Sammy y a Chris al no saber cuál era el peligro y lo que había hecho saltar la alarma —. Es una amiga mía desde la infancia, pero sinceramente no me creo su historia de que ha entrado de forma fraudulenta en mi propiedad, a estas horas, sólo para recuperar un libro.

—¿Un libro? —repitieron los dos agentes al unísono fijando sus miradas atentas y serias sobre la intrusa.

Sammy se encontraba a unos dos metros de ellos, de pie, y lo había oído todo. Sabía que si no se le ocurre rápidamente una mentira plausible u otra argucia, estará en un buen lío.

* * * * *

«Así que la chica es una ladrona. Pues me voy a quedar aquí hasta que salga para ver qué es lo que está buscando. Igual me quedaré con el botín» pensó el individuo que llevaba más de una hora vigilando a la chica vestida de negro para descubrir qué estaba tramando. Pero no acabó bien de pensar aquello cuando el sonido, excesivamente acústico, de una alarma empezó a sonar en toda la zona como si fuese la onda expansiva de una bomba atómica. Molesto por el fastidioso ruido que le provocaba dolor en los oídos y asustado, sin pensárselo dos veces, empezó a correr como si hubiera visto al mismísimo diablo en persona para alejarse cuanto antes de aquel insoportable ruido y de la zona. «La chica no es muy profesional si nada más entrar en la propiedad saltó la alarma. Espero que no se llene la zona de agentes de policía antes de que me aleje lo suficiente como para no levantar sospechas. Me descojonaría que no me pillaran por mis cosas y que lo hagan por culpa de una tonta» pensaba el individuo mientras corría y se perdía entre las calles del pueblo.

«Dios mío. La van a pillar. ¿Qué hago ahora? Si pierde los nervios y habla demasiado me va a joder todos los planes. Seguramente ese tío se largó en cuanto empezó a sonar la alarma porque, en cuestión de minutos, aparecerá la policía. Pero yo ¿qué debería hacer? A las tías es fácil manipularlas, pero a la policía... » pensaba el tercer individuo que llevaba tiempo vigilando desde la sombra los movimientos de las otras dos sombras que habían despertado antes su interés. No quería que la policía lo pillara allí. Tenía que dar demasiadas explicaciones luego y eso no entraba en sus planes. Pero también necesitaba a la chica para lo que tenía planeado. Y con aquel fastidioso sonido de la alarma no podía pensar con claridad. El tiempo corría en su contra y él no sabía qué decisión tomar: irse o...

* * * * *

—Lo siento señorita, pero tendrá que acompañarnos hasta la comisaría...

—Alice. ¡Por favor! Dejame que te explique por qué entré así. Es que es tan delicado el tema que no supe cómo actuar. Cuando te lo diré me darás la razón —la imploró Sammy casi llorando por el miedo que tenía de ser llevada por la policía.

—Señorita, nos lo puede explicar a nosotros. Estaremos encantados de escuchar su historia. Pero en la comisaría. No aquí —la interrumpió uno de los agentes agarrándola del brazo para llevársela por la puerta de la salida hasta su coche.

Alice no quiso escucharla mirando para otro lado mientras los agentes escoltaban a su amiga, que intentaba resistirse, hacía la puerta.

—El hermano gemelo de Martín me envió a tu casa —gritó Sammy justo en el momento en el que los agentes lograban sacarla por la puerta.

—Agentes. Esperen —pidió Alice saliendo por la puerta detrás de ellos —. ¿Podrías repetir lo que acabas de decir?

Chris también había oído lo que Sammy había dicho y no pensaba perder ningún detalle sobre ese tema. Hasta aquel momento no quiso intervenir permaneciendo quieto y callado en el sitio donde Alice le había ordenado que se quedara cuando empezó a sonar la alarma, pero ahora, las palabras de Sammy le atrajeron fuera como un imán. Estaba igual de ansioso como Alice de escuchar lo que Sammy tenía que contarles.

* * * * *

«¡Dios mío! Si se la llevan a la comisaría la van a hacer que cuente toda la verdad. Pero ¿qué puedo hacer yo? Si me investigan seguramente lo descubrirán todo. Con sólo una llamada estaría perdido. No. No puedo implicarme ahora. No la puedo ayudar en nada. Tendré que esperar a ver cómo va a acabar esto. Luego ya veré que debería hacer y qué decisiones tomar. Pero si esta falla ahora será muy difícil remontar luego. No. No. No puede fallar. Mi vida entera se va a ir al garrete si se descubre la verdad. Ahora mismo debe de estar en las manos de la policía ya. No la puedo llamar. Podría cagarla yo mismo. Además ella no debe saber que la estaba siguiendo. Luego podría sospechar de mí y la necesito en mi plan. Sin ella no sé si lograré lo que tengo pensado. La verdad que me vino muy bien esta tonta. Es buena amiga de Alice, buen sexo y hasta un lugar lujoso donde pasar la noche tengo, me da dinero y muchas cosas que necesito. También tiene buen cuerpo. La verdad que tuve suerte. Ahora espero que sea también bastante inteligente como para salir de esta situación porque no fue muy brillante cuando pensó entrar en la casa de su amiga de esa manera. Obviamente en la propiedad de una ricachona no puede entrar cualquiera cuando le da la gana. Yo lo hice, pero sabía que el sistema de seguridad todavía no estaba instalado. Ahora, con el nuevo sistema que se ha instalado, ni yo lo intentaría. Por eso tengo que ganarme su confianza. Sólo así podré entrar allí. Pero en este momento, ya no puedo hacer nada. Las cartas ya están echadas. Tendré que esperar a ver quién tiene la mejor mano porque ni siquiera tengo un as en la manga. Toca esperar. Pero… ¿dónde? Esperando en el coche no sabré cómo ha acabado este lio hasta mañana al medio día y yo necesito saberlo antes. Y en su casa… podría entrar y esperarla en su cuarto, sólo que no sería muy conveniente que me encuentre allí. Ella no debe saber que tengo este don de entrar en cualquier sitio donde me da la gana sin necesidad de tener una llave. La verdad es que me pregunto ¿de dónde tengo yo este don? Pero lo que más me intriga ahora es ¿por qué quiso entrar en la casa de su amiga de esa forma? Si son amigas desde la infancia y todavía tienen buena relación ¿por qué entró como una ladrona en la casa de Alice? Yo en ningún momento le pedí que hiciera eso» se preguntaba la tercera sombra mientras deambulaba por las calles más oscuras de la ciudad.

* * * * *

—Gracias, Alice. Si no fuera por tu bondad, ahora mismo estaría durmiendo en el calabozo.

—De gracias nada. Ahora mismo nos vas a contar toda la verdad —le pidió Alice con un tono y una actitud autoritaria que ninguno de los dos habían visto antes en ella —. Siéntate y ponte cómoda. Al parecer tienes muchas cosas que contarnos.

A Sammy la rabia la carcomía por dentro. No le gustaba nada la nueva actitud de su amiga. Desde que se había convertido en una ricachona, le caía muy mal. Todo el mundo hablaba solo de ella, la miraban solo a ella, la admiraban en todos los aspectos, etc. Ella era el centro de atención de todo el mundo desde que corrió la noticia que heredó una fortuna. Por eso estaba decidida a darlo todo. Para quedarse con su novio, Martín.

—El hermano gemelo de Martín me envió a tu casa porque, ya que es idéntico a Martín, no quería daros un susto de muerte al aparecer en la puerta de vuestras casas, así que me envió a mí para hablar contigo y decirte que quiere veros. A ti y a su hermano, Chris.

—Y ¿por qué tuviste que entrar de esa forma? —quiso Alice saber intentando pillarla con la mentira.

—Eso fue por tu culpa. Ya que últimamente no sales, no contestas al teléfono, no quieres ver a nadie, etc., pensé que me vas a rechazar y yo quería decírtelo cuanto antes.

—Entonces ¿por qué nos mentiste al principio diciendo que viniste a por un libro? —intervino Chris que tampoco la creía.

—Es por el parecido de Mark con Martín. No quería daros un susto de muerte al soltar la noticia de golpe así que me acordé del libro que te llevaste sin pedirme permiso —insistió Sammy mirándolos con pena para dar credibilidad a su historia.

—Creo que nos estás mintiendo. Yo no tengo ningún libro tuyo.

—Sí que lo tienes. Cuando te llamé a mi casa, antes de que os vayáis de excursión, te enseñé un libro que contenía la historia del Bosque Maldito…

—Pero yo no me llevé ese libro —la interrumpió Alice para que no siga hablando de la excursión.

—Pero… —Sammy hizo un esfuerzo para recordar paso a paso toda la escena — después de tu marcha, volví al salón a por el libro y ya no estaba allí. Yo pensé que te lo habías llevado tú.

—Si hubiera querido llevarme el libro, te lo hubiera pedido, como tú has dicho.

—Te juro que no entiendo nada. Ni me lo estoy inventando —insistió Sammy confusa de verdad.

Los tres se quedaron callados, mirándose muy desconcertados. Chris, era el más confuso ya que no tenía ni idea de que libro estaban hablando las chicas.

—¿Quieres decir que el libro desapareció de verdad? —preguntó Alice después de una larga pausa de silencio.

—Si tú no te la llevaste, sí. Desde aquel día no lo he vuelto a encontrar. Y desapareció justo después de haberte ido.

De repente toda la casa le parecía dar vueltas. Al cerrar los ojos la sensación que tenía fue a peor. Intentó permanecer quieta para que el mareo desaparezca, pero al ver que no funcionaba se levantó del sofá y… de no haber sido por la rápida reacción de Chris, al cogerla en brazos en el momento que perdió el conocimiento, Alice hubiera caído justo sobre la mesita de cristal que tenían delante.

* * * * *

«Me dejó muy intrigado esa chica. ¿Quién era? ¿Por qué entró de aquella forma en esa casa? ¿Qué pretendía hacer? Desde luego allí vive una familia rica. No cualquiera se permite una propiedad como esa mansión, más parecida a un palacete, tanto terreno y unos jardines sacados del Paraíso. Desde luego tendré que investigar quién vive allí. Igual mañana pondrán algo en las noticias o en los periódicos locales sobre el incidente. Ya que el plan no le salió como lo había planeado, saltando la alarma nada más entrar, seguramente a esta hora ya debe de estar en las manos de la policía. De no haber sido tan torpe, la hubiera esperado hasta que saliera y me la hubiera llevado. Pero ahora tendré que esperar para descubrir qué ha pasado allí. Hubiera sido muy buena para mi colección. Con lo tonta que es, seguramente tarde o temprano se meterá en un lio bien gordo. Pero no. Mientras yo vivo, esto no pasará. Yo mismo me encargaré de que esto no pase. Tengo este poder y tiempo de sobra. Ellos no lo saben, pero en realidad les estoy haciendo un gran favor. Soy muy parecido a un ángel, sólo que no tengo alas. Pero soy un verdadero ángel. Mañana mismo tomaré cartas en el asunto. No puedo permitir que pase otra desgracia. Ni una más».

Capítulo VII

Noche blanca

Después de llamar al médico de Alice, Chris echó de la casa a Sammy lo más educadamente posible haciendo un gran esfuerzo ya que en aquellos momentos solo sentía ganas de matarla por atormentarles de aquella manera. «Mañana sí que tendrás que detallar más el tema que acabas de abrir» pensó Chris mientras volvía al salón donde Alice seguía desmayada en el sofá, para llevarla en brazos hasta su habitación. Subió las escaleras cargándola en sus brazos como si fuera un bebé, pero al llegar arriba se dio cuenta del hecho de que no sabía cuál de las habitaciones era el dormitorio de ella. La noche que él y Diana habían pasado en su casa, Alice, le dejó a cada uno en su habitación y luego se fue a su cuarto. Sabiendo que la tercera puerta pertenecía al cuarto donde durmió él empezó a probar suerte con la primera.

Al abrir la puerta se dio cuenta que aquella habitación no lo era porque parecía una oficina. En la siguiente... sorpresa. Tampoco podría ser porque era el dormitorio en el que había dormido él. Pero se acordaba perfectamente de que era la tercera puerta no la segunda. Confuso siguió con la tercera que lo confundió aún más. Parecía una sala de cine con un gran sofá en forma de U, al estilo marroquí, una mesita en el centro y varias almohadas en el suelo. Había jurado que esa era la puerta de la habitación en la cual había dormido él. Su prioridad en ese momento siendo Alice probó suerte con la siguiente puerta: la cuarta. Con esa tampoco tuvo suerte porque estaba cerrada con llave. Dada la situación solo quedaba la última habitación del fondo, así que entró como si estuviese seguro de que esa era la correcta. Y acertó. La tumbó con cuidado en la amplia cama de matrimonio que estaba sin deshacer y se acercó a la ventana para ver si ve algún coche llegando. Solo entonces se percató de que otro muro flanqueaba al muro exterior. «Dios mío que aterrorizada vive Ali» pensó Chris horrorizado por su descubrimiento.

—¿Qué haces allí? —se oyó la voz de Alice detrás de él.

Mirando hacia la cama donde ella seguía tumbada, al verla despierta, se acercó enseguida para ver cómo se encontraba.

—Confundida. Muy confundida —le confesó ella mirando desorientada a su alrededor —. No recuerdo como he llegado aquí y por qué me siento tan mal.

—Te desmayaste. Creo que por la desagradable noticia que nos soltó Sammy. Después de llamar a tu médico, decidí traerte a tu cuarto. Y mal te sentirás por tantos disgustos en tan poco tiempo.

—¿Dónde está Samantha ahora? —preguntó Alice con mucho interés al recordar que estaban hablando con ella antes de desmayarse.

—Le pedí que se vaya por ahora, pero que vuelva mañana temprano para hablar sobre el tema que abrió esta noche.

—Es más tonta... ¿Cómo se le ocurrió soltarnos eso así, de esa forma tan estúpida? Menos mal que no me dio un infarto.

—Sí. Ya veo que vives muy atemorizada. Deberías mudarte más al centro del pueblo. Aquí estas muy... sola.

—Desde siempre estoy muy sola. Estoy acostumbrada a estar así. Y el centro del pueblo es demasiado ruidoso. Me gusta la tranquilidad que tengo aquí.

—¿Tranquilidad? Tendrás aquí de todo menos eso.

—Ya has visto que en mi casa ya no puede entrar nadie sin mí permiso. Esto me tranquiliza.

—Ya. De milagro Sammy no cayó en ese charco. Seguramente allí hubiera encontrado a la muerte.

Alice no quiso hablar más sobre aquello y decidió cambiar de tema.

—¿Has visto como estaba en lo cierto de que Sammy nos esconde algo? Seguramente sabe de ese tío desde hace tres semanas cuando Diana observó su cambio hacia nosotros.

—¡¿Tú crees?! —preguntó Chris incrédulo.

—Pero la cuestión es otra. ¿Por qué nadie más lo haya visto hasta ahora? Ni tú estabas muy convencido de la sorprendente visita que me hizo un individuo igualito a Martín hace un mes.

—Buena pregunta —aprobó Chris pensativo —. Yo deduzco de esto que no quiso ser visto. Que permaneció oculto. Pero ¿por qué?

—No debemos pelear con Sammy. Ella nos puede dar muchos detalles sobre ese extraño que afirma ser el hermano gemelo de tu hermano, Martín.

—Bien pensado. Pero tengo otra incógnita. ¿Por qué lo mantuvo en secreto tanto tiempo y de repente se presenta en tu casa, entrando como una ladrona, y nos lo suelta todo de golpe?

Los dos se quedaron callados pensando en lo mismo: cuál sería la respuesta. Todo aquello debería tener un motivo. No podía ser pura casualidad. ¿Quizás para encubrir el verdadero motivo de su "visita"?

Mientras pensaban en los últimos acontecimientos, el timbre de la puerta exterior sonó. Al comprobar que era el médico, Alice le abrió. Chris bajó para recibirlo y traerlo arriba en donde se encontraba su amiga.

—Caballero, espere usted fuera. Tengo que explorarla. Ya le avisaré cuándo podrá pasar —le ordenó el medico con cara muy grave.

Después de explorarla minuciosamente y recoger unas muestras para el laboratorio avisó a Chris de que puede pasar.

—No tiene nada grave. Sus constancias son normales. Al parecer el desmayo fue producto del fuerte impacto que tuvo en ella aquella terrible noticia que me contó que recibió. Es recomendable que pase cuando pueda por mi gabinete particular para hacerle también otras pruebas. Ahora le voy a poner un calmante para que se relaje porque su corazón está un poco alterado. Esto la ayudará a conciliar el sueño y a relajarse.

—No, no, no. No quiero dormir como muerta sin poder despertar por si pasara algo —se opuso Alice con vehemencia.

—Alice. Me quedaré contigo y cuidaré de ti. No tienes nada por qué preocuparte —la tranquilizó Chris —. Mientras estoy contigo, nunca te pasará algo malo. Yo te protegeré.

Alice dejó de protestar. Después de mirar callada unos segundos a Chris, le habló al médico dándole su permiso para que le administrase aquel sedante que la iba a ayudar a tranquilizarse.

Las palabras de Chris ya la habían tranquilizado un poco. «Qué bonito ha sonado eso: "... cuidaré de ti. Yo te protegeré"» fue lo último que pensó Alice mientras se dejaba conquistada por el sueño.

* * * * *

Sammy estaba caminando de un lado al otro de su cuarto sin parar. Parecía un león encerrado en una jaula. Le resultaba imposible permanecer quieta hasta la llegada de Martín. En cuanto había llegado a su casa, nada más entrar en su habitación, lo había llamado para contarle los últimos acontecimientos. Estaba tan nerviosa que no sabía qué hacer. Su plan no parecía ir muy bien. Necesitaba consultarse con su nuevo novio cuanto antes para hacer orden en sus pensamientos. Ella no servía para esa clase de cosas, pero tenía que hacerlo para obtener la información que tanto necesitaba para su proyecto. La parte más difícil le había salido bien y ahora, la parte más fácil, lo arruinaba todo. «Desde luego necesito su ayuda. Al apuntar todos los focos sobre él, nadie se fijará en mí y entonces podré seguir tranquila con mi plan. No puedo fallar ahora, después de perder tantas cosas y… vidas humanas».

Un toque en su teléfono móvil le avisaba de que él había llegado. Como de costumbre le abrió y lo condujo a su habitación sin que nadie de la casa se enterase.

—¿Qué pasa? ¿Por qué tanta prisa en verme? —empezó Martín fingiendo ser muy sorprendido —. Nunca antes me has llamado. Siempre fui yo el que te llamé.

—Siéntate. Tenemos que hablar —le pidió Sammy muy seria mientras se sentaba ella también al lado de él, en la cama, empezando a frotarse las manos con nerviosismo.

—Me estas asustando. Pareces muy nerviosa. ¿Qué te puso así? —se preocupó Martín ansioso de oír que había pasado después de la llegada de los agentes de policía esperando que le contase todo con lujo de detalles.

—Esta tarde quise hablar con Alice sobre lo que me pediste hoy en tu coche, pero ya que se ha aislado tanto de todo el mundo últimamente y no contesta al teléfono casi a nadie, no sale y es casi imposible dar con ella, me vino a la cabeza la estúpida idea de entrar en su casa sin su permiso…

—¡¿Quééé?! —exclamó Martín horrorizado como si desconociera aquel hecho.

—Baja la voz, por favor, que te pueden oír los míos —le pidió Sammy en voz baja antes de continuar contándole la historia susurrando —. Sí. Y me pilló. Pero eso no es todo. Ni se te ocurra entrar allí sin su permiso. Sobreviví de milagro.

—¿Y eso? No me digas que te quiso matar por entrar…

—No, qué va. Nada de eso. Además ni la creo capaz de matar a alguien. Jamás. Por lo menos no con sus propias manos…

—¡Hey! ¡Hey! Me estás liando. Empiezas a irte por las ramas y yo ya no entiendo nada —la paró Martín antes de que se pierda del todo.

—No sé qué demonios ha pasado en aquella maldita excursión, ya que nadie quiere contar nada sobre lo que ocurrió allí, pero, desde luego, la que volvió de la excursión no es ella. Volvió muy trastornada. Teme a algo de una manera desmesurada…

—¿Por qué dices esto? ¿Qué pasó? ¿Qué viste? —la interrumpió Martín otra vez queriendo saber de una vez qué había pasado allí esa noche.

—Lo digo por el sistema de seguridad que se ha instalado en la nueva casa que se compró. Debe de tener detectores con láser, luces infrarrojo, sensores de movimiento o de sonido o algo parecido. Y las trampas ni te cuento. Son trampas mortales. Ni siquiera he podido dar un paso al saltar en su jardín. Si lo hubiera hecho, estoy segura que ahora estaría en la morgue.

—Pero ¿no podías esperar hasta mañana para hablar con ella? —se interesó Martín contento de la información obtenida, pero bastante susceptible con respeto al motivo que le relató ella para entrar de esa forma en la casa de su amiga.

—No empieces tú también. Bastante tuve con el interrogatorio de los agentes, de Alice y de tu fastidioso hermano Chris.

—Chris, ¿estaba allí? —se extrañó Martín al no tener ni idea sobre aquel detalle.

—Sí. A mí también me extrañó verlo allí, a solas, con ella. Teniendo en cuenta que es el hermano del ex novio de ella, no creo que puede haber una relación sexual entre ellos, pero esto me hizo preguntarme: ¿Qué hacía Chris en su casa a esa hora de la noche? No tenía ni idea de que son tan amigos. De ser así esto habrá pasado después de aquella fúnebre excursión.

A Martín no le gustó nada oír aquel detalle. Algo por dentro lo puso muy nervioso. Era un sentimiento parecido a los celos. Pero ¿cómo? Si todavía no la conocía.

—Al final se me ocurrió decirles que fuiste tú el que me envió allí para hablar con ellos…

—Que hiciste ¿quééé? —se horrorizó Martín pensando en que su plan se había ido al garete por culpa de aquella mentira.

—¡Tranquilo! Todo acabó bien. Les dije que deseas hablar con ellos, conocerlos y mañana hemos quedado en reunirnos todos en la casa de Alice.

—¿En serio se lo han tomado tan bien?

Martín desconfiaba. No podía creer que pudiera tener tanta suerte después del mal rato que había pasado pensando que la tonta le había arruinado todos los planes.

—Bueno. La noticia supongo que fue un poco fuerte porque Alice, en un final, se desmayó, pero reaccionó bastante bien en general.

—¿Qué te hace creer que querrán verme y que reaccionaron bien? Si Alice se desmayó, no creo que esto sea buena señal.

—Antes de que llegara el medico de Alice, Chris me pidió que me vaya a casa, que hable contigo y que espere su llamada para que mañana temprano nos reunamos todos en la casa de Alice y… conocerte. Estuvo muy amable después de todo.

—Espero que así sea. No me gustaría que me recibieran con hostilidad. Necesito volver a mi casa —mintió Martín bastante escéptico.

* * * * *

Después de asegurarse que el medico ha abandonado la propiedad, que las puertas se habían cerrado bien y que la alarma se ha activado automáticamente de forma correcta, Chris volvió al cuarto de Alice, pero por su sorpresa, al abrir la puerta y entrar, dio con la habitación cine. Volvió a salir desconcertado, miró bien a lo largo del pasillo y comprobó que había entrado en la última habitación del pasillo donde antes había dejado a Alice acostada. Volviendo a mirar dentro de la habitación no lograba entender nada. Estaba tan confundido que hasta pensó que estaba soñando y que todo lo que le veía no era real. Ansioso de dar con Alice se fue hasta la otra puerta más próxima y comprobó cuál de las habitaciones era aquella. Aunque antes, cuando había subido con Alice en brazos, aquella habitación estaba cerrada, ahora estaba abierta. Y no solo eso, aquella era ahora la habitación en la cual había dormido él la otra noche. La situación ya empezaba a agobiarlo. Ni siquiera entró. Se acercó rápidamente a la siguiente puerta y al intentar abrir observó que estaba cerrada con llave. No insistió más y fue a abrir a la siguiente puerta que resultó ser la oficina. Como solo quedaba una sola puerta por comprobar, la primera del pasillo, se puso nervioso al máximo. Antes de pensar en lo peor, se acercó con pasos gigantes, casi corriendo, y al abrir resopló aliviado. Era la habitación de Alice. Entró y empezó a mirar con curiosidad por toda la habitación para comprobar que todo estaba en orden. Para tranquilizarse y dejar de pensar en lo que acababa de pasarle deshizo la cama para poder tapar a Alice con la sabana y ponerla cómoda. Mientras tocaba su cuerpo para colocarla bien y le apartaba el montón de almohadas dejándole solo una para apoyar la cabeza de forma cómoda, el deseo despertó unas sensaciones en su cuerpo hambriento, como consecuencia de tanto tiempo sin estar con ninguna mujer, apartándose asustado. Enseguida fue a mirar por la ventana para tranquilizarse. Se quedó allí respirando profundamente hasta que se sintió un poco más relajado, se dio la vuelta y se quedó mirando lo bonita que era incluso dormida. «Si los ángeles tendrían cara, seguramente que tendrían el aspecto de ella» pensó él sonriendo con dulzura mientras empezó a quitarse la ropa de calle, quedando solo en calzoncillos. «No sé a qué temes con tanta fuerza para que conviertas tu nueva casa en una fortaleza de máxima seguridad, pero si te pasara algo conmigo en tu casa, no me lo perdonaría jamás, así que me quedaré contigo a pesar del sufrimiento que esto supone para mí» pensó Chris antes de meterse en la cama de Alice al lado de ella. Viendo que su sueño era muy profundo y no despertó, ni sintió cuando él se metió en la cama, no pudo reprimir sus ganas de abrazarla y estrecharla a su pecho. Era tan suave y olía tan bien. El pelo largo y sedoso parecía acariciarle mientras escondía su cara entre su hombro y su cuello con los ojos cerrados para sentir mejor su tacto y la fragancia que desprendía su piel suave como la de un bebé recién nacido. Siguió tocando sus brazos siguiendo con las caderas, su tripa, subiendo tímidamente —como si fuera en trance— hasta sus pechos. Viendo que seguía sin enterarse de nada, se atrevió a explorar un poco más, quitando con mucho cuidado el vestidito que llevaba puesto. Curioso de ver y tocar sus pechos redondos como dos esferas, se atrevió un poco más desabrochando el sujetador, con infinita suavidad, también. La vista lo enloqueció por completo. Aquel cuerpo de sirena, con aquellos pechos firmes y un único tanguita que no escondía casi nada de su intimidad, lo dejó sin aliento acelerando los latidos de su corazón hasta tener la sensación de que le va a explotar el pecho.

—Pero, ¿por qué no tienes algo que no me guste? ¡Joder! Me incitas a cometer una locura Alice —se lamentó Chris hablando por sí solo gruñendo entre los dientes por la furia que le invadió al ser parte de una situación tan traicionera, tan tentadora.

Dominado por el deseo, siguió tocando su cuerpo explorándolo en su totalidad con sus manos —a través de las cuales— empezó a sentir como las sensaciones que le inundaban el cuerpo le envolvían hasta el cerebro. Su cuerpo empezó a responder a los sentidos gritando por todos los poros de su piel que deseaba algo más. Empujado por la lujuria que se había apoderado de él hasta induciéndole a la locura, Chris, se tumbó encima de Alice, colocándose entre sus piernas entre abiertas con la ayuda de sus manos ávidas de placer y empezó a besarla con suavidad y timidez con la intención de retirarse a tiempo. Pero su cerebro recibía sensaciones de todas las partes de su cuerpo hechizándolo por completo. En ese momento las sensaciones eran las únicas que mandaban, como en una sesión de hipnotización cuando el sujeto ya no tiene el mando y está controlado por otra fuente exterior haciendo solamente lo que le estaban ordenando. Así se encontraba Chris ahora mientras besaba y palpaba el cuerpo casi desnudo de Alice que, al no protestar, para él significaba que no le estaba haciendo ningún daño y que ella también estaba muy a gusto. En el estado hipnótico que sus sentidos le habían inducido, Chris se volvió más atrevido con sus besos explorando sus labios hasta llegar a su lengua que, movida por la suya, parecía que le estaba correspondiendo. Muy dolorido por el miembro endurecido hasta el punto de explotar, no pudo resistir a todo lo que sentía y apartó el tanguita de Alice lo suficiente para poder tocarla y sentirla con su mano que lo veía todo por él. La imagen que su mano transmitía a su cerebro embriagado por el deseo, el calor de aquel sitio prohibido para él y el hecho de que esa sería su única oportunidad de tenerla, lo dominó por completo hasta el punto de…

* * * * *

—Ahora, ya que hemos aclarado el asunto de tu reaparición, hablame de lo que pasó allí, en la última excursión.

Al oír aquello, el joven, se quedó de piedra. Lo pilló desprevenido y se bloqueó.

—No es buena idea que hablemos de esto cuando nos queda tan poco tiempo para hacer el amor —esquivó Martín el tema agarrándola con un brazo de la cintura para tumbarla sobre él, en la cama, mientras con la otra mano sostenía su cabeza bien fuerte para poder besarla con ansia.

Al parecer su plan para evitar el tema funcionó porque ella no protestó, dejándose llevar, correspondiendo a su beso ardiente mientras frotaba su cuerpo del suyo obviamente ansiosa de que empiece la acción. Al verla tan cooperante dejó de sujetarla para meterle las manos por debajo de la ropa y sentir su piel tan suave hasta llegar a su senos hinchados y endurecidos por el deseo que sólo él sabía despertar en ella de aquella manera. Ansiosa de pasar a la acción, metió sus manos entre las de él para poder desabrocharle el pantalón y quitárselo, mientras él le levantó la falda de su sedoso y sexy camisón para poder agarrarle y estrujarle las nalgas transmitiéndole de esa forma todo el deseo que ella había despertado en él. Para hacerla enloquecer de placer, metió una de sus manos expertas por debajo de su tanguita empezando a explorarla con sus dedos juguetones en aquel sitio tan palpitante y caliente por culpa del placer que desbordaba de su cuerpo encendido por la pasión y el apetito que se había apoderado de ella. Hambrienta e impaciente, cogió el miembro endurecido entre sus delicadas manos, lo apretó con suavidad, pero con ganas evidentes, un rato y, al ver que estaba en su punto máximo de excitación, se lo colocó entre sus piernas dejando que su peso haga el resto entrando despacio hasta que su submarino a rebosar por el deseo acumulado en él se sumergió por completo. Sus gemidos y movimientos, subiendo y bajando para tomarse la ración justa que necesitaba para sentirse satisfecha, delataban lo mucho que estaba disfrutando de aquella maravilla de la naturaleza, pero él quería más, así que la agarró bien de las caderas y empezó a darle golpes secos penetrándola de esa manera más de lo que ella podía hacerlo. Sus gritos y gemidos ahogados mientras se mordía los labios de placer la hicieron jadear como un animal sufriendo por culpa de las sensaciones que empezaron a recorrer su cuerpo entero. Sus estallidos de placer, los espasmos y el calor del líquido producido por alcanzar el máximo placer, a él, lo hizo desear más. En cuanto la vio más relajada, dejó de golpearla, obligándola con sus manos a darse la vuelta para poder ponerla boca abajo con el apetitoso trasero para arriba, de aquella forma teniéndola a su completa disposición. Para calmar un poco el deseo que se había adueñado de él, empezó a jugar primero con su miembro entre sus nalgas y sus labios húmedos frotándolo con empujones precisos para encenderla de nuevo hasta el punto máximo. Al verla moviendo su trasero deseando atrapar su miembro de nuevo dentro de ella, posicionó su proyectil, duro como una piedra, entre sus piernas y lo dejó adentrarse despacio ayudado por la lubricación natural de sus cuerpos muy receptivos y hambrientos de acción. Cuando ya estaba dentro del todo, empezó a penetrarla con empujones cada vez más atrevidos y profundos. Eso la hizo perder el control de nuevo haciéndola gritar del dolor placentero que la enloquecía. Para no oírla sus padres, empezó a morder la almohada desahogando sus gemidos en ella amortiguando de esa forma los sonidos difíciles de controlar. Sintiéndola a punto de estallar, sacó rápidamente su miembro que estaba fuera de sí, reemplazando el sitio con sus dedos expertos imitando el movimiento de un miembro de verdad para que ella pudiera culminar, mientras el explotó derramando su lava ardiente sobre sus nalgas entreabiertas, tan apetitosas que le daban ganas de mordérselas.

Exhausto por el aluvión de las intensas sensaciones que recorrieron todo su cuerpo inundándolo de placer como una ola expansiva, se tumbó al lado de ella y —en cuestión de minutos— se quedó dormido abrazado a ella.

* * * * *

Lo primero que Alice vio al despertar, fue la cara de Chris que la estaba mirando sentado en el borde de la cama. Por la expresión de su cara parecía preocupado.

—¿Por qué tienes esta cara? —se extrañó Alice —. Estoy bien. De hecho, me siento mejor que nunca. El efecto del calmante que me inyectó mi médico me relajó de verdad. Me siento como nueva.

—Pues me alegra oír esto ya que por tu nuevo sistema de seguridad diría que vives muy estresada —resopló Chris aliviado al ver que Alice no sospecha nada de lo que había hecho él aquella noche.

—No me digas que estabas esperando que despierte solo para que me hables de esto —se lamentó Alice desilusionada.

—No, qué va. Solo quisiera que me contaras un poco sobre ello antes de que Diana y Sammy lleguen a tu casa.

—¿Y eso? ¿Les has llamado tú?

—Sí, exacto. Pero no cambies de tema y dime qué clase de sistema de seguridad es este ya que nunca antes he visto u oído nada igual.

—Bueno. Es un sistema de seguridad parecido a los grandes bancos donde guardan cantidades inimaginables de dinero, joyas, lingotes de oro y toda clase de objetos de valor de sus clientes multimillonarios.

—¡No me digas que guardas el dinero o los diamantes en la casa! —chilló Chris asustado.

—Ja, ja. Claro que no, tontorrón. No soy tan tonta como otros me creen.

—Quien cree esto de ti es que no te conoce porque tú de tonta no tienes ni un pelo. Incluso intentas cambiar de tema para evadir la respuesta.

—Vale. Te lo voy a contar, pero primero prometeme que no se lo dirás a nadie.

—Ya sabes que puedes confiar plenamente en mí. ¿Cómo voy a contar yo algo a alguien que sé que podría perjudicarte?

—Esta idea se me ocurrió al volver a ver a tu hermano, o la copia de él, en mi casa aquella noche y recordé que siempre me decía riéndose que: "Las herraduras están hechas para la gente honrada, porque un ladrón si quiere entrar, entra." Ni siquiera ahora sé cómo pudo pasar de los perros la noche cuando llegó hasta mi habitación. Como ya te dije, por eso salí de viaje, tan repentinamente, sin hablar con nadie durante un mes, para poder pensar en un sistema de seguridad con el que esté a salvo. Tenía que ser algo inusual, algo que un ladrón no podrá desactivar, ni ver, ni saber que existe.

—¿De qué están hechas las paredes y las contrapuertas que están escondidas en esos huecos que nadie se imagina que pueden existir y sellan la casa en cuanto salta la alarma? No parecían muy gruesos.

—Aunque no lo parezca, son muy resistentes. Los materiales más resistentes de la tierra no son duros y pesados, sino ligeros y efímeros. Para conseguir todo esto tuve que viajar hasta Massachusetts y contactar con los científicos del famoso MIT. Massachusetts Institute of Technology. Ellos me aseguraron que este material tiene una resistencia a la deformación increíble...

—¿Así? ¿Qué es? —quiso saber Chris alucinando con todo lo que oía.

—Hasta hoy en día, el carbono sigue siendo el material más duro conocido. Pero no en forma de diamante, que también es increíblemente duro, sino en derivados de grafeno.

—Jamás había oído hablar de esto —reconoció Chris que tenía una cultura general bastante amplia en comparación con el resto de mucha gente.

—Esa era la idea. Crear un sistema de seguridad del que nadie había oído jamás. Sólo de esta forma me siento segura.

—Y ¿la trampa del jardín? ¿Qué me cuentas de ella? Es una trampa mortal, ¿verdad?

—Mejor que no lo sepas.

—Pero… ¿de verdad crees que es necesario todo esto? —preguntó Chris sin insistir más sobre el tema de las trampas al ver que Alice deseaba guardar alguna información bajo secreto.

En su opinión estaba exagerando un poco con su seguridad.

—¿Todo esto? Si todavía no has visto nada. Por eso te he pedido que te quedaras en tu sitio en cuanto la alarma empezó a sonar. Toda la casa está repleta de trampas mortales.

—Alice. No quiero que te enfades conmigo, pero… creo que… necesitas ayuda. La ayuda de… un profesional me refiero —la aconsejó Chris con un tono muy tierno pronunciado muy despacio calculando bien sus palabras para no ofenderla sin querer.

—Ya. Sabía que ibas a reaccionar así en cuanto te lo cuente —reconoció Alice con tristeza apartando la mirada de la de él —. Y ¿qué crees que va a arreglar un profesional? ¿Va a borrar mis recuerdos? ¿Va a quitar la maldad de la cabeza de los psicópatas? ¿Va a impedir que un violador entre en mi casa mientras duermo y que le desaparezca sus instintos primitivos de ir a por una presa fácil e indefensa? ¿Va a reeducar a la población? ¿Va a ofrecerme seguridad en mi casa donde vivo sola? ¿Va a apartar a los ladrones de mi casa?

—Bueno. Visto así, tienes razón. Sólo que me extrañó muchísimo este nuevo modelo de sistema de seguridad.

Después de oír todos aquellos argumentos y con todo lo que había pasado últimamente en sus vidas, Chris llegó a la conclusión de que, al final, tenía razón. Y con tanto dinero que tenía cualquiera podía hacer lo que le daba la gana. Y mucho más cuando no era por capricho, sino por necesidad.

—Me alegro que por fin lo entendiste. Ahora escuchame y no olvides lo que te voy a decir. El salón y los pasillos están repletos de trampas mortales. En cuanto la alarma empieza a sonar es cuando se activan. Hasta entonces no hay peligro. Están latentes como un televisor en stand-by. Cuando la alarma esté sonando ni se te ocurra pasar por el salón o por los pasillos de la casa. En ese momento, la única zona segura, donde no hay peligros, ni nadie puede entrar, son las habitaciones. Pero tienes que acertar la puerta antes de que te pille el malo. Ni en el sótano no entres. Ese es el más repleto de trampas y están activas 24h de 24h.

—Entendido. Pero anoche, cuando te llevé hasta tu habitación, hasta dar con ella, vi que una de las habitaciones estaba cerrada con llave. ¿Qué hay allí?

—A eso me refería cuando dije que "tienes que acertar la puerta antes de que te pille el malo". Esa no es una habitación. En realidad es un hueco entre las habitaciones y la puerta se abre solo cuando una habitación está posicionada enfrente de ella. Hasta entonces no hay manera de abrirla. Y cuando queda hueco en donde ya no hay habitación, la puerta de esa habitación que se ha movido de sitio, queda cerrada a cal y canto hasta que una habitación vuelve a posicionarse delante de ella.

—¡¿Me estás diciendo que las habitaciones se mueven de sitio?! —flipó Chris en colores oyendo algo tan increíble —. Ahora entiendo porque al volver anoche a tu habitación, después de haberme despedido de tu médico, la habitación ya no era la última del pasillo sino la primera. De verdad creí que me había vuelto loco o que estuve soñando.

—No. Estás perfectamente y eso es real. Ahora te explico. En cuanto entres en una habitación, cierra la puerta con el cerrojo y quedate allí hasta que yo te diga que puedas salir porque la ubicación de las habitaciones, cada cierto tiempo, cambian. Tienen un mecanismo automático que solo yo conozco y puedo desactivar. Pero no vaya a ser que te pillen mientras intentes salir porque te pueden cortar como una guillotina. Tienen un sistema de seguridad para que esto no pase, pero es mejor ser precavido. La tecnología ha avanzado mucho, pero siempre habrá fallos. También hay una habitación secreta en la cual sólo yo sé llegar y entrar. Yo la llamo la sala de control aunque es un bunker en toda regla. Es blindada, anti radiaciones y de allí puedo manejar el sistema de seguridad, las trampas y las cámaras de vigilancia de toda mi propiedad según la necesidad del momento. Tiene otras entradas, secretas, desde otras habitaciones que obviamente sólo yo conozco y puedo acceder porque se necesita un código formado por números, letras y signos que sólo me lo sé yo. Ni siquiera los que han instalado todo esto se saben las claves y el mecanismo en su conjunto. La linterna que viste anoche en mi mano, cuidado con ella si la encuentras porque en realidad es un arma letal. Al presionar el fondo, donde tiene ese cordón de agarre, y girar la cabeza que contiene el led dos veces a la izquierda y una vez a la derecha, el arma se activa. Tirando del cordón se dispara. El mando que saqué del sofá, no lo toques porque no sabes la combinación de los botones y puedes activar las trampas por error y matarnos a los dos. Es un mando que tiene de todo: una cámara a través de la cual nos pueden ver directamente desde la central, un micrófono para oír todo lo que está pasando, se pueden cambiar y enfocar las imágenes de las cámaras que están instaladas por toda la propiedad, se puede activar o desactivar la alarma, las trampas y hasta incluso hacer llamadas y fotos.

La cara que Chris tenía, daba a entender que necesitaba beber algo fuerte de inmediato. Con todo lo que acababa de oír, se sentía como Neil Armstrong bajando de la nave espacial Apolo 11 al pisar por primera vez la superficie de la Luna.

—Ven. Vamos a tomar algo en el salón —lo invitó Alice con amabilidad entendiendo el estado en el que se encontraba su amigo al oír todo aquello.

Se esperaba que reaccionase más o menos de aquella manera cuando le iba a contar gran parte de las innovadoras medidas de seguridad por las que se había esforzado tanto obtener e instalar.

En cuanto salieron al pasillo, Chris constató que todo lo que le había contado era verdad porque cuando había vuelto a su habitación, después de despedirse del médico, ya no era la última del pasillo sino la primera. Y ahora, al salir, vio que era la segunda. La ubicación de las habitaciones había cambiado de nuevo. Pero ¿cuándo había pasado esto si estuvo dormida toda la noche y la alarma no sonó? Y ¿por qué él no se enteró de nada? Esto significaba que había cosas que seguían activas aunque la alarma no sonaba y no había ningún peligro en la casa. ¿Cuántas otras trampas más había activas en ese mismo momento sin que él lo supiera? ¿De verdad le había contado todo? ¿Tendría instalada alguna cámara en su habitación también y quizás no quiso contarle todos los detalles?

La última pregunta que le vino a la mente a Chris le hizo estremecerse y le preocupaba mucho. Si Alice descubriera lo que él había hecho después de haberse quedado profundamente dormida estaba más que convencido de que la perdería para siempre.

Capítulo VIII

Reunión

—Son casi las ocho —le susurró Sammy al oído a Martín con la intención de despertarle.

—Mmm… —se quejó él somnoliento —. Déjame dormir un poco más.

Viendo que se tapa con la sábana hasta la cabeza, Sammy decidió ir a preparar café para lograr despertarlo. No quería perder la oportunidad de hablar con él antes de que salieran hacia la casa de Alice.

—Venga, vamos, levántate. No seas vago. Tenemos que prepararnos para la reunión. El día que tanto has deseado ha llegado.

Aún con la cabeza metida debajo de la almohada, Martín lo oyó todo. Sabía que era la hora de levantarse, pero tenía mucho sueño todavía. Habían dormido muy poco.

Cuando Sammy volvió de la cocina, al sentir el olor a café recién hecho, el sueño se le disipó enseguida. Mirando lo bonito que estaba todo colocado en una bandeja de plata no pudo resistirse en halagarla:

—Muy bonito de tu parte hermosa, pero no me trates así que me puedo acostumbrar y luego ya no podrás librarte de mí.

—Si esto te parece mucho debes de haber vivido en un mundo muy hostil. En mi familia cuidarse uno al otro es algo habitual. Deberías hablar más conmigo. Contarme lo que te duele, lo que te preocupa… No sé, pero casi no nos hablamos cuando nos vemos y esto me pone nerviosa. No avanzamos nada —le contestó Sammy intentando acercarse al tema que a ella tanto le importaba.

Pero no surgió efecto ya que él se puso a tomar café y a encender el cigarro como si no hubiera oído nada de lo que ella le había dicho.

—Debo de haber acertado por la cara que has puesto —insistió Sammy sin quitarle los ojos de encima para no perder ningún detalle de su reacción.

—Pues, la verdad que mi vida no tiene nada de interesante o bonito que yo pudiera contarte —le respondió él esquivando, lo mejor que pudo, la conversación.

—Lo siento —lo consoló Sammy intentando ganárselo y hacerlo abrirse ante ella —. Pero si hablaras de eso te aliviaría un poco. Se ve que he acertado y no te lo dije por curiosidad, sino para que descargues el peso innecesario que no te deja relajar.

—No quiero hablar de esto, de verdad —le confesó él obviamente molesto por las insistencias de ella.

—Vale. Es tu vida privada y lo entiendo y lo respeto, pero sí que me mata la curiosidad por saber qué ha pasado en aquella fúnebre excursión.

Martín casi se atraganta con el café al oír otra conversación que no se esperaba para nada.

—Vamos. Cuéntame sobre aquel sitio algo. ¿Cómo es? ¿Siniestro, bonito… ? ¿Hay fenómenos paranormales allí? ¿Cómo murieron nuestros amigos? ¿Qué ha pasado allí?

—Vaya. Cuantas preguntas. ¿Se te ha roto el conducto de preguntas?

—No me cambies de tema, por favor. Cuéntame algo sobre ese viaje.

—Lo siento por ti, pero no te puedo contar nada mientras la investigación policial está abierta. Sabes que en este tipo de sucesos siempre hay secreto de sumario hasta que finalizan las investigaciones —se inventó Martín mirándola a los ojos.

—¿Esto significa que el asesino fue uno de vosotros? Si dices que hay secreto de sumario… Vamos. No se lo contaré a nadie. Te lo prometo. Ya que somos novios puedes confiar en mí —lo animó Sammy sin intención de desistir.

Mientras Martín pensaba en la siguiente mentira, el teléfono de Sammy empezó a sonar. Al ver quién la estaba buscando tan temprano, Sammy se apresuró en contestar:

—Hola, Chris. Dime. ¿Le ha pasado algo a Alice? —preguntó Sammy preocupada al reconocer la voz del que la llamaba.

—No. Está bien. Después de tu visita, llegó el médico y consiguió tranquilizarla. Te he llamado para recordarte que en una hora tenemos una reunión en la casa de Alice… con Mark. También lo hice para asegurarme de que vais a venir.

—Sí, iremos. Pero yo no podré quedarme mucho tiempo porque tengo cita en la peluquería.

—Vale, perfecto. Me encontrarás allí. Hasta ahora.

—Hasta pronto.

—¿Que ha sido esto? —se interesó Martín sorprendido por aquella llamada tan matutina.

—Era tu hermano. Quiere que vayamos los dos, tú y yo, a la casa de Alice para conocerte. Dentro de una hora.

—¿Está muy lejos de aquí?

—No. Está a unos 10 minutos en coche desde mi casa.

—Entonces significa que me da tiempo a tomarme el café tranquilo y hasta darme una ducha.

—Claro. Estás en tu casa.

—Gracias. Eres un tesoro.

—No, no, no. De gracias nada. Tú también tendrás que darme algo: contarme detalles de la excursión. Ya ves que puedes confiar en mí: te estoy guardando el secreto de tu verdadera identidad.

—La verdad es que no me gusta hablar de eso. Es muy traumático lo que ha pasado allí. Imaginate la matanza de Texas en la que los protagonistas fuimos nosotros y acabamos en sálvense quien pueda.

—Eso lo he entendido y se lo imagina todo el pueblo, pero ¿cómo ocurrieron los hechos? ¿Quién ha sido el autor de la masacre? ¿Fue uno de nuestros amigos o algún fenómeno paranormal?

—Mejor me voy a duchar. No tengo ganas de hablar sobre esto ahora. O ¿te quieres duchar conmigo? —finalizó Martin la conversación levantándose de la cama desnudo para ir al baño a ducharse.

—No. Mejor ve tu solo porque si voy contigo, no llegaremos a la reunión. Ya te conozco.

«Pfff. Que pesada la chavala con los detalles de la excursión. Es más curiosa que un gato y yo no tengo ni idea sobre lo que pasó en aquella maldita excursión».

«¿Por qué demonios no quiere contarme nada?» pensaba Sammy cabreada por el fracaso de la conversación.

* * * * *

Tal como habían acordado, Sammy y su amigo secreto, se presentaron en la casa de Alice a la hora establecida. Aunque, desde pequeñas habían crecido en el mismo barrio convirtiéndose en las mejores amigas a lo largo de su infancia, últimamente los secretos les habían distanciado más de lo que alguna de ellas se hubiera imaginado alguna vez que les pudiera pasar. Por el interés enmascarado que cada uno tenía, aunque no era precisamente un placer verse, todos se comportaban como siempre, con respeto y educación. Pero aun así se notaba la tensión en el ambiente, lo que era normal dada la situación. Era como si uno de ellos hubiera vuelto de entre los muertos y no cualquiera de ellos, sino el peor para algunos.

Después de haberse presentado, como era debido, los cuatro se reunieron en el salón donde Alice había traído unos cuantos platitos con pastelitos, bollos, galletas, azúcar, café recién hecho, zumo de frutas recién exprimidas, leche y té.

Sin que se notase, Alice estudiaba al hermano gemelo de Martín igual que un escáner estando atenta a cualquier movimiento, palabra o gesto que el joven hacía. Chris, por su lado, también.

—¿Por qué no supe de tu existencia nunca? —le preguntó Chris con serenidad para ganarse su confianza —. Mi madre nunca me habló de ti.

—Es porque ni ella sabe que existo. Ni yo supe de vuestra existencia hasta hace poco. Lo descubrí por casualidad —les explicó el que intentaba pasar por el hermano gemelo de Martín con tanta calma y naturalidad que podías jurar que está diciendo la verdad.

—Pero lo normal era que busques primero a tu familia, no a la novia de tu hermano —lanzó Chris su primera gran incógnita con la que pretendía debilitarle la historia o ponerle nervioso para que lo pillase con la mentira.

—Sí. Ya sé que fue un error entrar así en su casa, pero acababa de llegar a la ciudad, era muy tarde y pensé que mi hermano vive con su novia. No tenía ni idea de que había muerto recientemente.

Con ese detalle, Chris ya tenía la certeza de que su supuesto hermano les estaba mintiendo, pero decidió no decir nada al respecto de momento. «Si descubrió quién es la novia de Martín ¿cómo es que no había descubierto que su hermano había muerto, pero sí la nueva casa donde se mudó posteriormente la novia?».

Sammy desconocía aquel detalle: que su novio secreto había entrado en la casa de Alice, de noche, en cuanto había llegado al pueblo. Aunque tenía muchas ganas de saber por *qué* sobre aquel detalle que él, obviamente de forma deliberada, no se lo había contado, se mantuvo callada para no meter la pata y delatarlo ella misma delante de sus amigos. Ya tendría tiempo para hacerlo después pensó ella para adentro.

—¿Quieres decir que no te habías enterado de la muerte de tu hermano, pero sí de la dirección de la casa donde me he mudado recientemente yo, la novia de tu hermano? —se extrañó Alice teniendo la misma duda que Chris.

—Es que tú apareciste en todos los periódicos, pero él, no.

—Y ¿por qué no me buscaste a mí antes? Si soy el hermano de Martín, obviamente soy tu hermano también, ¿no? —siguió Chris con las preguntas para no darle tiempo a prepararse las respuestas.

—Porque soy idéntico a Martín y no quería darte un susto de muerte al aparecer así de repente.

—Pero ¿no decías que no sabías que tu hermano había muerto? —se apresuró Alice en preguntar.

—No lo supe en cuanto llegué, pero el segundo día, al intentar averiguar la dirección de Chris, me he enterado. Para mí también fue un golpe muy duro —siguió contando el joven con tristeza acabando la frase mirando con pena a Chris.

Con la última frase que había dicho, Alice pensó que son demasiados crueles con él al acorralarlo de aquella manera. No cabía duda de que era el hermano gemelo de Martín y en el fondo, él también había sufrido la pérdida de un ser querido, no solo ellos.

—Y ¿por qué tardaste tanto en volver a buscarme? ¿Dónde fuiste? —continuó Chris con el interrogatorio ya que algunos detalles de la conversación le decían que no confiara en aquel individuo.

—Como todo lo que os había pasado en aquella excursión era muy reciente, pensé esperar un poco más. La expresión de la cara de la gente que conoció a mi hermano, Martín, al verme por la calle o cuando intentaba averiguar algo sobre mi familia, me hizo decidir esperar un poco más. Para mí también fue difícil. Con las ganas que tenía de conocer a mi hermano gemelo al enterarme que tengo uno, a mi madre, a mi padre y a ti —señaló a Chris con la cabeza— y descubrir que he llegado tarde. Que mi hermano, gemelo idéntico, había muerto y encima tener que esconderme de la gente para no provocar un infarto a alguien…

A esa altura de la conversación, Mark paró de hablar fingiendo ser tan conmovido que no podía continuar. Su actuación fue tan espectacular que a Alice casi se le caen las lágrimas por la pena que sus palabras la hizo sentir. Por eso se le acercó y lo miró con mucha compasión, animándole con una tierna sonrisa y una voz suave que podía derretir hasta el hielo:

—Tranquilo. Ahora estás entre amigos y, aún más, tu hermano Chris es una muy buena persona. Y tienes suerte de tenerlo como familia.

A Chris no le gustó mucho la reacción de Alice. Sintió celos. Y no lograba llegar a creer del todo a aquel individuo. Aunque se parecía a Martín como dos gotas de agua, para él seguía siendo un extraño. No sabía nada de él. Qué clase de persona era, dónde y en qué medio se había criado… Nada. Pero una cosa la tenía clara: que les estaba mintiendo.

—¿Tienes donde vivir?

—Chris. ¿Qué pregunta es esta? No lo vas a dejar en la calle. Es tu hermano —intervino Sammy también en su defensa.

—Y ¿cómo sabes tú que no tiene un lugar donde vivir? —se extrañó Alice al no entender cómo es que Sammy conocía tan bien la situación de un extraño que acababa de aparecer en la ciudad.

—Por favor, no peleéis por mi culpa. Ella lo sabe porque desde que la conocí, hace poco, vivo en el coche cerca de su casa. Eso porque ella se ofreció a traerme ropa, comida y ayudarme a encontrar a mi hermano sin dar un susto de muerte a nadie —saltó Mark en la defensa de Sammy para que no dijera algo que pudiera echar a perder su plan.

—Pero ¿qué os pasa que estáis dudando de todo? —se enfadó Sammy —. Quizás si contarais lo que os ha pasado en la excursión os liberaríais de ese estrés acumulado que obviamente no os deja volver a la normalidad.

Para evitar aquel tema del que Chris y Alice juraron no hablar jamás con nadie, Chris declaró:

—¡Vale! De acuerdo. Vivirá conmigo, pero con una condición. Que no te metas en mis cosas y en las de Martín. Todavía no he recogido sus pertenencias de la casa.

—Tranquilo. Respetaré tu casa y tus reglas. Soy consciente que, de momento, soy un completo extraño para vosotros y que he llegado en un mal momento. No quiero crearos más problemas, sino al contrario, ganarme vuestra amistad. Me parecéis muy majos todos.

—Tú también pareces muy majo. Y ya que tu hermano, Chris, trabaja mucho y de hecho, se tiene que ir, yo te puedo echar una mano cuando lo necesites —se ofreció Alice con amabilidad sin ninguna otra intención.

Sammy esperaba que en ese momento les va a decir que era comprometido y que no podía aceptar su oferta, pero a cambio:

—Gracias. Eres muy amable. Lo tendré en cuenta. Ahora entiendo porque mi hermano se había enamorado de ti.

Con aquel comentario a Chris le entraron ganas de partirle la cara a aquel nuevo miembro de su familia. Por eso no pudo contenerse y le advirtió:

—Es la ex novia de tu hermano, Mark. Tenlo muy en cuenta y no te enamores porque nunca podrá haber algo entre vosotros dos.

—Tiene razón —aprovechó Sammy la ocasión para resaltar aquel detalle muy importante que a ella también le venía bien.

—Pero ¿qué decís? mal pensados —se rió Alice pensando que era una broma para romper el hielo, ajena a los celos que sus dos amigos sentían de verdad.

Llegando la hora de irse, Chris se dio cuenta de un detalle muy importante que se le había escapado: que no tenía tiempo para llevar a su hermano Mark a su casa para instalarle y tampoco quería darle las llaves a Alice para que lo llevase ella. Y si se inventara que se había olvidado las llaves en el trabajo y Sammy había dicho que tenía cita a la peluquería, ¿con quién iba a dejarlo? ¿Con Alice? ¿Solos… en su casa?

* * * * *

«Así que aquí vive la chica más rica de la ciudad. Será que por eso quiso entrar aquella ladrona en su casa la noche pasada. Y, encima, vive sola. Ahora entiendo ese sistema de seguridad tan avanzado que detectó a la intrusa esa nada más pisar su propiedad. Tendré que averiguar qué tipo de alarma tiene instalada para hacerle una visita. No vaya a ser que le pase algo malo. Como esa ladrona debe de haber más gente que le quiera hacer daño y yo no voy a permitir que vuelva a pasar una desgracia. Tengo tiempo de sobra y remedios para impedir esto. Para algo debe servir. Puede que aquello haya sido una señal. Igual este es mi destino» pensaba el hombre que había visto lo ocurrido la noche anterior y ahora se encontraba al otro lado de la calle, escondido detrás del tronco muy ancho de un árbol muy viejo. Siempre tenía cuidado en no ser visto, pero también en no llamar la atención. Cuidaba su aspecto intentando parecer de lo más común y corriente que cualquier otra persona entre la multitud. Era una persona inteligente. Sabía cómo comportarse para no levantar sospechas. Llevaba casi siempre un periódico en la mano junto a su maletín o una mochila de viaje y un mapa gracias a las cuales podía poner tantas preguntas como le daba la gana mientras en realidad estaba atento a lo que realmente le interesaba: a otros detalles y aspectos sin que las personas se dieran cuenta que estaban vigiladas o perseguidas. Él hacía muy bien sus deberes. Lo planeaba todo con calma, lo estudiaba bien antes, tenía paciencia para que el momento oportuno llegue, no se saltaba sus reglas y todo le iba bien. No sólo que no lo habían pillado, sino que ni siquiera sospechaban de él. La verdad que lo hacía de una manera tan limpia que todo el mundo estaba confusa. Nadie sabía a qué temer, a que evitar, a que esperarse o que pasará a continuación. Esto lo sabía solo él. Y él no tenía amigos, familiares o vecinos que pudieran sospechar de él o que pudieran dar detalles sobre su vida. Desde aquel fatídico día se había convertido en un solitario y completo desconocido para todo el mundo. Su destino había cambiado de rumbo completamente.

* * * * *

Chris miraba a aquel nuevo hermano, a Alice y a Sammy, mientras buscaba una solución rápida en su cabeza. No quería dejar a aquel desconocido a solas con Alice bajo ningún concepto. No sabía qué clase de persona era y le había prometido a Alice —y a sí mismo— que la protegería de cualquier peligro y jamás permitiría que le pasara algo malo otra vez. Su instinto le decía que no era buena idea dejar a aquel extraño con Alice en la casa.

—Puedes quedarte conmigo hasta la tarde cuando salga tu hermano del trabajo —se ofreció Sammy aprovechando la ocasión —. Tengo cita en la peluquería, pero si no te apetece ir a un salón de belleza de mujeres, puedo llamar y cambiarla.

Mark no quería ir con Sammy. Él quería quedarse con Alice. En definitiva, ella era su objetivo, no Sammy. Pero tampoco quería forzar la nota insistiendo nada más aparecer en sus vidas. Se quedó callado mirando a Alice con cara de pena, luego miró a Chris pareciendo confuso y luego a Sammy:

—No quiero estropear vuestros planes. Mejor me voy solo por el pueblo…

—Mira. ¿Por qué no te vas con Sammy a una cafetería y me esperáis hasta que vuelvo yo del médico? Luego os llamo y nos vemos. Podríamos pasar juntos el resto del día hasta que tu hermano salga del trabajo y ya te vas a poder instalar por fin en su casa —sugirió Alice al entender que Chris no estaba dispuesto a darle las llaves y dejarlo solo en su casa.

No aprobaba su actitud, pero tampoco quería meterse en sus asuntos. Ni ella no quería quedarse a solas con aquel joven, que parecía encantador, pero de momento no sabían casi nada de él. Su hermano, Martín, también parecía encantador y, al final, resultó ser todo lo contrario. Aunque no veía nada raro en el nuevo hermano, no pensaba abrirse tan rápido como la vez anterior cuando se llevó la sorpresa más grande y más horrorosa de su vida.

A Mark no le gustaba mucho la idea, pero como no tenía otra elección:

—Vale. Si no es demasiada molestia…

Aceptó la idea fingiendo estar contento con lo que ellos habían decidido por él. Tampoco era tan mal. En poco tiempo se iba a reencontrar con Alice y podría por fin entablar una amistad con ella. Lo que sí veía como un problema era la presencia de Sammy. Además tenía que pensar en algo para que no diga a nadie que son novios. Aquel detalle no entraba en sus planes. Nunca entró, pero necesitaba la ayuda de alguien en cuanto había llegado al pueblo. No le quedaba mucho dinero de la cantidad que había robado de la casa de donde huyó y dormir en él coche no era muy cómodo, ni higiénico. Le había venido de maravilla, al principio, aquella *amiguita*, pero ahora ya no.

—Ya que el asunto está arreglado, me voy a ir al trabajo porque es un día importante y no puedo llegar tarde —se excusó Chris apurado mirando preocupado la hora en su reloj de pulsera —. En la tarde, en cuanto salga del trabajo, os llamo.

Alice acompañó a Chris hasta la puerta para abrirle y luego hasta su coche aparcado enfrente de la casa. Chris aprovechó para avisarla:

—No sabemos qué clase de persona es este joven y a qué esperarnos. Cuando te encuentres con ellos, intenta averiguar todo lo que puedas sobre él. Dónde vivió y con quién, qué estudió y trabajó, etc. Pero hazlo sin levantar sospechas. Tampoco le ofrezcas tu amistad y apoyo por pena y sin esfuerzo. Si te pasara algo, nunca me lo perdonaría.

—Creo que estas exagerando. No entiendo por qué te pusiste así. Deberías alegrarte por recuperar un hermano después de haber perdido otro…

—Alice. Prometeme que me harás caso. Ya viste que chasco nos llevamos por confiar en la gente. Yo viví con mi hermano en la misma casa durante seis meses y no lo vi venir. Vi señales, pero tampoco me esperaba que fuera tan…

—Vale. Vale. Tienes razón. Andaré con cuidado —le prometió Alice interrumpiéndolo para que no siguiera hablando de aquel tema —. Ahora date prisa o, si no, llegarás tarde.

Nada más quedar a solas en el salón, Mark aprovechó la oportunidad para pedirle algo urgente a Sammy:

—Por favor, no les cuentes todavía que somos novios. Deja que lo haga yo en cuanto llegue el momento.

—No entiendo tu actitud —se quejó Sammy muy descontenta con la petición de Mark —. ¿Qué tiene esto de malo?

Mirando constantemente hacía la puerta de la entrada para ver si Alice volvía, Mark le dijo:

—Son demasiadas cosas por el principio. Además, a Chris se le puede ocurrir la idea de que vaya a vivir contigo. No le vi muy encantado de llevarme a vivir con él en su casa.

Aquel motivo le pareció bastante razonable a Sammy. Ni a ella no le agradaba la idea de vivir con él. Sus padres la echarían de casa si se enterarían de que tiene como novio a un don nadie sin casa, sin trabajo, sin estudios avanzados, sin dinero y sin rumbo en la vida. Ahora sí que estaba de acuerdo con él.

—Vale. Esperaremos. La verdad que no es un buen momento para una noticia de este tipo.

En cuanto Alice volvió, Sammy se levantó del sofá diciéndole:

—Te dejaremos tranquila ya que tienes que ir al médico. Me llevaré a Mark al centro del pueblo para enseñárselo ya que tuvo que estar tanto tiempo escondido para que no dé un susto de muerte a todos. Creo que ya es la hora de que la gente lo vea y lo conozca. Igual sería buena idea invitar a Adriana y a Rosy para que nos acompañe por la ciudad y así, de esas dos, en unos días se entera todo el pueblo de la novedad.

—Bien pensado —la aprobó Alice encantada de su idea —. Así no tendremos que explicárselo nosotras a toda la gente que querrá detalles sobre el gran evento.

—Que cotillas sois las chicas —se quejó Mark en broma —. ¿Ahora me queréis hacer famoso?

—Es que llegaste en el peor momento. Lo siento. Pero creo que es inevitable que llegues a ser famoso y que tu nombre esté en la boca de todo el mundo —le confesó Alice intentando prepararlo para lo que se iba a liar en un futuro muy próximo.

—En un pueblo pequeño se sabe todo y una noticia de este tipo correrá como un tsunami al tocar tierra —le advirtió Sammy mientras salían por la puerta de camino hasta su coche.

—Como la pólvora querrás decir —la corrigió Mark.

—No. En tu caso será como un tsunami. Créeme.

—Luego os llamo —les gritó Alice desde el umbral de la puerta mientras activaba el mecanismo que abría las puertas del jardín para que pudieran salir.

* * * * *

—Diana. ¿Qué tal? ¿Cómo van tus asuntos?

—Arreglados. Acabo de volver a casa. Ya hemos terminado lo que teníamos que hacer. ¿Por qué? ¿Ha pasado algo?

—No. Pero estoy preocupado. Mi nuevo hermano, Mark, debe de estar con las chicas por la ciudad a esta hora. Con Alice y Sammy. ¿Podrías pasar la tarde con ellas hasta que salgo yo del trabajo? No sabemos nada sobre ese chaval y después de todo lo que ha pasado últimamente no me siento tranquilo sabiendo que están en compañía de un completo desconocido.

—Bueno, tenía algo que hacer, pero lo puedo dejar para mañana. Es más, yo también tengo curiosidad de conocer a tu nuevo hermano. ¿Cómo es?

—Ya lo descubrirás por ti misma. ¿Yo qué te voy a contar si estuve solo unos minutos con él esta mañana, en la casa de Alice, e intercambiamos unas cuantas frases, nada más?

—Ah, pues ya tendréis tiempo de conoceros. Es igual que cuando vino tu hermano Martín a vivir contigo en tu casa después de la muerte de vuestro padre.

«Ya. En eso mismo pensé yo, Diana. Sólo que tú no tienes ni idea de lo que fue capaz ese hermano. Ahora, lo que me faltaba era que aparezca otro. Y gemelos idénticos encima» pensó Chris para dentro en la imposibilidad de hablar sobre aquellos detalles con ella.

—Bueno. No es casi lo mismo porque yo y Martín habíamos vivido juntos de pequeños y con nuestros padres hasta que se separaron, pero este joven no sé en qué ambiente se ha criado y que costumbres tiene. Ten en cuenta que yo voy a convivir con él, en mi casa, sin saber quién es.

—Ya —le contestó Diana desanimada.

—Por eso te pedí que pases la tarde con ellos. Para que veas como es, como se comporta, más o menos como piensa... y luego que me avises por si notas algo raro o inusual.

—Tu descuida que voy a llamar ahora mismo a Alice y enseguida voy para allá —lo tranquilizó Diana antes de colgar la llamada y ponerse a hacer justo lo que había dicho a su amigo que iba a hacer.

No fue difícil encontrarles. Ya que era viernes, las chicas estaban con ganas de fiesta fiestera. Especialmente Adriana y la Rosy que eran tan liberales que las apodaron las señoritas rebeldes. Las conocían en todos los pueblos de alrededor. No formaban parte de su círculo de amigas, pero las necesitaban para hacer correr la voz de la aparición del hermano gemelo de Martín. Eso era todo.

Nada más llegar, después de presentarse, Diana, al verle tan parecido a Martín, le lanzó la primera pregunta trampa:

—¿Seguro que eres Mark y no Martín? Hasta tienes los ojos saltones como él.

Aquellas palabras hicieron que se le hiele la sangre en las venas a Alice. Se quedó mirando a aquel joven, preguntándose lo mismo. Con solo imaginar que eso podría ser verdad se ponía enferma. Tanto que hasta empezó a sentir náuseas y aumentarle esa inquietud interior que había empezado a notar desde que se reunió con ellos después de ver a su médico y no la dejaba relajarse aunque ya estaba anocheciendo. No sabía si sería capaz de sobrevivir al pasar dos veces por la misma situación. Pero él miraba a su amiga sonriendo. No fue eso lo que la tranquilizó un poco sino su respuesta:

—Ojalá lo fuera porque entiendo que lo queríais mucho, pero no. No lo soy —confesó el joven poniéndose triste.

—Pero no te pongas así. Con lo guapo que eres seguramente que tienes muchas admiradoras que te quieren. ¿O tienes novia? —continuó Diana curioseando dándole un disgusto a Sammy esta vez con aquella nueva pregunta.

«Pero ¿esta pa' que quiere saber si tiene novia o no? ¿Se lo quiere tirar o qué? Si ella tiene novio... Ya que Crockett está fuera de la ciudad, y vete tú a saber cuándo volverá, ¿esta quiere tema?» se preguntaba Sammy hirviendo por los fuertes celos que le entraron en aquel momento.

—No. No tengo. Si la tuviera, estaría aquí conmigo. No la iba a dejar sola en otra ciudad y yo me viniera a vivir aquí sin ella.

—¿Por qué? No me digas que eres de los que son fieles a sus parejas y solo tienen ojos para su amada? —preguntó Rosy en tono irónico sin poder contener la risa que su propio comentario le provocó.

«Vuelve tú a preguntarle más sobre este tema y veras como te arranco tu falsos rizos Rubia» pensaba Sammy echando fuego por los ojos al saber lo "famosa" que era aquella chica por haberse acostado con todos los chicos del pueblo y de los pueblos colindantes también.

—Supongo. No lo sé porque hasta ahora no tuve novia.

«Pero ¿qué respuesta es esta? Claro que tienes novia. Si no, ¿yo que soy?» se comía Sammy el coco asistiendo impotente a la conversación que ya empezaba a transformala en un paquete de nervios.

—¿No me digas que eres virgen todavía? —exclamó Adriana incrédula.

«Otra. No me digas que ahora se animan todas pensando que el pobrecito es virgen» se desesperó Sammy harta del camino en el que había entrado la conversación y por el interés que despertaba su novio en las chicas.

—No. No soy virgen. Con alguna que otra chica sí que he estado —les confesó Mark riendo tímidamente.

«Y ese ¿de qué va ahora si él de tímido no tiene nada?» enfureció Sammy al verle jugar un papel que no le correspondía.

A Sammy ya no le gustaba estar allí. Estaba echa un manojo de nervios. A Alice tampoco. A ella ese tema tampoco le gustaba nada porque a ella el sexo, desde aquel episodio sorpresa, le repugnaba. Las dos tenían ganas de irse. Además ya era tarde y estaban cansadas. No estaban acostumbradas a estar tanto por allí fuera. Tampoco eran el tipo de chicas que pasan las noches en las discotecas o en los pubs de la ciudad.

Cuando pensaba que ya no podía más, el teléfono de Alice sonó. Teniendo la excusa perfecta para salir de allí, Alice se levantó y se alejó de la terraza para poder hablar tranquilamente. En cuanto se enteró de que Chris estaba por la zona buscándoles, su ánimo volvió a la normalidad.

* * * * *

«Así que esa chica es la persona más rica de la ciudad y la que vive sola en esa lujosa y apartada mansión. Lo que no entiendo es ¿por qué me resulta familiar la chica que está sentada a su lado? Y ver como se ríen todas como tontas con aquel chico me da algo. Todo es bonito al principio. Hasta que empiezan a aparecer los secretos ocultos que cada uno lleva dentro. Los secretos de uno de ellos porque nunca he visto juntados dos buenos sino uno de cada, por lo cual, uno de los dos acaba jodido por el otro. Es como la ley de Murphy que nunca falla. Y ese tío que tanto se ríe con ellas seguramente se las quiere tirar a todas sin importarle en lo más mínimo que acabará haciendo pedazos más de un corazón. Con lo grande que es, aunque en apariencia es tranquilo, no parece ser ese su verdadero carácter. Furioso quisiera verlo yo cómo reaccionaría con una de esas chicas. Ufff. Que frágiles e indefensas sois las mujeres. E inocentes también. Y nadie hace nada. Sólo se conforman con transmitir la noticia de la desgracia por la tele y asunto arreglado. Luego, nadie toma ninguna medida. Las leyes siguen igual de blandas. Pero mientras yo viva no permitiré ninguna desgracia más. Por lo menos en este pueblo no. Que carita tiene esa chica. Se le ve tan inocente. Pero esa flaca que estuvo sentada toda la tarde a su lado y casi no sacó una palabra ¿de dónde me suena? La vi en otra parte, ¿pero dónde? Si yo no estuve últimamente en otro lugar que… No me jodas que es ella. Tiene que ser ella. Sí, sí, sí. Por la forma como se mueve… es ella. Y creo que no me estoy equivocando. La ladrona que saltó aquella noche el muro y entró en la propiedad de la señorita Cooper, es justo la flaca que está sentada a su lado. Vamos a ver. Si la alarma saltó, seguramente que la pillaron allí, dentro. Entonces ¿por qué no está detenida? Desde luego que esa flaca es la ladrona aquella. Estoy casi seguro de eso. Tendré que vigilar un poco más de cerca a esa flaca para descubrir que está tramando. Por la cara que tiene, Alice no tiene ni idea de que está en peligro, pero yo la salvaré. A mí cuando algo me huele mal, no falla. A partir de hoy no les quitaré los ojos de encima. A ninguna de ellas. Esta misma noche empezaré la misión de investigación» pensaba el hombre que estaba sentado en una de las terrazas de la plaza principal del pueblo, no muy lejos de donde se encontraba Alice y sus amigas, tomándose tranquilamente un refresco.

Capítulo IX

¿Quién eres?

Al entrar en el apartamento, Chris invitó a Mark a que pasase al salón y se pusiese cómodo. Se portaba un poco frio con su nuevo hermano para que vea que no será tan fácil ganarse su confianza y que tendrá que demostrarle que se merece el cariño de un hermano. A diferencia de Alice, a él no le impresionaba su historia, ni sentía pena por él.

—Ya que fue toda una sorpresa tu aparición no me dio tiempo a prepararte una habitación. Es un piso de dos habitaciones y una de ellas perteneció a Martín. Por falta de tiempo no he sacado sus cosas de allí todavía, pero haré lo que pueda mientras te des una ducha para que pases una buena noche…

—No te molestes tanto. Esperaré a que tengas tiempo y te echaré yo también una mano con la habitación…

—No es ninguna molestia. Tu ve al baño tranquilo mientras yo te preparo la habitación. Ya que soy el hermano mayor estoy acostumbrado a cuidar de mi hermano más pequeño. No hemos vivido juntos desde pequeños, pero en cuanto nuestra madre enfermó, yo he sido el que la cuidó hasta que…

A Chris no le salían las palabras. Recordaba el día cuando habían tomado la decisión, conjunta, de llevarla a una residencia de ancianos para ser cuidada durante todo el día y, para él, eso era muy duro. La quería a su lado, pero no tenía quién cuidar de ella mientras él estaba estudiando y trabajando. Su padre nunca les había ayudado en nada.

—¿Está muerta? —preguntó Mark con tristeza al ver a Chris tan abatido e incapaz de terminar la frase.

—No. No. Perdona por asustarte. Es que la tuvimos que llevar a una residencia de ancianos por los problemas de salud que tiene. Para recibir los cuidados adecuados y necesarios. Pero no fue una decisión fácil para ninguno.

—Ah, lo entiendo. ¿Tiene algo grave?

—No es grave, pero necesita cuidados durante el día y la noche, a alguien que le dé su medicina a ciertas horas porque si no se olvida y se pone mala. Voy a preparate el cuarto porque es un poco tarde para mí ya que tengo que madrugar mañana. En el baño tienes de todo. Hay un armario con toallas, champoo, gel, etc. Y si necesitas algo más solo tienes que decírmelo.

Mientras cerraba la puerta del baño, Cris recibió una llamada. Aunque no tenía ganas de hablar con Diana en aquel momento contestó:

—Hola, Diana. Lo siento, pero ahora mismo no es un buen momento para hablar. Luego te llamo.

—No. Espera. No te he llamado para hablar de lo que acordamos sino porque las chicas, Adriana, Rosy y otras más, quieren invitar a Mark a la discoteca esta noche para conocerlo mejor…

—Diana. ¿Estás de cachondeo? —se enfadó Chris.

—No. Dejame explicarte por qué accedí. Conoces el dicho ese que los niños y el alcohol siempre dicen la verdad. Me pareció una idea excelente que las chicas quisieran conocerlo mejor solo porque allí tomarán alcohol y será más fácil que se suelte. Que sea más natural. ¿Lo pillas?

—Ya. ¿Y quién irá allí? ¿Tú? Y ¿Alice también?

—Alice no quiso ir al principio, pero al final logré convencerla. Ella es la pieza clave en este juego al pilla pilla. Solo queremos emborracharlo y hacer que se suelte. Estaremos alertas y seremos acompañadas en todo momento. Supongo que tú no querrás venir, pero pienso que es mejor que no vengas. Creo que tú presencia le cortaría el rollo y se comportaría de forma controlada solo para aparentar lo que no es. Ni Alice sabe que en realidad quiero descubrir su verdadero carácter. No le conté mi verdadera intención porque creo que siente pena por él y no hubiera aceptado que lo ponga bajo la lupa utilizando una argucia.

—La idea no es mala. Allí hay guardias de seguridad, porteros, mucha gente… No creo que tendría la oportunidad de hacer daño a alguien.

—Gracias a Dios que estás de acuerdo conmigo, Chris —se alegró Diana contenta del resultado de la conversación.

—Lo avisaré en cuanto salga de la ducha y lo llevaré yo hasta allí. Supongo que iréis a Momba.

—Gracias, Chris. Sí. Allí mismo.

Cuando salió de la ducha, Chris le enseñó primero toda la casa, más o menos donde están las cosas que pudiera necesitar y luego le contó lo de la invitación de las chicas. Como se esperaba, Mark, estuvo encantado con la invitación y se preparó para salir sin sospechar nada. Chris, mientras tanto, se fue a la habitación que perteneció a Martín para recoger las cosas que estaban esparcidas de manera muy desordenada por todo el cuarto metiéndolas en varias cajas y bolsas. Tan desordenado era su hermano que su habitación parecía una jungla en toda regla. Pero la jungla después de una tremenda tormenta. Ropa en el suelo, en la cama, sobre el escritorio, sobre cajas abiertas con toda clase de objetos dentro, ordenadores desensamblados y con las piezas quitadas esparcidas por toda la habitación sin ningún orden o etiqueta, por las estanterías mezcladas con CD's, DVD's, destornilladores y toda clase de herramientas de coche, de bricolaje, de relojería, consolas, cascos, auriculares de varios modelos y colores, cables por todas partes, etc. Lo único ordenado eran dos agendas que tenía sobre el escritorio: una pequeña negra y otra más grande con tapas duras de color rojo. Después de recoger y guardar todo en un pequeño cuarto trastero del pasillo, al volver para cambiar las sabanas de la cama y poner otras limpias, observó que había olvidado las agendas sobre el escritorio y se las llevó a su cuarto. Aunque nunca le interesó el mundo de su hermano, que era muy diferente al suyo, ahora le entró curiosidad por ver que había apuntado él allí ya que nunca hablaban mucho.

—Estoy listo. Y ya casi son las 12 —le avisó Mark desde la puerta.

Sin más remedio dejó las dos agendas en uno de los cajones de su mesita de noche y atendió a su hermano para quitárselo de encima y poder seguir luego tranquilo con sus cosas.

Una vez llegados al sitio acordado, Chris prefirió dejarlo unos metros más lejos de donde lo esperaban las chicas para no tener que dar explicaciones de por qué él no se quedará con ellos y también para que no le noten la cara de disgusto que tenía.

Esperó unos minutos en el coche para asegurarse que "el paquete" fue entregado y recibido por el grupo de chicas deseosas de conocer al nuevo aparecido en el pueblo y luego dio la vuelta emprendiendo camino hacía su casa para seguir preparando la instalación de su *nuevo hermano*.

—Madre mía, tronca. Qué guapo es el chaval —le susurró Claudia al oído a su amiga Adriana —. Aunque se parece a Martín yo diría que este es más guapo aun. Dan ganas de comérselo entero. Mmm.

—¡Hey, tía! No te pases. Ni se te ocurra soñar con mí "pastel". Te he invitado porque decías que querías verlo, no para que me lo quites. Es mío, ¿eh?

—Joder, socia. Todo lo bueno para ti. Y nosotras ¿qué? —se quejó otra al oír los comentarios de sus amigas.

—Se está acercando. Mira. Haremos una cosa. Vamos a bailar todas con él durante toda la noche. A cual elija, esa será —propuso Rosy sabiendo que ella es la que mejor sabía ligar de todas y que el "premio", al final, sería para ella.

—No es mala idea —aceptó Claudia.

En cuanto Mark llegó a la esquina de la discoteca, Rosy fue a por él para recibirlo. Mientras le saludaba con un besito en cada mejilla, aprovechó para decirle que es un bombón muy apetitoso apretando sus grandes pechos contra el pecho fornido del nuevo chico de la localidad.

—Pero sabes lo que se hace con los bombones, ¿no? —la preguntó él a continuación.

—Claro que sí, wapi. Se chupan —le susurró Rosy justo en la oreja para hacerlo sentir el calor de su boca y notar el jadeo que soltó a continuación como si estuviese sintiendo un placer inmenso entre sus piernas en aquel mismo momento.

—Mmm. Eres lista. Esta noche se va a poner muy interesante —constató él haciéndola saber que le ha encantado su respuesta y que está dispuesto a seguirle el rollo.

Dentro Alice, Sammy y Diana estaban sentadas en los sofás de piel en el sitio que habían reservado con antelación, con las bebidas sobre la mesa, pero sin haberlas tocado. En cuanto las marchosas entraron, acompañadas por Mark, el ambiente cambió radicalmente. En realidad él quería estar más con Alice que con cualquier otra, pero no hubo manera. Las marchosas no paraban de invitarle a bailar y a beber aprovechando para frotar sus cuerpos del suyo, Diana no paraba de acribillarle con preguntas, Sammy estaba como una puta cabra por verle rodeado de perras en celo y Alice no tenía ganas de nada. Ni de beber, ni de bailar, así que a Mark no le quedó de otra que pasárselo bien con el grupo de marchosas que parecían más bien en un concurso de baile, siendo una más atrevida que la otra.

Después de unas cuantas copas, Mark decidió invitar también al grupo de Alice a bailar para no dar la impresión de que ellas no le importaban o que es mal educado. Primero se llevó a Sammy con el pretexto de animarla un poco ya que se le veía de lejos que no estaba muy animada con la fiesta.

—Te has integrado muy bien en el grupo —le comentó Sammy con un tono sarcástico nada más empezando a bailar.

—Sammy. No es el momento, ni el lugar para reproches y muecas de disgusto. ¿Quieres que nos pille? —le recordó Mark sonriendo para que nadie se diera cuenta de lo que estaban hablando en realidad.

—No sé. A mí se me hace muy difícil este teatro y secreto que tenemos que mantener. No sé cómo te sale a ti tan natural, pero a mí me cuesta un huevo aguantar este circo.

—Sammy. Es solo una noche. Después ya podremos volver a la normalidad. Cualquier tormenta no dura más de tres días. Ya verás como a lo largo de la siguiente semana la gente ya se olvidará del nuevo aparecido y volverán a sus cosas. Luego podré ocuparme mejor de ti, ¿eh? Deja de estar enojada. Pronto podremos llevar lo nuestro en paz. Y si tus amigas marchosas intentan ponerme cachondo no te enojes. Ya sabes quién se llevará el premio al final, ¿no?

—Voy a tomarme otra copa. A ver si logrará levantarme el ánimo. Luego invita a Diana y a Alice también a bailar para que no se sientan excluidas de "la gran noche" —le aconsejó Sammy al entender en un final que la situación no era una normal y tenían que aparentar ser lo que no eran: dos conocidos, nada más.

Diana aceptó la invitación de Mark solo para aprovechar sonsacarle más información personal aunque parecía estar encantada de verdad.

—¿Sabes, Mark? Yo no me creo que con este cuerpazo tuyo y esta carita no hayas tenido novia o algún lio amoroso en el sitio de donde viniste —le confesó Diana poco después de empezar a bailar los dos muy pegados.

—He tenido bastante rollos, pero nada serio. No he dado todavía con la chica adecuada. Aunque a los chicos nos gustan las chicas rebeldes, lo que realmente deseamos es una chica con la que podamos caminar juntos el largo camino que tenemos que recorrer en nuestra vida.

—¡Vaya! ¡Vaya! ¿Quién lo hubiera sospechado? No pareces esa clase de chico.

—¿Por qué lo dices? ¿Por pasármelo bien con tus amigas marchosas? Cada uno es como es y hay que respetarlo. No soy quién para juzgar a nadie. No son mis hermanas, ni nada parecido. Simplemente disfruto con la alegría que desbordan e intento no hacerlas sentirse mal aunque son muy atrevidas para mi gusto.

—¡Wow! Me dejaste sin palabras. ¿Quién te ha educado tan bien? Lo que acabas de decir es de un verdadero caballero.

—La verdad que tuve suerte de ser criado por una buena familia. Me han inculcado sus valores y si te ha gustado lo que te dije es porque acabas de ver un reflejo de ellos.

—Tu hermano gemelo también era agradable, pero no tanto. Él no tuvo tanta suerte como tú en la vida, de vivir en un hogar como Dios manda. Pero esto ya lo descubrirás al convivir con tu hermano Chris. Me alegra saber que tenemos un caballero entre nosotras —le dijo Diana al volver a su asiento al lado de Alice y Sammy.

—Alice. A ti no te he visto bailar en toda la noche —le entró Mark deseoso de bailar con ella también.

—Lo siento, pero no me siento bien. No acostumbro beber alcohol y al tomar un poco me puse mala. Tú sigue pasándotelo bien con nuestras amigas rebeldes que no me molesta. Además acepté venir solo para que te lo pases bien y no te sientas extraño porque en realidad la vida de noche no va conmigo. A mí me gusta la tranquilidad.

Mark no insistió más para no dar indicios sobre su verdadero objetivo. Justo por ese motivo, a la hora de irse, aceptó volver a casa en el coche de Diana aunque hubiera preferido que lo llevara Alice solo que ella no se había ofrecido a hacerlo.

Eso le dejó claro que no será cosa fácil hacerse muy amigo de Alice y que le iba a costar más trabajo de lo que parecía al principio alcanzar su objetivo.

* * * * *

Una vez de vuelta en casa, Chris aprovechó sus últimos momentos de soledad volviendo a la habitación de su difunto hermano para seguir ordenándola. No tenía mucho ánimo para hacer una mudanza un Viernes por la noche y teniendo en cuenta que por motivos de trabajo teñía que madrugar el día siguiente, pero no le quedaba de otra. La reaparición de un nuevo hermano implicaba ciertos cambios. En muchos aspectos. Y eso estuvo haciendo hasta la vuelta de su hermano a casa. No se dio prisa ninguna, pero con lo tarde que volvió Mark, le dio tiempo a todo.

—¿Puedo pasar? —preguntó Mark desde la puerta al encontrar a Chris mirando la habitación en su conjunto.

—¿Verdad que parece otra?

—Pues, sí —reconoció Mark encantado del cambio radical de la habitación.

—Ya te la pondrás tú a tú manera. Mientras no te metas en mis cosas, yo no me meteré en las tuyas —le advirtió Chris.

—Entonces nos llevaremos bien porque estoy totalmente de acuerdo contigo.

—Bien. Ahora te dejo porque después de ducharme voy a acostarme. Supongo que tú también estarás cansado y querrás acostarte. ¿Qué tal la fiesta?

—O.K. Esa chica, Alice, parece muy maja. ¿La conoces desde hace mucho?

A punto de salir por la puerta de la habitación, al oír aquella pregunta, Chris, se paró. Se dio la vuelta y con la mirada de un toro furioso advirtió a Mark:

—Esa chica, Alice, es la ex de nuestro difunto hermano. Para nosotros dos, ella, es el fruto prohibido, así que sería mejor que no te le acerques.

—Tú también eres el hermano de su ex novio y por lo que vi, eres un amigo muy cercano a ella —le replicó Mark bastante desafiante.

—Ya, pero yo no tengo el aspecto idéntico a su ex novio. En cambio tu…

—Y ¿por eso no puede ser mi amiga también? —se extrañó Mark al oír aquel motivo bastante incomprensible para él.

—De momento no. Más adelante, puede ser —cambió Chris de actitud al ver lo desafiante que era su nuevo hermano, consciente de que mientras más se le prohíbe una cosa a alguien, más ganas le entran para conseguirlo.

—Pero yo no te estaba pidiendo permiso para ser amigo de ella…

—Mira, Mark. Alice vio morir a su novio. Ha pasado por el mismísimo infierno en aquella maldita excursión y todavía no se ha recuperado del todo. Tu aspecto idéntico al de su ex novio le puede causar un trauma permanente. Hazme caso y espera a que el tiempo lo ponga todo en su sitio.

En realidad Chris tenía ganas de reventarle la cara a aquel nuevo aparecido en su vida por su actitud tan desafiante y altanera, pero no era ese tipo de persona. Él prefería el dialogo.

—No lo sabía. Perdona. Es que yo no la vi tan afectada hoy.

—Claro que no la viste porque no se va a abrir con cualquier persona que aparece en su camino.

—Vale. Lo que tú digas —aceptó por fin Mark al ver que Chris se estaba cabreando mucho con él y eso podría arruinarle el plan.

—Mañana hablamos. Que descanses —dijo Chris más calmado mientras cerraba la puerta de la habitación detrás de él.

«Así que esto quiere decir que a ti se te abre. A ver como la hago para que se me abra a mí también» pensó Mark al quedarse solo en su nuevo cuarto sonriendo como si pensara en algo diabólico.

Mientras iba hacia su habitación, Chris pensaba: «Así que delante de Alice intentas dar pena y nada más entrar en mi casa, te quitas la máscara. Ni siquiera te esfuerzas en seguir pareciendo un buen chico. Este comportamiento prepotente tuyo es una ventaja para mí porque a partir de mañana empezaré a investigar tu pasado. Ya verás cómo te voy a quitar yo esa máscara delante de todos y te iras por dónde has venido».

Llegado a su habitación, después de cambiarse de ropa, se puso a preparar los archivos que necesitaba para el trabajo. En cuanto cogió varias carpetas de su escritorio se le cayeron al suelo las agendas de Martín. Al chocar contra la silla y luego contra la cama, la agenda con tapas rojas aterrizó al suelo abierta. Chris la recogió agarrándola de una de las esquinas de la tapa y en ese momento, de entre las hojas, cayó al suelo una foto. Había caído con la imagen hacía arriba. Mientras la recogía, Chris la miraba con atención para analizarla bien. Se veía que era una foto desde hace varios años atrás. En ella estaba Martín tumbado en una cama doble, lujosa, tapado con la manta hasta la cintura y muy sonriente. Le daba la impresión de estar completamente desnudo aunque no se le veía entero. No le daba más de 14 o 15 años en aquella foto. «¿A quién le estaba sonriendo? Es más que obvio que no se encontraba en la casa de nuestro padre. Y ¿tanto lujo?» se preguntaba Chris mirando con minuciosidad cada detalle de aquella habitación de la foto. Dando la vuelta a la fotografía para ver si hay algo apuntado detrás Chris vio escrito en un cuadro, con un rotulador rojo, el nombre de una mujer y un número de teléfono. Lo que le había atraído mucho la atención era el hecho de que nunca había oído aquel nombre. Su difunto hermano nunca lo había pronunciado y entre sus amigas tampoco existía alguna con aquel nombre. «Lindsay. Tendré que descubrir quién es esa tal Lindsay. Es muy curioso que nunca me contara nada de ella ya que acostumbraba alardear de todas las conquistas que hacía. Así que, a partir de mañana, tendré que poner a prueba mis dotes de detective particular. Ya son dos las personas que tengo que descubrir quiénes son» fue lo último que se apuntó Chris en su agenda de trabajo como tarea importante para el día siguiente.

* * * * *

Desde la discoteca, Sammy, había decidido volver andando hasta su casa. No le había quedado más remedio que aceptar ser acompañada por Rosy y Adriana que vivían a sólo una manzana de la suya, pero los usó de pretexto para rechazar la oferta de

Alice de llevarla en coche. Hubiera aceptado la oferta de Diana para estar cerca de Mark, pero ella no se había ofrecido a llevarla a ella también, así que, eligió volver a su casa andando. Desde que tenía novio ya no le caían bien sus amigas de la infancia, Alice y Diana. Antes estaban muy unidas, se contaban todo, lo malo igual que lo bueno, pero ahora se sentía incomoda en la presencia de ellas. Temía que podrían sospechar algo o que pudiera decir algo que la delatara. También las sentía más frías, más distantes. Especialmente desde que Alice había vuelto de la excursión. Algo había cambiado. Nada era como antes. O ¿era su sentimiento de culpa el que la hacía verlo todo de aquella manera?

—Desde luego nada es como antes de aquella excursión.

—¿Qué dices? —se extrañó Sammy al oír aquel comentario de Adriana al mencionar justo lo que ella pensaba en aquel mismo momento.

—Alice ha cambiado, tú has cambiado... Solo a Diana la veo igual —le contestó su amiga al verla tan ida —. De no haber sido por ese evento nos lo hubiéramos pasado pipa con el nuevo hermano de Martín.

—Después de una tragedia de ese tamaño, ya lo creo. Yo una me siento afortunada de que los míos no me dejaron ir en aquella excursión. No me hubiera gustado cambiar de esta forma, como vosotras. A mí me gusta vivir la vida loca —dijo Rosy con alegría.

—¿Tú crees que hemos cambiado? —se interesó Sammy curiosa por saber que veían sus amigas cambiado en ella.

—Sí, sí. Ahora os veo con una actitud más seria, más fría, más... sosa — dijo Adriana después de una pausa al encontrar la palabra que buscaba —. Esta noche en Momba no habéis disfrutado nada.

—En mi ¿qué ves cambiado?

—No sé, tronca. Pero te veo muy apagada. Como si estuvieras tensa. O triste. Hasta diría que preocupada. Para mi gusto, en cuatro letras, sosa.

—Bueno. Con las últimas desapariciones ¿qué te esperabas? ¿Tú no estás asustada?

—Asustada no es exactamente la palabra que me defina. Quizás en guardia, pero no como para que me estropee una noche de fiesta con un buenóro como Mark o que cambie mi forma de ser.

Al llegar hasta el portal de Sammy, la conversación acabó, pero Sammy seguía pensando en lo que acababa de decirle las rebeldes del pueblo: que se notaba que había cambiado. Aquello no era bueno para ella porque podrían observarlo sus amigas más cercanas y era algo que no deberían ver. Para que su plan diera frutos, ella tenía que ser vista igual que antes, no cambiada de aquella forma tan radical.

—¿Has conseguido su número? —preguntó Adriana con mucha curiosidad a Rosy nada más quedar a solas.

—¿Tu qué cres? —preguntó Rosy a su vez con una mirada pícara a su amiga rebelde —. Sabes que no se me escapa ni uno.

—Que puta eres —le dijo Adriana mirándola con admiración y los ojos brillosos por jubilar de alegría por dentro —. ¿Y? ¿Ahora qué?

—Espera que hable con él y verás —le pidió Rosy mientras marcaba el número del teléfono móvil de Mark.

* * * * *

«Así que aquí vives. Hm. Una gran diferencia en comparación con tu amiga Alice. Tú vives en un edificio de pisos como toda la gente pobre o de media clase y ella en una mansión lujosa. Tendré que tenerte bien vigilada para enterarme de lo que estabas buscando aquella noche en la casa de tu amiga. Más que seguro que eras tú. Por eso no vi nada en las noticias locales o en los periódicos sobre el tema. De alguna manera conseguiste convencer a tu amiga para que te dejen en libertad, pero a mí la intuición no me falla. Ya descubriré yo que te traes entre las manos y por qué. Mañana mismo empezaré mi propia investigación para descubrir quién eres y qué es lo que quieres» pensaba la sombra que persiguió a Sammy hasta que entró en su portal.

Había seguido a las tres chicas, que habían decidido volver a sus casas andando desde la discoteca, con el propósito de descubrir más cosas sobre la flaca, como la llamaba él, ya que, de momento, desconocía su nombre. Aquel incidente de la mansión, en su opinión, era muy grave y sabía por experiencia propia que perdonar era un grave error que solo daba la oportunidad, al otro, a atacar de nuevo y, él, no iba a permitir que eso pasase. Estaba decidido a defender a aquella chica —que se le veía muy maja y vulnerable— de cualquier peligro o amenaza.

* * * * *

Al llegar a casa, Alice se aseguró, en primer lugar, de que sus perros tenían todo lo que necesitaban, que se encontraban bien y luego pasó un rato con ellos acariciándolos y jugando con los tres como una niña pequeña. Cuando el cansancio se apoderó de ella entró en la casa y encendió el televisor del salón para escuchar las noticias mientras se preparaba un té. En cuanto se sentó en el sofá su mente empezó a volar hacia el nuevo hermano de Chris. El parecido con Martín era chocante. La voz, los ojos, los labios, hasta el corte de pelo eran idénticos. Sólo su forma de hablar era un poco distinta. Pensaba que quizás porque este nuevo hermano era más tímido, pero cuando se reía a carcajadas parecía el otro hermano, Martín. Por eso su mente y su corazón estaban en guerra. Su mente le decía que no se acerque a aquella copia idéntica de Martín y su corazón le decía que no podía juzgar a uno por lo que había hecho el otro. La verdad que no se sentía bien en su compania. Sentía un estrés, por culpa del gran parecido de los dos, que no podía con él. Todo era muy reciente. Muy doloroso todavía.

Cada día que pasaba se borraban un poco sus recuerdos al no pensar en lo que había pasado, pero, de repente, aparece otro, idéntico al malo, y todo su progreso se borra reactivando y reabriendo todas las heridas que estaban en proceso de curación. ¿Cómo iba a superar ella todo aquello en una situación tan nefasta?

El sonido de su teléfono interrumpió sus pensamientos. Al ver que la persona que la estaba llamando era Diana, contestó.

—Espero que no te he molestado —se interesó Diana antes de continuar con lo que le interesaba.

—No. Tranquila. Me estaba tomando un té antes de dormir mientras echaba un vistazo a las noticias.

—Ah. Qué bien. Es que no podía esperar hasta mañana para decirte el porqué de *esa* conversación de esta tarde en la terraza. No quiero que pienses que estoy interesada en tu chi… Perdón. En Mark. El que me ha pedido que le acribille con preguntas de toda clase, para ver qué tipo de persona es el nuevo aparecido, ha sido Chris. Y la verdad que me pareció buena idea para ver qué carácter tiene este desconocido.

—No te preocupes. No he pensado nada malo. Te conozco y sé que no estas interesada en el chico. Pero sí que me pareció un poco raro el comportamiento de Sammy. Teniendo en cuenta que ella es la primera amiga que se hizo y la que se ofreció a pasar toda la mañana juntos hasta que yo acabe con mis asuntos, que no abra la boca en casi toda la tarde y la noche, que esté tan desanimada en la discoteca, se me hizo muy extraño. A ti ¿no?

—No me he fijado en esto, pero ya que lo has mencionado, sí. Estuvo muy callada en todo el tiempo que hemos pasado en compañía de ese nuevo aparecido. Hasta parecía cansada o no muy contenta de estar allí.

—¿Sabes? Después de verles a los dos, empiezo a dudar más de ella que de él.

—Yo también. A ver si no va a ser verdad que nos está escondiendo algo como tú estás intuyendo.

—Desde luego Sammy ha cambiado desde aquella tragedia y ella no estuvo allí. Eso es lo que no logro entender.

—Sí que es raro. Pero él me pareció sincero. Y es tan mono cuando se pone tímido. A mí me hizo gracia ver la versión de Martín tímido con lo atrevido que era él. A ti ¿qué te pareció?

—Se ve un chico muy majo. Tampoco veo que tenga motivos para fingir ser lo que no es.

—Solo que tuvo la mala suerte de aparecer en un mal momento.

—Pues, sí.

—Tú ¿cómo lo llevas?

—Bastante bien. Me esperaba ser peor. Pero ya que el chico tiene un carácter muy distinto al de Martín, al ver las diferencias se me hace más fácil entender que es otro.

—¿Esto quiere decir que no sientes atracción por él?

—Pero ¿qué dices? Si son hermanos —se horrorizó Alice al oír tal barbaridad.

—No digo que quisieras algo con él, sino que si te hace recordar con nostalgia el amor que sentiste por Martín.

Aquella conversación ya no le gustaba a Alice. Entraban en un terreno que a ella no le gustaba nada y decidió cortarle el rollo a su amiga cuanto antes.

—No me recuerda a nada porque son muy diferentes, como ya te dije. Ahora tengo que dejarte porque tengo otra llamada en espera. Cuidate. Mañana hablamos —y colgó inmediatamente.

Se quedó mirando al vacío pensando: «¿De verdad ya no siento nada o todo este nerviosismo es porque todavía siento algo?». Y mientras pensaba en aquella duda que tenía el teléfono empezó a sonar de nuevo. Esta vez era Chris el que llamaba.

—¿Ha pasado algo? —empezó Alice preocupada.

—No, tranquila. He llamado solo para ver si estás bien después de pasar casi un día entero con… Mark.

—Estoy bien, gracias. Es tan diferente a Martín que empiezo a acostumbrarme a él. Y tú, ¿qué tal? ¿Cómo te sientes con él en tu casa?

—De momento se me hace un poco extraño, pero supongo que es solo cuestión de acostumbrarse —mintió Chris decidido a guardar solo para él la desconfianza que tenía con respeto a su nuevo hermano ya que luego podía pasarle como antes y que la gente, incluido Alice, pensase que está celoso y que por aquel motivo el chico le cae mal.

—Dicen que el tiempo lo cura todo. Igual estamos creando una tormenta en un vaso de agua.

—Probablemente —la aprobó Chris para no levantar sospechas de lo que en realidad pensaba —. Mira. Quería preguntarte algo. ¿Tienes alguna amiga llamada Lindsay?

—Lindsay. Lindsay… —repetía Alice intentando recordar mientras repasaba la lista en su memoria —. Pues, no. Lo que yo sepa ninguna de mis amigas se llama así. ¿Por qué?

—No, nada. Tonterías mías.

—Chris. ¿Qué me estas ocultando? —insistió Alice sabiendo que Chris no acostumbraba andar con tonterías —. ¿Te has echado novia?

—Ja, ja, ja. Que va —se rió Chris con ganas al oír aquella ocurrencia tan descabellada —. Lo encontré entre los apuntes de Martín y como no me sonaba el nombre, pensé que igual es una amiga tuya que yo no conozco. Pero ya que no lo es supongo que es alguna amiga del pueblo de donde vino.

—Ahora que lo mencionaste, ¿Qué haremos con la investigación? ¿Seguimos o… ?

—No sé. Yo uno seguiría porque quisiera saber ¿cómo es que no supe de la existencia de un hermano gemelo ni yo, ni Martín, ni mi madre? Pero esto ya es cosa mía. Si no quieres seguir, ya lo haré yo cuando tenga tiempo. No sé si te he mencionado que mañana tengo que irme del pueblo, en interés de trabajo, por unos días y no podré hacer nada al respeto.

—Si vas a estar fuera de la ciudad un tiempo no te preocupes que yo te mantendré informado de todo. Me enteraré a través de mis amigas porque yo no pienso ir a ninguna parte. Y si me necesitas para echarte una mano en algo solo me lo tendrás que decir y haré lo que pueda. Igual tu madre tiene la respuesta. Puedo ir a visitarla de nuevo e intentar descubrir más cosas. Algo tiene que saber. Además creo que le vendría bien una amiga ya que algo la tiene muy triste. Quizás, si me gano su confianza y me cuenta lo que le pesa tanto, hasta su estado de salud puede mejorar.

—Me parece buena idea ya que con tanto lio no me dio tiempo ni a ir a visitarla, ni a llamarla —la animó Chris para mantenerla ocupada mientras él no iba a estar —. Debe de sentirse muy mal sin nosotros en aquel sitio.

—Tú descuida que yo me encargo de esto. Luego, ya te contaré.

—A ver cuando podré devolverte yo el favor que me estás haciendo.

—Tú ya has hecho bastantes cosas por mí. Yo estoy en deuda contigo.

—Tú no estás en deuda conmigo. Lo que hice por ti, lo hice de corazón. Esto no se devuelve.

Alice sonrió, pero de una forma triste. Chris era una muy buena persona y la seguía amando a pesar de no tener esperanza alguna y sin ponerse pesado. Solo la estaba ayudando en todo lo que necesitaba y esperaba el tiempo que hiciera falta para que ella le llamara. Ella era consciente de que eso debía de ser muy duro para él. No cualquiera hubiera tenido tanta paciencia y, encima, para nada ya que entre ellos dos no podía haber algo jamás.

—Cualquier cosa que necesites, llámame. Tendré el teléfono conmigo a todas partes. A la hora que sea —se lo hizo saber Chris antes de despedirse.

Muy cansada después de un día tan largo y ajetreado, Alice se fue a dormir. Se quedó frita mientras pensaba en el nombre de mujer que le había mencionado Chris, sin poder resistir a preguntarse *¿quién* es y *qué* fue aquella chica para Martín?

* * * * *

Después de aquel día tan estresante, a Sammy se le quitaron hasta las ganas de comer. Ella estaba muy encantada con su novio, pero a él no le veía tan… No sabía ni cómo llamarlo. Ni encantado, ni dispuesto a contarlo, ni respetando el papel que ella ocupaba en su vida delante de sus amigas... Y ¿esa timidez? ¿De dónde la habrá sacado? Él de tímido no tenía nada. Era toda una fiera en la cama y en cuanto la conoció le entró sin ningún reparo. ¿A qué estaba jugando? Pero lo que más la molestaba era como la había ignorado en la presencia de sus amigas. Sin ellas, era todo un encanto, pero delante de otras personas era un completo extraño. Se preguntaba si de verdad lo conocía o es que ella se había liado con un completo desconocido. En eso no había pensado antes. Y Alice no se veía muy contenta de verle. Se esperaba que, al volver a verse, la chispa que había entre ellos volvería a saltar, pero no. A eso era lo que más había temido y en realidad él estuvo coqueteando con las otras amigas como si nada. ¿Y si la estaba mintiendo que es Martín y en realidad era, de verdad, el hermano gemelo del otro? Así tendría más lógica el por qué no quiere contarle nada sobre lo que había sucedido en aquella fúnebre excursión. Por lo que había visto, en el día anterior, fingía demasiado bien no conocerse mucho e interpretar el papel de tímido y vergonzoso. ¿Quién podía asegurarla a ella que aquel tipo era Martín? Esas preguntas no dejaban de rondarle la cabeza una y otra vez hasta que la hicieron tomar una decisión: investigar por su cuenta *quién* era en realidad su nuevo novio.

Capítulo X

Mentiras y secretos

Cuando Rosy colgó el teléfono, Adriana la preguntó:

—¿Qué te ha dicho?

Sonriendo de forma maquiavélica su amiga le contestó muy orgullosa de sí misma:

—Es que mi encanto no falla. Los tengo a todos comiendo de la palma de mi mano.

—¡¿Que va a venir?! —se extrañó Adriana al ver la hora que era.

—Si te lo acabo de decir. ¿Tú eres tonta o te haces? —se enfadó Rosy al ver que su amiga no estaba muy convencida de su poder absoluto sobre los hombres.

En cuanto Mark entró en su campo visual a Adriana se le agrandaron los ojos como los platos.

—Chocho loco, mira. Allí viene. Pero ¿dónde vamos a ir? A esta hora todo está cerrado y a nuestras casas es imposible. Tu novio está en casa y en la mía está mi hermana pequeña.

—Madre mía, tronca. Que poca calle tienes. Iremos en lo alto de la colina donde el castillo ese abandonado.

—¿Yo poca calle? —gruñó Adriana apretando los dientes por la furia —. No creo que te hayas tirado tú en un pueblucho más hombres que yo en dos países.

—Ja, ja, ja —se rió Rosy a carcajadas al oír el desempeño de su amiga —. Como se nota que no llevas mucho tiempo en el pueblo. Ahora veremos, con este chico, cuál de las dos tiene más calle.

—O.K. —aceptó Adriana el reto sonriendo forzosamente ya que Mark estaba a solo unos pasos de ellas.

En unos minutos ya se encontraban los tres en lo alto de la colina, justo al lado del Castillo del Álamo. Sin más rodeos Rosy le pidió a Mark que se tumbara sobre el césped y se arrodilló al lado de él a la altura de su cintura para poder desabrocharle el cinturón cuanto antes. Adriana para no quedarse atrás se arrodilló al lado del chico a la altura de su pecho, le levantó la camisa y se agachó para poder besarle y lamerle el pecho subiendo hasta su boca donde quedaron enchufados en un beso salvaje y lascivo que no dejaba lugar a dudas sobre las ganas que se tenían. O era por el ansia con la que Rosy disfrutaba de toda su parte intima usando su lengua, sus labios, sus manos y los grandes pechos que frotaba sobre la zona para esconder entre ellos el objeto de su deseo y desenfreno. O quizás era por las dos causas. Calentado a un nivel difícil de controlar Mark metió sus manos en los pantalones de las chicas jugando con sus dedos en las zonas más deseadas de las dos al mismo tiempo. Estaban tan calientes que empezaron ellas mismas a desabrocharse los pantalones para que el chico pueda acceder con mayor facilidad a la zona más caliente del cuerpo en aquel momento. Hasta se colocaron más cerca de él y abrieron las piernas para ser bien exploradas. Ávida de placer Rosy se quitó el pantalón en un abrir y cerrar de ojos y se montó encima del chico igual que en una moto. Se buscó la posición idónea para su propósito y dejo que el peso de su cuerpo haga el resto. Tan encendida estaba que se dejó caer hasta el fondo y empezó a cabalgar como si fuera un caballo desbocado en una carrera muy cotizada. El chico enloquecido por el placer que recibía su cuerpo decidió hacer llegar a la otra chica, Adriana, con la ayuda de su mano. Para que no se retire o se escape metió la otra mano libre en su pelo y le mantuvo la cabeza apretada a su boca mientras la otra mano la usaba como miembro viril para llevarla hasta el climax. Rosy disfrutaba como una desquiciada viendo toda la escena y decidió darle más caña al trio empezando a darle cachetes en las nalgas a su amiga. Oyendo los gemidos de su amiga intensificándose y subiendo de tono, Rosy decidió añadir aún más "sabor" al "menú" intensificando la frecuencia de los cachetes y la fuerza y no paró hasta que la oyó gritar, casi agonizando por el dolor de las nalgas. En ese momento se agachó, mientras seguía cabalgando, para poder lamer, mordisquear y frotar las nalgas, de un rojo vivo, de su amiga con la intención de ayudarla a llegar al orgasmo. Mark notó que la chica estaba cerca del final e intensificó el movimiento de su mano hasta que notó un líquido muy caliente saliendo casi con la misma fuerza del chorro de una manguera y retiró la mano unos segundos para volver a repetir la operación hasta sentir otros choros saliendo de la misma forma. En cuanto la chica empezó a calmarse Mark paró de calentarla, la soltó y se puso de pie. Agarró la cabeza de Adriana y la guió para que le de placer a él también. Para no quedarse atrás Rosy se puso a cuatro patas para lamer los grandes pechos de su amiga. Viéndola en aquella posición tan provocativa Mark le metió la mano entre las piernas y empezó a calentarla con los dedos preparándola para cuando esté en el punto máximo de excitación y cuando consideró que ya es el momento se arrodillo detrás de Rosy y empezó a embestirla como un toro furioso hasta que ella lo paró.

—Acaba en el otro sitio. Pero más despacio porque me gusta disfrutarlo.

Desde luego era el día de suerte de Mark. Contento por tener los mismos gustos que él, Mark, obedeció y entró despacito. Siguió disfrutando la ocasión con movimientos suaves hasta que vio que la chavala se retorcía de placer y… no pudo más. Esos movimientos rotativos de su trasero le hicieron perder el control. Empezó a darle golpes fuertes, hasta el fondo, haciéndola gemir como una desquiciada y en cuanto estuvo a punto de explotar los golpes se volvieron aún más fuertes y profundos. Aunque pensaba que eso le iba a provocar dolor a la chica se sorprendió al ver que en realidad le provocó un squirting. El más fuerte que había visto hasta entonces. Los espasmos le llegaron a descontrolar hasta a él al sentir la magnitud del placer inesperado de la chica haciéndolo gemir como un animal en agonía. Eyacular dentro de ella lo hizo sentir un placer tan intenso que se mareó por el fuerte placer que recorrió como una onda expansiva todo su cuerpo. Ya que no le gustaba usar gomita siempre acababa fuera de la chica perdiéndose la mejor parte del final: sentir los espasmos de placer que su eyaculación provocaba en el cuerpo de ella. La llegada al climax al mismo tiempo. Desde luego era la mejor sensación que había probado jamás y le había provocado el placer final más intenso y más largo que nunca.

Habían gastado tanta energía en aquella experiencia tan intensa que los tres necesitaron permanecer un buen rato tumbados en la hierba antes de ponerse a vestir e irse cada uno a su casa antes de que amanezca y que la gente empiece a salir a la calle. El castillo se encontraba en una parte bastante transitada y poblada y no les convenía a ninguno de los tres ser vistos. Mucho menos tirados desnudos sobre la hierba, en un lugar público y tan emblemático para los que residían en aquel pueblo de toda la vida. Y el sol estaba a punto de salir.

* * * * *

A la mañana siguiente, Chris se despertó temprano. Tenía tantas cosas que hacer y tan poco tiempo disponible que quería aprovecharlo al máximo y de la mejor forma. Preparó sus cosas necesarias para su viaje repentino en una maleta mediana, apuntó unos últimos detalles en su agenda personal sobre lo que planeaba hacer y se fue a la cocina para preparar el desayuno. Desconocía los planes de su nuevo hermano, pero, como intencionaba despertarlo, preparó el desayuno para dos. Después de preparar la mesa, fue a la habitación de Mark y lo despertó.

—Lo siento. Sé que dormiste poco y que estarás cansado después de la fiesta de bienvenida de anoche, pero como me tengo que ir unos días por motivos de trabajo a otra ciudad, quería hablar contigo antes de irme.

—No pasa nada. Lo entiendo —mintió Mark cual, en realidad, aborrecía madrugar ya que acostumbraba salir de noche para pasárselo bien y de día dormía hasta que se hartaba de sueño.

—¿Qué planes tienes para hoy?

—¿Planes? ¿Qué planes voy a tener? Es Sábado —se extrañó Mark que no acostumbraba hacerse planes para el día siguiente, mucho menos el fin de semana.

—A partir de ahora viviremos juntos, pero tendremos que compartir los gastos, ¿no? Entiendo que hasta ahora no buscaste trabajo por el tema de encontrar a tu familia y lo demás, pero sería un buen momento para empezar a hacerlo ya que me encontraste, tienes donde vivir…

Chris le dejó el tema abierto para ver por donde seguiría Mark y, más o menos, cómo piensa, pero él se quedó callado, mirándolo mientras seguía comiendo con tranquilidad.

Después de pensar bien lo que iba a decir, al ver que Chris seguía esperando su respuesta, dijo:

—Claro que en esto mismo estaba pensando yo. Buscar trabajo.

—¿En qué ciudad has vivido hasta ahora? ¿En qué trabajaste allí?

—En un pueblo pequeño a 120 km de la capital. Ni siquiera creo que hayas oído de él con lo pequeño que es. Y trabajar la verdad que no lo he hecho nunca. Me queda un año de estudios, pero ya que me fui, no me apunté a ninguna otra escuela.

—Pero ¿quieres estudiar o trabajar?

—Preferiría trabajar. Los estudios en realidad ¿para qué sirven si luego no encuentras trabajo en lo que has estudiado?

—Pero nunca se sabe. No puedes pensar así —se horrorizó Chris al oír aquello.

—Bueno. Yo ya he decidido que quiero trabajar así que…

—Vale. Es tu vida. Has lo que quieras. Yo solo me meteré en lo que nos incumbe a los dos, como por ejemplo la casa y Alice. Estaré fuera unos días y, por lo tanto, estarás solo en la casa. No se te ocurra dar alguna fiesta o traer desconocidos aquí. La casa, para mí, es un santuario. Y a Alice no te le acerques de momento ya que todo es bastante fuerte y chocante para ella también. Dejemos que el tiempo se encargue de poner las cosas en su lugar y no forcemos nada. ¿De acuerdo?

—Tú eres el que manda aquí y el que mejor sabe, así que te haré caso —lo tranquilizó Mark para que su hermano se vaya tranquilo.

Aquella aprobación tan rápida y sin pensárselo ni un segundo, a Chris, le pareció raro. La noche anterior, nada más llegar, se le había mostrado tan desafiante sin siquiera cortarse un poco y ahora, que le había ordenado casi que no haga ciertas cosas, que seguramente le apetecían mucho, lo aceptó sin más. Ese cambio brusco de actitud, a Chris, le decía que allí había gato encerrado. Aunque en su rostro no notó ningún cambio, él sabía que lo que acababa de pedirle no era nada de su agrado y que no estaba para nada de acuerdo. Eso le animaba más a darse prisa en su investigación particular porque su instinto le decía que aquello no era buena señal y que tenía que tomar medidas con la mayor brevedad posible. Antes de que pase una desgracia que luego lamentaría.

—No te lo dije porque yo soy el que manda aquí, sino porque no nos conocemos y quiero que nos llevemos bien. Y con respeto a Alice, te pedí eso porque yo la conozco y tú, de momento, no. Luego, en cuanto ella esté curada, yo no me meteré en vuestra amistad o en las de ella.

Mark se limitó a aprobar con la cabeza mientras seguía comiendo. Zampaba todo como un oso hambriento.

—¿Te vas a comer esto? —preguntó Mark al ver que Chris se levantó de la mesa y empezó a recoger.

—No. Cómetelo si quieres. Yo no tengo mucha hambre.

Mirando su reloj de pulsera, Chris vio que se le había hecho tarde.

—¿Recoges tu esto, por favor? Si no salgo ahora, llegaré tarde.

—Descuida. Cuando acabo voy a recoger yo todo.

Con todo aclarado entre ellos, Chris salió con prisa deseoso de empezar su investigación. Primero tenía que pasar por su trabajo y encontrar una buena excusa para que le dieran permiso librar unos días y luego tenía que ir a algunos sitios en donde pensaba que podría obtener información con respeto a su nuevo hermano. Pero lo primero y lo primero que quería hacer, y no podía esperar ni un segundo más, era llamar a ese número de aquella tal Lindsay. Así que cogió el móvil y llamó.

—Hola. Buenos días. ¿Señorita o señora Lindsay? —preguntó Chris al oír la voz de una mujer al teléfono.

—Señorita. Señorita Lindsay Hoffman. Pero ¿quién eres? Tu voz no me suena y este número lo tienen solo las personas más allegadas a mí.

—Soy Chris. El hermano de Martín.

—¡Ah! No sabía que Martín tiene un hermano. ¿Cómo es esto posible si él vivió aquí hasta hace poco y nunca mencionó que tiene un hermano?

—Es una historia muy larga. Por eso quería verla y hablar con usted en persona.

—¡¿Conmigo?!

—Sí. Con usted. Es algo muy importante que usted debiera saber.

—¿Le ha pasado algo a Martín?

Chris notó mucha preocupación en la voz de la mujer cuando hizo aquella pregunta. En ese momento supo que debe de haber sido alguien muy importante en la vida de su hermano y que, de allí, cabía la posibilidad de descubrir cosas nuevas sobre él.

—No puedo hablar por teléfono sobre esto. Tengo que verla en persona. Como ya le dije es una larga historia. ¿Me podría dar usted una dirección y una hora para vernos?

—Podría verle a las 15:00 en el comedor del trabajo. Tendré una pausa de una hora. Comeremos juntos y así podrá contarme eso lo que no puede contarme por teléfono. Apunta la dirección.

Al apuntar la dirección, Chris se quedó perplejo. Y por su voz, no parecía tan joven como él se había imaginado que fuese. Una señora, trabajando en un sitio tan importante ¿qué tenía que ver con su hermano que había sido un joven pobre y rebelde y de una familia desestructurada? Desde luego en un sitio como aquel, solo podrían trabajar personas de otro nivel. Muy elevado al de ellos, el de los pobres y no tan cultos. Se le hacía muy raro que nunca le había contado nada de ella con lo que le gustaba alardear de las personas de nivel elevado que él conocía. Y por el interés que ella había mostrado al teléfono sobre Martín, le quedaba claro que se conocieron bien. Ahora, la pregunta que no le dejaba en paz era: ¿qué lugar había ocupado ella en la vida de Martín?

* * * * *

Aunque era todavía temprano para ella, Sammy llamó a Mark y quedaron en verse en su nueva casa. La de Chris. Mientras se estuvieron viendo en secreto, todo estuvo bien entre ellos, pero desde que le vio rodeado por sus amigas, le pareció verle interpretando varios papeles que la hicieron dudar de lo buena persona que era y hasta de su verdadera identidad. Nunca antes había visto tantas personalidades en una sola persona y esto la hizo desear investigar un poco más a fondo a su nuevo novio. También se le hacía raro el hecho de que siempre que le preguntaba sobre lo que había pasado en aquella excursión, él encontraba, en cada ocasión, escusas para evitar el tema: o tenía prisa, o no podía hablar de ello por el secreto de sumario, o no se sentía capaz de hablar sobre aquello por ser demasiado doloroso para él, etc.

Mientras Sammy le daba vuelta a todos aquellos detalles estaba caminando tan de prisa por la calle que el hombre que la seguía estuvo a punto de perderla entre tantos callejones y la gente que pululaba por la ciudad a esa hora punta cuando todos iban al trabajo. Pero no la perdió. Logró seguirla hasta el edificio donde vivía, ahora, Mark. Él, no sabía quién vivía allí, pero justo por ese motivo, para descubrirlo, se quedó en la cafetería de enfrente del edificio sin perder de vista el portal en el que Sammy había entrado. Tomaba nota de todo lo que pasaba: la hora, la ropa que llevaba puesta Sammy, el tiempo que tardaron en llegar desde su casa andando, etc.

Con tanta gente por la calle, Sammy no se dio cuenta que estaba vigilada y siguió con su plan: ver a Mark y descubrir quién era y qué pretendía en realidad.

—Hola, hermosa. Cuanto te he echado de menos —fue el recibimiento que Mark le dio en cuanto la vio con cara tan seria intentando ablandarla un poco.

—Hola. ¿Ahora te alegras de verme? Ayer, en todo el día, y anoche, en la discoteca, no parecías tan encantado —le reprochó Sammy obviamente enfadada por su comportamiento del último día.

—Sammy. No te pongas así. Ven aquí para enseñarte cuanto te he echado de menos.

Mark la abrazó y la estrechó a su pecho intentando besarla, pero, por primera vez, ella lo rechazó. Se apartó de él esquivándole y se sentó en el sofá invitándole a él también que se sentara. A Mark no le gustó su comportamiento, pero, aun así, se puso serio y accedió sentándose al lado de ella sin decir nada.

—¿Te das cuenta que ayer, en Momba, te comportaste como si no nos conociéramos y me ignoraste por completo en la presencia de mis amigas?

—Ya te dije que de momento no es buena idea que los otros sepan que somos novios.

—¿Por qué?

—Porque luego desconfiarían de los dos.

—¡¿Y eso?! —se extrañó Sammy no contenta con la respuesta recibida.

—¿Has visto cuantas preguntas me han hecho ayer tus amigas? Esto significa que no confían en mí y que quieren descubrir cuanto antes más cosas sobre mí: quién soy, qué clase de persona soy, qué planes tengo y mucho más. Acabo de aparecer, se supone que estoy sufriendo por la pérdida de mi hermano y en vez de esto ¿qué les digo? ¿Estaba triste y abatido al enterarme de la muerte de mi hermano y me he echado novia nada más llegar y enterarme de la desgracia para aliviar mi dolor? Luego perderían la confianza en ti también por habérselo escondido durante tanto tiempo mientras tú, que se supone que sufres por la pérdida de Rick, te lo pasate pipa con tu nuevo novio.

Sammy se quedó callada pensando en las palabras de Martín. Sus argumentos tenían lógica, pero a ella no le gustaba nada aquella situación.

—Y ¿por qué tuviste que coquetear tanto con mis amigas?

—¿Coquetear? Esto te pareció a ti por los celos, pero no estaba coqueteando. Solo contestaba a sus preguntas de forma amable y divertida. Quieren ver qué clase de persona soy y estuve comportándome lo más natural posible, ya que también pensaba en ti y tus amigas no debían saberlo. Y con Alice presente también debía parecer otro, nada más.

—No sé. Es un poco molesta esta situación.

—¿Qué quieres tomar? ¿Un zumo, un café… ? —le preguntó Mark yendo hacia la cocina.

—Un zumo si tienes.

Viendo que Martín estaba preparando el zumo y que va a tardar un rato, Sammy empezó a buscar entre sus pertenencias depositadas en el salón para descubrir más cosas sobre él mientras estaba atenta que no la pillara. No tenía muchas cosas y la mayoría eran prendas de ropa y zapatos. Lo raro era que no lo había visto vestido con esa clase de ropa antes y eso la hizo recordar que antes vestía diferente. Pero lo más interesante lo encontró en uno de los bolsillos laterales de una bolsa deportiva: una notita doblada. Cuando estaba a punto de leerla, llegó a ver solo el nombre de Martín y Alice y tuvo que volver a doblar el papelito para que Martín no la pillara, escondiéndolo de prisa en uno de los bolsillos de su pantalón. Curiosa para ver que más ponía en la nota, en cuanto Martín le sirvió el zumo recién exprimido de frutas, se inventó la excusa de que necesitaba ir un momentito al baño. Tanta curiosidad sentía que se olvidó el teléfono móvil en el sofá.

Mientras ella estaba en el baño, Mark aprovechó el momento y su descuido cogiendo el móvil para buscar el número de teléfono de Alice. Lo repitió varias veces mentalmente para memorizarlo y volvió a dejar el móvil en el sitio tal como estaba antes de cogerlo.

Después de leer la notita, Sammy volvió al salón. Al descubrir los nombres de Martín y Alice en aquel papelito con la nueva dirección de Alice apuntada más abajo había aumentado su enfado, pero fingía estar bien para que él no sospechara qué había hecho. Ahora no sabía que significaba aquello. ¿Que la seguía amando y deseaba volver con ella? ¿Que no era Martín y que era de verdad el hermano gemelo de su hermano difunto y que le estaba buscando porque no sabía que había muerto en el momento que apuntó la dirección de Alice?

Sammy empezó a tener serias dudas sobre la verdadera identidad de aquel joven.

—¿Por qué entraste en la casa de Alice hace un mes? ¿Querías volver con ella?

—Qué va. ¿Tu cres que si quisiera estar con ella, estaría contigo?

—Entonces, ¿cuál fue el motivo?

—Solo quería recuperar unas cosas mías que se quedaron en su casa de cuando éramos novios, nada más.

«Este está utilizando la misma escusa que he utilizado yo aquella noche. Está claro que me esconde algo y que no me lo va a decir».

—Dime que cosas son e iré yo a por ellas —se ofreció Sammy intentando darle a entender que le cree para pillarle con la mentira de otra manera.

—No. No te preocupes. Ya habrá tiempo para esto. No me hacen falta de inmediato. Ni me he instalado en mi nuevo cuarto todavía.

—¿Cómo tu nuevo cuarto? Si es el mismo cuarto donde vivías antes.

—Pero ¿no se supone que soy el hermano gemelo de Martín para que nadie se interponga en nuestra relación?

—Ya, pero…

—Tú también tendrías que pensar así: que soy el hermano gemelo de Martín para que no me delates sin querer delante de los otros.

—Tienes razón. Y ahora ¿Qué vas a hacer? ¿Redecorar tu habitación?

—Claro. No puedo hacer nada igual que antes para que no se den cuenta. Ya que soy una novedad, todos los ojos estarán puestos en mí un tiempo.

—Bien pensado. Por eso te portas de manera tan diferente con mis amigas. Ahora sí que tiene lógica.

—¿Ves, tontica? Te enfadaste conmigo para nada. Pero hay muchos detalles sobre que pensar. Y estar todo el tiempo en alerta para no cometer ningún error.

—¿Sabes? Yo este lado tuyo tan astuto no lo vi antes.

—No podías. Eras la novia de Rick y tampoco hemos pasado mucho tiempo juntos. Y ahora, que me tienes solo para ti, ¿prefieres hablarme de tonterías en vez de aprovechar el tiempo de una forma más placentera?

Más tranquila, después de aquella conversación, Sammy volvió a sentirse cómoda con su Martín y al final accedió a sus insinuaciones ya que también ella echaba de menos aquellos momentos tórridos que solo él era capaz de hacerlos tan especiales.

—Quiero que esta vez sea... Espera un poco —le pidió él interrumpiendo el beso apasionado que se estaban dando yendo al baño con prisa.

Al rato volvió y le pidió que le acompañara al baño para ducharse los dos, susurrándole al oído con tono seductor:

—Estoy seguro que esto te va a gustar más que nada de todo lo que hemos hecho hasta ahora.

* * * * *

Cuando Alice entró en la habitación de la señora Northon, percató en su cara un brillo de alergia. Se notaba de lejos que verla de nuevo le causaba alegría. Aquella reacción era buena señal para Alice y significaba que esta vez tenía la oportunidad de sonsacarle más información sobre Martín y el nuevo hermano que la vez anterior.

—Buenos días, señora Northon. Su sonrisa me dice que se alegra de verme de nuevo.

—¿Quién no se alegraría con la presencia de un ángel?

—Oh. Le agradezco sus bonitas palabras, pero la aseguro que no soy un ángel. Soy de carne y huesos como todo el mundo.

—Creeme. He visto un montón de chicas con las que mis hijos salieron o son amigas suyas y como tú ninguna. Tú no eres como las otras.

—¡¿Así?! —se extrañó Alice al oír que los dos hermanos habían salido con muchas chicas, hecho que ella desconocía por completo —. Pero ¿cómo puede saber usted esto sí ha vivido solo con uno de sus hijos?

—Es verdad que yo y el padre de mis hijos vivimos separados y en sitios distintos al separarnos, pero no he abandonado a mi otro hijo nunca. Siempre iba a visitarle sin que su padre se entere. Y cada vez que iba a ver a Martín, siempre estaba acompañado de una chica diferente. A algunas las llamaba novias, a otras amigas, pero nunca le pregunté por qué cambia tan a menudo de novia. No quise que se sintiera incómodo con mi visita y que me rechace.

—¿Solo a ellos dos los tiene? O ¿tiene más hijos?

—No. Solo a ellos dos.

—¿Está usted segura ? Quizás tuvo gemelos y no se lo dijeron.

—Esto es imposible.

—¿Por qué está usted tan segura?

—Lo qué no entiendo es ¿por qué cres tú que puedo estar equivocada? —se extrañó la señora Northon pero sin enfadarse.

—Porque hay un nuevo chico en la ciudad que se parece mucho a Martín. Como dos gotas de agua. Ni sus hijos no entienden cómo puede ser esto posible —se inventó Alice en el momento.

—Esto significa que ¿te enviaron ellos? A interrogarme digo —preguntó la mujer con voz triste.

—No, no. ¡Qué va! Sí que vine con el permiso de ellos, pero no para interrogarla sino para hacerle compañía. Somos muy amigos y me contaron que la quieren mucho, pero que no tienen tiempo para visitarla así que yo me ofrecí a hacerlo por ellos ya que dispongo de bastante tiempo libre. La pregunta es una curiosidad mía, nada más. Era para conversar de algo.

—Y si te aclaro la duda ¿volverás a verme? —se interesó la mujer mirando a Alice fijamente.

—Claro que sí. Vendré a verla las veces que usted quiera —la aseguró Alice con jovialidad contenta por los resultados de la conversación.

—Vale. Te creo. Solo que no sé cómo contártelo. Es algo... muy doloroso para mí y... que no deba salir de esta habitación.

Por la cara que había puesto la señora Northon al pedirle aquello, Alice, entendió que debe de ser algo tremendo, pero no tenía ni idea de la sorpresa que se iba a llevar.

—Cuando conocí a mi marido me enamoré perdidamente de él. Como novios, y hasta el nacimiento de Chris, todo era color de rosas. Cuando tuvimos a nuestro primer hijo, de repente, cambió. Empezó a llegar tarde a casa, siempre de mal humor, y en muchas ocasiones borracho. Poco a poco su carácter cambió. Cualquier cosa que hacía le ponía nervioso, nada le agradaba...

—¿La pegaba? —se interesó Alice con tristeza.

—El Diablo se quedaba corto en comparación con él cuando bebía. Era insoportable y muy peligroso estar cerca de él en esos momentos. Quizás por eso en cuanto conocí a otro hombre, empezamos a tener una relación a escondidas. Pero estaba casado también. La relación no duró mucho. Le había cogido cariño y estaba muy triste. Hasta deprimida por haber perdido mi único momento de alivio en la horrorosa vida que llevaba en casa con mí marido. Supongo que necesitaba agarrarme a algo para no ahogarme, algo que me dé fuerza suficiente para poder seguir adelante. Así que caí de nuevo en los brazos de otro hombre. Era guapísimo, de complexión fuerte, astuto, encantador, pero resulta que tenía un secreto: su amor verdadero era otra mujer. Casada también. Yo estaba enamorada de él y él de otra. Cuando lo descubrí quise poner fin a nuestra relación, pero insistió en que me quiere a mí no a la otra y que no quiere perderme. Hasta hoy en día no sé si eso fue verdad o era parte de un plan suyo. Quizás mi mente quiere hacerme creer que me quería y que lo que pasó fue de verdad un infortunio de la vida y no algo planeado.

—¿Qué pasó? —quiso saber Alice muy intrigada por la historia.

—Tuvo un hijo con aquella mujer, pero al estar casada y no poder justificar cómo se había quedado embarazada, ya que el marido llevaba en el extranjero alrededor de un año, él, me pidió que me lo quedara yo. Teniendo en cuenta que mi marido llevaba seis meses en la alta mar podía engañarle que el niño era nuestro así que acepté.

—O sea que… ¿Martín no es… hermano de Chris? —preguntó Alice titubeando al no poder esconder su reacción de sorpresa.

—No. Pero me has prometido que no se lo contarás a nadie. Nunca.

Una decisión difícil para Alice, pero lo había prometido.

—Su secreto está a salvo señora Northon. No se preocupe. Me lo llevaré a la tumba. Pero ¿qué le hace creer que no tuvo un hermano gemelo? Quizás le mintieron…

Diciendo eso, la señora Northon se puso triste, pero decidió seguir contando su historia:

—Estuve allí. Ayudé a esa mujer a dar a luz con el pretexto de ser matrona. Él me lo había pedido.

—Esto debe de haber sido muy doloroso para usted —supuso Alice con tristeza —. Ver a su rival no debe ser muy agradable.

—Efectivamente. Es muy doloroso, pero le amaba tanto que no pude resistir en ayudarle. Pero lo peor estaba por llegar.

Alice agrandó los ojos de asombro en aquel punto de la conversación, pero no dijo nada. Permaneció callada y atenta para no perder ningún detalle sobre aquella sorprendente historia.

—Después de dar a luz me he asegurado que la mujer se encuentra bien, cogí el niño entre mis brazos, le di un beso al hombre que amaba en la puerta de salida de su casa y, después de prometerme que me va a buscar pronto, me fui.

La señora Northon, en aquel punto de la historia, se quedó callada mirando al vacío mientras un gran suspiro salía con fuerza de su pecho. Se notaba que todavía le dolía mucho aquel acontecimiento.

—¿Qué pasó después? —se interesó Alice muy intrigada.

Bajando la cabeza, mirando al vacío, la señora Northon continuó:

—No volví a verle.

Dos lágrimas como el fuego resbalaron por sus mejillas cayendo con rapidez sobre las sabanas que la cubrían dejando dos manchas perfectamente redondas sobre ella.

A Alice también se le empañaron los ojos de lágrimas. La tristeza profunda de la señora Northon la había sobrecogido a ella también.

—Me envió una carta, meses después, para agradecerme por haberle dado la oportunidad de escaparse con el amor de su vida, por ser una buena madre y por… amarle tanto.

—Pero esto fue una crueldad de su parte —enfureció Alice.

—Sí, hija. A mí me pareció incluso una burla. Darme las gracias por haber sido tan tonta al amar y ayudar al hombre equivocado. Y no supe más de él.

—¡Dios Santo! No puedo creer que existan personas capaces de algo así —se escandalizó Alice.

—Pero el detalle que más me confundió todavía no te lo he contado. Antes de salir por la puerta con su hijo en mis brazos, sacó de uno de sus bolsillos un colgante de plata. Una cruz representando a Jesucristo crucificado y me lo puso al cuello diciéndome: "Entre todas las mujeres con las que estuve, tú eres la única que se merece tener este colgante que traje de Jerusalén." Luego me dio un beso pasional, como los que se aman de verdad, y después me marché con el niño. Con ese gesto pensé que su elegida soy yo.

—Pues, sí que confunde. Y mucho —la aprobó Alice igual de desconcertada que la señora Northon —. Este gesto no cuadra nada con lo que hizo después. Me refiero a la carta que le envió y desaparecer.

—Llevo años dándole vuelta a este asunto intentando encontrar un indicio de engaño, de planeamiento, de algún detalle que me hubiera advertido sobre un final tan rocambolesco, pero no encuentro ninguno. Nada de lo que pasó tiene lógica —confesó la señora Northon muy apenada con la voz temblorosa.

—Es que no la hay —la consoló Alice estrechándole una mano con ternura entre las suyas —. ¿Por eso dejó a Martin con su padre y no se lo llevó con usted en cuanto se separó de su marido?

—No. Yo amaba a ese niño como si fuera mi hijo. Y lo es porque lo he criado yo hasta que un juez ordenó que... Yo no pude hacer nada al respeto. Tenían que dar un hijo a cada uno y como Chris era más mayor y me eligió a mí, a Martín le tocó vivir con su… padre.

—Vaya. Será que por eso Martín es diferente a su hermano. Se le ve más rebelde, más a su aire. Aunque, también, más valiente, más atrevido.

En ese punto de la conversación, la señora Northon se quedó callada. Estaba mirando al vacío, como si estuviera pensando en otra cosa.

—¿Te gusta alguno de mis hijos? —fue la sorprendente pregunta que la señora Northon le puso a Alice cogiéndola completamente desprevenida.

—¡¿Cómo?!

—¿Por eso viniste a visitarme?

—Es que soy muy buena amiga de los dos. Les gusto a los dos y me gustan los dos, pero no sé a cuál de ellos escoger. Como no hay otra forma de saber más, he pensado en conocerla a usted para poder descubrir un poco más sobre ellos. Y le repito que no me han enviado ellos, pero sí que me han dado su permiso. Quisieran visitarla, pero la verdad es que están muy ocupados trabajando, estudiando y les pareció buena idea que yo la visitara de vez en cuando. Y ya que a usted también le parece bien, vendré a verla más veces.

—A mí también me da gusto conversar contigo. Puedes venir las veces que quieras. Y… dices que te gustan los dos y que no sabes a cuál de ellos escoger.

—Sí, así es. Es un poco complicado. Escoger entre dos hermanos… Entre dos chicos —se corrigió Alice —. A Chris le conozco un poco más, pero Martín lleva poco tiempo en la ciudad y no logro descifrarlo…

—Por cómo te veo yo, creo que no pegarías nada con Martín. Él es muy rebelde, desobediente, alocado… —la interrumpió la señora Northon al verla en un aprieto —. Sinceramente, yo no lo veo preparado para una relación sería y con una chica como tú menos. Le vendría bien y ojalá la encuentre y se enamore perdidamente de ella para cambiar su forma de ser tan oscilante, pero esto supondría mucho trabajo para su pareja. Necesitaría mucha paciencia, esfuerzo, sacrificio… No, no. No le veo capaz de sentar cabeza pronto.

«Si hubiera sabido yo esto antes… » Pensaba Alice con remordimiento al escuchar aquellas palabras sinceras salidas de la mismísima boca de la madre que crió a los dos.

—Y de Chris ¿qué me cuenta?

—Chris es todo lo contrario a su hermano pequeño. Incluso diría que ha madurado antes de tiempo. Desde pequeño es así: responsable, atento, bondadoso con los más necesitados. Chris es todo un amor. Dicen que los genes se heredan, pero ya sabes que ninguno de los padres fue precisamente un ejemplo a seguir, pero uno de mis hijos me salió bueno y el otro…

En aquel punto de la conversación la señora Northon se quedó callada. Le dolía el hecho de no haber podido criar a sus dos hijos juntos.

—Quizás haberse criado junto a un padre tan agresivo tuvo mucho que ver con su actual comportamiento —intentó Alice consolarla al verla sentirse culpable —. Usted no podía hacer nada contra la sentencia dictada de un juez.

—No, pero al ver las consecuencias que mi separación repercutieron al hijo del hombre que he amado tanto, no puedo dejar de pensar en que debería haber aguantado casada…

—No, no, no. No vaya usted por allí. Un ambiente violento no es nada sano para unos niños y para usted tampoco. La vida es así: sorprendente e injusta. Para poder vivir en paz tenemos que aprender de nuestros errores que son parte de la experiencia que acumulamos mientras avanzamos en edad y no sentirnos culpables o avergonzados por la maldad ajena.

—¿Cuántos años tienes? —le picó a la señora Northon la curiosidad de repente.

—Dieciocho —contestó Alice sin entender a qué venia esa pregunta en aquel punto de la conversación que tenían.

—Por el aspecto pareces más joven, pero por tu forma de pensar pareces una persona mayor —le aclaró la señora Northon el porqué de aquella pregunta mirándola con admiración.

Las dos rieron por aquella observación dejando atrás la tristeza. Era la primera vez en muchos años que la señora Northon volvió a reír. La presencia de aquella joven le sentaba muy bien. Tanto que, en cuanto Alice se fue, ya la echaba de menos.

Alice, por su lado, abandonó la residencia muy contenta esta vez. No solo había descubierto que Martín no tenía ningún hermano gemelo, sino algo más: Chris y Martín no eran hermanos. Y, después de la confesión de aquella historia tan dolorosa e ilógica, la señora Northon se sentía mucho mejor. Se imaginaba que llevaba años en aquel estado de profunda tristeza sin reírse ni un solo día. La confesión de aquel secreto seguramente la había liberado de un gran peso que probablemente era uno de los causantes del deterioro de su salud. Su visita a la residencia había tenido un efecto mucho mejor de lo esperado. Incluso su propio estado de ánimo había mejorado mucho. O ¿el hecho de que Chris no era hermano de Martín la tenía tan contenta? Aun conociendo aquel secreto no le iba a servir de nada ya que había prometido que se llevaría el secreto a la tumba. Pero ¿por qué se sentía tan contenta por el hecho de que Chris y Martín no eran hermanos? ¿Se había enamorado de Chris?

Eran preguntas que no dejaban de rondarle la cabeza a Alice en el camino de vuelta hacía su casa.

* * * * *

En el baño no pasó nada tan especial como Sammy se había imaginado. Solo unos besos, tocamientos, se lavaron uno al otro y nada más. Aun así no dijo nada esperando a ver cuando tenía Mark pensado sorprenderla. Del baño la invitó a su habitación. Era la primera vez que veía su cuarto. Aunque todavía no estaba arreglada del todo, le gustó. Especialmente la cama que era gigante. Era una cama de matrimonio, no una individual como ella se esperaba, pero más grande que las habituales y con una cabecera interesante.

—Date la vuelta —le pidió él de repente interrumpiendo sus pensamientos sexuales que aquella grandiosa cama le había inspirado.

Sin poner preguntas, obedeció. Le picó tanto la curiosidad por saber con qué la iba a sorprender ahora que tampoco protesto cuando él le tapó los ojos con un antifaz de tela negra que algunas personas utilizan de noche para que no les moleste la luz del día o de la lámpara. Luego se dejó guiada por él. La tumbó en la cama, justo en el medio, boca arriba y empezó a atarle las muñecas a la cabecera. Se sentía un poco extraño porque nunca antes lo había hecho de aquella forma, pero le gustaba. La ponía cachonda. A continuación sintió unas manos tocándole los pechos, el calor de unos labios y una lengua juguetona lamiendo y mordisqueando sus pezones con suavidad hasta endurecerlos de placer. Los besos siguieron bajando por su tripa hasta llegar al ombligo donde se entretuvo un rato trazando círculos a su alrededor con la lengua antes de bajar hasta la zona de la ingle, donde se detuvo un momento para apartarle las piernas. Cuando Sammy notó los tocamientos suaves de unos dedos, que jugaban con su botoncito del placer, su cuerpo reaccionó retorciéndose por las sensaciones que se expandieron por todo su cuerpo como la oleada en el mar durante un día que presagiaba tormenta. Y en cuanto esos dedos expertos bajaron hasta la entrada anhelante de acción y se quedaron toqueteando aquella zona palpitante y anhelante de algo más se imaginó como él la miraba en aquel momento y disfrutaba con los gemidos que ella sacaba y con los movimientos de su cuerpo deseoso de sentirlo dentro de ella ya. Su lengua tocándole el botoncito, ya activado y explorado con ganas, le provocó un grito de sorpresa y excitación que seguramente lo habían oído hasta los vecinos del edificio. Supuso que fue eso lo que lo llevó a taparle la boca con un trapo y atarle una pierna también. Luego sintió como le agarró bien con una mano la pierna que tenía suelta, manteniéndola apartada y quieta, y continuó volviéndola loca con su lengua inquieta mientras le introducía los dedos en aquel sitio, vibrante de placer, como si fuera su miembro en acción. Su cuerpo se retorcía de forma automática por tanto placer, pero también intentando apartarse o pararle el ritmo. Pero en aquella postura le era imposible porque él la tenía bien agarrada y las ataduras se lo impedían también. El placer que sentía era demasiado intenso y necesitaba que pare un momento, que le dé un respiro, pero como él seguía más y más animado, empezó a moverse tanto que parecía que los dos estaban luchando por conseguir una cosa distinta: ella que estaba intentando escapar y él que estaba intentando hacerla correrse en su boca. Al llegar a forcejear tanto, por fin, él paró, pero no para darle un respiro, sino para darle un cachete en una de las nalgas. En el primer momento se asustó, pero, por su sorpresa, empezó a sentir su lengua lamiéndole las nalgas, mordisqueándolas de forma moderada que, increíblemente, descubrió que le gustaba. La excitaba mucho. Mucho más aún si se las estrujaba con las manos mientras las saboreaba con su boca ávida de placer. Paró de hacer todo aquello solo para posicionarla de lado. Con una mano empezó a jugar y masajearla entre las nalgas mientras su miembro empezó a penetrarla despacio en el lugar que había preparado antes, deseoso de ser explorado en su totalidad. Mientras estaba siendo penetrada rítmicamente y disfrutaba sin ningún pudor, sintió como uno de los dedos que jugueteaba entre sus nalgas, empezó a penetrarla despacio en el orificio que estaba libre. Era una sensación nueva, extraña, pero placentera. Tanto que poco a poco empezó a disfrutarla. El chico sabía cómo hacerla sentirse bien. Se le notaba desde lejos que tenía experiencia. Pero a ella también se le notaba que disfrutaba mucho. Meneaba su cuerpo al mismo ritmo con él para recibirlo y sentirlo en su totalidad.

Cuando estaba a punto de llegar al climax, él paró. Le desató la pierna, le dio la vuelta y la puso estar de rodillas con las piernas abiertas mientras sus muñecas seguían atadas a la cabecera. Le puso una almohada debajo, a la altura de sus pechos y del cuello, y con la mano en su nuca la guió, sin palabras, para que apoyara aquella parte del cuerpo en la almohada, quedando con sus nalgas, rojas por los cachetes recibidos, p'arriba, totalmente a su disposición.

Otro fuerte cachete la hizo estremecerse de dolor y de susto mordiendo fuertemente la mordaza de la boca en la imposibilidad de gritar, pero en cuanto sintió su lengua entre sus labios entreabiertos su cuerpo volvió a calmarse y a encenderse. Le pareció muy extraña aquella forma de hacer el amor pero le gustaba y deseaba que siga. Aquella mezcla de placer y dolor, aunque para ella era algo nuevo, era una combinación agradable y excitante. La otra mano explorándola de nuevo entre las nalgas y al mismo tiempo sintiendo su lengua experta en el otro lado, también le gustaba. Encendía su cuerpo de tal manera que logró convertirlo en una antorcha gigantesca de deleite de sensaciones.

Pero el *cocktail*[3] de nuevas sensaciones no acababa allí. En cuanto sintió los dedos explorándola en los dos sitios al mismo tiempo, descubrió que le daba morbo y placer al mismo tiempo. Algo que nunca había imaginado que existiera o que probaría. Su cuerpo lo confirmaba haciéndola moverse como si estuviera montada en un caballo. Y no podía parar. Era como si pidiera más y más. Sin darse cuenta había perdido el control por completo. Por primera vez en su vida se dejó llevar por una nueva sensación que se había apoderado de ella completamente. Tanto que, en cuanto él se posicionó debajo de ella, ella siguió cabalgando con frenesí atrapando sus dedos atrás, disfrutándolos como si fueran él mismo en los dos sitios. En cuanto él retiró sus dedos, ella sentía que le faltaba algo. Se paró un momento y empezó a gemir pidiendo que vuelva a penetrarla de nuevo. Él había captado el mensaje, pero prefirió saborearle los pechos mientras la penetraba con golpes secos y rítmicos, un rato más. Paró un poco, retiró su miembro dejando que ella se frotara la zona de entre los labios sobre él a su antojo y un fuerte cachete volvió a golpearle una nalga. Ella creyó que eso fue para que le dé más caña así que empezó a moverse más rápido. Mientras estaba cabalgando sintió una manó untándola entre las nalgas. No sabía si era saliva o alguna crema especial. Pero en cuanto sintió que un miembro viril quiere entrar allí se paró. Por miedo al dolor intento esquivarlo y en cuanto se movió para delante sintió que el miembro que la había penetrado antes, seguía allí, entre sus labios húmedos. Asustada, quiso levantarse, pero los brazos del que estaba debajo de ella, la agarraron con fuerza de la cintura y la mantuvo quieta hasta que el miembro que tenía detrás la penetró. En cuanto el que tenía detrás de ella empezó a moverse rítmicamente, el de abajo le posicionó el miembro, todavía duro, en la entrada de delante y empezó a moverse

---

3 *Cocktail=la palabra cóctel o coctel se refiere a los combinados de bebidas alcohólicas. Esta palabra viene del inglés cocktail que significa "Cola de gallo". Según el diccionario Oxford, originalmente (siglo XVII)"Cocktail" se refería a los caballos que tenían la cola cortada en la forma como la cola de los gallos. Estos caballos no eran de sangre pura (como los que usaban para carreras). De allí pasó a referirse a alcoholes que no eran puros, o sea combinados.*

rítmicamente, al mismo ritmo con el de atrás. Ser embestida por dos miembros al mismo tiempo fue toda una sorpresa para ella, pero al saber que eran dos y no una sola persona, la hizo desear que paren. Ya no sabía si le gustaba o no. No se sentía tan a gusto como antes. Era extraño.

Empezó a forcejear para apartarse de ellos, pero con las manos atadas a la cabecera de la cama y abrazada fuertemente por el que tenía debajo, le fue imposible. Y mientras más forcejeaba para librarse de ellos, más ímpetu ponían ellos en penetrarla hasta el fondo. Sintiendo como el de atrás le apartaba las nalgas para penetrarla más empezó a mover la cabeza en señal de que ya no quería seguir, a intensificar sus gemidos y, sobre su sorpresa, pararon:

—Deja de forcejear y disfruta. Antes, cuando no sabías que somos dos, lo disfrutabas. Estabas cabalgando tú sola pidiendo más y más. Ya vi que te gusta, así que disfrutalo. No tienes por qué sentir vergüenza.

Oír la voz calma de Mark la tranquilizó un poco. Pero sí, se sentía avergonzada. Y también tenía razón de que cuando no supo que eran dos, lo estuvo disfrutando. Le gustó mucho. Pero era algo que desde siempre pensó que era malo, que solo las putas practicaban sexo de aquella manera. Ahora solo dependía de ella: que lo disfrute o que lo rechace.

Sintiendo de nuevo a los dos moviéndose rítmicamente, notó que, en realidad, le gustaba. La sensación era muy placentera. Y ya que lo había hecho y había llegado hasta ese punto, decidió seguir disfrutando de aquella sorpresa que, al final, ya no tenía remedio. Lo hecho echo estaba.

Al moverse al mismo tiempo con ellos dos, sentir sus manos atrapándole los pechos, agarrándole las nalgas, estrujándolas, apartándolas, la lengua de Martín lamiéndole los pechos y mordisqueándolos ávido del placer que sentía al disfrutar de aquella magnifica unión de sus cuerpos, sentir las manos del otro cogiéndola de los hombros o de las caderas para penetrarla mejor, oír los jadeos de placer que ella misma les provocaba con sus movimientos, con su cuerpo, sentir la piel desnuda y vibrante por las sensaciones que les provocaba a dos hombres enloquecidos por ella, descubrió que aumentaba mucho su placer, así que siguió disfrutando dejándose llevar. Tan intensas eran las sensaciones que notaba por primera vez en su vida que le provocaron varios orgasmos, intensos, uno tras otro. Pero el premio se lo llevó el último. Al ver que la volvía loca aquella mezcla de dolor y placer, los dos hombres intensificaron los mordisqueos, los cachetes en las nalgas y los movimientos de vaivén con los que lograban explorarla al máximo y les volvían locos a ellos también. En esta ocasión el climax fue diferente. Era un placer distinto a todo lo que había sentido en toda su vida. Se parecía a una onda expansiva que recorrió todo su cuerpo en varias olas de placer. Le pareció haber tenido varios orgasmos en uno. Fue larguísimo y tan intenso que notó olas y olas inundando su zona íntima y hasta la cama. Lo más raro que observó durante aquel aluvión de sensaciones placenteras e intensas era que sintió el mismo placer, igual de intenso, tanto delante como detrás. Notaba espasmos intensos y seguidos en los dos lados. Con tanta intensidad que pensó que se iba a morir de placer si eso fuera posible. Por todo aquello consideró que había merecido la pena seguir. Algo así ni había soñado probar alguna vez en su vida y se sentía mejor que nunca.

Capítulo XI

Confianza quebrada

Chris se quedó mirando el nombre de la institución que tenía delante. Se preguntaba si había apuntado bien la dirección. Había soldados armados enfrente de la entrada y por los jardines interiores también. Toda la zona era vigilada y monitorizada. Tanto que parecía una base militar. ¿Cómo se suponía que iba a entrar él allí?

Mientras pensaba en qué hacer, el teléfono empezó a sonar en su bolsillo. Al sacarle y ver quien era, contestó con rapidez:

—Acercate a los soldados de la entrada. Diles mi nombre, el sitio donde hemos quedado en vernos y ellos te indicarán.

Sin darle tiempo a decir algo, la señorita Lindsay, colgó. Chris, miró a los soldados y sin más remedio hizo lo que le había pedido la señorita por teléfono. Después de dejar sus datos apuntados en un registro de entradas y ponerle una insignia en la parte izquierda del pecho, le dieron indicaciones precisas y detalladas sobre cómo llegar al sitio deseado. Mientras caminaba por los largos pasillos, que parecían sacados de la película Star Trek, empezó a preocuparse sobre cómo iba a reconocer a la señorita Lindsay ya que no la había visto nunca antes y no tenía ni idea de su aspecto. Pero una vez dentro de la cafetería restaurante ella le reconoció y se le acercó.

—Tú tienes que ser Chris. El hermano de Martín. Yo soy la señorita Lindsay. Lindsay Hoffman.

—Efectivamente, soy yo. Encantado de conocerla —contestó Chris estupefacto por el aspecto increíble de aquella mujer de unos treinta y cuatro, más o menos, bien conservados.

Por toda la sala había grupos reunidos en cada mesa de unas dos, tres o cuatro personas, todas vestidas con batas blancas e insignias. La señorita lo llevó hasta una mesa apartada donde no había nadie.

—Aquí no nos molestará nadie. La verdad que me ha sorprendido tu llamada. No tenía ni idea de que Martín tiene un hermano.

—Yo tampoco tenía ni idea de que conoce personas tan… importantes como usted —reconoció Chris siguiendo hablando de su hermano en presente al ver que la señorita todavía no se había enterado de la muerte de su hermano.

—No me hables de usted. Yo y Martín fuimos muy buenos amigos y ya que tú eres su hermano, me puedes tutear. ¿Qué te trae por aquí?

—Usted… Perdón. Tu no sabías de mi existencia porque Martín vivió en otra ciudad hasta hace unos meses. Ya que vivimos separados unos años supongo que por eso no te habló de su hermano. Y yo no supe de su amistad contigo porque no suele hablar de su vida anterior. La que tuvo en su ciudad natal. Así que como no nos conocemos mucho, pero vivimos juntos, quería saber un poco sobre él, sobre sus amistades y su vida en esta ciudad. ¿Cómo llegaron a ser amigos tú y él? No les veo… compatibles.

—Es una larga historia que no te voy a contar ahora porque no tengo tanto tiempo. Pero te puedo decir que sí que éramos compatibles. Puedo afirmar esto porque vivió bastante tiempo en mi casa, conmigo. Unos cuatro años exactamente.

—Pero él ¿no vivió con nuestro padre? —se extrañó Chris al oír tal información de la cual Martín no le había mencionado nada.

—Justo por culpa de ese señor me lo llevé a mi casa. Entiendo que tú no sabes cómo era vuestro padre ya que no habéis vivido juntos.

—¡¿Tan mal se comportaba con él?!

—Más de lo que te puedes imaginar. Pero si Martín no te lo ha contado, yo tampoco lo haré.

—Para que tú vivas con él durante dos años, ¿esto significa que mi hermano se portaba bien, era un buen chico… ?

—Tuve mucho trabajo con él al principio. Era muy sucio, asustado, no confiaba en nadie, no obedecía con facilidad, salía cuando le daba la gana sin decir a qué hora iba a volver o a donde había ido. Me costó mucho enseñarle modales. Que sea respetuoso, responsable, siempre aseado, como vestirse para no parecer un vagabundo, como controlar sus nervios y la rabia que llevaba dentro…

—¿Tenía accesos de rabia o de furia? —se interesó Chris interrumpiéndola para que le amplíe un poco aquel detalle.

—Ufff. Al principio era como una bomba que no sabías en que momento iba a estallar. Hasta yo tuve miedo de que me pueda salir el tiro por la culata.

—¿Le hizo daño? —la preguntó Chris asustado.

—No, no. Tranquilo. A mí no. Pero siempre acababa peleando con los chicos del barrio y mal herido en ocasiones.

—Y… ¿por qué te empeñaste tanto en ayudarle?

—Al principio por pena, pero luego… le cogí cariño —dijo la señorita Lindsay después de una pequeña pausa en la que una tímida sonrisa le empezó a aparecer en una esquina de su hermosa boca mientras los ojos se le pusieron vidriosos.

Al oír aquello, a Chris se le agrandaron los ojos como los platos. Cogerle cariño a su hermano era casi imposible y en el caso de una mujer, y por la expresión de su cara al recordar aquellos tiempos, cogerle cariño significaba algo más que cariño. Pero no podía imaginarse que pudieran haber tenido algo más que una simple amistad. No entre una dama con aquel nivel cultural y económico y su hermano. En su opinión no pegaban ni con cola.

—Por tu reacción entiendo que este hecho te parece increíble. ¿Por qué? ¿Ha hecho algo malo?

En ese momento un joven se les acercó y en voz muy baja le susurró al oído a la señorita Lindsay:

—Uno de los prototipos tiene un grave defecto que puede traer consecuencias catastróficas si escapa de su módulo. Se ha puesto muy furioso y destroza todo en su celda. El doctor A.M.K.13 la espera cuanto antes en el área X26Q con su "equipamiento" de emergencias.

Por la cara que había puesto la señorita Lindsay al oír aquellas palabras, Chris entendió que se trataba de algo muy grave. El joven se retiró con la misma rapidez con la que había llegado, aparecido de la nada.

—Lo que oyes o ves aquí, aquí tiene que quedar, ¿vale? —se lo pidió Lindsay con un hilillo de voz quedando pensativa tras la información que acababa de recibir —. Es un joven en prácticas. No debería haber dicho aquello delante de un civil.

—Descuida. De cualquier manera no he entendido nada —la aseguró Chris para tranquilizarla.

—El reglamento es muy estricto y no entiendo cómo es que no les entra en la cabeza algo tan fácil. Luego pretenden ser científicos.

Con aquella frase, a Chris le quedó claro que la señorita Lindsay era científica. Enseguida le entraron ganas de preguntarla que estaban investigando allí, pero por miedo a que lo eché y no le vuelva a hablar jamás, prefirió permanecer callado.

—Entiendo que se tiene que ir. Me marcho y hablamos en otro momento. Me gustaría saber más cosas sobre mi hermano. Y sobre ti, si no te molesta, claro.

—Mañana tengo que estar en la otra punta del planeta para una conferencia así que hoy estaré muy ocupada con los preparativos. Mejor quedamos la próxima semana y seguiremos con nuestra conversación. Ahora disculpame, pero tengo que ir a solucionar un problema cuanto antes. Ha sido un placer conocerte. En cuanto pueda te llamaré.

—Me parece estupendo. Para mí también fue un placer conocerla. Estaré pendiente de su llamada. Gracias por su amabilidad.

La señorita Lindsay se había puesto tan nerviosa por la emergencia que reclamaba su presencia de inmediato que en cuanto se le cayó el bolígrafo del bolsillo, ni se percató. Chris lo recogió del suelo y quiso entregárselo, pero ya la había perdido de vista. Se quedó sorprendido con lo rápido que debe de haber caminado la señorita que ni llegó a ver por donde había salido. Eso le dijo que el problema que había surgido en el laboratorio debía de ser muy grave. Guardó el bolígrafo en su maletín y se levantó de la mesa para irse.

Se quedó contento con los nuevos avances de su investigación. Había descubierto unos cuantos detalles sobre la vida que llevó, en su ciudad natal, su difunto hermano. Le intrigaba mucho descubrir cuánto cariño le había cogido la señorita científica a su hermano y hasta qué punto había llegado la amistad entre ellos dos.

Mientras Chris estaba absorbido por sus pensamientos intentando atar cabos tras la conversación con la señorita científica, yendo hacia la puerta sin mirar enfrente, chocó contra un joven vestido con bata blanca:

—Perdón. Perdón —se disculpó Chris apenado por ser tan torpe —. Es que este sitio impresiona. Me fascina tanto que ni veo por donde ando.

—Tranquilo. Te entiendo. A mí también me pasó lo mismo en cuando aceptaron hacer mis prácticas aquí.

—¡Wow! Debe de ser una pasada convertir un sueño en realidad —flipó Chris al oír el gran logro de aquel joven que aparentaba tener, más o menos, la edad de su difunto hermano —. Y ¿qué se investiga aquí?

—Es que hay distintos perfiles. En este centro se agrupan nueve grandes Áreas Científico-Técnicas de acuerdo con el perfil de la investigación que llevan a cabo. Y lo que más mola es que una de ellas es secreta. Nadie sabe de qué trata. Para todos es un gran misterio que sólo conocen los que trabajan en ella. El secreto es tan bien guardado que ni siquiera sabemos quiénes son los que trabajan en esa área y dónde se encuentra.

—¡Wow! Esto es increíble —flipó Chris aún más con aquella información llena de misterio.

En aquel momento una alarma acústica, muy molesta, empezó a oírse por todos los rincones de aquella gran sala.

—No te asustes. Es la señal de que la pausa está a punto de terminar. No hay alerta, ni nada parecido —tranquilizó aquel joven a Chris al verle la cara de espanto que puso en cuanto empezó a sonar la alarma.

—Gracias. Ha sido un placer —gritó Chris detrás del joven que se alejaba apurado yendo hacía una de las puertas grandes donde muchos de los que llevaban batas blancas sacaban su tarjeta de identificación para poder acceder allí.

«Así que hay un área secreta de la que nadie sabe nada. Me pregunto ¿qué investigarán allí y en qué área trabaja la señorita Hoffman?» pensaba Chris mientras se alejaba de aquella alucinante institución yendo hacía su coche.

* * * * *

Nada más entrar por la puerta de su casa, el teléfono de Alice empezó a sonar. Aunque era un número desconocido, contestó. Al escuchar la voz de Mark se quedó extrañada porque no tenía ni idea de que él tenía su número. No recordaba habérselo pedido.

—Disculpame, si te he molestado, Alice, pero necesito la ayuda de una mujer. No sé cocinar y al intentarlo yo solo, se me ha quemado todo y he destrozado la mejor olla de mi hermano. En cuanto vuelva de su viaje, seguramente me va a echar de su casa. ¿Podrías venir a echarme una mano con el desastre que he provocado? —la imploró Mark con voz temblorosa.

Aunque no tenía muchas ganas de hacerlo, Alice pensó que como no tiene amigas que le puedan ayudar, debería echarle una mano por ser el hermano de Chris. Al fin y al cabo le debía muchas cosas a Chris por todo lo que había hecho por ella y ayudando a su hermano, sentía que le estaba ayudando a Chris.

—En unos diez minutos estaré allí. No te preocupes. Esperame tranquilo que no tardaré nada.

En cuanto llegó a la casa de Chris, Alice encontró la cocina echa un desastre y el olor a humo y a comida quemada era muy fuerte. En primer lugar abrió todas las ventanas de la casa para que la ventilación elimine cuanto antes el olor y el humo. Luego se puso de inmediato a tirar a la basura la comida carbonizada, a recoger y colocar los ingredientes en los armarios, todos abiertos, a limpiar toda la cocina e intentar salvar la olla ennegrecida que Mark había utilizado para preparar comida.

—Pero a tu edad, ¿tú no tienes ni idea de cocinar? Poner toda una casa patas arriba por unas simples pastas es inadmisible —lo regañó Alice horrorizada por el desastre que había encontrado en el piso de Chris —. Pareces un crio al que no se le puede dejar solo ni un minuto.

—Lo siento, de verdad. No fue esa mi intención —se disculpó Mark bajando la cabeza con cara triste —. Es que mis padres, los que me criaron, no me querían mucho y nunca me prestaron atención.

Escuchando las palabras de Mark, Alice sintió pena por él. Ahora se arrepentía de haberlo regañado de aquella manera.

—Lo siento. No he querido ser tan dura contigo, pero al encontrar la casa de Chris transformada en un campo de batalla, me puse nerviosa.

—Por eso salí de casa a buscar a mi verdadera familia. Porque los que me criaron...

Mark no pudo seguir contando. Daba la impresión de que le traía muy malos recuerdos y que se tuvo que sentar en el sofá del salón, derrotado por el dolor emocional, con la cabeza agachada, mirando al vacío en dirección al suelo.

Alice, que había terminado de limpiar la cocina y los platos, dejó la olla quemada sobre el fuego, llena con agua y lejía, para hervir, se sentó a su lado y empezó a acariciarle la espalda con cariño en señal de que ya no está enfadada con él.

—Lo siento. No sabía que tuviste una vida tan triste.

—En cuanto noté que mi familia no me quiere, empecé a buscar respuestas. Algo que me diga por qué no me quieren. Fijándome en sus rostros, observé que no nos parecíamos en nada. Es cuando se me ocurrió buscar documentos. Algo que me diga si soy o no el hijo biológico de ellos. Así encontré las cartas que mis padres intercambiaban con mis verdaderos padres contándoles que estoy bien, sano, feliz, etc.

—¡¿Tus padres sabían de tu existencia?! —se extrañó Alice.

—Claro. De esas cartas entendí que me dieron en adopción porque ya tenían un hijo y al tener gemelos y ser muy pobres, no podían con tres niños de golpe.

—Pero ¿tan mal se comportaron contigo que te diste cuenta tu solito de que esas personas no eran tus verdaderos padres?

—No sé cómo describirlos. Es que la palabra crueles se queda corta en comparación con la maldad de esas dos personas que me criaron. Ni puedo seguir hablando de ello.

Llegados a ese punto de la conversación, Mark se echó a llorar. Lloraba como un niño. Tan grande era su sufrimiento que a Alice también se le llenaron los ojos de lágrimas. Sin saber qué hacer para aliviarle el dolor, empezó a acariciarle la cabeza por detrás con un suave masaje para transmitirle su cariño y compadecimiento por su desgracia.

Se quedaron callados un buen rato hasta que, Mark, se levantó y se fue al baño para lavarse la cara. Cuando volvió al salon, vio que Alice se había ido a la cocina y la siguió.

—Te he preparado una tortilla francesa y una ensalada de tomate con queso. Espero que te gusten. Y la olla que quemaste mirala. Está como nueva. Ni rastro de quemadura. Yo no le contaré nada a tu hermano y aquí no ha pasado nada —le dijo Alice sonriendo para animar a Mark que salga de aquel estado de tristeza.

—Eres increíble. ¿Cómo lo has conseguido? —la preguntó Mark con alegría y muy sorprendido.

—Cometiendo errores, que para eso sirven: para aprender de ellas. ¿Qué te cres? ¿Qué yo nunca he quemado una comida? —le preguntó Alice sonriendo.

—Me gustas. Mucho.

Aquel comentario cayó como una bomba. La sonrisa de Alice se esfumó enseguida de su cara quedando muy seria, casi disgustada.

—Me alegra oír esto. Ahora disculpame, pero me tengo que ir. He quedado con mi abogado para hacer unos trámites y si no me doy prisa llegaré tarde a la cita —mintió Alice para salir de allí cuanto antes.

«Vaya por Dios. Que estúpido soy. La he cagado justo en la final. Sabía que una chica como ella no se podía impresionar con dos palabras bonitas. Ahora tendré que pensar en otra cosa» se regañaba Mark para adentro mirando impotente como Alice se marchaba con prisa.

Tan rápido caminaba Alice ansiosa de llegar hasta su coche que ni se dio cuenta que estuvo a punto de chocar con Sammy al salir del edificio.

«Vaya. Vaya, con la Santa Alice. ¿A quién habrá visitado ella en este edificio si Chris está de viaje?» se preguntaba Sammy mosqueada al ver a su amiga abandonando muy apurada el lugar subiendo con mucha prisa en su lujoso coche.

—¡¿No me digas que has vuelto a por más?! —preguntó Mark a Sammy al abrir la puerta y ver que había vuelto.

—Que gracioso eres. Una denuncia es lo que tendría que ponerte —le contestó Sammy entrando furiosa en el apartamento.

—¿Por darte placer? Ja, ja, ja. ¿Esto se puede denunciar? —se rió Mark al oír la palabra denuncia en aquel contexto.

—He vuelto a por mis pendientes. Al llegar a casa me di cuenta que ya no los tengo y solo pueden estar aquí. Dámelos y me voy.

Mark abrió el cajón de una cajonera pequeña que se encontraba al lado de la puerta de la entrada, cogió los pendientes y se los entregó.

—El que quiere más veo que eres tú. No llevo ni una hora fuera y ya me encuentro a otra saliendo de tu apartamento —le reprochó Sammy cogiendo sus pendientes furiosa.

—¿Qué le vamos a hacer? Soy insaciable. Como tú.

Sammy le fulminó con la mirada al oír aquel comentario, abrió la puerta furiosa y salió sin despedirse, alejándose con pasos grandes y firmes por el asco que sentía ahora al mirarle la cara al que había sido su novio. Sí que sabía llevar al extaz a una mujer, pero sus ganas de sexo tan insaciables como para ir con otra nada más irse de su casa no daban ningún placer. Haber incluido a otro en su juego sexual sin su permiso, ahora, le parecía repugnante y denigrante. Y, encima, tenía que cargar con aquel recuerdo en su conciencia toda su vida. Eso no se lo iba a perdonar nunca.

El hombre que seguía a Sammy a todas partes para enterarse de lo que estaba tramando contra Alice, lo había visto todo. Escuchando en la puerta del piso de Chris sus conversaciones entendió, en gran parte, lo que había pasado allí. «Así que tú y este tío eráis novios, pero ayer, por la tarde, en la terraza, fingisteis ser dos desconocidos. Seguramente Alice confía en vosotros dos y no tiene ni idea de vuestros jueguecitos. Algún motivo para esconderos de todos tendréis que tener. Y quien esconde cosas a sus amigos no trae nada bueno. Si no intervengo pronto vosotros dos acabaréis haciéndole daño a Alice».

* * * * *

Para relajarse después de un día bastante cargado de tensión, Alice se puso a jugar con sus perros en el jardín. En cuanto la veían llegar a casa, Bebito daba unos saltos para besarla en la cara que siempre acababa derribándola al suelo. Foxy movía la cola como si fuera la hélice de un avión y Julieta movía la cola tan fuerte que se le meneaba todo el cuerpo como si bailara un baile oriental de caderas. La alegría de sus perros y sus energías la hacían olvidar de todos los sucesos estresantes y de todos sus problemas y miedos. Con ellos a su alrededor se sentía libre, feliz, a salvo, contenta y llena de energía. Sus perros eran para ella como su cargador de pilas. La hacían sentirse como nueva.

En casa prefirió tomarse un té, tumbada cómodamente en el sofá de su salon con música relajante de fondo. No quería encender el televisor para ver las noticias porque la ponían nerviosa. No siempre estaba de ánimos para ver las malas noticias de todo el mundo en imágenes. Cada día pasaban más y más tragedias, los políticos distraían a la población con un payaso principal que hacía cualquier cosa escandalosa menos algo bueno para el pueblo, la cultura y la educación habían desaparecido por completo del mapamundi, las películas eran siempre las mismas desde hace años, la violencia se había convertido en algo habitual y tan normal como el "buenos días", los programas de todos los canales debatían como jueces la vida de los famosos y para la juventud no había nada en el horizonte. Todo el planeta iba a la derriba. En cuanto su teléfono empezó a sonar, la música se paró. Era Chris. No tenía ganas de hablar con él por sospechar que se iba a cargar su calma, pero al saber que si no le contestaba se va a preocupar por ella, decidió contestar.

—¿Qué tal todo por allí?

—Bien. Lo de siempre. Nada nuevo.

—Nada nuevo es buena noticia. ¿Has salido hoy?

—Sí. He salido por la mañana para ir a ver a tu madre. Se encuentra bien y se alegró por volver a verme.

—Esto es bueno —dijo Chris con alegría —. Igual os hacéis amigas y tendrás la oportunidad de descubrir cosas que a nosotros no nos quiso contar.

—Justamente esto pasó. Ya somos amigas. Y hemos hablado de vosotros dos: de ti y de tu hermano, Martín. Está muy segura de que no ha tenido gemelos.

—Entonces, ahora que lo recuerdo, ¿por qué siempre que hablábamos sobre el nacimiento de Martín, mi madre se quedaba callada y se ponía muy triste? Si insistíamos, nos pedía que dejáramos de hablar sobre el tema. ¿No será porque dio en adopción al hermano gemelo de Martín y se avergüenza por haber hecho eso y no quiere que lo sepamos?

—Ella no sabe que justo por ese tema empecé a visitarla y me contó con toda naturalidad que no ha habido otro niño. Le mentí que hay un chico igualito a Martín en el pueblo y que creemos que es el hermano gemelo de él. Por lo que me ha contado, estoy segura que no me ha mentido y que no existe ningún hermano gemelo de ninguno de vosotros dos.

—Vaya. Estoy tan confundido. Debe de haber una explicación en alguna parte.

—Yo también estoy confundida, igual que tú, Chris. Después de lo que me dijo esta mañana Mark, aún más…

—Mark, ¿fue a verte? —se apresuró Chris en preguntarla interrumpiéndola alterado.

—No, no. Fui yo a verle…

—¿Dónde? ¿A mi casa? —preguntó Chris obviamente muy alterado.

—Chris, tranquilizate. No entiendo porque te has puesto así. Sí, he ido a tu casa a verle un rato, pero no pasó nada…

—¡Alice! ¡Por favor! No vuelvas a hacer eso. No le conocemos de nada y acabas de asegurarme que no es el hermano de Martín. Esto significa que es un completo extraño y que no tenemos ni idea de sus intenciones para "meterse" de esta forma en nuestras vidas, engañándonos. Puede ser un asesino, un depredador…

—¡Vale! ¡Vale! Te lo prometo —accedió Alice a su petición con tal de tranquilizarlo y de impedir que diga algo que le podía hacer daño emocional.

—Y ¿qué fue lo que te dijo Mark que te confundió aún más? —siguió Chris con el interrogatorio, más calmado.

—Que se enteró del hecho de que es adoptado a través de las cartas que sus verdaderos padres intercambiaban con sus padres adoptivos para asegurarse de que él estaba bien cuidado. También dijo que sus verdaderos padres, o sea los tuyos, ya tenían un hijo y que, al tener gemelos, a él y a Martín, tuvieron que dar a uno de ellos en adopción por ser demasiado pobres para poder con tres niños de golpe.

—Esto huele raro. Cuando se da un niño en adopción, se mantiene en secreto la identidad de las dos familias implicadas. Y si sus progenitores eran tan pobres, no hubieran podido contratar un detective particular para descubrir su paradero. No. Su historia no cuadra.

—En los archivos de la maternidad debe de estar la respuesta.

En eso mismo estaba pensando Chris, pero no podía decírselo porque intencionada ir el siguiente día allí mismo y se suponía que él estaba fuera por motivos de trabajo y no por investigaciones particulares.

—En cuanto tenga tiempo investigaré este asunto más a fondo. Hasta que vuelva, por favor, no vayas a verle a solas a ese individuo. Tú misma te has dado cuenta que no hay nada lógico en la aparición de… esa copia de Martín. También es raro que las desapariciones de esas chicas empezaran a producirse en cuanto él apareció. Hasta que se calman las cosas, mantente a salvo, por favor. O ¿quieres que contrate un guarda espalda que te acompañe 24h al día? —se lo planteó Chris con voz seria.

—No. No hace falta. Ya te prometí que no volveré a visitarle a solas. Y si surge alguna novedad, te avisaré enseguida.

—Vale. Te dejo que descanses. Yo haré lo mismo.

Alice se despidió contenta del resultado de la conversación. Se le ocurrieron unas ideas que pensaba poner en práctica de inmediato.

Chris decidió llamar a su hermano para ver como está antes de acostarse.

—Bien, hermano. Gracias a Alice estoy bien.

A Chris se le puso el pelo de punta al escuchar el nombre de Alice en la boca de aquel extraño mencionado con un tono de alegría extraña.

—¿Cómo que gracias a Alice estás bien?

—Es una chica tan maja que pasó por aquí hoy para ver que tal estoy, sabiendo que estaba solo y cuando se enteró que no sé cocinar, me preparó un plato exquisito enseguida.

A Chris se le puso un nudo en la garganta. Acababa de hablar con Alice y ella no le había contado lo mismo sobre la visita y le parecía increíble que ella había ido a visitarle sin más. Después de todo lo que había pasado en aquella excursión al infierno ¿ir a visitar al hermano gemelo de Martín sabiendo que va a estar sola con él? Chris no sabía que pensar. Esa versión no le cuadraba.

—Tú ¿me estás vacilando?

—Pero ¡¿qué dices?! ¿Cómo voy a inventarme yo algo así? Supongo que tú ya sabes que Alice cocina de maravilla, pero yo no podría saberlo si no hubiera cocinado ella misma algo riquísimo para mí porque no tenemos ningún amigo comun que podría habérmelo contado.

Pensándolo bien, Chris llegó a la conclusión de que Mark le estaba diciendo la verdad. Aquel hecho era chocante para él. No se lo esperaba para nada y no entendía ¿por qué, Alice, lo había hecho?

En aquel momento Chris tomó la decisión de darse prisa con la investigación y volver a casa cuanto antes. Y más que nunca tenía que descubrir la verdad sobre aquel *nuevo hermano* que les estaba mintiendo a todos sobre su origen y eso le dejaba claro que no era precisamente el comportamiento de una buena persona y con buenas intenciones. Por lo visto, Alice había caído otra vez en las redes de los sentimientos y tarde o temprano acabaría sufriendo de nuevo. Él no podía permitir que pase otra vez algo así. Antes, con Martín, no lo había visto venir. Nadie se había esperado esa desgracia colosal, pero ahora que estaba prevenido, siendo el único que había visto la verdadera cara del nuevo hermano, tenía que impedir que pasase otra desgracia. Y solo él podía evitar lo inevitable. Lo veía venir. Pero esta vez estaba preparado. Ya no existía el factor sorpresa como la vez anterior.

Capítulo XII

Alice desaparece

«Desde luego Alice está en peligro. Sus amigos, más que seguro, están tramando algo en su contra y ella no sospecha nada. Ya que soy el único que se ha dado cuenta de esto sólo yo podré evitar que le pase algo malo. A partir de hoy no volveré a quitarle los ojos de encima» pensaba el hombre que llevaba ya varios días vigilándola a ella y a su amiga Sammy para descubrir que estaba pasando allí.

Al no ser una zona con bares, cafeterías, paradas de autobuses, supermercados u otras instituciones públicas, para dar la impresión de que era un simple peatón que pasaba por allí, caminaba unos cuantos metros, en la misma acera, de un lado a otro, cada vez que pasaba algún coche. Hoy, en especial, estaba esperando la oportunidad de poder acercarse a Alice y ponerla a salvo de toda aquella maldad que la estaba rodeando. Esta vez lo iba a hacer bien. Él, salvará a aquella chica.

* * * * *

«Y este ¿qué más quiere ahora? Se lo dejé bien claro que ya no quiero volver a verle jamás» pensaba Sammy al ver en la pantalla de su teléfono que Mark la estaba llamando.

Para librarse de él, pensando despacharlo rápido, contestó:

—¿Ahora qué quieres? —preguntó Sammy con un tono repulsivo.

—Verte.

—Ya te dije ayer que ya no quiero volver a verte jamás. No estaba bromeando —se lo dejó Sammy bien claro para que no dé lugar a dudas.

—Venga. Vamos, que tampoco es para tanto. Además te lo pasaste de rechupete…

—No insistas porque no va a cambiar nada. ¿Qué parte de "no quiero volver a verte" no entendiste?

—De verdad que no entiendo por qué no quieres venir si te lo pasate tan bien ayer —insistió Mark con un tono de incertidumbre.

—¡Oye! Tú estás mal de la cabeza. Si vuelves a buscarme o insistir, te voy a poner una denuncia.

—Si no vienes, voy a enviar el video a todos tus amigos para que vean como goza la empollona con dos tíos al mismo tiempo en la cama —soltó Mark la amenaza que retumbó en los oídos de Sammy como una bomba con eco incluido.

—¿Qué… video? —titubeo Sammy apenas pudiendo articular palabra.

—Me gusta volver a ver los momentos tórridos, como ese, así que suelo grabar los momentos especiales en los que mi chica goza como una perra en celo —le confesó Mark riéndose —. Si quieres verlo, lo podemos hacer juntos y montar otra película…

Sammy se sentó sobre la cama mareada. Tenía la sensación de que la tierra se había abierto de repente y que estaba cayendo en un abismo. Toda la habitación parecía dar vueltas. Ya no sabía si estaba despierta o tenía una horrible pesadilla. Con todo lo que había luchado para conseguir entrar en aquella prestigiosa Universidad que significaría un gran paso en su carrera profesional, trabajando en lo que siempre había soñado, y ese video de por medio, si llegaría a ser público, significaría su fin. Toda su vida quedaría hecha pedazos y sin posibilidad de volver a recuperarla alguna vez.

«No. Eso no puede pasar. Ese video no puede llegar en las manos de nadie. Tengo que llegar hasta él y destruirlo».

—Mira, Mark. Sé que te gusta Alice. Cómo ese video salga a la luz, le contaré todo a Alice. Le contaré como la has engañado a ella y a mí y a todos. Y la clase de basura de persona que eres —lo amenazó Sammy sin titubear y con un aire muy seguro de sí misma para que Mark vea con quién está jugando y cuanto tiene él que perder.

—Ni se te ocurra hacer esto o te mato —gritó Mark furioso.

En aquel punto de la conversación Sammy colgó la llamada. Se quedó pensando en qué debería hacer en aquella situación. Estaba muy nerviosa y tenía mucho miedo. Pensándoselo bien llegó a la conclusión de que ese joven no era de fiar ya que había sido capaz de hacerle algo tan retorcido y traicionero así que llegó a la conclusión de que tenía que buscar a Alice y contárselo todo para que, entre las dos, busquen una solución. Estaba segura de que Alice le iba a perdonar las mentiras y la ayudaría a recuperar aquel video. Además, Alice, tenía que saber qué clase de canalla era en realidad aquel individuo y no dejar que se le acerque. Por eso tenía que avisarla cuanto antes.

* * * * *

Alice no se sentía bien por haber ido a ver al hermano de Chris sin haberse parado a pensar en ningún momento si era una trampa o una excusa con fines oscuros para verla a solas. Si no fuera por sus mentiras ni siquiera se hubiera dado cuenta que ese chico encantador, en apariencia, no era de fiar. Su forma de ser, tan inocente, la preocupaba mucho. Por eso sintió la necesidad de salir de casa. Para distraerse de aquella sensación de inquietud que no se le iba desde que habló la última vez por teléfono con Chris. Hacer las compras al medio día la relajaba porque no había mucha gente comprando, ni mucho tráfico. Era una hora ideal para matar el tiempo hasta la hora de la comida. Cuando su teléfono empezó a sonar en su bolso, su cuerpo se tensó. Pensaba que era Chris, pero al ver que era Sammy la que la estaba llamando se relajó y cogió la llamada.

—Hola, Alice. Tengo que hablar contigo sobre algo urgente —se oyó la voz desesperada de Sammy.

—Ahora mismo estoy de compras. Si quieres luego te llamo…

—No, Alice. Tiene que ser ahora. Esto no puede esperar ni un minuto más. Dime donde estas y voy a buscarte. Podemos ir a una cafetería para hablar tranquilas.

—Vale. Como quieras. Ya que estoy en el centro, cerca de la plaza, iré a la Cafetería Plaza y te esperaré allí —accedió Alice sin poner más preguntas al notar mucha angustia en la voz de su amiga.

Ni le habían preparado el té con hielo que había pedido cuando Sammy llegó. En cuanto localizó a Alice se le acercó con rapidez pidiéndole que se sentaran dentro, en una mesa más al fondo, donde no podían ser vistas desde la calle. Alice accedió y fue a por su bolso en la mesa donde la había dejado, Sammy quedando en la barra para recoger el té y el refresco de limón que habían pedido. Tan nerviosa estaba que le temblaban las manos. Se llevó las bebidas en cuanto estuvieron listas, una en cada mano, caminando con cuidado hacia la mesa donde se encontraba Alice esperándola sentada.

—Hola chicas. Qué casualidad. Me alegro de veros.

A Sammy se le escaparon las bebidas de las manos al oír justo detrás de ella la voz de Mark manchándole el vestido a Alice.

—Dios mío. Que susto me has dado. Mira que he hecho por tu culpa —gritó Sammy asustada por la repentina e inesperada aparición de Mark y por la pena que le dio haber mojado el vestido a Alice.

—No pasa nada. Tranquila, que voy al baño y lo limpio en un ratito. Menos mal que pedí el té con hielo y no caliente. Vosotros esperadme aquí o… mejor sentaros en la terraza porque luego tendré que ponerme al sol para que se me seque el vestido —les pidió Alice mientras iba hacia los aseos.

Una vez dentro, Alice se quitó el vestido y empezó a lavarlo con agua caliente y jabón líquido de manos. Como se lo esperaba, al lavarlo inmediatamente después de mancharlo, no quedó ni rastro de las bebidas en la tela. Secó un poco el vestido con el secador de manos, lo sacudió con ganas varias veces y se lo volvió a poner. Con el calor que hacía le dio gusto sentir el frescor que su vestido húmedo aportaba a su cuerpo. Hasta pensó que debería hacerlo más a menudo durante los veranos, que cada año eran peor de soportar por las olas de calor provocadas por el cambio climático. En cuanto abrió la puerta del aseo sintió un espray rociándole la cara y…

Mark había ido al aseo también, para refrescarse un poco con agua fría y hacer que la espera sea más corta. También porque quería hablar con Alice antes que Sammy para no darle tiempo a que la ponga en su contra. Mientras se estaba echando agua sobre la cara y el pelo, oyó un portazo fuera en el pasillo. Pensando que habrá sido Alice al salir del aseo de señoras salió rápidamente al pasillo, pero no vio a nadie. Mientras se echaba el pelo para atrás, para dejarlo bien arreglado, un objeto minúsculo en el suelo le atrajo la atención por lo bonito que era su brillo en la luz del sol. Al cogerlo e inspeccionarlo se dio cuenta que era un pendiente. Un pendiente bastante bonito. Nunca antes había visto alguno parecido. Estaba claro que estaba hecho de oro y diamantes, pero en el medio de un ovalo de color negro estaba esculpido, en oro, la virgen María con el niño Jesús en sus brazos. Su peculiaridad le hizo pensar que tiene que tener un valor inestimable y al mismo tiempo le pareció muy interesante aunque él no era creyente. Viendo que nadie apareció para reclamarlo se lo quedó en la mano y volvió a la terraza con Sammy.

—Mira que pendiente más interesante me he encontrado en el pasillo de atrás, donde los aseos —dijo Mark enseñándole el pequeño tesoro que había encontrado.

Sammy no quiso hacerle caso ya que estaba muy cabreada con él, pero al ver el pendiente sintió un vuelco en el corazón.

—¡¿Como que lo encontraste en el pasillo si es de Alice?! —preguntó Sammy horrorizada —. Y Alice ¿dónde está? ¿Qué le has hecho?

—Sammy, relajate. Acabo de decirte que me lo encontré en el pasillo de atrás donde están los aseos. Puede que se le habrá caído al sacarse el vestido para lavarlo, yo que sé. Voy a buscarla. Igual está tardando tanto por buscar el pendiente porque, por lo que veo, no ha vuelto todavía, ¿no? —dijo Mark levantándose de la mesa encaminándose con prisa hacía el lugar mencionado.

Llegado enfrente de la puerta del aseo de señoras, se quedó un rato escuchando. Al ver que no se oía nada dentro, tocó la puerta. Al no recibir ninguna respuesta abrió la puerta despacio metiendo la cabeza para ver si había alguien dentro. Se extrañó al no encontrar a Alice allí, así que entró y empezó a llamarla:

—¡Alice! ¿Estás aquí? He encontrado tu pendiente en el pasillo.

Sintiendo que algo no va bien, Mark salió rápidamente al pasillo, miró a los dos lados y corrió hasta la puerta trasera para comprobar si Alice estaba por allí fuera. Miró en todas partes, pero Alice no estaba por ningún lado. Solo vio a un señor cerrando con prisa el maletero de su viejo coche que subió muy apurado y se puso en marcha enseguida. Mark no sabía que pensar. Todo le parecía muy extraño. Sin saber que hacer volvió a la terraza donde se encontraba Sammy, sola, esperando preocupada.

—¿Alice no ha vuelto?

—Desde que ha ido al baño, no. ¿No ha salido del baño todavía?

—Pensando que estaba tardando demasiado en volver, entré en el baño de señoras para ver qué pasa, pero no había nadie dentro —le contó Mark desconcertado.

—No puede ser. Tiene que estar en el bar. Voy a buscarla —dijo Sammy levantándose decidida de la silla yendo con pasos grandes y firmes directo al bar.

Mark la siguió. Cuando Sammy entró en los aseos para señoras, Mark entró a su vez al aseo de hombres a echar un vistazo por allí también. Luego miraron juntos en la parte trasera del bar y al no encontrarla, preguntaron a la camarera si había visto a su amiga pasar por allí. La respuesta al ser negativa salieron de nuevo en la terraza y vieron que el bolso de Alice seguía allí, sobre la silla donde Sammy la había dejado.

—Esto no puede estar pasando —se negaba Sammy a creer moviendo la cabeza en señal de desaprobación.

—¿Suele hacer esto? ¿Desaparecer así de repente?

—Pero ¿qué dices? Espera que la llamo —dijo Sammy señalándole con la mano que se quede callado.

Mientras Sammy permanecía en silencio con el teléfono pegado al oído, Mark la miraba expectante deseando que le contestase a la llamada y que le dijera dónde se encontraba. Esa incertidumbre lo ponía muy nervioso a él también. No sabía que creer, ni que hacer. Cada segundo que pasaba lo angustiaba más y más.

—Suena, pero no contesta. No entiendo nada. Ella nunca ha actuado de esta manera. Si hubiera querido irse, nos lo hubiera dicho y se hubiera llevado su bolso. Ven conmigo. Quiero mirar algo.

Desde la entrada al bar, Sammy y Mark fueron directamente a la mesa donde se habían sentado antes a esperar a Alice que había ido al baño. Sammy cogió el bolso de Alice y miró dentro. Sacó el teléfono y el monedero y los puso sobre la mesa. Miró con tristeza a Mark y volvió a coger el monedero para abrirlo y comprobar algo.

—Todas sus tarjetas de crédito están aquí. También dinero en cash.

Mirando de nuevo en el bolso de Alice, Sammy metió la mano y mientras sacaba unas llaves dijo:

—Hasta las llaves de su coche y de su casa están aquí.

—Esperemos aquí un rato. Igual se ha acordado de algo y habrá ido sin avisar a algún lugar cercano y volverá dentro de nada —la aconsejó Mark sin saber qué otra cosa hacer ante una situación como aquella.

* * * * *

Ya eran las ocho de la tarde y Alice todavía no había aparecido, ni había dado alguna señal de vida. Mark y Sammy permanecían en silencio, sentados, en el salón de la casa de Chris desde que llegaron del bar sin tener noticias sobre el paradero de Alice. Estaban tan preocupados por la desaparición de su amiga que se habían olvidado de sus asuntos personales y decidieron, sin decírselo, aguantarse sólo para resolver aquel problema. Intentaban recordar cada detalle de la última vez que vieron a Alice para dar con una pista, pensando que se le había escapado algún detalle importante o algo que en aquel momento les hubiese parecido insignificante y que en realidad podría ser la clave de dar con el paradero de Alice.

—Es como si se la hubiera tragado la tierra —dijo Sammy en un final cansada de tanto silencio en el que sus pensamientos no dejaban de dar vueltas y vueltas en su cabeza sin dejarla relajarse ni un instante.

—En este momento me preocupa más la llamada de Chris. Cuando llamará para ver que tal van las cosas por aquí ¿qué le voy a decir? Seguramente, primero llamará a Alice y cuando verá que no le contesta a sus innumerables llamadas, me llamará a mí y me preguntará si sé algo de ella. ¿Qué le digo yo a Chris, eh? ¿Qué? —se lamentaba Mark mientras tomaba nervioso un trago de whisky que se había servido nada más entrar en la casa para tranquilizarse un poco.

—No sé. Igual deberíamos decírselo y…

—No, no, no. No le podemos decir nada. Este es capaz de dejarlo todo y volver antes de su viaje de trabajo para buscarla. Yo pienso que no deberíamos decirle nada. Puede que hasta su regreso Alice vuelve a aparecer y lo hemos hecho preocuparse para nada.

—Sí, es verdad. Pero ¿qué hacemos ahora? ¿Cómo localizamos a Alice?

—No me dio tiempo a conocerla tanto durante nuestro corto noviazgo. A ti se te tiene que ocurrir algo ya que habéis crecido juntas.

—Me intriga mucho la forma en la que encontraste uno de sus pendientes. Por la cerradura que tiene, no creo que se le podría haber caído así sin más. Puede que alguien la raptó y se le cayó mientras forcejeaba con esa persona para salvarse. Tú ¿qué viste cuando la buscaste por la zona de los aseos? —le preguntó Sammy mirándolo con cara de interrogación.

Mark se quedó callado repasando mentalmente los hechos del bar. Se acordó de aquel hombre que cerraba el maletero de su coche subiendo al vehículo con prisa mientras miraba a todas partes, algo preocupado, alejándose de la zona con mucha prisa en un coche azul celeste de modelo antiguo. No tenía cara de mala persona, pero ahora, Mark, se preguntaba si aquel hombre podría tener algo que ver con la desaparición de Alice.

—No vi nada raro. De hecho, no había nadie por la zona —mintió Mark al tomar la decisión de guardarse aquella información solo para él.

—Últimamente han desaparecido sin rastro un par de chicas. Me preocupa que pueda tener algo que ver con la desaparición de Alice también.

—¿Cres que hay algún loco suelto en esta ciudad que rapta chicas? —se interesó Mark preocupado.

—Es la hora de las noticias. Enciende la tele. A ver si dicen algo más sobre las últimas desapariciones —le pidió Sammy quedando callada durante el programa de informativos locales junto a Mark.

Cuando ya empezaban a anunciar el tiempo, el teléfono de Mark empezó a sonar. Viendo en la pantalla el nombre de Chris, los dos se miraron horrorizados sin saber qué hacer. Si contestaba a la llamada no sabía que decirle a Chris, pero si no contestaba era peor. Mark cogió el mando a distancia y apagó la tele. Dudó unos segundos y, en un final, decidió atender la llamada señalándole con la mano a Sammy que permaneciera callada durante la conversación.

—Que bien que te encuentro, Mark. ¿Sabes algo de Alice? Llevo toda la tarde llamándola a sus teléfonos y no me coge las llamadas en ninguno —empezó Chris nada más oír a su hermano al teléfono.

—Los tendrá en silencio porque hoy, yo y Sammy, la acompañamos a hacer las compras. Luego nos quedamos tomando algo por allí por el centro y por la tarde dijo que se sentía tan cansada después de caminar un día entero de un lado para otro visitando tiendas que seguramente irá a la cama más pronto que de costumbre —mintió Mark con una serenidad que hasta Sammy, de no haber sabido la verdad, hubiera creído que decía la verdad.

Tan convincente había sido Mark que Chris se lo tragó y dejó de preocuparse después de comprobar que todo transcurre con normalidad en el pueblo. Cuando Mark colgó, Sammy le dijo:

—Eres tan buen actor que, por la conversación, entiendo que se lo ha tragado.

—Ya que el peligro ha pasado y he conseguido tranquilizar a Chris, ¿qué te parecería si cenáramos juntos? —le sugirió Mark pasando de su comentario anterior.

—¿Cenar juntos? ¿Estás de cachondeo?

—No. Hablo en serio. Y también me gustaría hacer las paces contigo. Lo del video era solo una argucia para hacerte venir. No tienes por qué preocuparte. Me molestó que no quisieras verme y por eso me inventé algo tan fuerte. Era solo para cabrearte y hacerte venir. Lo del trio lo hice por ti porque supuse que te iba a gustar. Además será nuestro secreto mejor guardado. El otro chico nunca hablará de esto. Es un profesional con mucha experiencia que contraté pagándole una suma importante de dinero solo para regalarte un momento inolvidable.

Sammy se quedó mirándole callada sin saber qué creer. Quería que aquello fuese verdad, pero al saber que buen mentiroso y actor era se preguntaba si le decía la verdad o intentaba salvar su imagen y pasar el mal rato junto a ella. En ciertas circunstancias parecía un chico muy majo y en otras ocasiones el diablo en persona. Sammy ya no sabía qué creer. Por aquel motivo, a regañadientes, aceptó su invitación. Quería darle la impresión de que se tragó todo y que volvieron a ser amigos de nuevo. Pero ahora tenía otra duda: ¿cenaban como amigos o como novios?

* * * * *

Cuando despertó y abrió los ojos, Alice vio que estaba en una habitación que no conocía y que se sentía un poco mareada. Mirando con atención todas las paredes de aquel pequeño cuarto la extrañó constatar que no tenía ventanas. También comprobó que estaba vestida y que todo estaba en orden. Hasta llevaba sus sandalias puestas. Se bajó de la cama y se acercó hasta la puerta. Intentó abrir, pero estaba cerrada con llave. Se quedó escuchando con la oreja pegada a la puerta para ver si hay alguien cerca que le pudiera abrir, pero no se oía nada. Ningún ruido. Ni el más mínimo ruido. El silencio era tan profundo que le pareció aterrador. Cerró los ojos en el intento de captar algún sonido de fuera, pero nada. No se oían los coches de la calle, pájaros, personas hablando, alguien por la casa, absolutamente nada. Aquel detalle la hizo preguntarse: ¿dónde estaba? ¿Qué clase de sitio era aquel? En cualquier casa normal existe algún tipo de ruido aunque solo fueran los triles de los pájaros, una mosca, un coche, las hojas movidas por el viento, personas caminando o hablando, algo.

—¿Hay alguien allí? —preguntó Alice gritando mientras golpeaba la puerta con los puños.

Pero no recibió ninguna respuesta. El silencio era su unica compañía y respuesta. Intentó recordar cómo había llegado en aquella habitación, pero no lo consiguió. No recordaba nada. También buscó encontrar respuesta en los objetos de la habitación, pero una simple cama individual, un cuadro con un bonito paisaje de montaña con una casa cubierta de nieve y una mesita de noche con una bonita lámpara, no le decían nada. Buscó en los cajones de aquella mesita de noche para ver si su teléfono o algún objeto personal suyo se encontraba por allí, pero sobre su asombro encontró camisones de verano, bragas y calcetines a su medida. Encima de la mesita estaba la lámpara encendida y un cuaderno nuevo con hojas lisas y un lápiz con borrador. Unas pantuflas al lado de la cama y nada más. Era un cuartito agradable, pero Alice no lograba entender ¿por qué se encontraba ella allí, encerrada? Y ¿qué clase de habitación no tenía ninguna ventana?

Al otro lado, tras una de las paredes de la habitación, el hombre que la había secuestrado la estaba observando por una mirilla secreta. Respiraba con normalidad porque se había tranquilizado. Por fin la tenía a salvo. Lo había hecho tantas veces que hasta a plena luz del día nadie hubiera sospechado de él. Estaba contento con su logro. Cada vez lo hacía mejor y esto lo complacía. Le devolvía la felicidad y la paz que había perdido aquel fatídico día. Esta nueva "actividad" le daba sentido a su vida y ánimos para seguir. Seguir con todos los objetivos que se había propuesto. Esa era ahora su razón para vivir.

Después de un buen rato, cuando vio que Alice no daba guerra para intentar salir y estaba tranquila, se alejó de la pared con una larga sonrisa de satisfacción en la cara. Podía volver tranquilo a sus asuntos porque ya lo había conseguido: había puesto a salvo a Alice.

* * * * *

La cena había sido agradable. Mark había pedido comida casera en un restaurante cercano que tenía un menú muy variado y sabroso para asegurarse de que nada pondrá en peligro su plan de reconquistar a Sammy, hacer las paces y poder mantener una conversación tranquila.

—¿Por qué te inventaste algo tan impactante, como una grabación, para chantajearme? —preguntó Sammy decidida a descubrir todo lo que podía sobre aquel nuevo chico aparecido en el pueblo en el que ya no confiaba.

—Pensé que mientras más fuerte es el impacto, más rápido accederás a verme. Perdona. No fue muy inteligente de mi parte.

Tampoco quise asustarte tan fuerte. Mi intención era solo hacerte venir a verme —se disculpó Mark con cara de pena y un tono de voz de arrepentido.

—¿Y lo del otro chico? ¿Por qué lo incluiste en nuestra relación sin preguntarme o pedirme permiso?

—Es que no pensé. Quise darte una sorpresa única e inolvidable para fortalecer nuestra relación y demostrarte que te quiero y no pensé en tu reacción. Desde luego no volveré a darte más sorpresas de ese tipo. Te lo prometo.

Sammy lo miraba minuciosamente intentando detectar si le decía la verdad o estaba actuando. Le parecía tan convincente que no sabía que creer.

—Espero que así sea porque si no, la próxima vez, te denuncio —se lo dejó bien claro Sammy con un tono muy convincente.

—Ya me di cuenta que fue un error. El problema fue que no nos conocimos tan bien como para darte ese tipo de sorpresa. Yo solo pensé en que te va a encantar. Que no te vendría nada mal probar algo nuevo. Y no creo que esté muy equivocado en esto.

—Con tu promesa de que no volverás a darme sorpresas que requieren mi consentimiento, me conformo —le hizo saber Sammy deseosa de cambiar de tema.

—Para que veas cuanto te quiero, te dejaré que mires la tele tranquila mientras yo recojo la mesa y lavo los platos —se ofreció Mark levantándose de la mesa.

—Sí que voy a descansar, pero no mirando la tele sino hablando contigo sobre tu pasado. Cuéntame algo de tu otra ciudad, de tu padre…

—No me agrada hablar de mi padre. No se comportó muy bien conmigo y no me gusta hablar de él. Y el pueblo era muy sencillo y muy pequeño. Tanto que no hay mucho que contar. Por eso me ha gustado vuestro pueblo en cuanto vine aquí. Es mucho más grande y tiene de todo.

Sammy pensó en que ya era hora de tenderle una trampa para ver si de verdad era Martín o el gemelo de Martín.

—¿Cómo te llevas tú con el perro de Alice, Bebito? Solo hay tres personas que se le pueden acercar. ¿Sabes cuáles son?

—Tú, Diana y obviamente Alice, ¿quién más? Yo no le caigo muy bien. Será que solo le gustan las chicas —acabó Mark con un chiste con la esperanza de que había acertado la respuesta.

Ese detalle solo podía saberlo una persona muy cercana a Alice como por ejemplo un novio. Si ese joven no hubiera sido Martín, era imposible que un desconocido supiera aquel detalle teniendo en cuenta que solo ellas tres lo conocían: que Bebito había sido encontrado con medio cuerpo aplastado, aterrado de muerte y solo confiaba en las tres chicas que lo cuidaron juntas hasta que se recuperó de sus heridas. Y esas chicas eran ella, Alice y Diana. Con esos indicios Sammy tenía la certeza de que su novio sí que era Martín y no un desconocido. Eso la tranquilizó y acabó con todas sus dudas. Entendió de todo aquello que en realidad al que no conocía mucho era a Martín y por eso le había parecido ser un extraño. Llegó a la conclusión de que tenían que conocerse un poco más porque tenían un mes juntos y casi no sabían nada uno del otro. Tenían que pasar más tiempo juntos.

—¿Fuiste enamorado de verdad de Alice o solo fue un calentón de momento? —vino la sorprendente pregunta de Sammy.

Mark sabía que cualquier respuesta le caería mal y que lo ideal era una respuesta intermedia. Si le dijera que solo había sido un calentón, Sammy pensaría que con ella le pasa lo mismo y si le confesara que la amó de verdad se enfadaría y seguiría preguntándole como es que se le pasó el amor tan rápido.

—¿Sabes? Cuando te entran las dudas y ninguno de los dos sabe lo que quiere realmente, es mejor terminar antes de que la situación empeore.

—¿Por qué dices esto?

—Cuando uno pasa por momentos difíciles, la relación se fortalece porque el amor puede con todo, pero si en situaciones difíciles la relación se rompe es porque el amor no era verdadero.

—¿Así que rompisteis durante aquella fatídica excursión? ¿Por qué? ¿Qué pasó allí?

Acabando de lavar los platos y de dejar el comedor limpio, Martín volvió al salón y se sentó al lado de Sammy. La abrazó, luego le cogió la cabeza entre las manos y la besó fugazmente mientras la miraba con ojos brillantes y una dulce sonrisa.

—¿De verdad prefieres que hablemos de algo horrible a esta hora en vez de disfrutar nuestra reconciliación de una forma más… idónea?

Sammy deseaba con todo su ser descubrir lo que había pasado en aquella inolvidable excursión, pero decidió que ya tendría tiempo para averiguarlo dejándose llevar por las caricias de aquel atractivo joven que con solo mirarla y tocarla de aquella manera, tan suya, la hacía derretirse entre sus brazos como si su cuerpo fuese de mantequilla. La noche acababa de empezar. El siguiente día, si no lograrían localizar a Alice por la mañana temprano, tendrían que afrontar un día muy dificil y lleno de estrés y preocupaciones y quien sabe cuándo volverían a recuperar la tranquilidad y tendrían la ocasión de volver a pasar momentos tan apasionados juntos. Por primera vez, Sammy decidió aplazar la investigación de aquellos trágicos acontecimientos y dejarse llevar por las sensaciones que solo Martín sabía cómo despertar y encender en cada poro de su piel. Es más, cuando Chris estaría de vuelta, ella ya no podía ir a visitar a Martín ya que nadie sabía de su noviazgo y en su casa, teniendo en cuenta que sus padres nunca aceptarían esa clase de chico, como pareja para ella, tampoco. En conclusión, determinó que ese momento tenía que aprovecharlo al máximo, posponiendo la desaparición de su mejor amiga, Alice, a un segundo plano igual que al resto de sus asuntos pendientes.

Capítulo XIII

Un detalle importante

Despertar en los brazos de Mark, para Sammy, era prueba de que la amaba de verdad. La tenía tan bien pegada a su fornido pecho que podía escuchar los rítmicos latidos de su corazón. La habitación estaba a oscuras y no tenía ni idea de la hora que era, pero por debajo de la puerta se veía mucha luz en el pasillo. Tan fuerte era la intensidad de aquella luz que la hizo pensar que no era otra cosa que el brillo del sol inundando gran parte de la casa. Quería ir a la cocina para preparar el desayuno, pero se sentía tan a gusto sintiendo el calor corporal de Mark al estar los dos desnudos debajo de las sabanas que prefirió quedarse así un rato más. De repente escuchó un ruido en la cocina. Sabiendo que en la casa solo se encontraban ellos dos, empezó a zarandear a Mark asustada.

—Mark. Despierta. He oído un ruido en la cocina —le dijo Sammy susurrando mientras no le quitaba ojo a la puerta cerrada de la habitación.

—Mmm. ¿Qué hora es? Dejame dormir un rato más —le pidió Mark con voz ronca por el sueño que tenía.

—Son casi las dos de la tarde —le informó Sammy después de mirar la hora en su teléfono ya que lo tenía cerca —. Has dormido suficiente. Ve a ver qué pasa.

Viendo algo por debajo de la puerta, Sammy agarró instintivamente a Mark con fuerza susurrándole al oído con voz temblorosa:

—Acabo de ver una sombra por debajo de la puerta.

—Vaya, vaya, con las chicas. Os asustáis por cualquier tontería y hasta a plena luz del día —murmuró Mark descontento levantándose de la cama para ir hacía la cocina deseoso de demostrarle a Sammy que allí no había nada.

Apenas salido por la puerta, Sammy no quería permanecer sola en la habitación y decidió seguirle. Se enroscó la sabana alrededor del cuerpo, como si fuese el vestido tradicional de una mujer india, y salió al pasillo siguiendo a Mark de puntillas. Cuando llegaron a la cocina, casi al mismo tiempo, los ojos se le agrandaron y tragó en seco sintiendo de inmediato el gran nudo que se le había puesto en la garganta en el mismo momento que descubrió la respuesta con respeto al ruido que había oído antes. El cuadro en el que se vio de protagonista era lo que menos se esperaba: ella envuelta en la sabana de la cama de Mark para tapar su desnudez, Mark completamente desnudo y Chris delante de la cafetera mirándolos boquiabierto con una cara de asombro e incertidumbre que, seguramente, no se le iba a olvidar en la vida. La taza con café que sostenía en la mano no se le había caído de milagro. El impacto de la sorpresa fue tremendo.

El primero que se atrevió a hablar, fue Mark:

—Chris. Dejame explicarte. Lo que ves no es lo que parece.

—¡¿Ah, no?! —se extrañó Chris al oír tal chorrada.

—Es que yo y Mark…

—Yo y Sammy nos reunimos anoche por la desaparición de Alice —se apresuró Mark en decir interrumpiendo a Sammy a posta intuyendo que quería confesarle a Chris que ellos dos eran novios, cosa que él quería impedir.

Sammy se quedó mirándolo con cara de interrogación al no entender por qué había hecho aquello, pero no dijo nada más esperando a ver cuál era la intención de Mark y la reacción de Cris.

—¡¿Quéééé?! —gritó Chris enloquecido —. ¿Cómo que "la desaparición" de Alice?

—Es que, ayer, nos encontramos los tres de casualidad por la ciudad, Sammy, Alice y yo, y nos quedamos en la terraza de un bar para tomarnos un refresco. Al mancharse el vestido con las bebidas de manera accidental, Alice tuvo que ir al aseo del bar para eliminar cuanto antes las manchas y allí… desapareció —le contó Mark los acontecimientos lo más corto posible cambiando un poco la versión.

—Pero ¿qué me estás contando? —preguntó Chris incrédulo mientras cogía su móvil para hacer una llamada de inmediato.

Los tres quedaron callados. Chris escuchando atento su móvil pegado a la oreja y Mark y Sammy expectantes para ver que pretendía hacer y a quien llamaba.

—Tiene el teléfono móvil apagado. Llamaré a su casa.

Chris volvió a pulsar los botones de su teléfono móvil. Luego quedó escuchando callado de nuevo. Mientras pasaban los segundos sin recibir respuesta alguna, más nervioso se ponía.

Al ver que no contestaba nadie ni al otro número, después de colgar el teléfono, Chris fijó su mirada en Mark, como si se acordara de algo:

—Anoche cuando te llamé, me dijiste que Alice estaba cansada y que se había ido pronto a dormir. Si dices que desapareció en ese bar, ayer, esto significa que me mentiste. ¿Por qué?

—Pensaba que a lo largo de este día va a aparecer y no quise preocuparte para nada.

Chris se quedó un rato pensativo, luego volvió a sacar el teléfono móvil de su bolsillo y volvió a llamar. Cuando escuchó en el teléfono la voz de una mujer, preguntó:

—Buenas tardes. Soy Chris. El hermano de Martín y el mejor amigo de Alice. ¿Es usted Sofía? ¿La madre de Alice?

Cuando la mujer le confirmó, Chris siguió preguntando:

—¿Sabe usted algo de Alice? La última vez que salió de viaje no avisó a nadie más que a usted y ahora que no consigo localizarla, pensé que usted sabría decirme donde podría localizarla. ¿Tenía planeado algún viaje o ir a alguna parte urgentemente?

—No, nada de esto. Todo lo contrario. Ayer por la mañana hablé con ella por teléfono contándome que va a salir de compra y me preguntó si necesito algo. Le pedí que me comprara algo y cuando vi que no me lo trajo, pensé que lo iba a hacer a lo largo del día de hoy, así que no. Estoy segura que no tenía planeado ningún viaje o salida urgente. Esta vez no.

—Vale. Gracias por su amabilidad y disculpe las molestias. No se preocupe. Seguramente no es nada. Probablemente se habrá liado con otras cosas y en cuanto pueda nos llamará —se inventó Chris para no preocupar a la madre de Alice al despedirse.

—La verdad que no sé qué hacer —reconoció Chris mirando preocupado a Sammy y Mark como pidiéndoles ayuda —. ¿Denunciasteis su desaparición?

El teléfono de Sammy empezó a sonar. Sammy corrió por el pasillo hasta la habitación de Mark donde había dejado su teléfono móvil para ver quien llamaba, esperando que sea Alice. Al ver que no era ella la que la estaba buscando, sino sus padres, se desanimó, pero igual contestó. Por la conversación, los chicos se dieron cuenta que estaba hablando con su madre y se vinieron abajo ellos también. En cuanto terminó la conversación, Sammy volvió a la cocina con los chicos y les informó de que tenía que irse ya.

—Mis padres se dieron cuenta de que no he dormido en la casa anoche. Verán la bronca que me va a caer ahora y yo sin saber que decirles.

—Eres un poco mayorcita para dar tantas explicaciones a tus padres, ¿no cres?

—Mark. Yo nunca he faltado una noche de mi casa y mientras vivo bajo el techo de mis padres sí que tengo que darles explicaciones. Además, me están pidiendo explicaciones porque se preocupan por mí, más que por otra cosa. Me cuidan, me pagan los estudios, me aportan todo lo que necesito para vivir bien y se morirían si me pasaría algo. Con todo lo que ha pasado, ni siquiera me acordé de avisarles que no dormiré en casa. Bueno, ya me voy a vestir —dijo Sammy saliendo con prisa de la cocina.

—Yo también voy a vestirme. La voy a acompañar hasta su casa. Con tantas desapariciones ya no me fio de nada —le dijo Mark a su hermano saliendo enseguida de la cocina.

«Es verdad. Las desapariciones. Últimamente han desaparecido varias chicas de la ciudad. ¿No será que Alice habrá desaparecido igual que las otras jóvenes?» pensaba Chris atemorizado repasando memoria de los últimos casos vistos por la tele.

Chris se acercó a la habitación de Mark, que tenía la puerta cerrada, y les gritó a través de la puerta:

—Chicos. Voy a acercarme hasta la casa de Alice a ver si ha vuelto o si descubro dónde está. Si no la encuentro o no sabe nadie de ella, os llamaré para reunirnos y ver que podremos hacer para encontrarla. ¿O.K.?

Recibiendo la confirmación a través de la puerta, Chris, sin esperar ni un segundo más, salió por la puerta a toda prisa.

* * * * *

«Así que Chris ha vuelto de su viaje de trabajo. Seguramente se habrá enterado de la desaparición de Alice y va a ir a buscarla a su casa y, tal vez, en otros sitios después. Pero no me interesa él. La que me preocupa es ella. Sammy. La mejor amiga de Alice, de la infancia. Ja, ja, ja. Vaya amiga. A ella me gustaría pillarla y quitarle la máscara delante de todos. Algo está tramando en contra de su amiga y yo no descansaré hasta descubrir lo que es. Lo que le interesa debe de encontrarse en la casa de Alice ya que aquella noche entró como una ladrona y no por la puerta como sus amigos de buenas intenciones. Su amante, novio, amigo o lo que sea ese joven para ella, también trama algo. De otra forma no tendría por qué mantener en secreto su relación con la tal Sammy. No sé si están tramando algo juntos o por separado engañándose y utilizándose uno al otro, pero algo esconden los dos y no descansaré hasta descubrir cuáles son sus intenciones. Ya que tengo a Alice a salvo, no le quitaré los ojos de encima a esa Sammy. Pasaré el mayor tiempo posible vigilándola sin olvidar que también tengo que cuidar de Alice y que no debe faltarle de nada. La puse a salvo, pero también tengo que cuidar de ella, si no, el que le haría daño, sería yo» pensaba el hombre que vigilaba la entrada del edificio donde vivía Chris desde la madrugada cuando había vuelto sabiendo que Sammy aquella noche se había quedado con Mark, en su casa. Y no tenía ninguna intención de irse hasta que apareciera Sammy, para poder seguir vigilándole cada paso que daba.

* * * * *

Ya vestidos, Sammy le pidió a Mark que se diera prisa porque su madre la estaba esperando. Estaba tan preocupada que todo el camino que recorrieron hasta el coche de Mark, permaneció en silencio. Ella no había deseado ir en coche, pero fue Mark el que insistió. Teniendo en cuenta que vivía tan cerca de la casa de Chris, llegaron en solo dos minutos y eso porque había tráfico por ser la hora punta porque si no hubiesen llegado en nada de tiempo. Llegados a su destino, para aparentar ser un caballero, Mark bajó del coche para abrirle la puerta a su chica y despedirse con un tierno beso.

—Chris ha ido a buscar a Alice. Seguramente irá a más de un sitio para buscarla, pero ha dicho que en cuanto vuelve, si no la encuentra durante su búsqueda, nos llamará para volver a reunirnos y decidir qué hacer a continuación para dar con ella. Así que permanece atenta a tu teléfono. ¿Tienes pensado salir hasta entonces?

—Qué va. A ver cómo hago para salir en cuanto Chris me llame porque mi madre cuando se enfada se pone como una fiera y me prohíbe absolutamente todo. Pero lo que me preocupa más es que Chris le va a contar a Alice que nos encontró juntos y…

—¿Y qué? ¿No querías tú que todos sepan que somos novios? Ahora podemos decirlo, solo que cambiaremos un poco la verdad. Vamos a decir que nos enrollamos al juntarnos para buscar a Alice y que de allí surgió el amor. Así tus amigos no sabrán que les has engañado durante casi un mes entero y ya no mirarán con malos ojos nuestra relación.

A Sammy le encantó la idea. Ahora sí que estaba segura del amor que él sentía por ella. Ya no le quedaba ninguna duda.

El hombre que les había estado siguiendo en coche desde el portal del edificio de Chris, al oír que Sammy no iba a salir pronto, decidió tomarse una pausa en su misión e ir a cuidar a Alice el rato que tenía libre. Volvió con prisa a su coche en cuanto Sammy entró en el portal de su edificio y abandonó el lugar satisfecho del resultado de su vigilancia. En el poco rato que había estado cerca de ella, obtuvo bastante información muy interesante: llevaba un mes engañando a sus amigos viéndose en secreto con Mark, el recién llegado. Hasta se habían hecho novios y mantenían aquel detalle en secreto. «Este detalle, Alice, debería saberlo». De camino se puso la radio para escuchar música clásica mientras conducía porque lo relajaba y solo de aquella manera lograba prestar la atención debida al camino que tenía que recorrer. De otra forma, los pensamientos y los recuerdos se agolpaban en su cabeza, todos a la vez, sin darle una tregua en todo el tiempo que pasaba despierto. La música era como un repelente de malos recuerdos para él. La necesitaba como al aire. Por eso nada más entrar en su casa, encendió el equipo de música y las canciones volvieron a acompañarle en su soledad aplastante y demoledora. Con el volumen a tope, para oír la música desde cualquier rincón de la casa, se fue a la cocina y se puso a cocinar con prisa. No podía demorarse mucho y perder de vista a Sammy en cuando saliera a reunirse con los hermanos porque podía perderse información muy importante. Quizás de vital importancia para poder mantener sana y salva a Alice de la maldad de sus amigos. Llenó unos cuantos boles con aquella rica salsa de tomate acompañada por cuadraditos tiernos de carne magro fresco y otros con ensalada y pan. Puso todo en una gran bandeja y bajó con todo al sótano.

Aunque aquel sótano era muy parecido a un laberinto, él sabía hasta con los ojos cerrados la ubicación de cada cosa, de cada pasillo y cada puerta que había allí. En aquellas puertas, justo en el medio, a la altura de un metro, había un rectángulo en el que se encontraba el pómulo de la puerta. Pero al parecer no era el pómulo que abría la puerta sino que, después de girar una llave debajo de aquel rectángulo, al tirar del pómulo hacía el, desde la puerta aparecía una especie de cajón. No era muy grande pero suficiente como para caber allí dos platos de comida, el pan y un vaso con agua. Hizo lo mismo en otras cuantas puertas y cuando llegó enfrente de la última de ellas, que se encontraba en el sitio mejor escondido que todas, se quedó un rato escuchando con la oreja pegada a la puerta. Como no oyó nada siguió con su tarea metiendo la llave en su hueco para abrir el cajón bandeja. Se llevó un susto de muerte en cuanto una mano, desde el interior de aquel cuarto, tocó a la suya, reteniéndole allí con suavidad, mientras una voz calma y tierna le habló:

—Por la comida deliciosa y como me cuidas se ve que eres una buena persona y que no tienes intención de hacerme daño, pero ¿por qué me tienes encerrada aquí? ¿No te has parado a pensar ni un segundo que el simple hecho de estar encerrada, me puede hacer daño?

Aquella pregunta lo paralizó. No se la esperaba para nada y no estaba preparado para contestarle. Era una situación completamente nueva que le había pillado totalmente desprevenido. No tenía ni idea de cómo debería reaccionar ante esa clase de situación.

—Habla conmigo. Dime por qué me has encerado en esta habitación. ¿Es por el dinero que tengo? Si has pedido un rescate te aseguro que no tiene quien pagártelo. Solo yo tengo acceso a mi cuenta.

—No. No lo hice por dinero. Lo hice para protegerte. Para ponerte a salvo —confesó el hombre al notar la angustia en la voz de la joven.

—¡¿Protegerme?! —se extrañó la chica —. ¿De qué?

—Mejor dicho *de quién*. Por eso tuve que ponerte a salvo. Porque sé que no sospechas nada.

—¿Alguien me quiere hacer daño? —preguntó la joven muy sorprendida y un poco asustada.

—Alguien no. Algunas personas de las que tú no sospechas nada obviamente. Tus amigos. Tus falsos amigos —dijo el hombre acentuando la palabra *falsos*.

—¿A cuál de ellos te refieres? ¿Los conoces?

—A tu amiga Sammy. Y a Mark. Llevo tiempo observándoles y me di cuenta que están tramando algo. Algo contra ti, Alice. No les conozco personalmente y justo por ese motivo decidí ponerte a salvo mientras averiguo qué intenciones tienen.

La voz calma de aquel desconocido la hizo sentirse cómoda y seguir charlando con él:

—Dices que están tramando algo. ¡¿Juntos?! Si apenas se conocen.

—¿Ves? Tu inocencia es la que te pone en peligro. Igual que a mi hermana.

Alice recordó el episodio que le pasó en la excursión por creer —en su inocencia— que Martín era un ángel por lo buena persona que daba la impresión de ser. También sabía que su inocencia la hacía creer que todo el mundo es bueno como ella y descubría que eso no era así demasiado tarde. Pero le intrigó saber que le había pasado a la hermana de aquel hombre. Se le ocurrió que al descubrir qué le había pasado a aquella chica o mujer, igual podría ser su salvación.

—¿Tu hermana es igual que yo? ¿Tan… inocente?

—Era.

Con una sola palabra a Alice se le puso el pelo de punta por los escalofríos que recorrieron todo su cuerpo nada más oírla.

—Dicen que la inocencia trae la felicidad, no que mata.

—Eso era antes. Ahora, en nuestros tiempos, la inocencia mata si no sabes en quien confiar y a quien tienes al lado.

En aquel momento la mente de Alice volvió a recordarle a Martín. Lo que había dicho aquel hombre era verdad porque a ella había sido salvada por otra persona. De no haber sido por su rápida intervención, quizás ella también hubiera estado muerta.

—¿La mató alguien de confianza? —se interesó Alice curiosa por saber qué había podido acabar con la vida de la hermana inocente de aquel hombre.

—Su novio.

El cuerpo de Alice se estremeció por el horror que sintió. No se esperaba oír aquello. Cualquier cosa menos esa.

—Parecía tan buen chico según ella me lo contó, tan majo, tan enamorado y feliz que no lo vi venir. Por eso no pude hacer nada. Y lo que más me atormenta es que he llegado tarde. Quizás si hubiese llegado antes, ella no hubiera tenido que pasar por todo aquel infierno…

El hombre no pudo seguir contando. Le dolía demasiado recordar aquel día.

—Si te consuela de algo, yo también he pasado por el infierno y la verdad es que preferiría estar muerta que seguir viviendo con el recuerdo de todo lo que me ha pasado y lo que he visto aquella noche en la famosa excursión de la que está hablando todo el pueblo.

Oír y sentir tanto dolor en la voz y las palabras de Alice, hizo a aquel hombre que abra la puerta. Quería mirar a Alice y prometerle que nada malo volverá a pasarle porque él la va a proteger, pero en cuanto abrió la puerta y entró en la habitación, nada más hacer un paso hacia dentro, un gran peso lo golpeó en la espalda tirándolo al suelo con violencia. Aturdido, sin entender nada, llegó a oír a Alice gritando:

—Nooo. No le hagas daño.

—¡¿Te ha drogado o qué?! Este individuo te secuestra y te mantiene encerada en este cuarto y tú ¿lo defiendes? —fue lo que le contestó una voz de hombre a Alice mientras a él le mantenía inmovilizado al suelo y en la imposibilidad de ver a su atacante.

—No a mí me quería tener encerrada, sino a su dolor. Le ha pasado algo tan traumático que solo busca la manera de encerrar su dolor. Aquella sensación que no le deja vivir en paz.

Alice se acercó al hombre que le mantenía pegado al suelo y cogiéndole uno de los brazos le indicó que lo podía soltar:

—No es peligroso. Si hubiera querido hacerme daño hubiera tenido tiempo de sobra y no me hubiera cuidado como a una hermana pequeña.

El atacante permaneció callado un buen rato hasta que, por fin, decidió soltarlo dejándolo libre. Pero se le notaba que permanecía en guardia atento a cualquier movimiento que él pudiera hacer, preparado para reaccionar a tiempo y estamparlo contra la pared si hiciera falta.

—Creo que tienes razón. Lo que intento encerrar es mi dolor, pero no hay manera. Esto, lo que yo siento, no tiene cura. Igual que los malos recuerdos que no se borran, ni se olvidan —dijo el hombre mientras se levantaba dolorido del suelo.

Alice le ayudó a sentarse en la cama y luego, ella, se sentó al lado de él:

—Mira. Sé que aconsejar es fácil, pero te voy a decir algo de mi propia experiencia: el tiempo lo cura todo. Por lo increíble que parezca, con el tiempo, todo deja de doler. Incluso se vuelve borroso con el paso del tiempo hasta que dejamos de recordarlo del todo. Es como el polvo que se deposita sobre un mueble olvidado en un trastero, que al final ya ni lo ves por la gran cantidad acumulada encima y hasta nos olvidamos de su existencia gracias a la abundancia de cosas nuevas y bonitas que nos rodean mientras caminamos por la vida.

Aquella explicación hizo al hombre pensar. Era la clave de lo que él debía hacer para que el dolor que llevaba dentro cese: buscar nuevos propósitos en la vida, rodearse de gente nueva y encantadora que valga la pena tener al lado. Seguir su camino lejos de aquel sitio que le traía recuerdos, buenos y malos, para poder olvidar. Ver y hacer cosas nuevas, conocer y ver nuevas caras, nuevos paisajes. Llenar el espacio de los recuerdos con otras actividades. Crear nuevos recuerdos. Salir de aquel sitio donde, obviamente, había quedado estancado.

—Gracias, Alice. Eres un ángel. Nunca pensé que alguien o algo me puedan sacar de aquel remolino negro, completamente oscuro y lleno de tormentos donde había caído y no podía salir, pero tú lo lograste. Eres una chica muy fuerte. Por lo que me contaste, lo sé. Tu podrás con todo porque estas preparada. La vida misma te forjó.

El rescatador de Alice les miraba a los dos callado y patidifuso. No entendía nada. Hasta intentaba detectar si alguno de ellos, o los dos, había ingerido drogas. Pero en cuanto el hombre se ofreció a llevarles hacia la salida por aquel laberinto, que a él le había costado un huevo recorrer hasta encontrar a Alice, se dio cuenta que no. No estaban drogados, pero tampoco entendía la actitud de Alice cuando ella le prometió a aquel hombre que no pondrá ninguna denuncia o queja contra él y lo abrazó con mucho cariño en cuanto se despidieron. Para él, aquel hombre, era su secuestrador y nada más. Y aquel comportamiento de los dos solo era un signo de debilidad para él. Al final le gustó conocer aquel detalle porque consideraba que eso estaría a su favor. La chica por la que había ido hasta allí, en aquel pueblo no tan pequeño, era tan inocente, desde su punto de vista, que tarde o temprano iba a caer.

* * * * *

Horas más tarde, Chris seguía buscando a Alice por el pueblo. Ya que no la había encontrado en su casa, siguió su búsqueda por todos los sitios donde sabía que acostumbraba ir de vez en cuando. Exhausto y sin resultados se paró en medio de la calle principal del centro de la ciudad preguntándose que más hacer. Dónde buscar más. No podía estar quieto, pero tampoco sabía hacía donde ir. En cuanto sintió el teléfono vibrando en el bolsillo de su pantalón, lo sacó con tanta rapidez, pensando que podría ser Alice o alguna noticia relacionada con ella, que ni se paró a mirar la pantalla para ver quien lo estaba llamando. Al escuchar la voz de la persona que lo había llamado se quedó pasmado:

—¿Ha pasado algo?

—No, tranquilo. Te noto un poco alterado. ¿Te ha pasado algo a ti? —preguntó la mujer preocupada.

—A mí no, pero una amiga mía ha desaparecido y esto me tiene con el alma en vilo.

—¡Dios mío! … Supongo que también era amiga de Martín o ¿me equivoco?

Chris no sabía si decirle que la chica había sido novia de Martín o no. Se lo pensó un rato y luego dijo:

—Ex novia de Martín. La relación había terminado hace tiempo.

Ahora, la que se había quedado callada, fue la mujer. Chris esperó paciente para darle tiempo a soltar lo que obviamente se le pasaba por la cabeza. Quizás no sabía cómo decírselo o estaba atando cabos. Por miedo a dar demasiada información antes de saber qué papel ocupó aquella mujer en la vida de su hermano permaneció callado obligándola de esa forma hablar.

—Yo te había llamado para decirte que esta misma tarde estaré de vuelta y que podrás pasar a verme para continuar nuestra charla el día que mejor te venga…

—Esta misma tarde, ¿podría ser? —se apresuró Chris en preguntar ansioso por hablar con ella cuanto antes.

—Si así lo prefieres, sí. No tengo otros compromisos —le contestó la mujer intrigada por saber por qué tanta prisa en verla.

—Si me das una dirección...

Aunque su hermano había muerto, ella tenía mucha información sobre su vida que, para él, seguía siendo un misterio. En alguna parte tenía que existir la respuesta sobre el supuesto hermano gemelo, aparecido de la nada después de la fatídica excursión y él no pensaba desistir hasta descubrir el misterio que lo envolvía y que había arruinado su paz. Le había hecho una promesa a Alice y a sí mismo: que haría todo lo posible e imposible para impedir que le volviera a pasar algo malo. La primera vez no lo vio venir, pero ahora, que aquel extraño le daba mala espina, no iba a descansar hasta eliminarlo de sus vidas. Igual se estaba volviendo paranoico, pero prefería eso antes que relajarse y llevarse una desagradable sorpresa o de proporciones desmesuradas como en aquella terrible ocasión.

* * * * *

Sentados en el coche, a punto de marcharse del lugar, Alice miró a Mark sonriéndole con dulzura diciéndole:

—Gracias. Nunca habría imaginado que podría pasarme algo así y que tú me vayas a rescatar.

—No me des las gracias. Hubiera dado mi vida por ti si hubiera hecho falta. Desde el primer momento que te vi me di cuenta que eres un ángel de chica y… te mereces esto y más. Me alegro haber tenido la oportunidad de intervenir por un ángel.

—Lo que dices es muy bonito, pero ¿cómo descubriste dónde estoy?

—El día que desapareciste yo estaba allí, ¿te acuerdas?

—Claro que sí.

—Encontré tu pendiente en el pasillo de los aseos y en cuanto te busqué para dártelo y vi que no estabas por ningún lado, salí por la puerta trasera del bar y lo único que vi fue un coche de modelo antiguo de un color poco visto: azul celeste. Ese era el único detalle llamativo de aquel día y se me quedó grabado en la memoria. Hoy, al volver a ver ese coche, decidí seguirle. Así llegué hasta ti.

—Un detalle muy importante —remarcó Alice con admiración.

—Esto se merece un brindis —sugirió Mark poniendo el coche en marcha sonriendo contento.

—La verdad que sí. Prestame tu teléfono para llamar a Chris y a mis amigas para celebrarlo juntos.

En aquel momento a Mark se le cambió la cara desapareciéndole aquella sonrisa y el brillo de alegría que hasta entonces se podía leer en su rostro. Empezó a tocar su bolsillo para comprobar si tiene el teléfono allí, metió la mano como para sacarlo y mientras mantenía el botón de apagado apretado para apagar el teléfono, fingió que no logra sacarlo. Cuando notó la vibración que confirmaba que se había apagado lo sacó y dijo sorprendido:

—¡Vaya! Me he quedado sin batería. Pero tu teléfono ¿dónde está?

—No sé. Creo que me lo había dejado en mi bolso en cuanto fui a lavar mi vestido aquel día.

—No pasa nada. Les llamaremos en cuanto lleguemos a casa. ¿Vamos a la mía o a la tuya?

Mark le parecía ser un chico muy majo, le estaba muy agradecida por haberla rescatado, pero Alice no se sentía preparada para estar a solas con un chico recién conocido.

—Lo siento Mark, pero como Chris no está, sería mejor que dejemos el brindis para otro día cuando estemos todos. Ahora me gustaría ir a mi casa a descansar.

—Chris ha vuelto. Puede que esté en casa ahora mismo. Y si no lo está, le podemos llamar desde el fijo.

—¿Cuándo volvió? Y ¿por qué no me lo contaste antes? —preguntó Alice muy entusiasmada al escuchar aquella noticia.

—No tuve cuando. Ahora te lo estoy contando.

Ansiosa de ver al que se había convertido en su mejor amigo, Alice accedió ir a la casa de ellos. Estaba tan contenta que no observó el cambió de ánimo que se podía leer en la cara de Mark. Verla tan feliz por el regreso de su amigo Chris no le cayó nada bien. Él era su héroe, su salvador y, aun así, al que adoraba era a él, a ese hermano suyo que ni siquiera era un individuo gracioso o divertido. Trabajaba tanto que aburría y era más soso que la comida sin sal. ¿Qué más tenía que hacer para qué él sea su favorito? ¿Qué?

Capítulo XIV

Aún más secretos

Chris había vuelto a casa para llevarse algo importante con él. Con mucha prisa verificó si tiene la agenda de su hermano Martín guardada dentro de su maleta y la foto encontrada entre sus hojas, cogió una manzana de la cocina y en cuanto abrió la puerta para salir, al estar tan apurado, chocó violentamente contra Mark que intencionaba entrar.

—¡Hey! ¿Por qué tanta prisa? Tranquilo. Ya la encontré. Mira. Está aquí —lo tranquilizó Mark pensando que su prisa estaba relacionada con la desaparición de Alice.

—¡Oh! ¡Que sorpresa! —se alegró Chris dando marcha atrás para volver para dentro —. Pero ¡¿cómo que la encontraste?!

—Es una larga historia —dijo Mark con voz baja mientras miraba como Chris abrazaba con cariño a Alice nada más entrar en la casa. Pero lo que oyó a continuación sí que fue de su agrado.

—Alice. Lo siento mucho, pero me tengo que ir. Si quieres nos vemos a primera hora de la mañana y me lo cuentas todo.

La cara de Alice entristeció inmediatamente después de oír aquella frase, pero tampoco quiso cuestionar sus prioridades. Fuera lo que fuera, él también tenía sus cosas, su vida y no podía estar siempre a su lado a cualquier hora del día o de la noche así que no le preguntó nada sobre su repentina salida aunque sí que sentía una gran curiosidad por saber a dónde iba con tanta prisa a aquella hora de la tarde.

—¿Me puedes llevar a casa?

Mirando la hora que era en su reloj de pulsera, Chris dijo:

—Ahora mismo no puedo, pero supongo que Mark podrá llevarte en su coche.

Acercándose a Chris, Mark le susurró algo al oído para que Alice no lo oyera. A continuación, Chris abrió su maletín y sacó sus cheques y el bolígrafo que se le había caído a la señorita Lindsay y él se lo había quedado para devolvérselo en otra ocasión. Le firmó un cheque, se lo entregó sin que Alice les vea, se despidió con prisa y salió por la puerta escopetado.

Mark se quedó en la puerta pensando profundamente hasta que Alice le trajo de vuelta a la realidad:

—¿Nos vamos? Estoy muy cansada y quiero darme una ducha cuanto antes y dormir. Aunque aquel cuarto era muy bonito, no creas que pude pegar un ojo durante el tiempo que estuve encerrada en…

El timbre estridente del teléfono fijo hizo que Alice parara de hablar. Mark cerró la puerta de la entrada y se encaminó hacía el teléfono muy desanimado. Pensaba que era su hermano que se había olvidado darle alguna instrucción y se quedó sorprendido al escuchar la voz de alguien a quién no se esperaba oír, pero enseguida se enderezó e ideó un plan en solo unos pocos segundos.

—No. No está. Acaba de salir —dijo Mark con la voz un poco cambiada.

Después de una corta pausa siguió:

—¡Ah! ¿Que lo estás esperando? Entonces no te preocupes que no deba de tardar en llegar. Ya está de camino.

—…

—De nada. Buenas noches.

La curiosidad de saber a quién iba a ver Chris con tanta prisa carcomía a Alice por dentro, pero aunque estaba ansiosa por descubrirlo cuanto antes preguntó con naturalidad:

—¿Quién era?

—Sammy.

Alice se esperaba oír cualquier otro nombre, pero el de Sammy no. No sabía que Chris y su amiga tenían una amistad tan avanzada como para tener sus números de teléfono. Tampoco se esperaba que nada más apareciera después de un secuestro Chris la dejara de aquella manera para verse con ella.

—¿Quieres decir que Chris ha ido con tanta prisa a esta hora de la tarde para reunirse con Sammy?

—Eso parece. ¿Por qué?

—No sabía que Chris y Sammy son tan amigos... Ellos apenas se conocen. O... eso pensaba —dijo Alice arrastrando las palabras mientras intentaba rebobinar sus recuerdos para entender en qué momento se habían hecho tan buenos amigos *su* Chris y Sammy, la que les escondía algo a todos.

Mark se quedó mirándola con cara de no entender nada dando la impresión de estar muy confundido por no estar al tanto de todo aquello.

—No es lo que tu cres. Te explico. Chris y Sammy hasta ahora no eran amigos. Se conocían por formar parte de la misma pandilla, pero eran solo eso: conocidos. Enterarme así, de repente, que son tan amigos no me lo esperaba. Tampoco se caían bien uno al otro.

—Pues yo no sé. En solo unos días no tuve tiempo de darme cuenta quienes son los amigos de Chris o conocerlos.

—Dejalo. Vámonos. Quiero irme a casa —pidió Alice saliendo al pasillo del edificio para que Mark no la entretuviera más.

Mark la siguió sin rechistar, pero muy contento por dentro. Su plan había funcionado. La condujo con tanta prisa que cualquiera pudiera pensar que el que tenía prisa fuera él y no Alice. Nada más dejarla delante de su casa, esperó un poco para darle tiempo a Alice a entrar en la casa y en cuanto pensó que no lo podía oír, se marchó de allí con tanta velocidad que parecía estar en el comienzo de una carrera de rali.

Exhausta tras el ajetreo de los últimos días y triste por el comportamiento de Chris de aquella tarde, Alice no observó nada raro en el comportamiento de Mark. Sólo pensaba en su jacuzzi y en su cama. Se aseguró que sus perros estaban bien, de que no les faltaba comida y agua, les achuchó un ratito y luego entró en la casa, conectando la alarma antes de hacer cualquier otra cosa que tenía en mente.

* * * * *

Chris llegó con unos diez minutos de retraso por el tráfico, pero ya había avisado a la señorita Lindsay mientras estaba de camino que llegaría unos minutos más tarde de lo previsto. Aun así fue recibido con una sonrisa cálida y tratado como a un viejo conocido. Por la alegría que causaba su presencia en aquella bonita mujer, Chris sospechaba que entre ella y su hermano había existido algo más que una simple amistad. Lo sospechaba también por la preocupación que ella había mostrado cuando no supo si le había pasado algo a Martín. Pero no mencionaba nada sobre alguna relación entre ellos y él, como era un caballero, no podía preguntarla sobre un asunto tan personal. Durante la conversación, Chris decidió utilizar la excusa de tener que ir al baño para aclarar una duda personal. Después de asegurarse que la señorita Lindsay no lo estaba viendo, Chris empezó a abrir todas las puertas que encontraba en su camino hacía el baño echando un vistazo a cada cuarto que se encontraba detrás de cada puerta que abría. La casa era bastante grande y lujosa. Se notaba de lejos que aquella mujer ganaba un dineral. Era amueblada de modo sencillo, pero con un gusto muy refinado. Estilo futurista en su opinión. Parecía una nave espacial amueblada y estilizada por una mujer con buen gusto. Era una combinación un poco extraña que jamás había visto, pero quedaba muy bien aquella peculiar combinación. Mientras admiraba todo a su paso e inspeccionaba todo minuciosamente, una de las habitaciones le atrajo la atención en modo especial. Era la habitación en la que su hermano aparecía en la foto encontrada en su agenda de tapas rojas. La reconoció por la gran cama matrimonial en la que su hermano estuvo posando, medio tapado, quizás porque se encontraba desnudo en el momento que se le hizo la foto. Así que estaba en lo cierto: su hermano y la señorita Lindsay fueron algo más que amigos. Habían sido amantes.

Al volver del baño, Chris se sentó en el sofá, en el mismo sitio donde estuvo sentado antes, y preguntó:

—¿Cuánto tiempo duró vuestra relación?

Los ojos de la señorita Lindsay se agrandaron como los platos mirándolo sin pestañear. Se notaba la sorpresa en su cara. Quizás fue el mejor secreto guardado de los dos y no se esperaba que alguien más lo supiera.

—Bueno, lo conocí hace cuatro años, pero estuvimos juntos solo dos de ellos —confesó la señorita un poco avergonzada e incómoda.

—Pero… hace cuatro años, él tenía solo catorce años —titubeó Chris incrédulo.

—Al decirlo así de esta forma, parece algo horrible, pero si lo miras desde dentro, fue lo más bonito que me ha pasado en la vida —declaró la señorita recordando con nostalgia y apego aquellos tiempos pasados.

—Nunca me había imaginado que alguien pudiese soportar a mi hermano durante cuatro años —dijo Chris en tono de broma para no incomodar a la señorita y con la intención de hacerla sentirse bien para contarle más sobre su relación.

—Entiendo a qué te refieres. Me costó bastante trabajo domarle, por así decirlo. Cuando le conocí era tan salvaje, rebelde, rabioso e incontrolable que en un principio pensé que no iba a lograr tranquilizarlo, educarlo, estilizarlo y mucho menos convencerle de que el amor existe y vale la pena.

—*¿Salvaje, rabioso, incontrolable*? —repitió Chris asombrado —. ¿Todo eso?

—Para que me entiendas era un Mowglie abandonado en medio de la ciudad y mientras iba creciendo, convirtiéndose en un hombre, parecía Tarzan recién aterrizado en la ciudad. E incontrolable porque, al criarse solo, no estaba acostumbrado a recibir órdenes, obedecer a alguien, respetar las reglas de una casa… En resumen: no estaba acostumbrado a vivir en la civilización o en una familia, mucho menos en pareja.

—¡¿Cómo que se crió solo?! —se extrañó Chris —. Se crió con nuestro padre.

—Nada de eso. A mí me dijo que es huérfano. No me lo creí del todo, pero se veía que eligió vivir solo y no con su familia. Ni siquiera supe de tu existencia. Nunca me contó que tenía un hermano. Ni un padre. Pero no insistí en descubrir lo que él no me quiso contar. Me centré en quitarle esa rabia que, obviamente, llevaba dentro y otros sentimientos encontrados en su interior que no le dejaban vivir. Era muy atormentado cuando le conocí.

—Por lo que me está contando, no entiendo como una dama como usted pudo traer a su casa a un… chaval tan… a un vagabundo.

—Creo que, de no haberlo encontrado yo aquella noche, no hubiera sobrevivido. Una pandilla de barrio le estaba dando una paliza de muerte. Aunque estaba en el suelo, lleno de sangre y de heridas por todo el cuerpo, aquellos chavales enloquecidos de furia, seguían golpeándolo. Aprovechando la oscuridad de aquel callejón donde pasó esto, lo que te estoy contando, saqué de mi bolso un cartucho de portaminas de lápiz y lo sostuve en la mano como si fuese una pistola, gritando: *"Alto. Policía. Pongan las manos en alto, donde pueda verlas. Enseguida llegarán refuerzos y estarán rodeados. No tienen escapatoria."* Obviamente, todos, pero todos, salieron corriendo. Así logré salvar a tu hermano de las manos de aquellos chavales y quizás de las garras de la muerte y subirlo a mi casa.

—Fue una locura lo que hiciste. Y encima por un desconocido —la regañó Chris incrédulo —. ¿No temió por su vida?

—Sinceramente, no. En momentos como ese no piensas. Solo actúas. Y es lo que se me ocurrió en ese instante.

—Pero en esta zona residencial de lujo, no pueden entrar pandillas de este tipo —advirtió Chris desconcertado.

—Lo que te estoy contando no pasó aquí. Por este motivo me mudé de aquella zona poco después de aquel incidente. Tu hermano nunca lo supo, pero lo hice por él.

"Lo hice por él". La señorita pronunció aquella frase con tanta pena, que hasta Chris sintió el dolor de ella. Se notaba que todavía guardaba sentimientos por su hermano. Que el amor que una vez llegó a sentir por él, todavía seguía allí.

—Y… ¿por qué rompieron? —quiso saber Chris al percatarse del amor que la mujer todavía sentía por su hermano.

—No rompimos. Por lo menos, lo nuestro no acabó con un adiós o con una explicación. Simplemente, de un día para otro, desapareció. Sin más. Ni una nota, ni un teléfono, ni un mensaje, nada. Lo busqué en los hospitales locales, en la policía y por toda la ciudad, pero no volví a saber de él. Hasta se me cruzó por la cabeza que se habrá metido con alguna pandilla y lo hubieran matado, pero al no encontrarse ningún cadáver inidentificado hasta el día de hoy, pensé que quizás se habrá marchado de la ciudad o bien para reunirse con su familia que decía que no la tenía o… que se habrá enamorado de alguna chica de su edad y simplemente se fue con ella.

La cabeza baja, la mirada pérdida y la voz apagada al contarle aquello, le decía a Chris que una despedida sin un adiós o alguna explicación, debe de doler mucho. Quizás más que una infidelidad.

—Efectivamente. Vino a vivir conmigo y con nuestra madre, pero nunca nos contó nada de su vida anterior. Solo que vino a vivir con nosotros después de la muerte de nuestro padre. Puede que esto le afectó tanto que quiso huir lejos del sitio que le ponía triste.

—O... quizás huyó por haberle pedido que tengamos un hijo —confesó la señorita con mucho dolor en el alma.

Aquella confesión le pareció a Chris el motivo más plausible que todos los anteriores. Que un joven tenga un hijo con una señora, unos quince años aproximadamente más mayor que él, era motivo bastante fuerte para que deseara darse a la fuga. Mucho más si él no sentía por ella lo mismo que ella sentía por él.

—¿Reaccionó mal? —se interesó Chris más para darle a entender a Lindsay que tampoco era algo del otro mundo.

—No. Pero tampoco fue encantado. Es más, me dijo sin tapujos que no piensa tener un hijo conmigo porque él... no siente el mismo deseo que yo. Como no le insistí y no volvimos a hablar del tema, pensé que había pasado al olvido esa propuesta. Pero en cuanto desapareció sin rastro, unos meses después, se me vino a la cabeza que quizás ese fue el motivo de su partida.

Mirándola con atención, Chris observó que los ojos de la señorita se habían puesto vidriosos por las lágrimas que ya no podía contener, cayendo en silencio por sus mejillas hasta juntarse debajo de su fina barbilla. En aquel momento Chris decidió que era el momento de irse. No quería hurgar más en la herida que, obviamente, no se había cerrado a pesar del paso del tiempo. Él, mejor que nadie, sabía lo doloroso que era amar sin ser amado.

Capítulo XV

¿Cuánto sabrás tú de esto?

La persona escondida en la sombra, en la terraza de la casa de la señorita Lindsay, había escuchado toda la conversación que Chris tuvo con la mujer que vivía allí. Esperó paciente a que el visitante se marchara y en cuanto la mujer se quedó sola en la casa entró. Permaneció escondido en su habitación hasta que la señorita se durmió y entonces salió de su escondite. Se acercó a la cama donde la señorita dormía plácidamente y se quedó contemplándola varios minutos mientras sonreía de vez en cuando por los pensamientos que se le cruzaban por la cabeza y se notaba que eran bastante agradables. A pesar de eso, el hombre se le acercó más y, muy decidido, le metió una mano en la garganta con la intención de estrangularla, mientras con la otra le tapó con rapidez la boca para que no gritara en cuanto despertara y lo viera. Despertada de aquella manera violenta la mujer empezó a forcejear enérgicamente intentando con desesperación librarse de su agresor. A pesar de la oscuridad en la que estaba envuelta su habitación, con la poca luz que llegaba desde las farolas que iluminaban la calle principal, la mujer lo reconoció. Sus ojos parecían querer salirse de su órbita por la gigantesca sorpresa que tenía encima de ella porque él se había subido encima de su tripa para impedirle escaparse. Le arañó los brazos con fuerza arrancándole tiras de carne y piel, que quedaron bien ancladas debajo de sus uñas largas, pero no le sirvió de nada. La falta de aire la debilitó hasta que sus brazos dejaron de forcejear, quedando quietos; bien agarrados a los brazos de él mientras intentaba apartarlo hasta su último soplo de vida. Cuando la vio quieta el hombre dejó de apretarle el cuello, apartándose de ella. La cogió en sus brazos fuertes y la llevó hasta el garaje donde la depositó con cuidado en el suelo, en una de las esquinas. Luego buscó entre las cosas que había guardadas en las cajas de las estanterías que rodeaban todas las paredes del garaje y cuando encontró lo que le interesaba empezó a sacar las cosas de una de las cajas tirándolas por el suelo a un metro del coche aparcado allí. Cuando ya estaban todas las herramientas en el suelo se agachó y empezó a colocar las piezas puntiagudas con la parte punzante para arriba. Se puso recto, miró bien desde varios ángulos para ver si todo estaba correcto y contento por la colocación de los objetos, se acercó al cuerpo de la señorita Lindsay. La cogió de nuevo en sus brazos y la tumbó boca abajo, con cuidado, sobre los objetos que él mismo había colocado estratégicamente en el suelo. Comprobó con una mano si todo estaba colocado de la forma que él quería debajo del cuerpo de la mujer y luego empezó a colocar más cajas pesadas en una de las estanterías que se encontraban detrás del cuerpo inerte. En cuanto acabó de llenar la estantería, agarró bien la estructura con una mano y tiró con fuerza de uno de los pilares laterales que la sostenían para hacerla caer justo encima del cuerpo de la señorita Lindsay. Permaneció contemplando el cuerpo parcialmente tapado por las cajas y la estructura metálica de la estantería un rato y en cuanto vio formándose alrededor del cuerpo un charco de sangre, que mientras más pasaban los segundos más grande se hacía, se dio cuenta que su plan había funcionado a la perfección. Las cajas pesadas que había colocado en la estantería, al caer encima del cuerpo que yacía en el suelo, hizo que se le clavasen en la tripa y en el pecho los objetos punzantes que él mismo había colocado con ese fin debajo de ella. Antes de marcharse se aseguró de cerrar bien la puerta de la terraza por donde había entrado, de que no había dejado ninguna huella por donde había pasado, apagó las luces de la casa y la abandonó por la puerta principal con mucha cautela para no ser visto por algún vecino de la zona. Caminó con naturalidad unas dos calles y luego giró a la izquierda donde se encontraba su coche. Se marchó con tranquilidad y en cuanto llegó a la carretera, pisó el acelerador ansioso de llegar cuanto antes a su casa para que no se le notase la ausencia y tener que explicar donde había estado durante todo ese tiempo.

* * * * *

El hombre que había presenciado el asesinato de la señorita Lindsay desde la sombra y la preparación del escenario para que parezca que había sufrido un accidente, incluso después de la marcha del asesino, se quedó un buen rato en estado de shock escondido detrás de unos arbustos del jardín de la misma casa donde había tenido lugar aquella horrible escena. Intentaba pensar en qué hacer. Le costaba hacerlo con claridad. Sabía que tenía que hacer algo, pero no lograba tranquilizarse lo suficientemente como para enderezarse y actuar. Mientras inspiraba grandes bocanadas de aire para calmarse, un nombre se le vino a la mente: Alice. «Tengo que avisar a Alice. Está en peligro y ni siquiera sospecha algo. Tengo que avisarla» repetía el testigo en su mente mientras buscaba su teléfono móvil en los bolsillos con las manos temblorosas por el ataque de ansiedad que le había provocado la visualización de aquella escena que en ningún momento de su vida imaginó presenciar y mucho menos aquella noche. Sacó el teléfono, marcó el número de Alice y empezó a rezar en su mente para que le contestara. Después de unos segundos de espera, que le parecieron una eternidad, por fin oyó la voz de Alice. Pero por desgracia no era Alice sino el contestador. Mirando la hora en su reloj de pulsera, al ver lo tarde que era, se dio cuenta que, lo más probable, no le iba a contestar, así que decidió dejarle un mensaje de voz después de la señal.

—Alice, por favor, presta mucha atención a lo que te voy a decir y hazme caso. Estás en grave peligro. En peligro de muerte para ser más exacto. Y es igual a una bomba sin reloj que nunca se sabe de qué manera y en qué momento va a estallar. Si puedes recibirme mañana a las 08:00 h en tu casa, estaré allí para contarte todo lo que vi esta noche y de quién se trata. Hasta entonces, te pido por lo que más quieres, que no confíes en nadie. En ninguno de tus amigos. ¡NINGUNO!

Con el aviso hecho, se sentía un poco mejor. Tanto como para alejarse de la zona. En las casas de los vecinos de toda la calle, no había ninguna luz encendida. Esto lo tranquilizaba un poco porque significaba que nadie le había visto por la zona y en cuanto descubrieran el crimen, nadie podría reconocerlo o sospechar de él. Bastante afectado e impaciente se fue directo a su coche y arrancó enseguida como si la distancia que estaba a punto de poner entre él y el cadáver de aquella hermosa dama iba a mejorar la situación. Eso no era cierto, pero en su mente así se lo imaginaba. Así deseaba él que fuera.

Llegado a su casa, aunque no estaba en su costumbre hacer aquello, se puso un whisky seco que se tragó de inmediato y luego otro después del primero que también bebió como si fuera agua. Se tumbó en el sofá del salón y esperó a empezar a sentir los efectos aniquilantes del alcohol. Todavía temblaba por la ansiedad que le había provocado haber presenciado un crimen sin que él pudiera hacer algo para impedirlo. Un crimen tan atroz que para él no tenía ningún sentido.

* * * * *

«¡Dios! Que tonto soy.» se maldijo Chris al darse cuenta que se había dejado el teléfono móvil en la casa de la señorita Lindsay cuando prácticamente había llegado a su casa. Entrando en la primera rotonda cogió la segunda salida que le llevaba de vuelta a la casa de la mujer donde había estado hace unos veinte minutos, más o menos. De camino se puso a pensar en Alice. Más preciso en su reaparición. Justo ese había sido el motivo que le había hecho darse cuenta que se había olvidado el teléfono móvil en aquella casa. En cuanto quiso llamarla para quedar con ella vio que le faltaba el teléfono móvil.

«¿Habrá salido?» se preguntaba Chris al llevar un buen rato llamando a la puerta sin recibir respuesta alguna y al ver que todas las luces de la casa estaban apagadas. Con la intención de buscar un bar por la zona donde el tiempo de espera se le haga más corto hasta que la señorita regresara a su casa, Chris siguió caminando, bajando por la calle, pasando justo por delante del garaje de la casa de la señorita Lindsay. Al ver la gran puerta de metal abierta, le pareció raro así que se acercó para echar un vistazo. Nada más encender la luz vio tendido en el suelo parte del cuerpo de la señorita Lindsay. En el primer momento pensó que se había desmayado o que solo estaba inconsciente, pero al rodear el coche de la mujer aparcado allí, en su sitio, al ver la estantería y las cajas volcadas sobre su cuerpo y un gran charco de sangre formado alrededor de su torso, se dio cuenta que estaba muerta. Horrorizado y preso del pánico entró con prisa en la casa para buscar su teléfono móvil. Aunque no estaba a la vista, lo encontró con facilidad ya que buscó en el sitio donde estuvo sentado durante su visita y sospechaba que sólo podía estar por aquella zona. Se había caído entre las almohadas del sofá. Ahora, que lo tenía en la mano, no sabía qué hacer. Si llamar a la policía, a una ambulancia o irse. «¿Qué fue lo que pasó? ¿Tuvo un accidente? ¿Fue asesinada?». Aquellas incógnitas lo tenían indeciso. Si hubiera sido asesinada podrían sospechar de él y no le parecía una buena idea llamar. Ya que no había manera de saberlo empezó a hacer memoria para recordar qué sitios había tocado durante su visita y por donde había podido dejar huellas. Mientras borraba las posibles huellas con la parte baja de su camiseta, limpiando ciertos sitios, vio un montón de documentos bien ordenados en archivadores, etiquetados con fechas y nombres claves, con letras y números, en una de las habitaciones de la casa que, más que obvio, la señorita Lindsay había utilizado como oficina. Recordando la frase oída durante su visita en el sitio de trabajo de la señorita, en cuanto la llamaron para una emergencia surgida en su área, le entró la curiosidad por saber en qué área estuvo trabajando aquella hermosa mujer que incluso había sido la novia de su difunto hermano, Martín. Pero tenía un problema: había demasiado documentos y no sabía en cuál de ellos podría estar la respuesta que él buscaba así que se puso a ojear con rapidez unos cuantos de ellos al azar y en cuanto vio algo que hizo que casi se le salieran los ojos de sus orbitas, decidió que debería cogerlos todos e incluso buscar un diario o algo parecido que contenga un resumen y fechas exactas de los trabajos llevados a cabo y apuntados allí.

Hizo unos cuantos caminos para cargar todos aquellos documentos en el maletero de su coche, pero lo consiguió. Luego volvió a limpiar otra vez todos los sitios por donde podía haber dejado huellas y se fue. Esperaba que nadie le hubiera visto entrar o salir de la casa por los problemas que podían causarle aquella situación inesperada. Pero, por lo menos, tenía la satisfacción de haber encontrado no una sino varias agendas con apuntes hechos por la señorita Lindsay. Solo con aquella fugaz ojeada ya se había hecho una idea del área de trabajo de la mujer y aunque no era asunto suyo estaba decidido estudiarlos todos y cada uno de ellos cuanto antes. Algo dentro de él le decía que tenía que hacerlo.

Lo primero que hizo al llegar a casa fue asegurarse de que nadie le estaba esperando o le iba a ver subiendo con aquellos documentos. Nada más ver que no tenía de qué preocuparse y que Mark no estaba en casa empezó a subir todos los documentos sustraídos de la casa de la señorita Hoffman lo más rápido que pudo y los escondió en su habitación debajo de la cama colocando cajas con zapatos y otros objetos delante para taparlos de tal manera que no sean visibles por si alguien hubiese mirado debajo. Se guardó solo uno de los numerosos archivadores encima de su escritorio para estudiarlo el siguiente día, pero al oír entrar en la casa a Mark los metió rápidamente en su maleta de trabajo. Se cambió de ropa para dar la impresión de que lleva tiempo solo en casa y salió para que Mark le viera. Se estaba creando la cuartada dando a entender que había vuelto temprano de su cita y que llevaba tiempo esperando a que su hermano regresase mostrándose preocupado por si había cenado.

—No tengo hambre. Preparate lo que quieras. Yo me meteré en mi cuarto para arreglar un ordenador. Tengo que entregarlo mañana temprano —se excusó Mark retirándose sin más.

Chris tampoco tenía hambre después de la horrible tarde que había tenido así que él tampoco cenó, retirándose a su habitación. Impactado por la horripilante escena del garaje de la señorita Lindsay decidió ocupar su mente con otras cosas como por ejemplo apuntando en una de sus agendas toda la información obtenida durante el último día. Temía que por culpa del estrés que le causaba aquella situación pudiese olvidar información o detalles importantes para su investigación. En cuanto acabó, al ver que no podía sacarse de la cabeza aquella horrible imagen del garaje, se puso a leer uno de los documentos sustraídos de la casa, de la que había sido la novia de su hermano difunto, que contenían datos científicos. Aunque le parecía descabellada la idea que le vino a la cabeza al ojear aquellos documentos se empeñó en seguir indagando por allí. Algo dentro de él le decía que parte de la respuesta que buscaba se encontrara allí, en aquellos documentos.

* * * * *

El whisky tomado con prisa, al no ser acostumbrado a tomar tanto alcohol y de aquella manera, lo había dejado K.O. la noche anterior. Pero despertó muy temprano. Al abrir los ojos miró a su alrededor y se extrañó al constatar que se había quedado dormido en el sofá del salón y, aún más, vestido con la ropa de calle. Recordando lo que había visto aquella noche al seguir a aquel joven se preparó rápidamente un café y se puso a cocinar algo lo más rápido que pudo. Después de repartir la comida por las puertas del sótano volvió de inmediato al salón, cogió las llaves del coche y justo cuando estaba a punto de salir por la puerta de su casa para reunirse con Alice, una visita inesperada le bloqueó el paso dejándole atónito.

—¡¿Tú, aquí?!

El visitante sorpresa no le contestó nada, pero siguió caminando despacio hacia él, obligándole a retroceder dentro de la casa mientras le apuntaba con la mirada como si de una diana se tratara. Una mirada inquietante, totalmente fría, que provenía de una cara inexpresiva, callada y sin pestañear en ningún momento. Aunque no le había dicho nada y se había parado a una cierta distancia después de cerrar la puerta de la entrada sin perderle de vista ni un segundo, aquella actitud le parecía bastante amenazante y le inquietaba mucho. Su instinto le decía que algo malo iba a pasar. Sabía que había pocas posibilidades de evitar un enfrentamiento, pero de todos modos iba a intentar evitarlo:

—Mira, joven. No sé en qué estas metido, pero que sepas que a mí no me importa. Puedes estar tranquilo…

—Sí, sí. Lo vi. Me estuviste vigilando en toda la tarde ayer. Bueno. No lo has hecho tan mal. No te vi hasta marcharme del lugar, pero estoy seguro de que lo viste todo.

Lo primero que le vino a la mente fue mentir. Pero al ver que el joven lo sabía todo renunció a aquella idea y decidió reconocer la verdad para no empeorar la situación que ya era bastante tensa.

—Te juro que no se lo diré a nadie.

—¿Cómo prefieres morir? ¿De forma rápida o lenta como… tu hermanita bonita?

—¿Qué has dicho? —preguntó el hombre con los ojos desorbitados mientras un gélido escalofrió recorrió su cuerpo con la misma rapidez de un rayo.

—Ah, perdona. Olvidé presentarme —dijo el visitante con tono irónico —. Yo soy… Mejor dicho fui el novio de tu hermosa hermanita. En realidad no quise matarla. Fue un accidente.

—Sí, claro. Por el baño de sangre de la habitación y de la casa debe de haber sido un accidente.

—Ah, no. Eso lo hice para despistar a las autoridades. En realidad la estaba iniciando en el *bondage*[4] y se me olvidó decirle los códigos para parar cuando ella deseara que parase o cuando sienta dolor así que murió de forma lenta y dolorosa. Pero… por accidente. Yo no soy ningún asesino.

En el cuerpo del hombre se estaba acumulando una furia gigantesca mientras escuchaba aquella sorprendente confesión; lo que le hizo pensar en una modalidad de aniquilar a aquel esperpento merecedor de morir de la peor forma posible y cuanto antes mejor desde su punto de vista.

—Y ¿la señorita Lindsay? ¿También fue un accidente?

Después de pensar un rato, el joven empezó a sonreír diciendo mientras afirmaba con la cabeza:

—Allí sí que me has pillado. Que ironía de la suerte ¿no? A tu hermana la maté por accidente e hice parecer un acto de vandalismo de un demente y la señorita Lindsay tenía que morir e hice que pareciese un accidente.

Antes de que terminara la frase el hombre echó a correr hacia la cocina para intentar escapar por la puerta trasera que daba al jardín. Pero no tuvo ninguna oportunidad. Antes de que alcanzase la puerta, recibió un fuerte golpe en la parte trasera de la cabeza que lo dejó inconsciente al instante, cayendo al suelo como un muñeco de trapos.

Mientras el visitante pensaba en qué hacer con el cuerpo del señor entrometido oyó vibrando un teléfono móvil. Palpó uno de los bolsillos de donde le pareció provenir el zumbido y al ver que acertó, metió la mano dentro y sacó el teléfono con la intención de apagarlo y luego destrozarlo rompiéndolo en pedazos, pero al ver en la pantalla el nombre de Alice y el número que confirmaba

---

4 *Bondage: es una práctica erótica basada en la inmovilización del cuerpo de una persona. Las ataduras pueden hacerse en una parte del cuerpo o en su totalidad, utilizando cuerdas, cintas, telas, cadenas, esposas o cualquier otro elemento que pueda servir como inmovilizador.*

que era ella, cambió de opinión. Esperó unos segundos más hasta que dejó de sonar, apagó el teléfono y lo guardó en uno de sus bolsillos. Con aquella llamada inesperada no pudo evitar pensar: «¿Qué sabrás tú, Alice? ¿Cuánto te habrá contado este entrometido de todo lo que descubrió? ¿Cuánto? Y… ¿qué haré contigo si ya sabes demasiado? A ti no quiero matarte. A ti no».

Capítulo XVI

Dentro de lo malo siempre hay algo bueno

Alice había desconectado todos los teléfonos de la casa la noche anterior al llegar a su casa y por la mañana no se apresuró en volver a conectarlos porque no quería hablar con nadie. Estaba enfadada y triste. "Su" Chris salía con Sammy y no solo eso, sino que no le había contado nada. Él, que últimamente le contaba todo, se contaban todo, había preferido salir a su cita con una chica, encima amiga suya, sin siquiera preguntarla como se encontraba, qué fue lo que le pasó, cómo fue su rescate, etc. El que tanto se preocupaba por ella, se fue sin más. La había dejado allí, con el hermano gemelo de Martín, que era prácticamente un desconocido. Sin preocuparse de nada. No sintió ni celos, ni curiosidad, ni la necesidad de contárselo todo y hacerse compañía uno al otro después de haber pasado días sin verse y sin saber uno del otro. ¿Habrá perdido a su Chris? Y ¿qué lugar ocupaba él en su vida? ¿Cuánta importancia tenía él en su vida ahora?

Repasando mentalmente los últimos meses, Alice se dio cuenta de un detalle muy importante: siempre que estuvo en apuros o en peligro, él, estuvo allí para defenderla, apoyarla o lo que hiciese falta en una determinada situación. Él estuvo presente en todos los momentos tensos de su vida, como un testigo mudo, esperando en la sombra el momento para intervenir y ponerla a salvo. Además, de manera incondicional. Sin recibir nada a cambio. Y al creer que es el hermano de su ex novio, tampoco tenía esperanza alguna de que algún día podría recibir la recompensa que era obvio que su alma anhelaba. Mirándolo desde aquel punto de vista le parecía normal que, en un final, él, se cansara y cambiara el rumbo de su vida emprendiendo un nuevo camino hacía otra chica. Camino que le llevaba en dirección contraria a la de ella. Alice era consciente de que esto iba a pasar algún día y que era lo más normal del mundo, pero no entendía por qué aquel hecho, a ella, le dolía tanto. Ese dolor ¿qué era? ¿De dónde provenía? Ella era una chica sensata y eso no debería estar pasado. Ni siquiera sabía lo que le molestaba más: el hecho de haber pasado de ella de aquella manera, no haberle contado lo de su cita o el hecho de verse con Sammy, que era una de sus amigas. A ella aquel tipo de detalles, hasta hace poco, no le importaban y deseaba que él se fijara en otra chica para poder sacársela a ella de la cabeza y, ahora, que por fin había pasado, no entendía por qué la molestaban todos aquellos detalles. ¿Serían celos lo que ella sentía? O quizás… ¿envidia? Ella nunca antes había sentido envidia por nada y por nadie. Ella no era así.

Por más que intentaba entender qué era lo que le estaba pasando, no lo conseguía. Pero sí que tenía claro una cosa: deseaba recuperar a Chris. Pero ¿cómo?

Mientras buscaba en su mente una solución se le ocurrió que, si todavía sentía algo por ella, los celos, quizás, podrían devolvérselo. Tenía que atraer su atención saliendo con otro chico, pero ¿con quién? Después de repasar lista en su memoria recordando escenas, reacciones y comentarios, ya lo tenía. El mejor candidato para recuperar a Chris era Mark. Él sería el que le iba a devolver a Chris el de antes. El Chris que no podía estar ni un día sin saber de ella. El que se moría por pasar su poco tiempo libre, del que apenas disponía, junto a ella. Estaba decidida luchar por recuperarlo y conservar muy bien su amistad esta vez, porque ahora era ella la que no podía estar sin él.

Ansiosa por saber si Chris la había buscado en la tarde o incluso por la mañana, Alice, encendió los teléfonos. Al hacer aquello se dio cuenta que le faltaba uno de ellos: el principal. Mientras intentaba recordar dónde lo había dejado o dónde podía estar el timbre de la puerta sonó. Viendo por la cámara del interfono que Chris estaba delante de las grandiosas puertas de la entrada su corazón dio brincos de alegría y una sonrisa tonta apareció en su rostro iluminándole toda la cara. Estaba segura que había venido para recuperar el tiempo perdido, disculparse y arroparla con aquel inmenso cariño que le tenía.

Apretó el botón que abría las puertas con rapidez y esperó su llegada a la casa en el porche de delante de la puerta de la entrada. Verle llegar en su coche, para ella, fue como ver llegar a "la caballería". Aquello la hizo sentir de un contento difícil de explicar. "Su" Chris había venido a cuidarla y protegerla.

Antes de darle tiempo a decir o hacer algún gesto al respecto vio a Chris bajar del coche subiendo con prisa las escaleras para llegar hasta ella. Ansiosa por recibirlo con un abrazo que tanto deseaba y echaba de menos se acercó al borde de las escaleras esperándolo como una niña pequeña deseosa de recibir a su padre después de haber pasado mucho tiempo sin verlo.

—Hola, Alice. Menos mal que te pillé antes de irte. Vine a traerte el bolso. Al parecer te lo olvidaste en mí casa después del rescate. No lo vi hasta que recibiste un mensaje y escuché el sonido de aviso. Fue ayer por la tarde. Ya era casi de noche. Por eso no te lo traje antes. Pero como supuse que puede ser importante o urgente decidí traértelo antes de ir al trabajo, en un momentito.

Alice le dio las gracias con apenas un hilillo de voz mientras Chris ya estaba volviendo a su coche casi corriendo. Se despidió con la mano y una sonrisa fugaz antes de subir al coche sin volver a mirarla, poniéndose en marcha de inmediato.

De milagro Alice se acordó de pulsar el botón de apertura de las grandiosas puertas de la entrada a su propiedad quedando atónita y muy triste al pensar que ya había perdido a Chris para siempre. Nunca antes lo había visto portándose de aquella manera, tan fría, con ella. Desde luego aquel no era su Chris. Algo había cambiado en él. Y su corazón estaba sufriendo.

Con los ánimos por los suelos, Alice volvió a la casa. Para olvidar aquella escena que la había metido en una tristeza profunda pulsó el botón en su teléfono móvil, casi de forma mecánica, para escuchar el mensaje que había recibido. Al reconocer la voz de su secuestrador que la avisaba con tono muy grave de que no confiara en nadie empeoró aún más su estado emocional. La tristeza se le juntó de inmediato con la preocupación. No entendía qué podía haber pasado para que aquel hombre le pidiera que no confiara en ninguno de sus amigos. "Ninguno" incluía a Chris también.

Muy preocupada decidió llamar al hombre en cuestión para confirmarle que va para allá. Se quedó sorprendida al ver que no le contestó a la llamada y ahora no sabía qué hacer. Deseaba hablar con aquel hombre cuanto antes. Estaba segura que él tenía información que ella desconocía por completo y que era de vital importancia. Volvió a llamar. No sabía qué otra cosa hacer. Pero ahora, el teléfono, estaba apagado. Aquel hecho hizo a Alice pensar que algo no iba bien. No tenía ningún sentido haberle pedido quedar con ella temprano, a las 08:00 h de la mañana, y que en cuanto ella lo llamara, él, apagase su teléfono. Un mal presentimiento empezó a activar todas las alarmas. Y la palabra *ninguno* la inquietaba aún más. Que no confiara en ninguno de sus amigos le parecía demasiado. Desde luego tenía que hablar cuanto antes con aquel hombre.

* * * * *

El joven, después de arrojar el cuerpo inerte en el pozo que había en el jardín de la parte trasera de la casa, volvió a entrar en la casa y, sabiendo que no hay nadie más que él por allí, se dirigió tranquilamente hacía el sótano. Aunque el sótano era un laberinto de pasillos y puertas iguales, él lo recorrió en su totalidad para inspeccionarlo, sin perderse y sin ningún tipo de problema. Cosa muy difícil para alguien que no conociera el sitio o si fuese la primera vez que entrara allí. Por lo que él había contado, había 10 puertas en totalidad. De todas ellas, solo en cuatro recibió respuesta al tocar. Todas voces de chicas. Desconocía si ellas conocían al hombre que las había secuestrado y encerrado allí, pero suponía que deberían de conocer por lo menos su voz. Eso le hizo pensar que debía idear un plan para ganarse la confianza de las chicas. Pero para que el plan funcione, aquel detalle era primordial. Y para que todo pudiera cumplirse sin ningún tipo de sorpresa o problema, se le ocurrió algo. Sólo que para poner en práctica su genial idea necesitaba unos cuantos aparatos audio y varios dispositivos con mando a distancia que él mismo pudiera controlar y activar en cualquier momento que él considerara oportuno. Dándole vuelta en la cabeza a su plan se acordó que ya había visto en algún lugar unos cuantos de los dispositivos que él necesitaba allí, en aquel lugar. Antes de irse de la casa, se quedó un rato mirando y escuchando delante del pozo donde había tirado el cuerpo del hombre, el secuestrador de aquellas chicas, y al ver que ni se oía, ni se veía nada, ni existía la oportunidad de que alguien escapase de un pozo tan ancho y profundo, con agua a una profundidad considerable, se subió al coche con toda la tranquilidad del mundo y mientras conducía apaciblemente visualizaba de forma mental, la instalación de los dispositivos en los que había pensado y en las frases que tenía que grabar y utilizar en su plan magistral con el que pensaba aprovechar al máximo aquella maravillosa oportunidad fortuita aparecida en su camino, en el momento menos esperado, pero ideal para la etapa de su vida que estaba atravesando. Le venía muy bien para lo que él tenía pensado hacer con su futura pareja a la que pensaba impresionar tanto en aquel aspecto que nada, ni nadie, pudiera separarles jamás. Sí. Aquel detalle era lo que les iba a unir para siempre, pensó el joven mientras se alejaba de aquella casa tan apartada del centro del pueblo que le venía como anillo al dedo para sus planes.

* * * * *

La investigación de Chris había avanzado considerablemente, pero todavía le faltaban datos para poder atar cabos y entender, por fin, toda la historia. Por aquel motivo, nada más despertar, se duchó, se cambió de ropa y al ver allí, en el salón, el bolso de Alice, decidió devolvérselo cuanto antes. Para no ser interrumpido por nadie. Ya que le quedaban días libres y no tenía que volver pronto al trabajo, pero nadie conocía aquel aspecto, pensó aprovechar al máximo la oportunidad para seguir con su investigación personal y así desenmascarar a aquel intruso cuanto antes.

Aprovechó que el individuo que intentaba pasar por su hermano, Mark, no estaba en casa para encerrarse en su habitación con los documentos que pertenecieron a la señorita Hoffman. Estaba decidido estudiarlos detenidamente uno por uno, en su totalidad, lo antes posible.

Al oír a su supuesto hermano entrando en la casa se quedó quieto, escuchando. Esperaba que Mark no se diera cuenta que él también estaba en casa, que pensara que había ido a trabajar y que se volviera a ir pronto. Escuchando unos ruidos provenientes de la habitación de al lado, la de Mark, le dio la impresión de que estaba manipulando los ordenadores y otros aparatos y dispositivos que habían pertenecido a Martín, que él mismo había amontonado a un lado del cuarto por no caber todos en el cuarto trastero del pasillo. Esto lo hizo pensar que su nuevo compañero de piso no se iba a ir pronto así que, sin hacer ningún ruido, sacó unos cuantos archivadores de los que había metido debajo de su cama, los puso sobre el escritorio que tenía delante de la ventana, se sentó cómodamente en la silla rotatoria y empezó a ojearlos en silencio. No quiso sacarlos todos por si Mark entrara en su habitación en algún momento. Nadie tenía que verlos. Lo que le había pasado a la Srta. Hoffman y tener aquellos documentos suyos en su posesión, sustraídos de aquella forma y posteriormente a su muerte, le podían convertir con facilidad en el principal sospechoso. Así que nadie debía saber que él estaba en posesión de todo aquello. No entendía gran cosa de los documentos porque, en la mayoría, eran cálculos matemáticos y fórmulas químicas que parecían escrituras chinas para él. Pensaba que quizás en las agendas que encontró, junto a aquellos documentos, los apuntes sean más en cristiano, pero estaban debajo de la cama y no se animaba mucho a sacarlos de allí mientras Mark estaba en casa para no provocar demasiado ruido y que ese se diera cuenta del hecho de que él estaba también dentro. Solo los apuntes cortos, hechos en el borde de las paginas, eran un poco más entendibles como por ejemplo: "sujeto normal", "posible mejoría", "cadena de ADN alterada...", "éxito en 80% del prototipo"... Se había hecho una idea sobre el área de estudio de la Srta. Hoffman, pero necesitaba algo más de información para poder llegar a una conclusión más clara.

Las horas pasaban volando al ser intrigado y empeñado en descubrir el misterio que aquellos apuntes escondían. Se pasó toda la mañana y toda la tarde estudiándolos minuciosamente uno por uno. No paró ni para comer. Por la presencia de su hermano tampoco pudo salir al baño. Su mente estaba tan ocupada que no sentía ni hambre, ni sed. Incredulidad era lo que sentía mientras más avanzaba en su investigación personal. Tampoco quería sacar conclusiones precipitadas. De allí su empeño en gastar todos sus días libres estudiando todos y cada uno de aquellos documentos sin perder ningún detalle. Aunque no venían al caso y tenía otras prioridades, dentro de su interior, algo le decía que siga. Que no parase.

Mientras estaba absorbido por aquellos fascinantes documentos oyó el teléfono de Mark sonando. Como las paredes eran de pladur, sin ningún esfuerzo, Chris pudo oír todo lo que Mark decía. Entendió que iba a salir. Escuchar sonidos de aparatos y dispositivos de sonido al chocar entre sí le dio a entender que estaba manipulando con algún fin los aparatos que pertenecieron a Martín, luego sus pasos en el pasillo y la puerta de la entrada a la casa cerrándose con fuerza detrás de él. Se quedó un rato escuchando para asegurarse de que había interpretado bien los sonidos y lo que había entendido de la conversación y se puso a sacar el resto de los documentos que había escondido debajo de la cama para ordenarlos por fechas y tener a mano las agendas donde los apuntes eran mucho más claros. En aquel momento se oyó la llave en la puerta de la entrada de la casa. «Mark ¿ha vuelto?» se preguntó Chris mirando angustiado todos los documentos que tenía esparcidos por toda la habitación. La angustia que sentía era porque le resultaba imposible volver a esconder todos los documentos sacados del escondite sin que Mark se diera cuenta de su presencia así que decidió quedarse quieto mientras rezaba que su hermano no lo necesitara y que se volviera a ir pronto. Mark estaba silbando. Esto le ayudó a Chris a darse cuenta por donde se encontraba su hermano por la casa en cada momento. De su habitación lo oyó entrar en el baño. Le escuchó duchándose y luego de nuevo en la habitación. Unos segundos después lo oyó hablar por teléfono: "—Si mi amor, estoy de camino. No tardo nada. Tu quedate allí donde siempre. Es el mejor sitio para que nadie descubra lo nuestro. Pide champagne. Tenemos algo que celebrar. Hasta pronto, reina."

Chris pensó que se refiere a Sammy y que se iban a ver para celebrar algo, pero aunque se preguntaba que tenían que celebrar, por como tenía la habitación, llena de documentos sustraídos de la casa de una persona fallecida en extrañas circunstancias, no pudo salir a preguntarle nada. Permaneció quieto como una estatua escuchando sin perder detalle. En unos minutos, Mark, volvió a salir. Chris salió a hurtadillas de la habitación, miró por la mirilla de la puerta y después de asegurarse que Mark ya no está por la zona, volvió a la habitación para seguir con su interesante lectura. Al mirar las fechas apuntadas en los archivadores y en las agendas consiguió clasificarlos mejor. Por los apuntes de las agendas se dio cuenta que en ellas se encontraba la clave de todo: de todos aquellos documentos, formulas, experimentos y sus respectivos resultados.

Le fascinaba el tema de aquellos apuntes. Era algo increíble. Información que muy pocos mortales podían ver alguna vez en su vida. Tanto le habían despertado la curiosidad que no pensaba parar hasta terminar de leerlos todos. Pasaría la noche en vela si hiciera falta. Pero no solo por curiosidad sino por la teoría que iba cobrando forma tras todo aquel estudio y la peligrosidad que el resultado final representaba para Alice, para él y quizás para más personas.

Media hora después de haber salido su hermano hacía su encuentro amoroso secreto escuchó un toque en su teléfono móvil. Solo una persona de su agenda tenía aquel politono: Alice. Al mirar la pantalla de su teléfono, para comprobar que estaba en lo cierto, le pareció extraño que Alice le diera un toque y no le llamara. Ella nunca le había dado un toque.

Intrigado, Chris pulsó sobre el contacto que le aparecía en la agenda del teléfono y llamó. La persona que contestó fue Alice, pero por su tono de voz le pareció muy sorprendida por la llamada recibida:

—¿Ha pasado algo?

—Eso debería preguntarte yo a ti ya que fuiste tú la que me dio un toque —la aclaró Chris sorprendido.

—Yo no te di ningún toque —le contestó Alice extrañada —. Además estoy cenando con mi salvador.

—¡¿Tu salvador?! —preguntó Chris confuso.

—Sí. Mark. ¿Ya no te acuerdas?

—Alice. ¿Qué estás haciendo? Te dije que tuvieras cuidado…

—Ha demostrado que se preocupa por mí más que tú —le interrumpió Alice intuyendo el sermón que le iba a volver a repetir con lo de tener cuidado con Mark porque es un desconocido, etc. —. Ni siquiera preguntaste que me ha pasado… o si estoy bien. Obviamente no tenía ningún motivo para llamarte. Pensaba que encontrarás una buena excusa para esto, pero ¿un toque, Chris?

—Alice. Te juro que es verdad…

En aquel momento Chris oyó por teléfono —a lo lejos— cuando el camarero preguntó si quieren que traiga ya el champagne y Alice le contestó que sí y que el señor desearía caviar también.

—Disculpa, Chris. ¿Qué me decías?

Alice estaba cenando con Mark en un restaurante de lujo. Al oír la palabra *champagne* a Chris le vino a la mente la conversación que su hermano había tenido por teléfono justo antes de salir de la casa: "—Si mi amor, estoy de camino. No tardo nada. Tu quedate allí donde siempre. Es el mejor sitio para que nadie descubra lo nuestro. Pide champagne. Tenemos algo que celebrar. Hasta pronto, reina."

La voz se le había ido. Quería decir algo, pero las palabras rechazaban salir de su garganta. Se había quedado petrificado tal como estaba: con el teléfono móvil en la mano.

—¿Chris? ¿Sigues allí? —insistió Alice un rato más antes de colgar.

Aquel vacío en su interior, aquella voz lejana, el silencio que lo rodeaba después de la llamada… Todo aquello le parecía parte de una pesadilla a Chris. Permaneció quieto y callado en la misma posición durante varios minutos que le parecieron una eternidad. Empezó a mirar las cosas de toda la habitación, se levantó de la cama, se fue al baño y se echó agua fría en la cara hasta empapar incluso su ropa. Sintiendo que necesitaba algo más para recuperar su energía que parecía haberse ido toda por un tubo fue a la cocina a buscar hielo. Al encontrar en uno de los armarios una botella en la que quedaba un poco de whisky, aunque no acostumbraba tomar alcohol, consideró que le vendría bien un trago en aquel momento. Llenó un vaso con hielo, luego vertió encima de los cubos whisky hasta la mitad del vaso y luego añadió bebida energética hasta llenar el vaso. Tomó un sorbo para comprobar cómo de fuerte estaba la bebida y el quemazón que sintió bajándole por el esófago hasta el estómago lo hizo sentir bien. Era como distraer el dolor del alma con un dolor físico. Así que, de unos cuantos tragos grandes, se tomó el vaso entero. Mirando la botella en la que quedaba como medio vaso de whisky, la cogió con furia y bebió todo su contenido sin respirar. Solo unos minutos después empezó a sentir un mareo, pero se sentía bien. Empezó a sonreír sin ningún motivo. Su estado de ánimo era… otro. Estaba contento y alegre. Y lleno de energía. Necesitaba hacer algo. Volvió a su habitación, encendió todas las luces y se puso a leer. Sumergirse de nuevo en aquellas extrañas notas y apuntes le hacía bien. Le distraían completamente de la realidad. Era justo lo que necesitaba en aquel momento. Nada más.

Capítulo XVII

Créeme a mí

El joven miraba las puertas de aquel laberinto intentando decidir en cuál de los cuartos entrar primero. Por las cámaras que había instalado fuera, en los pasillos, y dentro de los cuartos ocupados por aquellas cuatro chicas mientras ellas dormían plácidamente por el fuerte sedante que les había echado en la comida, ya se había hecho una idea: con cuál de ellas empezar. Se acercó a una de las puertas elegidas y después del aviso de una voz distorsionada y siniestra que anunciaba su llegada, la puerta se abrió automáticamente y se cerró de la misma forma después de su entrada en la habitación. Una vez dentro, se quedó mirando, asustado y desorientado, a la chica de pelo rubio y ojos verdes como el agua en las orillas del mar y la joven le miraba a él callada, intrigada y también asustada. Cuando él dio un paso para adelante la misma voz de antes ordenó:

—Siéntate en la cama con la chica. Quiero ver pasión. Amor. Deseo… Que disfrutan el uno del otro como si este fuese vuestro último día de vida. El primero de vosotros que se va a quejar de que no le gusta, que no puede hacer algo, que no quiere eso o lo otro… será eliminado. Si ninguno de los dos se va a quejar, la próxima semana volveréis a repetir la experiencia. Y así hasta que sólo quedará uno. El último será el ganador.

—El ganador de ¿qué? ¿Qué ganaremos? —preguntó la chica gritando hacía la puerta bien cerrada.

—¡Shhh! No le interrumpas —imploró el joven a la chica con voz temblorosa de miedo —. Quizás enfurezca y nos mate a los dos.

—Pero ¿quién es? ¿Lo has visto?

—¡Shhh! No preguntes cosas. Si nos puede ver no le va a gustar…

—¡Silencio! Está prohibido que habléis. Estáis juntos solo para lo que os he ordenado. Cuando acabaréis vuestra diversión, la puerta se abrirá y saldrá solo el chico. Luego decidiré si hay ganador o perdedor. Que la acción empiece… YA.

La voz era tan imponente y tronante que los dos jóvenes obedecieron, guiados por el miedo, tumbándose en la cama abrazados. La chica miraba con miedo al chico preguntándole con la mirada: "Y ahora ¿qué?".

El joven la miraba también y entendió lo que su mirada le decía así que decidió tomar las riendas de la situación y empezar. Sin que la chica sospechara lo que iba a hacer, el joven empezó a besarla. Lo hizo de sopetón, pero de manera suave, tocándole los labios con cariño, saboreando con detenimiento sus labios carnosos, calientes y apetitosos mientras sus brazos estrechaban su cuerpo tembloroso intentando pegarlo al suyo. Por miedo o por las sensaciones que recorrían su cuerpo en aquel momento, la chica se resistió un poco al ser sorprendida, pero al ver que no le estaba haciendo daño, ni le disgustaba el chico, se dejó llevar y abrió la boca dejándose invadida y explorada por la lengua juguetona y experta de aquel pobre joven desconocido al que se le notaba que se sentía muy cómodo con aquella situación y que estaba dispuesto a darlo todo para salvar su vida. De sopetón sintió como una de sus manos la agarraba con fuerza del pelo por detrás de la cabeza, manteniéndola quieta, mientras la otra mano se metía con suavidad en sus braguitas, justo entre sus piernas. Instintivamente intentó echarse atrás, pero él lo notó y la agarró con más fuerza del pelo, intensificando sus besos lascivos también. La mano que tenía entre sus piernas, la agarró de las nalgas y la atrajo hacía su cuerpo hasta pegarla a él completamente. El beso que le quemaba los labios y le invadía la boca como si buscara agua en una zona desértica la dejó aturdida. Tanto que ni se dio cuenta cuando la mano de él buscaba con ansia el camino hacia aquel lugar escondido, caliente y húmedo por el deseo. Pensó que no le iba a gustar nada de todo aquello, pero al sentir los dedos de él abriéndose camino en aquel lugar suave, con ternura y deseo, adentrándose cada vez más entre sus piernas, notó una sensación de placer que la hizo dejar de protestar, incluso empezó a mover su cuerpo en el intento de conseguir más placer permitiendo que los dedos de él la explorasen a gusto. Primero sintió un dedo adentrándose en el abismo del placer de su cuerpo y poco después dos. Por percibir demasiado placer o por vergüenza juntó las piernas intentando pararlo. Esto a él no le gustó nada:

—Abre las piernas —le ordenó el joven al oído.

—No. Sería mejor que pares —le susurró ella al chico con voz miedosa.

—Vamos. No eres virgen. Lo has hecho antes. Si nos escucha o nos ve se va a dar cuenta. Sería mejor que cooperes —la aconsejó el joven preocupado por su integridad.

—Vamos a taparnos por completo con las sabanas y fingir que estamos haciendo el amor —le sugirió la chica susurrando.

—¡ATALA! —se oyó la voz distorsionada de antes resonando como un trueno en la pequeña habitación —. Y sin taparse con nada.

—¿Vez? Te lo dije. Al final nos vas a poner en peligro a los dos —se quejó el joven preocupado mirando con temor por toda la habitación.

En un rincón había una rueda de cuerda. Nada más verla la trajo enseguida y empezó a atar a la chica a la cama.

—No lo hagas. No será necesario. Quiero hacer el amor contigo —le pidió la chica asustada mientras intentaba impedirle que la ate dándole caricias en sus brazos para disimular su intención a la cámara que ni sabía dónde estaba instalada.

—Demasiado tarde. Si nos lo ha ordenado, tenemos que hacerlo. Y deja de quejarte o le vas a cabrear tanto que, al final, nos va a matar a los dos.

Con las manos atadas al cabecero de la cama, la chica esperó paciente a que le ate las piernas también ya que no le quedaba más remedio. Se quedó sorprendida al observar que no le había atado los tobillos como se había imaginado que iba a hacer sino que le hizo una atadura de tal forma, en cada pierna, que sus rodillas quedaran dobladas sin poder estirarlas y bien abiertas.

—Creo que ya sé lo que necesitas para relajarte y calentarte —le dijo el joven al terminar la tarea y tenerla bien atada.

Se sentó encima de su tripa como si fuese montado en un caballo, se agachó hasta que pudo susurrarle al oído y la preguntó:

—¿Alguna vez has chorreado?

La chica se quedó pensando un rato y luego le contestó:

—¿A qué te refieres… ?

—¿Has oído de *squirting*[5] ? —la interrumpió el joven al ver que no lo tenía muy claro.

—Oh, no. Sé a qué te refieres, pero no. Nunca he tenido un final de esos. Yo no puedo…

—Ahora descubrirás si puedes o no.

—No. No lo hagas. Te aseguro que yo no puedo…

El joven le tapó la boca con la mano y le susurró:

—Deja de protestar y de hablar. O ¿quieres que paremos aquí y que ese tío decida nuestra suerte… ?

—No, no, no. Prefiero seguir con esto antes que la muerte y probar… lo que tú quieras. Solo te ruego que no me hagas sufrir.

—Pero ¿qué dices? Si eso se obtiene solo con mucho placer. Muchísimo placer. Tu relajate y disfruta que del resto me encargo yo. Preparate para recibir el mayor placer que jamás imaginaste que existiera.

Antes de acabar la frase del todo, la mano derecha del joven la cogió suavemente de la nuca y empezó a besarla con una pasión que la hizo temblar de placer. La otra mano empezó a acariciarle la tripa bajando hasta entre sus piernas abiertas donde empezó a sentir un placer sorprendente, dadas las circunstancias. E increíblemente, en cuanto un dedo se deslizaba dentro de su cueva llena de deseo, tocando al mismo tiempo con otro dedo su bultito detonante de placer, perdió el control totalmente ya que sus paredes interiores empezaron a palpitar y a apretar el dedo juguetón de forma descontrolada, haciéndola jadear como nunca antes. En aquel momento, la mano derecha del joven, la agarró con fuerza del pelo dándole un tremendo susto. Pero solo lo había hecho para besarla con más pasión e ímpetu mientras la intentaba poner más cachonda aun adentrándole otro dedo más en su cueva de deseos. Los jadeos, subiendo en intensidad, le indicaban que estaba muy a gusto con la situación así que, ayudado por la lubricación natural como resultado de la excitación de la chica, unió otro dedo a los anteriores para subir el aún más la intensidad del placer que le estaba dando. La cintura de la chica

---

5 *Squirting (inglés): término en inglés para la* eyaculación de la mujer durante el acto sexual.

retorciéndose de placer sin parar le animó a seguir con el siguiente dedo mientras intensificaba la velocidad de la penetración para llevarla hasta el punto máximo de excitación que necesitaba para poder provocarle un squirting. Automáticamente los jadeos y gemidos cambiaron de sonido y se intensificaron. Aquello era la señal de que tenía que dejar de besarla para colocarse mejor entre sus piernas abiertas y así poder controlar mejor la penetración. Viendo que la chica no le pedía que parase, ni se quejaba, el chico decidió que ya era hora de darle la gran sorpresa. Juntó bien todos los dedos de su mano, los untó bien con el líquido fabricado por el placer de la chica y a continuación le introdujo muy despacio, muy poco a poco, la mano entera en aquel sitio que no paraba de palpitar por el placer desmesurado y único que sentía. Una vez dentro del todo, el chico empezó a penetrala suavemente, subiendo el ritmo muy despacio, pero sin sacar la mano de dentro. Cuando sacó la mano y volvió a introducirla, la chica se mordió los labios de placer y se retorcía de la sensación tan placentera que experimentaba por primera vez en su vida. Volvió a repetir el vaivén con la mano, sin sacarla fuera, hasta que la vio muy excitada y sacó la mano de nuevo, volviendo a penetrarla unas cuantas veces más, esta vez, sacando la mano del todo y volviendo a introducirla rápidamente para volver a repetir el mismo movimiento unas cuantas veces más. Sintiendo que la chica estaba en el punto máximo de la excitación, el chico volvió a introducirle la mano adentro y penetrarla sin sacarla fuera mientras le lamía y le chupaba el bultito del placer, llamado clítoris, con avidez. Por los gemidos, jadeos, gritos de placer y los movimientos de su cuerpo totalmente fuera de control supo que le faltaba muy poco para explotar. Intensificó el vaivén de la mano a un nivel mayor y cuando sintió un calor extremo y su mano apretada con violencia por las paredes interiores retiró rápidamente la mano seguida de unos fuertes chorros de líquido incoloro que saltaron como una fuente artesiana en varias olas. Volvió a meterle la mano rápidamente dentro siguiendo con el vaivén interior unos segundos más y volvió a retirar rápidamente la mano para dejar vía libre a los chorros de placer que salían expulsados al mismo ritmo que la palpitación de aquel lugar inundado de un placer jamás visto antes. En cuanto los espasmos cesaron, el chico le masajeó la parte intima exterior, insistiendo un poco más en el bultito del placer, con mucha suavidad para calmarla y dejarla relajada.

—Qué placer inmenso, chaval —confesó la chica con un hililllo de voz por la falta de energía —. No sé cómo lo has hecho, pero desde luego que sabes de esto.

Mientras la chica intentaba recobrar su aliento, el joven la desató sonriendo satisfecho y antes de que empezara a hacerle preguntas, se vistió y se acercó a la puerta que se abrió de forma automática. Cuando estaba a punto de salir la chica le preguntó con cara de pena:

—¿Volverás?

El chico la miró con ternura y le sonrió con dulzura.

La chica se tomó aquella dulce sonrisa como respuesta porque el chico no le contestó antes de salir por la puerta que le esperaba que saliera, abierta. Se imaginó que lo esperaba porque detrás de él se cerró de un portazo y a continuación se escuchó el mecanismo de cierre automático que la dejó cerrada de nuevo a cal y canto.

* * * * *

—¿Qué ha pasado? ¿Se ha colgado la llamada la última vez que llamaste o… ? —preguntó Alice en cuanto Chris la volvió a llamar el día siguiente.

—Alice. Acabo de descubrir algo muy importante. Tengo que verte enseguida…

—Dejalo para mañana, Chris. Ya estoy en la cama.

—¿En la cama? ¿A esta hora? —se extrañó Chris al mirar el reloj y comprobar que todavía era temprano para que una persona adulta se acueste.

—Sí, Chris. ¿Algún problema con esto? —preguntó Alice molesta.

—¿No es un poco temprano para dormir? Mark ni siquiera ha llegado a casa, salido desde la mañana temprano…

—Espera un momento. Tú ¿sospechas que Mark está conmigo…? Por eso quieres verme con urgencia ¿a esta hora?

—No, Alice. Lo que te dije es verdad. Acabo de descubrir algo muy importante. Es sobre Mark y puede... que estés en peligro...

—Chris, para ya. Creo que tus celos te han vuelto paranoico. He cenado con Mark ayer y no vi nada raro en él, en su comportamiento, en sus palabras... Incluso se excusó de forma muy educada por el hecho de que se tenía que ir. Me compró un ramo de rosas rojas gigantesco. Un gesto que, por mucho que tú me aprecies, nunca tuviste conmigo.

—Alice. Un ramo de rosas es un regalo muy... personal. Muy íntimo. Algo de parejas...

—O sea, ¿me estás diciendo que Mark es raro o que puede ser un peligro para mí por el hecho de haberme regalado un precioso ramo de rosas sin ser mi novio?

—No, Alice. Has malinterpretado mis palabras.

—Chris, los celos no son buenos consejeros. Yo no veo nada raro en ese chico y ningún motivo para preocuparme. Quizás no ha acertado con el regalo, pero fue su forma de agradecimiento y la verdad que a mí me ha encantado.

Escuchar la opinión de Alice no hizo más que preocupar a Chris. Sentir un grave peligro. Ya no podía contarle nada sobre el resultado de su investigación. En las circunstancias actuales, Alice, no iba a creer nada sobre su descubrimiento y hasta se convertirían en enemigos si se lo contara, cosa que, Chris, intentaba evitar por todos los medios. De aquella forma, le resultaría imposible defenderla y ponerla a salvo.

—Llamame paranoico o como quieras, pero anda con mucho cuidado con ese tío hasta que nos volvamos a ver y te pueda enseñar lo que descubrí. La información está relacionada con él. No es quien dice ser, pero, de momento, no he descubierto por qué miente. Cualquier cosa con respeto a él, avisame de inmediato y, lo más importante, no te quedes a solas con él. Todavía me faltan datos y jamás me perdonaría si te pasara algo malo por no haber sido capaz de protegerte...

Las últimas palabras de Chris hicieron a Alice recapacitar y ser más comprensiva con él, contestándole con la misma voz de ángel de siempre:

—Vale, Chris. Cualquier cosa yo te aviso. Y... si me necesitas ya sabes que puedes contar conmigo.

Después de colgar, Alice se quedó pensando en la advertencia de Chris y de su secuestrador. Ya eran dos advertencias en solo dos días: que no confiara en Mark y en NADIE. Dadas las circunstancias, ¿podía confiar en Chris? La palabra NADIE les incluya a todos. A Chris también.

Por más que intentaban descifrar el misterio y solucionar los problemas, más complicadas se volvían las cosas. Y todo aquel laberinto de incógnitas ¿cómo se resolvería?

* * * * *

El sonido de las llaves abriendo la puerta de la entrada avisaba a Chris de que Mark había vuelto a casa. El reloj electrónico de su escritorio indicaba que eran las 01:49 a.m. Ansioso por saber dónde había estado y qué estuvo haciendo en todo el día, ya que había salido muy temprano y hasta ahora no había vuelto, Chris, salió de su cuarto para recibirlo.

—¿Qué tal tu día? ¿Has encontrado trabajo o has hecho amigos nuevos que te hicieron volver tan tarde?

Al primer instante, Mark, se quedó mirándolo asombrado por la pregunta y, en un primer momento, pensó en no contestarle. Pero al pensárselo dos veces, antes de abrir la boca, decidió hacerlo.

—No. Ninguna de las dos. Resulta que tengo dos novias y no sé por cuál de ellas decidirme.

La respuesta dejó a Chris perplejo. Era una de aquellas respuestas que no te la esperas y no sabes cómo deberías reaccionar o qué decir.

—¿Cómo que... dos novias? ¿Tú no estabas buscando trabajo?

—Claro que sí, pero no todo el día. ¿No ves la hora que es? ¿Quién buscaría trabajo a esta hora? Son casi las dos de la noche.

—Ya, ya. Eso lo veo, pero... ¿Desde cuando tienes dos novias? El pasado fin de semana estabas con Sammy... creo.

—Sí, eso. Pero al salir con ella y con sus amigas una cosa llevó a la otra y ahora no sé por cuál de ellas decidirme. No quiero hacer daño a ninguna de ellas.

—O sea que la segunda novia ¿es una de las amigas de Sammy? —preguntó Chris casi sin voz agrandando los ojos sin siquiera darse cuenta de su reacción.

—Sí. Pero no te voy a decir quien es porque me pidió discreción. No quiere que se sepa lo nuestro todavía hasta que no está segura de que lo nuestro va a funcionar.

—¿Es… Alice? —pensó Chris en voz alta mirándolo fijamente esperando su respuesta sin pestañear para no perder ningún detalle sobre el lenguaje no verbal al decirle la respuesta.

Mark seguía callado, pero mirando confuso a Chris. Al sentirse incomodo bajó la cabeza mientras expiraba el aire acumulado en sus pulmones con fuerza. Se le notaba que le costaba contestar a aquella pregunta.

—La verdad es que es una chica estupenda. Tiene dinero, cuerpazo, es hermosa, pero un poco tonta para mi gusto. Dejarse acompañada hasta su casa, por un chico nada más conocerlo, después de la primera cena que, por cierto, pagó ella, me parece un comportamiento de... Por muy agradable y rica que sea no sé yo si sería feliz con una chica tan… tontica.

Chris había entendido perfectamente que quiso decir Mark al utilizar las palabras *tonta* y *tontica.* Era la forma más suave para definir *ligerita.* Sabía cuánto quería y apreciaba él a aquella chica y era obvio que por aquel motivo, Mark, había buscado unas palabras más suaves para definir el comportamiento de una cualquiera.

—¿Vienes… desde… su casa… ahora?

Mirándolo con pena, Mark asintió con la cabeza quedándose callado. La situación era muy incómoda. La tensión acumulada en el ambiente se podía cortar con un cuchillo en aquel momento.

—Voy a mi cuarto. Buenas noches.

Su Alice, su preciosa y valiosa Alice, se había acostado con el nuevo aparecido en la ciudad. Con el primer desconocido que se le había cruzado en el camino. Nada más conocerlo. Y él, creyendo que era una santa. Que era la mejor chica del mundo. Una chica con valores. Que era única. Especial.

Por mucho que pasaba el tiempo, Chris no lograba calmarse. No podía más. Cogió el teléfono y llamó. En cuanto oyó la voz de Alice, dijo:

—Sé que es muy tarde, pero tengo que verte ahora. Esto no puede esperar.

Al recibir la respuesta esperada, se vistió, subió al coche y en menos de 10 minutos ya estaba en su casa, frente a ella.

En cuanto la miró a los ojos ella apartó la mirada y bajó la cabeza. La cara triste y sería de Chris le dijo que algo iba mal. Nunca le había visto aquella cara. Siempre que la veía cu cara se iluminaba como un sol, hablaba mucho, hacía comentarios graciosos, decía chistes, se reían de cualquier tontería, pero jamás había visto aquella cara de preocupación y dolor interior que estaba delante de ella en aquel mismo momento. En su interior sentía angustia e inquietud. Se arrepentía haberle mentido con respeto a las rosas. Y ahora mismo pensaba en contarle la verdad.

—Me has mentido —dijo por fin Chris con voz grave.

Sentada en el sofá, Alice levantó la cabeza para mirarle a los ojos ya que él permanecía quieto, de pie, delante de ella, a un metro de distancia, sin intención de sentarse.

—Lo sé. Y me siento mal por esto —confesó Alice apenada con la voz temblorosa.

En el siguiente momento solo tuvo tiempo de sentir un quemazón fuerte en la parte izquierda de la cara mientras oía la palabra PUTA saliendo con un gran odio de la mismísima boca de Chris.

Los ojos de Alice se agrandaron, en el mismo instante que entendió que había pasado, llenándose de lágrimas casi al mismo tiempo que llevaba la mano hasta la parte de la cara que la quemaba, mirando con una inmensa incredulidad a Chris. No se podía creer lo que acababa de pasarle. Chris le había propinado una fuerte bofetada mientras la llamaba PUTA. En el siguiente segundo vio a Chris acercándose con la rapidez de un rayo hacía ella. De repente estaba envuelta entre sus brazos que la estrechaban a su pecho con tanta fuerza que apenas podía respirar.

—¡Perdoname!¡Perdoname! Soy un imbécil. Yo tampoco te he dicho alguna vez cuanto te quiero y lo que siento por ti. Lo que significas para mí. ¡Perdoname!

Alice no entendía nada. Solo sentía el quemazón de su cara, el apretón de los brazos de Chris que no la dejaban respirar, escuchaba sus lamentos de lo que había hecho y por mucho que lo intentaba no podía hablar. No sabía si estaba aturdida, en estado de shock o paralizada. Pero sí que tenía claro que su alma estaba hecha trizas y que el dolor del alma era mucho más fuerte que el dolor físico.

* * * * *

El reloj indicaba las 08:00 a.m. Mark se levantó de la cama y se puso enseguida a preparar el desayuno. Para él y para su hermano. En cuanto estuvo todo preparado despertó a Chris y le invitó a desayunar. La cara descompuesta de Chris indicaba que no había descansado bien. Eso intuyó Mark.

—¡Vaya cara de espanto que tienes, hermano! —exclamó Mark al verle mientras se sentaba en la mesa después de volver del baño.

—¿Tu no dormías hasta más tarde? —preguntó Chris cambiando de tema —. ¿Desde cuándo estas de tan buen humor al madrugar? Yo esto no lo había visto antes.

—Tengo una entrevista de trabajo sobre las 10:00 a.m. Por eso desperté temprano. Además, luego he quedado con una de mis novias.

Chris casi se atraganta con la tostada al oír aquel comentario.

—¿No te da vergüenza decir *mis novias*? Ser un hombre no significa ser el follador de la pradera sino tener bien claras sus ideas y hacer feliz a una sola mujer.

—Para ser más mayor que yo, con solo dos años para ser exacto, hablas como un viejo. Hasta un cierto punto esto de tener varias mujeres al mismo tiempo es muy divertido. El único problema es que no se enteren una de la otra, nada más. ¿Qué? ¿Tú no lo has hecho nunca?

—Me parece increíble que seamos hermanos —dijo Chris asqueado —. Y te advierto: no voy a permitir que juegues de esta manera con los sentimientos de Alice.

—Interesante. ¿Y cómo me lo vas a impedir si ella quiere tema?

Oír a Mark hablar de una forma tan repugnante de Alice provocó la ira de Chris. Se levantó de la mesa y se le acercó a Mark para susurrarle al oído:

—Como vuelvas a hablar de esta manera sobre Alice y otras mujeres, ya puedes olvidar que tienes un hermano. Y por faltarme el respeto en mi propia casa, te aconsejo que te busques otro sitio donde vivir. A partir de ahora tienes 24 h para desaparecer de esta casa. Tú y tus cosas. Yo no tengo por qué aguantar algo así.

—Y si no encuentro nada, ¿qué hago? —se lamentó Mark intentando dar pena.

—Si te permites tener dos novias al mismo tiempo, y otros rollos por allí, tan mal no te puede ir. Aquí no te puedes quedar y punto. Haberlo pensado antes —se lo dejó claro Chris mientras se encaminaba sobre su habitación.

—¿Cres que a Alice le va a gustar saber que me has echado de la casa por celos?

La pregunta cayó sobre Chris como un trueno de los que hacen temblar los edificios. Paró en seco, se dio la vuelta y fulminó con la mirada a aquel individuo que en aquel mismo momento se había convertido en la persona que más odiaba en el mundo.

—Hasta las 12:00 en punto te quiero fuera de esta casa. Las 12.00 del mediodía. Y si me entero que le hayas hecho algún daño a Alice yo mismo te voy a despellejar vivo. Ahora ve a recoger tus cosas. Si a las 12:00 no estás fuera de esta casa, tú y tus cosas saldréis por la ventana. Tú eliges. O por las buenas o por las malas.

La impotencia que Chris sentía lo ponía enfermo. Ya sabía la verdad: que aquel individuo no era su hermano, ni tenía nada que ver con él. Pero no podía decírselo, aun, y echarlo como a una basura de su casa. Aquella no era la mejor forma de desenmascarar a aquel sinvergüenza. Tenía que pensárselo bien y planearlo con cuidado. Todavía no sabía lo peligroso que podía ser aquel intruso y de qué manera iba a reaccionar en el momento en el que le iba a quitar la máscara. Tampoco conocía el motivo que tenía para engañarlos a todos. Sin toda aquella información que faltaba le resultaba imposible emprender acciones de cualquier tipo sobre aquel farsante. Tenía que actuar con cautela ante todo. Y lo peor de todo era que su relación con Alice era tan dañada en aquel momento que no podía ni avisarla sobre el peligro. Todo se había complicado tanto en tan poco tiempo que le era imposible ponerla a salvo. Y el tiempo corría en su contra. En contra de todos.

* * * * *

El sol brillaba en todo su esplendor iluminando toda la plaza del centro, de aquel no tan pequeño pueblo, de una forma tan especial que daba la impresión que el paisaje era una metáfora. El frescor de la mañana palidecía ante la presencia del astro rey creando una temperatura muy agradable. Tomar un café en una de las múltiples terrazas de la plaza principal a aquella hora temprana del día era un verdadero goce.

—Siento haberte molestado tan temprano —se excusó Mark nada más llegar al punto de encuentro con Alice.

—No es ninguna molestia. Si no ¿para qué sirven los amigos? —le contestó Alice contenta de poder echarle una mano en lo que fuera.

—Es que no sé cómo contártelo. Ya que tú y Chris sois tan buenos amigos desde tanto tiempo mientras yo…

Mark no pudo seguir. Se quedó callado frotándose las manos sin parar por el nerviosismo que aquella situación le provocaba.

—¿Qué ha pasado? ¿Habéis peleado? —intuyó Alice preocupada.

—¡¿Te lo ha contado ya?! —se extrañó Mark mirándola desolado.

—No, tranquilo. No sé nada, pero por su comportamiento durante su última y corta visita a mi casa lo intuía.

—¿Te ha hablado mal de mí? —preguntó Mark bajando la cabeza con tristeza.

—No, no. No tiene nada que ver contigo, pero no tenía un buen estado de ánimo —mintió Alice guardándose para ella los detalles de sus problemas personales con Chris y las novedades sobre sus descubrimientos —. Cuéntame que te ha pasado y cómo puedo ayudarte yo.

—Chris sospecha que entre tú y yo hay algo después de haber cenado juntos aquella tarde para celebrar tu rescate y…

—¿Y… ? —le invitó Alice a seguir.

—Me ha echado de casa —le soltó Mark la noticia bajando la cabeza igual a un niño avergonzado de algo que había hecho mal.

—¡No! —estalló Alice furiosa —. Esto ya es el colmo. De verdad que, últimamente, no lo reconozco.

—¡Ah! Yo pensaba que así es él porque desde que me mudé en su piso no deja de amenazarme con echarme de la casa si me acerco a ti, pero… es que no sabía a quién recurrir en la situación actual.

—Tranquilo. Yo me encargo. Tú ven conmigo —le pidió Alice mientras iba hacia su coche.

—¿Dónde está Chris ahora?

—Supongo que en su casa porque me pidió que hasta las 12:00 del mediodía desaparezca de su apartamento con mis cosas o me las tira por la ventana si no lo hago hasta entonces.

—Pero ¡¿qué me estas contando?! —alucinó Alice al oír todo aquello sobre el comportamiento de Chris que ella desconocía por completo.

—Y todo esto solo por cenar contigo que para mí fue un gesto muy bonito de tu parte como agradecimiento por el rescate. Tampoco veo motivo como para ponerse así —añadió Mark con voz triste y cara de pena.

—Tranquilo que yo arreglaré esto. Iré contigo y esperaré hasta que recojas tus pertenencias. Tú no digas nada. Te llevas lo que es tuyo y nos vamos.

—De verdad que no entiendo cómo puede pensar tan mal de ti con lo buena que eres. Yo apenas te conozco y me di cuenta de ello. Se ve desde lejos que eres un ángel.

—No es la primera vez que los celos le nublan la mente. Pero ya aprenderá su lección.

—¡¿Los celos?! —se extrañó Mark —. Pero entre vosotros no puede haber nada ya que es el hermano de mi hermano gemelo difunto…

—Ya, Mark. Pero se ve que los celos tienen más poder sobre él que el razonamiento. Ya hemos llegado. A ver si aprende —dijo Alice más para sí misma mientras Mark se preparaba para bajar del coche —. Te esperaré aquí. Tú trae tus cosas.

En menos de quince minutos Mark volvió. Llevaba con él dos maletas grandes tan llenas que parecían a punto de reventar. Cuando subió al coche Alice, ella, observó algo raro en su cara.

—¿Tienes un ojo rojo o es mi impresión?

—Necesitaré un poco de hielo para que no se me hinche, pero no es nada.

—¿Te ha golpeado? —preguntó Alice casi histérica.

—Sí, pero no te preocupes. Estaré bien. Vámonos de aquí. Ya no quiero saber nada más de él después de lo que me ha dicho de ti al enterarse que eres tú la que me está ayudando.

—¿Qué podía haberte dicho de mi si nunca he hecho daño a nadie y soy una chica educada y respetuosa con todo el mundo?

—No es eso. Se cree que eres mi amante y que por empotrarte bien me estás ayudando. Sus palabras, no mías. No vayas a creer que yo hablo así de una dama.

—Desde luego los celos no le sientan nada bien a tu hermano. Le convierten en un ser que irreconocible. Por este mismo motivo nuestra amistad termina aquí. Ahora —decidió Alice furiosa mientras ponía el coche en marcha para alejarse de aquel lugar cuanto antes.

Sentía una necesidad urgente de alejarse de Chris lo máximo posible. Él, más que nadie, debía de saber que ella no era así. Pero aunque aquellas palabras le habían roto el corazón no quería que Mark se diera cuenta así que no lloró, ni se puso triste. Se centró en realojar a Mark en un buen lugar. En un Hostal lujoso, en el centro del pueblo, y luego volvió enseguida a su hogar para poder llorar su dolor sin que nadie la viera. Se quedó sentada en las suntuosas escaleras de la puerta de la entrada de su mansión llorando desconsoladamente por el profundo dolor del alma que no paraba de subir en intensidad mientras recordaba momentos y frases bonitas que se habían dicho y vivido ella y Chris. «Ese "no permitiré que te pase algo malo" ¿qué había sido? ¿Una frase hecha que, en el fondo, no significaba nada? ¿Había confiado en una persona en la que nunca debía haber confiado? ¿Fui una tonta? ¿Una imbécil? ¿Cómo podía dudar de ella de aquella manera y pensar de ella lo peor? ¿De verdad no se había dado cuenta de la clase de persona que es después de tanto tiempo y situaciones pasadas juntos?»

Todo aquel aluvión de preguntas atormentaban a Alice sin parar. Por eso su alma no lograba tranquilizarse y encontrar consuelo. Había sido absorbida por un remolino de preguntas dolorosas, que no hacían otra cosa que torturarla psicológico y emocionalmente, de donde tuvo la suerte de ser rescatada por la presencia de sus queridos perros que siempre le daban buena energía y le cambiaban el estado de ánimo o de salud como por arte de magia. Sin ser consciente de ello, en cuanto sus perros se le acercaron, y no pararon de atraerle la atención con su alegría y ladridos, ella empezó a acariciarlos siendo distraída de aquel torbellino de pensamientos por sus muestras de alegría. Bebito daba unos saltos al lado de ella que parecía el pequeño Bambi correteando libremente por los prados verdes rodeado de sus amigos. Foxy giraba la cola de la forma tan especial y única, igual a una hélice de avión, mientras metía su nariz debajo de la palma de su mano pidiendo insistentemente que la acaricie y masajeé. Julieta era la más graciosa. Al mover la cola de alegría meneaba todo su cuerpo, pareciendo una bailarina oriental moviendo las caderas al ritmo de los tambores. Todo aquel espectáculo alivió su corazón roto y su alma partido aunque en aquel momento no era consciente de ello.

El teléfono fijo de su casa empezó a sonar interrumpiendo su momento de tranquilidad en la compania de sus adorables perros. Aquel sonido le provocaba inquietud. Hasta entonces se sintió tan bien rodeada de la paz y la tranquilidad que sus queridas mascotas le conferían que decidió ignorar el sonido estridente del teléfono y seguir disfrutando de aquel necesario y merecido momento de desconexión con el exterior y con cualquier otra persona. Estaba decidida pasar de todo el mundo el resto del día fuese quien fuese la persona que la estaba buscando. Ella siempre estaba allí para todo el que la necesitaba, pero cuando ella estaba destrozada por dentro nadie podía o no tenía tiempo para ella así que estaba decidida dejar de lado a todo el mundo por un tiempo y dedicarse tiempo a ella misma. Tenía tantas cosas en que pensar y detalles que estudiar que era primordial pasar un buen tiempo a solas. Completamente sola. Y los teléfonos apagados. Habían pasado demasiadas cosas en tan poco tiempo y ella no estaba acostumbrada a aquel estilo de vida. Desde siempre era una persona de carácter tranquilo y prefirió la soledad. Cada vez que sus amigos salían el fin de semana a divertirse y la invitaban, ella, en todas las ocasiones, encontraba una excusa para no ir. Le gustaba la tranquilidad de la noche y la luz cálida de la lámpara de su cuarto mientras leía un libro. Teniendo eso no necesitaba nada más. Pero dadas las circunstancias actuales, Alice pasó la primera noche pensando en las advertencias de su secuestrador: "No confíes en NADIE." Pero Chris también la advirtió sobre Mark: "No es quién dice ser." A su vez, Mark, también le describió un Chris que ella desconocía por completo. En Sammy, hace tiempo que se había dado cuenta, que ya no podía confiar. La situación se complicaba cada día más y más y ella podía estar en peligro. ¿A quién debía creer? Y el secuestrador ¿cómo podía saber él tantas cosas sobre sus amigos? ¿Podía o debía confiar en él?

Capítulo XVIII

Toc-toc

Habían pasado tres días desde que Alice había desconectado todos sus teléfonos y no había contactado con nadie. Ni siquiera el televisor lo había encendido. Pero ahora ya estaba preparada para enfrentarse a la realidad. Encendió el televisor, lo dejó puesto en el canal de noticias y se fue a la cocina a prepararse un café negro. Mientras le añadía nata por encima, para ablandar un poco la aroma demasiado fuerte para su gusto, una noticia le atrajo la atención haciendo que el corazón se le acelere instantáneamente. Dejo enseguida lo que estaba haciendo y se acercó al televisor. Escuchó la noticia sin siquiera pestañear. En cuanto pasaron a contar la siguiente noticia, Alice, apagó el televisor y se quedó pensando en lo que acababa de ver y qué debería hacer.

Intentó atar cabos, recordar conversaciones, gestos, acontecimientos, pero no lograba dar con la respuesta. Estaba tan confundida y atormentada por la noticia que acababa de ver que no lograba calmarse y dejar de temblar. Al sentir un fuerte mareo se sentó rápidamente en el sofá del salón intentando respirar profundamente para calmarse. Al estirar los brazos para estar más cómoda dio con el teléfono que tenía al lado. Entonces se acordó de que los tenía desconectados y los volvió a conectar con la mayor brevedad posible. Cogió su teléfono móvil, el principal, ignorando las llamadas perdidas, para hacer una llamada. Cuando oyó la voz que quería escuchar preguntó:

—Señor Looker. Soy Alice. ¿Tiene alguna novedad para mí?

—Srta. Cooper. Es un placer para mí escuchar su agradable voz, pero me temo que es muy pronto para sacar conclusiones. Todavía me faltan datos. Pero la aseguro que pronto tendrá su respuesta. Muy pronto.

—Me alegra oír esto, pero en realidad, el motivo de mi llamada es otro. Necesito encomendarle otra investigación. Es tan urgente que por este motivo no acudí a su oficina y preferí llamarle por teléfono. Tiene que dejar de inmediato lo que estaba haciendo porque me ha surgido algo que no puede esperar. Es un asunto de vida o muerte.

—Me está asustando usted, señorita Cooper. ¿De qué se trata?

—Resulta que un amigo mío acaba de ser arrestado por ser sospechoso de un crimen. Yo, personalmente, no le creo capaz de hacer algo tan horrible, pero necesito que usted investigue. No sabría decirle si estoy equivocada o no. Es cuestión de vida o muerte porque si resulta que mi amigo es inocente, el verdadero asesino anda suelto y hasta yo misma puedo ser uno de sus objetivos. También lo puede ser uno de mis conocidos o incluso uno de mis amigos. De estar en lo cierto, estoy en grave peligro. Le enviaré ahora mismo un e-mail con todos los acontecimientos que considero importantes para su investigación privada y una lista con las personas relacionadas que pueden ser posibles sospechosos o incluso culpables. Cualquier duda que tenga, póngase en contacto conmigo enseguida. Estaré pendiente hasta que este caso se resuelva.

—De acuerdo, señorita Cooper. Lo que usted diga. Enseguida me pondré a investigar.

Nada más despedirse, Alice, se puso a redactar el e-mail con toda la información necesaria para que el señor Looker pueda empezar de inmediato la investigación. Después llamó a Sammy para invitarla a su casa. Temía salir. En su mansión, más parecida a una fortaleza de máxima seguridad, se sentía a salvo. Para estar segura de que las cosas no se les van a complicar más, llamó también a Diana. Ella no tenía nada que ver con su investigación particular, pero se sentía más segura al tenerla como compania durante un encuentro con una persona en la que no se podía confiar.

Mientras Alice pensaba en la situación actual y los últimos acontecimientos, el timbre de la puerta sonó. Sus musculos se contrajeron y el corazón se le aceleró. No saber cuál de sus amigas había llegado antes la ponía nerviosa. Al mirar la cámara del interfono vio que era Sammy. No estaba muy cómoda con la situación, pero si quería descubrir la verdad tenía que afrontar la realidad y plantarle cara.

Recibió a su dudosa amiga con su sonrisa habitual y la invitó amablemente a sentarse en el agradable y lujoso sofá de su amplio salón.

—¿Qué desearías tomar? —la preguntó Alice con una amabilidad fingida muy bien.

—De momento nada. Estoy un poco nerviosa y no me apetece tomar nada en este momento —reconoció Sammy con cara triste.

—¿Estas nerviosa? ¿Por qué? —se extrañó Alice sentándose en la butaca más próxima a su amiga.

—¿No te has enterado? Hasta en las noticias lo han dicho. ¿Quién se esperaba esto?

—Yo tampoco me esperaba que salgas en secreto con Chris y no me puse nerviosa…

—Pero ¡¿qué dices?! —exclamó Sammy sin poder disimular su asombro al oír tal disparate de la boca de su amiga —. Yo nunca he salido con Chris. Si apenas lo conozco.

—No tiene caso que lo niegues o que lo escondas más. Estaba en su casa aquella tarde en la que le llamaste porque no había llegado a la cita. Vuestra cita.

—Alice. Yo nunca he llamado a Chris. Ni siquiera tengo su número de teléfono —le aclaró su amiga con una cara de estupefacción difícil de fingir.

—Quizás no te acuerdas, pero yo te refrescaré la memoria. Chris había salido a su encuentro. Ya que llamaste al fijo de su casa y no a su móvil, te contestó Mark y te dijo que Chris ya está de camino.

—Vamos a ver si he entendido bien. ¿Mark contestó al teléfono? Y tú ¿estabas allí cuando Chris salió?

—Sí, exacto.

—Y ¿cómo dedujiste que era yo al teléfono? —no lograba entender Sammy.

—No lo deducí. Mark me lo dijo.

Aquella respuesta fue como un chorro de agua muy fría caído de sopetón sobre su cuerpo para Sammy.

El timbre de la puerta sonó y Alice se apresuró en abrir. Mientras Alice recibía a Diana, Sammy no dejaba de dar vueltas a lo que acababa de contarle Alice. Diana se extrañó encontrar a Sammy allí ya que Alice no le había dicho nada al respecto. Pero se sentó en el sofá, al lado de Sammy, fingiendo alegría por el hecho de estar todas reunidas.

—Lo que acabas de contarme… No le encuentro sentido. Yo no he quedado nunca con Chris, ni tengo algún número de teléfono suyo. Si Mark ha contestado al teléfono y te dijo que fui yo, te mintió.

La sonrisa de Alice palideció. Sammy parecía sincera.

—Me he quedado igual que tú, Alice. No logro entender por qué ha hecho Mark esto. ¿Tú le ves algún sentido? Quizás me estoy perdiendo algo.

Viendo la cara de sus amigas, Diana dijo:

—Más perdida estoy yo. Ya que me habéis invitado ¿me podríais poner al día, un poco?

—Al parecer, Mark quiere hacerme creer que Chris y Sammy se están viendo a escondidas. Que tienen una relación en secreto. Lo que no en tiendo es ¿por qué? —aclaró Alice a su amiga Diana.

Las tres se quedaron igual: pensativas. La primera que habló después de una larga pausa de silencio fue Diana:

—Mark habrá visto que tú y Chris tenéis una muy buena relación de amistad y quizás actuó de esta manera para alejaros. O para que desconfiéis uno del otro.

Enseguida Alice y Sammy giraron la cabeza hacia Diana. Viendo que había hablado en serio y que no estaba bromeando volvieron a quedar pensativas.

—O lo habrá echo para ocultar algo. Algo que yo no debía saber —sospechó Alice.

—Algo como ¿qué? —preguntó Sammy asustada.

—No sé. Algo de su pasado. Algún secreto suyo. Para mentirme de esa forma algún motivo tendrá que tener, ¿no?

Sammy respiró aliviada al darse cuenta que Alice no sospecha nada de su relación secreta con Mark. Por un momento había pensado que Alice sospechaba o sabía algo sobre aquello.

Alice, mientras rebobinaba en su cabeza lo qué había pasado desde la aparición de Mark hasta aquel momento, recordó las palabras de Chris: “Acabo de descubrir algo muy importante. Es sobre Mark y puede… que estés en peligro… “. Esto le indicaba que algo no cuadraba. Chris nunca había hecho daño a nadie. Mark en cambio le contó que desde que se fue a vivir junto a su hermano este le hizo la vida imposible. Que hasta le pegó. Chris no era así. Entonces, Alice, cayó en la cuenta que solo tenía la versión de Mark, pero la de Chris no. Y ella necesitaba saber la verdad.

—Chicas, con respeto a Chris ¿vosotras qué opináis? ¿Sería capaz de jugar sucio o creéis que es inocente?

La respuesta de sus amigas la hicieron tomar una decisión. Y estaba dispuesta a todo por dar con la verdad.

* * * * *

Después de la visita de Sammy y Diana, Alice no podía parar de pensar en las últimas noticias. Lo que acababa de descubrir la tenía muy tensa. Necesitaba respuestas. Y cuanto antes. Aquel "y si no" no la dejaba vivir. Quizás de allí ese mal estar general que sentía y no se le iba hiciese lo que hiciese. Pensando que el mal estar iba a desaparecer mientras hacía algo hizo varias llamadas importantes una tras otra. Hasta ella misma pensó que parecía ser una operadora telefónica mientras más y más llamadas hacía. Solo el sonido del teléfono fijo la hizo parar un momento con las llamadas. Se acercó al aparato y contestó ansiosa por recibir alguna buena noticia.

—Señorita Cooper, no sé si es lo que usted esperaba oír, pero después de haber estudiado todas las pruebas y haber hablado con varias personas relacionadas con el caso, debo informarla que estaba usted en lo cierto: el presunto autor del asesinato, amigo suyo, tiene toda la pinta de ser inocente.

—¿Esto significa que lo van a dejar libre pronto? —se apresuró Alice en preguntar obviamente contenta por la noticia que acababa de recibir.

—Por desgracia no es tan fácil, señorita Cooper. Le han puesto una fianza muy cuantiosa para su situación económica. Si alguien le pagara la fianza, entonces, sí que le dejarían salir. Además, mi investigación no es la misma con la del equipo de policías encargados al caso. Aunque sea inocente, puede acabar condenado y preso por un homicidio que no cometió. Y otro aspecto importante: ni ellos, ni yo tenemos otro sospechoso. Si a lo largo del juicio no aparecen nuevos datos o pruebas que lo exculpen su amigo puede terminar pagando por algo que no ha hecho.

—Señor Looker. Quizás él mismo tenga la respuesta o algún detalle que a las autoridades se les pasó por alto. Si le pago la fianza, lo dejarán en libertad, ¿verdad?

—Claro que sí, señorita Cooper. Pero que el chaval no cometa el error de huir, por miedo u otro motivo, porque esto no hará más que empeorar las cosas.

—Tranquilo, señor Looker. Yo me encargaré de que esto no ocurra. ¿Puedo pedirle un favor?

—¿Quién podía negarle a usted algo, señorita Cooper? Pídame usted lo que quiera.

Unas horas más tarde

Eran casi las siete de la tarde. Alice estaba esperando ansiosa oír el timbre de la puerta. Su invitado no debería de tardar mucho en llegar. Y estuvo en lo cierto. Cinco minutos más tarde el timbre sonó. Su corazón dio brincos de alegría. Aunque sus últimos encuentros no fueron muy agradables estaba segura que todo habrá sido un mal entendido y que tenía solución. Apretó el botón de apertura de las puertas del exterior sin siquiera mirar en la pantalla del interfono por lo impaciente que se sentía de volver a verle después de tanto tiempo sin saber uno del otro. Abrió la puerta de la casa y se puso a esperar su llegada en las escaleras igual de ansiosa como una niña que esperaba ver por primera vez a Papá Noel.

En cuanto vio acercándose el coche de Mark, la sonrisa tonta de su cara se desvaneció. Se quedó petrificada. Su estado de ánimo también cambió. Enseguida se puso tensa. No era lo que ella esperaba, pero tampoco podía retroceder.

Cuando Mark aparcó delante de las escaleras de la entrada de su casa y abrió la puerta del coche, empezó a gritar:

—¡Alice, ayudame! ¡Por favor! Acabo de tener un accidente y me duele mucho una pierna.

Alice se acercó con cautela, dudando.

—Dame tu brazo para apoyarme. Puedo mover la pierna, pero si me apoyo en ella el dolor es insoportable. Quizás con un poco de hielo el dolor baje un poco en intensidad.

Alice le ofreció el brazo, pero mientras iban hacia la casa le preguntó:

—¿No cres que sería mejor que te vea un medico? Puede ser más grave de lo que parece.

—No lo creo. El hueso no está roto y no noto ninguna otra lesión. Seguramente es por el fuerte golpe, nada más.

Después de dejarlo tumbado cómodamente en el sofá del salón, Alice fue a por una bolsa de cubos de hielo. La envolvió en un trapo de cocina y se la entregó a Mark para que se la pusiera donde él considerara que hiciera falta.

—¿Podrías traerme algo para beber, por favor? Tengo la boca seca.

—¿Qué preferirías? ¿Un zumo? ¿Un refresco? ¿Agua? —preguntó Alice mientras iba hacia la cocina.

—Mejor un whisky con dos cubos de hielo, por favor. Si no es demasiada molestia. Y ponte algo para ti también. Si no me voy a sentir mal tomando solo. Como si molestara.

—No creo que sería recomendable que tomes whisky. Si empeora tu pierna y tendrás que ser atendido en un hospital te pondrá algún medicamento y ya sabes que no son compatibles con el alcohol. Es más, yo no suelo beber alcohol.

—Tú ponme un whisky. Ya verás como no es nada. Y a ti ponte lo que quieras. No necesariamente alcohol.

«Pero ¿cuánto tardan en llegar? » pensaba Alice molesta por su visita inesperada e inoportuna.

—¿Está bien así? —preguntó Alice mientras le entregaba el vaso con whisky que le había preparado.

—Perfecto. Gracias.

—¿Necesitas algo más para tu pierna? —preguntó Alice antes de sentarse en la butaca más lejana a él.

—Quizás una manta para taparme. Quisiera bajarme el pantalón para estudiarme la pierna por si hay alguna herida que no he visto.

—Voy arriba a por una manta. Mientras puedes quitarte el pantalón y mirar si tienes alguna otra lesión —dijo Alice dejando el vaso con refresco que había traído para ella sobre la mesa.

Ahora que sabía que la había mentido con la intención de hacerla desconfiar de Chris y que estaba mintiendo sobre su verdadera identidad ya no se sentía cómoda en su presencia. Todo lo contrario. Le provocaba inquietud. Hasta sentía un mal presentimiento en su interior. Por eso no se apresuró en volver al salón con él. Pero tenía que bajar en algún momento.

—¿Fuiste hasta el Polo Norte para traerme una manta? —bromeó Mark sonriendo contento al verla bajar las escaleras con una manta en las manos.

—¿Y? ¿Qué tal la pierna? ¿Todo bien? —se interesó Alice antes de taparle las piernas con la manta mientras evitaba mirarlo por estar medio desnudo.

—Eso parece. Pero tú ¿qué tomas allí? ¿Vino?

—No. Es refresco de uvas. Últimamente duermo mal y a veces necesito tomar una pastilla para dormir. Ya que no son compatibles con el alcohol…

—¡Vaya! ¿Quién lo diría? Con todo el dinero que tienes se supone que deberías de ser feliz.

—Si la felicidad fuera cuestión de dinero todo el mundo intentaría conseguir fortunas, cueste lo que cueste, para comprar cantidades y cantidades de felicidad. Pero el dinero no puede comprar estados emocionales y sentimientos. Solo cosas materiales. Cosas sin vida. Cosas que se quedan en este mundo.

—¿Qué te pasa? ¿Qué te tiene tan infeliz? —quiso saber Mark al verla tan abatida mientras hablaba de la felicidad.

—No soy infeliz. Solo que no soy feliz tampoco. ¿Qué cres? ¿Qué los que tienen mucho dinero no tienen problemas y viven sobre pétalos de rosa? ¿Qué todo es una constante felicidad?

—Te veo un poco amargada. ¿No cres que eres un poco joven, demasiado diría yo, para estar así?

—Yo, ¡¿amargada?! —se extrañó Alice levantando una ceja.

—Ya me di cuenta que es lo que necesitas tu —dijo Mark levantándose de forma brusca del sofá para acercarse a ella, dejando caer al suelo la bolsa de hielo, para poder abrazarla fuertemente mientras sus labios buscaban a los suyos como si de ello dependiera su vida.

Actuó con tal rapidez que a Alice no le dio tiempo ni a protestar, ni a decir algo. Esto para él significaba que ella también llevaba tiempo deseándolo. Deseando que aquello pasase…

El sonido del timbre de la puerta fue tan inoportuno que a Mark le zumbó en los oídos igual que una taladradora. El cuerpo entero reaccionó tensando todos sus musculos desde el primer sonido del fastidioso timbre de la puerta.

—Esto no puede estar pasando —protestó Mark cabreado, pero sin soltar a Alice de sus brazos —. ¿Qué horas son estas de visitas?

—Mark. Suéltame. Estoy esperando una visita. Si no contesto al interfono llamarán a la policía —le pidió Alice angustiada aprovechando la ocasión, muy oportuna, para apartarse de su atacante.

—¿De verdad esperas que me crea esto?

—Es la verdad. Mira en la pantalla del interfono quien es. Son dos personas. Una de ellas es mi abogado. Me trae unos documentos para firmar —mintió Alice teniendo la esperanza de que sean las personas que ella esperaba con un temor por dentro que deseaba con todo su ser que no se le notase por fuera.

—Entonces pídeles que se vayan y que vuelvan en otro momento…

—No puedo hacer esto. Se darán cuenta que está pasando algo —se opuso Alice intentando librarse de su abrazo con calma para no delatar el pánico que aquel hecho había provocado en ella.

Viéndola tranquila y cooperante Mark la soltó.

—Iré a la cocina para comer algo. Tú firma esos papeles y echalos lo más rápido posible. No menciones que estoy aquí. No tienen porqué saberlo —le pidió Mark sin sospechar nada yendo tranquilo a la cocina sin cojear.

A Alice no se le escapó aquel detalle, pero no dijo nada. Respiró hondo intentando de esa forma tranquilizarse y encontrar fuerzas para comportarse de forma más normal posible al ir a abrir la puerta intentando no levantar sospechas y también para que su visitante sorpresa no le notara el nerviosismo provocado por aquel beso forzoso que a ella le repugnaba. Al tocar el botón de apertura de las puertas de fuera, después de asegurarse que sí eran las personas que ella esperaba, sintió un alivio tremendo.

Como si con ese simple gesto acabara de salvarse la vida. Jamás había sentido un alivio tan grande al apretar un botón.

Ver entrar por la puerta a Chris fue el momento más grandioso de todas las cosas que le habían pasado últimamente. Pero eso no la aliviaba del todo. Le quedaba claro que Mark tenía un propósito, que no jugaba limpio y que ellos estarán encerados en la casa con una persona que no sabía cómo reaccionará al verse acorralada.

—¿Y el señor Looker? —preguntó Alice al ver llegar a Chris solo.

—Me pidió que le disculpara ante ti porque le surgió una emergencia y no podía quedarse. Ni siquiera entró. Me dejó en la puerta y se fue con prisa.

En cuanto Alice cerró la puerta de la entrada, Chris la abrazó con ternura sin decir nada. Permaneció así unos cuantos segundos y antes de soltarla la miró a los ojos, le sonrió con ternura y le dio un beso en la frente. Luego dijo:

—Alice, tengo que contarte lo que he descubierto sobre…

Alice le tapó la boca de inmediato con la mano para que no pronunciara el nombre pidiéndole en voz baja:

—Está en la cocina y te puede oír. Él no tiene que saber que sospechamos de él. No sabemos cuál será su reacción.

—¿Cómo se te ocurrió invitarlo a tu casa? —la regañó Chris en voz baja.

—Creo que finge haber sufrido un accidente y estar lesionado. Lo hizo para que yo lo reciba en la casa. Abrí sin mirar pensando que habías llegado tú ya que no esperaba otra visita y… aquí está.

Chris se alegró tanto por dentro al enterarse de lo ansiosa que estaba por verle que dejó de regañarla y decidió contarle lo que había descubierto sobre aquel individuo llamado Mark:

—Alice, Mark es la copia perfecta de Martín.

—Bueno, esto no es nada nuevo. Lo hemos visto todos…

—No, no. No me refiero a su parecido físico —la interrumpió Chris nervioso —. Es su CLON.

—Pero ¡¿qué dices?! Esta es cosa de ciencia-ficción. ¿Quién iba a querer hacer un clon de Martín?

—¿Te acuerdas cuando te pregunté si conoces a una tal Lindsay?

—Sí. La mujer a la que encontraron muerta en su garaje y…

—Ella. Es ella la que hizo un clon de Martín. Y… —al ver a Mark acercándose, Chris aprovechó a decirle lo más importante antes de que sea tarde o por si ya no encontrara la ocasión —… creo que este tío tiene algo que ver con su muerte. Fueron amantes hasta hace poco.

—¿De que estáis hablando? ¿De mí? —preguntó Mark intentando ser gracioso, pero a posta para ver las caras que se les iba a quedar por si hubiese acertado.

—Mark, tú estabas cojeando cuando llegaste —le atrajo Alice la atención intentando cambiar de tema.

—Ah, sí. Ya se me pasó el dolor. Es que eres muy buena enfermera. Y también muy buena "amiga" —dijo Mark acentuando la palabra *amiga* para dar la impresión de que estaban en medio de un momento íntimo —. ¿Verdad hermano? Pero ¿cómo es que te soltaron? ¿No eres sospechoso de un crimen?

—A mí no me llames hermano, engendro del mal. Y sí. Soy sospechoso de un crimen. Pero esto no me convierte en culpable —le respondió Chris asqueado.

La discusión fue interrumpida por el timbre de la puerta. Todos pararon de discutir y se miraron como preguntándose si alguno de ellos esperaba que llegue alguien más. Viéndose la cara de asombro unos a otros, Alice se acercó al interfono. Descolgó el receptor, apretó un botón y en cuanto se encendió la pantalla en la que se podía ver a la persona que estaba llamando a la puerta Alice apretó el botón para abrir las grandiosas puertas de fuera que permitían el acceso a la mansión.

—¿Alguno de vosotros ha llamado a Diana? —preguntó Alice desconcertada.

—Yo la llame desde el camino para contarle que he salido. Creo que le mencioné que iba hacía tu casa, pero no le pedí que viniera —confesó Chris un poco incómodo.

—No pasa nada. Es mi mejor amiga y siempre es bienvenida. Sabiendo que su presencia no es una molestia para mí y que Chris me iba a visitar, seguramente quiso celebrar con nosotros tu "salida" y acribillarte con preguntas ya que es igual de curiosa como un gato —les tranquilizó Alice a los dos bromeando un poco para disipar la tensión.

—¡Wow! Pero… ¿Ibais a celebrarlo sin mí? —preguntó Diana nada más entrar y ver que Mark también estaba presente fingiendo estar molesta por no haber sido avisada.

—No, querida amiga. No íbamos a celebrar nada. Mark se sintió mal mientras estaba por la zona, pero ya está bien y puede volver a su casa. Y Chris acaba de llegar.

—Entonces ¿molesto? —preguntó Diana susurrando al oído de Alice para que los chicos no pudieran escuchar su pregunta.

—No. Para nada. Ya que has venido te puedes quedar. Ya sabes que nosotras siempre tenemos algo de qué hablar. Cosas de chicas —mencionó Alice en voz alta para que los chicos pudieran escucharla y no sospechar que estaban tramando algo.

Incómodo por haber demasiadas personas presentes, Mark decidió disiparles un poco:

—¿Podría hablar, a solas, con mi hermano, un momento?

Alice no quería dejar a Chris solo en aquella situación bastante tensa, pero cuando él le indicó con la cabeza que lo haga, decidió aceptar su deseo para poner a su amiga a salvo.

—No os permito que discutáis en mi casa. Podéis hablar sobre lo que queráis, pero si os apetecen otras cosas tendréis que iros a otra parte —les dejó claro Alice las reglas de su casa de la forma más educada posible.

Mientras subían las escaleras juntas, Alice aprovechó para dar algunos consejos a Diana:

—En cuanto estés en la habitación, donde te voy a pedir que me esperes, cierra bien la puerta con el cerrojo y no salgas oigas lo que oigas.

—No entiendo nada. ¿Qué está pasando? Hasta ahora erais todos amigos…

—Diana, tu solo has lo que te pido. Ya te contaré todo. Pero ahora no es el momento.

—Y si me pides tú que te abra ¿qué hago? —preguntó Diana confusa y preocupadísima.

—Oigas lo que oigas, no abras. Yo no te voy a pedir eso porque puedo entrar en la habitación por otros sitios. Pero tú no abras a nadie y para nada salgas al pasillo. Para nada —le reiteró Alice con vehemencia.

—Me estás asustando mucho —se quejó Diana al entrar con Alice en la habitación —. ¿Esto significa que uno de ellos es muy peligroso? ¿Qué hago yo si te pasa algo?

—Uno de ellos no. Ese tal Mark. Pero tranquila. Si las cosas se ponen feas el sistema de seguridad está conectado directamente con la policía y otras instituciones de seguridad del Estado. Si pasa de nosotros dos, tú no podrías hacer nada contra él, así que no salgas hasta que no te lo pida yo o las autoridades. Ya te lo explicaré luego. Ahora no hay tiempo. Tengo que volver con Chris para que el ambiente no se caliente más y ese le haga algún daño. Ahora cierra —le ordenó Alice con autoridad al salir apresurada.

Se marchó en cuanto oyó el ruido del pestillo cerrando la puerta. Nada más llegar al salón, desde la escalera, vio a Chris tendido en el suelo y a Mark justo al lado de él, de pie, mirándolo. Estaba de espaldas hacía ella. Oyendo a Alice llegar, se dio la vuelta y la miró. Al pie de las escaleras, Alice había parado quedando quieta como una estatua. Se estaban mirando mutuamente igual que un guepardo a un antílope a la que deseaba apresar. Aquella mirada suya puesta en ella, sin mediar palabra, sin pestañear, sin mover ni un musculo, la paralizó de miedo. Pero solo el cuerpo; no la mente. Así que Alice, sin ser vista por él, apretó uno de los botones del mando que tenía en la mano desde que lo invitó a sentarse en el sofá del salón en cuanto había llegado. A continuación, un cristal del grosor a dos dedos, empezó a bajar del techo, separando el salón en dos partes iguales justo por la mitad, en menos de 3 segundos, dejando a Mark y a Chris juntos, en el otro lado.

Cabreado por su gesto, Mark, se abalanzó hacía Alice con una furia desmesurada pensando traspasar el cristal con la ayuda de su fuerza mucho por encima de cualquier otra persona. Pero en el siguiente momento despertó en el suelo con un tremendo dolor en el hombro. Desde el suelo miró, con un odio descomedido, a Alice. Ella, aterrada, aunque sabía que no podía hacerle daño, dio un paso atrás sin dejar de mirarle, en ningún momento, muy asustada.

Mark permaneció en el suelo unos cuantos minutos, luego se levantó y se fue. Pero no se había ido de la casa, sino a la cocina de donde volvió con el cuchillo carnicero, el más grande que había encontrado, en la mano. Se paró justo delante del cristal, pasó la hoja del cuchillo bien afilado por el cristal imitando cortándolo por diagonal y después de mirarla un rato, se dio la vuelta sin moverse de sitio, fijando su mirada asesina en Chris que yacía inconsciente en el suelo, a poca distancia de él.

«No, no, no » gritaba Alice en su mente sin abrir la boca.

Él, volvió a mirarla, directo a los ojos, permitiéndole ver la maldad que habitaba en él, con una sonrisa maliciosa —solo en una esquina de la boca— que presagiaba algo maligno mientras empezó a dar marcha atras hacia Chris, sin dejar de mirarla en ningún momento.

—Serás lista, pero tampoco tanto —le dijo Mark en cuanto llegó al lado del cuerpo inerte de Chris.

—No podrás hacerle daño —le gritó Alice muy segura de sí misma.

—Ah, ¿no? Y ¿qué te hace creer esto? —preguntó Mark con un tono burlón.

—Porque es tu hermano —le contestó Alice más para recordárselo que para otra cosa.

—Yo no diría eso. Permíteme aclararte una cosa. Soy un ser creado en un laboratorio. Aunque tengamos los mismos genes esto no me hace sentir nada por este tío —le confesó Mark con una serenidad que daba asco.

—Pero ¿por qué quieres matarle? No te hizo nada —insistió Alice intentando hacerlo entrar en razón.

—No quiero matarlo. Quiero que me abras el paso hacia ti, hermosa —la aclaró Mark sonriendo de la misma forma maliciosa de antes.

—Pero yo tampoco te hice nada. Dejanos en paz —le pidió Alice suplicando.

—Me iría, pero desde que me enamoraste, creo que no podría vivir sin ti —se le declaró Mark mirándola con seriedad.

—Pero yo no te amo y nunca estaré con el hermano de mi ex novio —se lo dejó Alice bien claro.

—Pero bien que al otro hermano, a este precisamente, te lo quieres trincar —le gritó Mark acercando el cuchillo a la garganta de Chris con intención de matarlo.

—Nooo —gritó Alice con desesperación —. Voy a abrir. Pero prometeme que a él lo dejarás en paz. Y a mí amiga también.

Mark alejó el cuchillo de la garganta de Chris y se dio la vuelta para mirar a Alice mientras le contestara a su petición:

—Te lo prometo.

Alice dio marcha atras y cuando dio con el pie del primer escalón, pulsó el botón. Mientras el cristal subía, muy despacio, los dos permanecieron quietos, mirándose fijamente, directo a los ojos, sin pestañear. Estaban quietos como estatuas. No decían nada, pero había una tensión en el ambiente igual que en el lanzamiento de un cohete espacial en la NASA. En cuanto el cristal le había llegado a la altura del pecho, Mark se agachó con la rapidez de un rayo y echó a correr hacia ella igual a un atleta en el comienzo de una carrera olímpica.

—Ya no tienes escapatoria. Pero ¿por qué corres, hermosa? —le gritaba Mark mientras corría detrás de ella por las escaleras para alcanzarla.

Enfurecido por la reacción de ella, empezó a gritarle enloquecido:

—Ven aquí zorra. Yo te voy a enseñar el verdadero significado del amor y de la pasión. Gozaras como una perra. Sé que te va a gustar.

Alice corría despavorida por las escaleras, horrorizada por las palabras que le gritaba aquel engendro. Dentro de cualquier habitación estaría a salvo. Pero en la mitad del pasillo, Alice, se paró en cuanto escuchó a aquel individuo detrás de ella. Se dio la vuelta y vio que él también se había quedado quieto, justo al principio del pasillo, mirándola directo a los ojos. Eran igual a dos animales salvajes a punto de empezar una batalla a vida o muerte.

—¿Qué? Te ha gustado lo que has oído, ¿verdad? —dijo por fin Mark al ver que no intentaba escapar sino que se había quedado quieta, mirándolo fijamente, sin decir nada —. Estaba seguro que si te había gustado mi hermano, te iba a gustar yo también. En definitiva, esto es lo que queréis todas: sexo, sexo y más sexo. No podéis vivir sin sexo. Lo deseáis. Lo buscáis. Lo pedís. Nos provocáis hasta volvernos locos y luego salís corriendo para que os persigamos y os demos bien fuerte. Eso es lo que fantaseáis todas. Y luego queréis pasar de santas. Ay, yo no hago eso, ay, yo no quiero lo otro... —imitando la voz de una chica —. Pero en el fondo eso es lo deseáis todas. Ser cazadas, atrapadas y disfrutadas salvajemente.

Mientras mantenía su discurso, Mark había empezado a caminar despacio, con pasos pequeños y lentos, hacia ella. Alice, no movía ni un músculo. No mostraba ningún sentimiento. No decía nada. No hacía nada. Permanecía allí delante de él como una estatua. Parecía escucharle. Nada más.

De repente se oyó un sonido como el de un arco armándose y a continuación el ruido de una flecha lanzada con fuerza. En aquel momento, Alice se apartó a un lado y una flecha pasó igual a una bala por al lado de su cuerpo yendo directo hacia Mark.

Mirando a su alrededor y a Alice, desde el suelo, donde estaba tendido, entendió el porqué de aquella tranquilidad suya.

—Eres lista, pero ya te dije que tampoco tanto. Tenías que haber puesto algo en el suelo también —se burló Mark contento porque la flecha no le había alcanzado, quedando clavada en la pared, detrás de él, porque justo antes de que la flecha lo alcanzara, tuvo la intuición de tirarse al suelo y quedar quieto allí.

—Y ¿quién te dice que no la hay? —le metió Alice la duda mientras se giraba con calma para entrar en la habitación que tenía al lado.

—Maldita perra. Eres más complicada que todas —se quejó Mark mirando de forma susceptible todo el suelo, a su alrededor y a lo largo del pasillo, sin saber a qué esperarse a continuación.

Dudaba si seguir o no, pero tampoco podía quedarse allí, en el suelo, para siempre. Algo tenía que hacer, así que decidió seguir su camino arrastrándose con mucha precaución. Poco a poco fue avanzando un metro y se tranquilizó un poco al ver que no le había pasado nada. Llegado hasta la altura de la puerta por donde había entrado Alice, tuvo la intención de entrar, pero al ver que la puerta estaba bien cerrada, decidió seguir su camino. Avanzando un metro arrastrándose con cuidado, luego otro metro, viendo que ya no había más trampas, se puso de pie. En aquel momento sólo llegó a escuchar un silbido muy fino y en un abrir y cerrar de ojos todo el pasillo estaba envuelto en un espeso humo que le dificultaba mucho la respiración. Intentando salir de allí para poder respirar, empezó a palpar las paredes en busca de una puerta, pero al ver que ninguna puerta se abría y sus fuerzas se debilitaban empezó a retroceder apurado y desorientado. De repente sintió un vacío tremendo y a continuación un fuerte dolor en las piernas. Pero notó el aire más limpio. Ahora podía respirar. Los ojos le quemaban mucho así que no podía ver a qué se debía todo aquello. Cuando chocó con la mano de la pata de un mueble, entendió que ya no estaba en el mismo sitio de antes. Sospechaba que el dolor de piernas se debía a una caída. Tardó varios minutos en sentirse mejor, pero seguía bastante aturdido. En cuanto el escozor de los ojos empezó a disminuir, y pudo mirar por fin a su alrededor, se dio cuenta que estaba en una salita de estar. Ya no se encontraba en aquel largo pasillo de antes.

Se puso de pie, despacio, comprobando si se había roto algún hueso y, al ver que estaba bien, salió por la puerta con prisa. Viendo el salón justo delante de él se dio cuenta que, si antes había subido a por Alice y ahora estaba en la planta baja, estaba en lo cierto: se había caído desde la planta de arriba por alguna trampilla escondida en el suelo. Decidido a encontrar a aquella fastidiosa joven para darle su merecido, empezó a subir de nuevo las escaleras con mucha más cautela que antes. No se le ocurría otra manera de llegar hasta la primera planta.

Llegó bien hasta arriba. Se quedó mirando callado y pensativo el largo pasillo y decidió quitarse los zapatos deportivos, quedando en calcetines. El humo se había disipado y en el suelo no se veía ningún agujero. Empezó a caminar como un ladrón para no hacer ningún tipo de ruido mientras comprobaba todas las puertas que encontraba a su paso. Se quedaba escuchando un rato en cada una de ellas para ver si oía algo dentro.

Alice lo veía todo en una pantalla de la habitación bunker. Una habitación preparada especialmente para aquel tipo de situaciones. Quería ver si Chris había despertado también, pero para eso tenía que perder de vista a aquel psicópata unos momentos y no quería hacerlo por si luego le perdería la pista. Solo podía ver un plano no varios al mismo tiempo. Tenía que haber pensado en poder ver varios sitios a la vez, pero ahora era tarde para hacerlo. Tenía que estar atenta a los movimientos de aquel loco atrapado en su casa. Cualquier despiste podía costarle la vida. A ella y a sus amigos. Diana la preocupaba mucho. Si abriera la puerta y saliera de la habitación, se toparía de pleno con aquel pirado. Tenía que llegar hasta ella. A través de los túneles secretos, que unían las habitaciones, podía hacerlo con total seguridad. No quería perder detalle sobre los movimientos de aquel tío, pero tenía que llegar hasta su amiga también.

Después de pensar un buen rato, decidió que debe ir hasta la habitación de su amiga aunque le guste o no. En definitiva, aquel individuo no podía acceder a ninguna de las habitaciones si nadie le abriría desde el interior. Por eso tenía que llegar cuanto antes hasta Diana que, al no tener ni idea de la gravedad de la situación, podría equivocarse, abrir la puerta y dar lugar a una desgracia.

Mientras iba por el pasillo secreto hasta la habitación de Diana, se oyó el fuerte sonido del timbre de la puerta de la entrada sonando por toda la casa. «¡Dios mío! ¿Quién será a esta hora? Que se vaya. Este malvado es capaz de matar a cualquiera» pensaba Alice mientras llegaba a la puerta secreta que daba a la habitación de su amiga que creía estar dormida.

Al meter la cabeza por la puerta se sorprendió ver que la luz de la lámpara estaba encendida. Echando un vistazo rápido, alcanzó a ver a Diana justo en el momento en el que intencionaba apretar el picaporte para abrir la puerta que daba al pasillo, donde se encontraba aquel maléfico chiflado.

—Nooo —gritó Alice mientras se tiraba encima de su amiga impidiéndole que abriera la puerta en el último segundo, tirándola al suelo con violencia.

—¿Qué pasa? —preguntó Diana muy asustada viendo a Alice con la espalda apoyada en la puerta como si intentara impedir que alguien entrara.

—Si abres la puerta, estamos perdidas las dos. Quedate aquí encerrada tal y cómo te lo pedí. No la abras oigas lo que oigas, sea lo que sea. A nadie —le ordenó Alice mientras se preparaba para volver por dónde había entrado.

—¡Pero no me dejes solaaa! —la imploró Diana asustada —. ¿A dónde vas?

—Tengo que salvar a Chris —fue lo último que le dijo Alice mientras desaparecía detrás de una puerta que parecía parte de la pared que, en cuanto se cerró, del techó bajó un armario con toda la ropa bien ordenada, tapando cualquier indicio de que allí existía una puerta.

Diana se refugió en una de las esquinas de la habitación, permaneciendo quieta allí, sentada de culo y con las rodillas bien agarradas con los brazos, pegándolas bien a su cuerpo, para contener el temblor que se había apoderado de ella en cuanto se enteró de la existencia de un peligro muy grande y cerca que les podía costar incluso la vida a todos los que se encontraban en aquel momento en la casa. No saber de qué peligro se trataba y qué estaba pasando, aumentaba su temor. Si antes creyó que aquel lugar era el sitio más seguro del mundo, ahora deseaba con todo su ser haber estado lo más lejos posible de él, donde hasta su vida corría peligro.

«Dios mío. Ya no está en el pasillo» se horrorizo Alice al mirar la pantalla. Cambiando la imagen para ver a Chris en el salón, alcanzó a ver al loco malvado activando el botón que abría la puerta principal de fuera. Antes de que la persona a la que le abrió la puerta llegara a la casa, Mark, arrastró el cuerpo inconsciente de Chris hasta el hueco que había debajo de las escaleras, donde era muy dificil verse desde el salón. Era obvio que su intención era esconderlo para que el visitante no lo viera. Luego se ordenó la ropa y el pelo y abrió la puerta de la entrada como si allí no hubiera pasado nada.

«¡Sammy!» exclamó Alice aterrada al verla entrar. «Pero ¿qué demonios hace ella aquí a esta hora? Y ¿cómo la aviso yo ahora de que está en peligro?»

Viendo que empiezan a hablar, Alice subió el volumen para oír la conversación.

—No sé por qué no me extraña encontrarte aquí —empezó Sammy obviamente muy molesta por aquel hecho.

—Alice duerme. ¿Qué quieres? —la interrogó Mark intentando hacerla que se vaya.

—Hablar con ella —insistió Sammy sin ninguna intención de irse plantándose en medio del salón—. Llamala.

—Buscala tú. No te jodes. Yo no soy el mayordomo de nadie—le contestó Mark con mala leche.

—Muy amable de tu parte. Y educado también. Pero ¿cómo se hace que estás solo en el salón? Y a esta hora tan tarde —le preguntó Sammy con incertidumbre mientras iba en dirección a las escaleras que llevaban hasta la primera planta.

—Este no es asunto tuyo, querida —le contestó Mark dejándola que suba con la esperanza de que cayera en alguna trampa mortal.

Pensaba que de aquella forma se libraría de ella para siempre quitándose un peso de encima sin tener que hacer ningún esfuerzo.

—¿Me podrías indicar cuál es su cuarto?

—Averigualo por ti misma ya que no tienes otra cosa que hacer a esta hora —la invitó Mark siguiéndola con la mirada desde el salón mientras se sentaba cómodamente en el sofá para no levantar sospechas.

Viendo su actitud tan repelente, Sammy, no insistió más. Cuando llegó al pasillo, la puerta de una de las habitaciones se abrió bruscamente y una mano la agarró con fuerza tirándola para dentro.

—No tengo tiempo de explicarte nada, pero quedate aquí dentro y no se te ocurra abrir la puerta a nadie pase lo que pase, diga lo que diga, oigas lo que oigas. Nuestras vidas están en peligro —fue lo único que le explicó Alice mientras salía con prisa de la habitación cerrando la puerta tras ella sin hacer ruido.

Luego corrió por el pasillo, de puntillas, entrando con rapidez en la habitación contigua de la misma forma, sin hacer ni el más mínimo ruido. De allí, por el pasillo secreto se fue de nuevo a la habitación bunker de donde podía vigilar a Mark. Ya no estaba en el salón. Se había ido a la cocina. Estaba comiendo. A Alice le pareció increíble lo que estaba viendo. Tenía en su casa a un perturbado enfurecido, quizás capaz de matar, y, él, se puso a comer tranquilamente mientras tenia a todos aterrorizados en la casa. En ese momento una idea se le vino a la cabeza. Que aquel era el momento perfecto. Quizás luego ya no surgiría otra oportunidad como aquella.

Decidida a aprovechar la ocasión, abandonó apresurada la habitación yendo lo más rápido que pudo, intentando al mismo tiempo no hacer ningún ruido, directa al salón. Más exacto en donde se encontraba Chris. Lo encontró a punto de despertar. Le tapó la boca con una mano y le señaló con la otra —pegando su dedo índice en posición vertical a sus labios— que no diga nada y que permaneciera en silencio. Viendo que aunque seguía aturdido entendió su mensaje, permaneciendo quieto y en silencio, le quitó la mano de la boca y luego los zapatos. Lo ayudó a incorporarse y después de comprobar que se encontraba bien, a pesar del fuerte "encontronazo" de antes, lo cogió de la mano, obligándolo casi, para que la siguiera. Subieron las escaleras de puntillas atentos al silencio que los rodeaba y mirando de vez en cuando hacia atras para ver si el loco los había visto. En el pasillo, Alice decidió llevarlo a la habitación vaciá de donde ella había salido antes. Una vez dentro, se quedó pegada con la espalda a la puerta resoplando aliviada.

—¿Sigue en la casa? —fue lo primero que preguntó Chris en voz baja, preocupado.

—Sí —le confirmó Alice muy abatida. Está en la cocina, comiendo.

—No recuerdo muy bien qué ha pasado desde mi llegada hasta ahora, pero sospecho que el fuerte dolor de cabeza tiene algo que ver con él. Con ese chaval que se hace pasar por el hermano gemelo de Martín. ¿Estoy en lo cierto? —preguntó Chris en voz baja mientras se frotaba la parte trasera de la cabeza.

—Sí, Chris. Ese individuo creo que te golpeó en la cabeza mientras yo ponía a salvo a Diana y luego... creo que intentó matarte —reconoció Alice después de pensar un rato si contarle toda la verdad o no.

—¿Cómo que "creo"? ¿Qué ha pasado exactamente?

—Había logrado activar un sistema de seguridad y cortarle el paso hacía a mí y amenazó con cortarte el cuello si no le abro. Por eso he dicho que creo que intentó matarte porque, en realidad, no sé si lo hubiera hecho de verdad.

—Y ¿arriesgaste tu vida para salvar a la mía? —preguntó Chris alucinando al darse cuenta del peligro al que se había expuesto Alice para salvarle a él.

—Tú también lo hiciste antes —se lo recordó Alice sonriéndole con dulzura por el agradecimiento y admiración que sentía por él.

—Mi vida no me importa. Si arriesgué la mía fue porque tu vida vale más que la mía y quiero que vivas, no que te mates por salvar a la mía —la regañó Chris todavía alterado por la emoción del peligro por el que acababan de pasar —. Aunque… liándote siempre con los peores chicos posibles y… con tanta facilidad…

—Espera. ¿De qué estás hablando? —lo interrumpió Alice al oír aquel disparate.

—Lo sé todo, Alice. Él mismo me lo acaba de contar. En cuanto te fuiste con Diana…

—¿Contarte qué? —lo interrumpió Alice intrigada frunciendo el entrecejo por el disgusto que ya empezaba a sentir al intuir por donde iba el tiro.

—Que habéis hecho el amor. Y no solo aquella tarde después de cenar. También que… no eres tan santa como yo creía —se lo aclaró Chris más triste que disgustado.

El dolor interior que aquellas palabras provocaron en Alice hizo que se desmayara en aquel mismo momento sin más.

La rápida reacción de Chris impidió que Alice cayera al suelo, desplomada. La tumbó con cuidado en la cama de aquella habitación y empezó a darle cachetes suaves en la cara susurrando con voz temblorosa:

—No, no, no. Alice, ahora no. No me hagas esto. No es el mejor momento para que te pongas mala. Alice, despierta, por favor. ¿Cómo pido yo ayuda ahora? Alice, despierta. Tienes que despertar.

Chris echó un vistazo rápido por toda la habitación intentando localizar algo que le sea de ayuda, pero no podía pensar con claridad y no se le ocurría nada. Angustiado se pasó la mano por el pelo pensando en voz alta:

—Dios mío, que estúpido soy. ¿Cómo pude ser tan cruel? Tenía que habérselo dicho de otra manera. Y ahora ¿qué hago?

Mientras se lamentaba sentado en el borde de la cama, al lado de Alice, oyó detrás de él una voz cálida quejándose.

—¿Qué ha pasado? ¿Qué estás hablando allí y con quién? —preguntó Alice confusa al despertar como de un profundo sueño.

—¡Dios Santo! —exclamó Chris aliviado y feliz de ver a Alice despertando —. No tienes ni idea de lo feliz que me has hecho. ¡Perdoname! ¡Perdoname! Soy un estúpido.

Tanta felicidad sentía Chris que la abrazó con ganas apoyando la cabeza en su hombro con una ternura que le fue imposible reprimir o esconder.

—Chris. ¿Me podrías explicar de qué va todo esto? —le pidió Alice con una voz suave conmovida por el caluroso recibimiento de Chris al despertar sin recordar nada de lo que había pasado.

—¿No te acuerdas? —se extrañó Chris mientras la soltaba de sus brazos para ponerse de pie.

Alice se quedó mirándolo intentando recordar.

—Te estaba contando lo que Mark me confesó sobre ti en cuanto llegué. Sobre vosotros.

—¡¿Sobre nosotros?! —preguntó Alice entonando la palabra *nosotros* con asco.

—Sí, Alice. Me contó qué habéis hecho después de cenar aquella tarde y los días siguientes diciéndome que no eras el tipo de chica que yo creía. Pero son sus palabras no lo que yo creo de ti —le explicó Chris intentando no herir sus sentimientos de nuevo.

Aquella explicación hizo que Alice recordara parte de la conversación que tuvieron antes de desmayarse, pero esta vez se quedó mirando con mucha tristeza a Chris y le preguntó:

—Y tú ¿le has creído?

Ahora el que sentía que la tierra desaparece debajo de sus pies era Chris. Se arrodilló delante de la cama, en donde estaba sentada Alice, cogió una de sus manos entre las suyas y bajó la cabeza, apoyando su frente sobre la bola de manos, diciendo en voz baja:

—¡Perdoname, Alice! Fui un estúpido. Los celos me cegaron haciéndome creer lo que él se estaba inventando sobre ti. En vez de defenderte caí como un estúpido.

La otra mano de Alice empezó a acariciar la cabeza de Chris con mucha ternura y cariño lo que hizo que él levantara la cabeza y la mirara con incertidumbre. Si no fuera la ex novia de su hermano difunto la hubiera besado en aquel mismo momento con toda la pasión y el amor que su gesto de bondad había despertado en él haciendo que su estado de ánimo cambie radicalmente.

—No te culpes tanto, Chris. Creo que este extraño no ha hecho otra cosa que jugar con nosotros desde el primer momento que apareció. Quiero que me cuentes algo. ¿Qué pasó entre vosotros el día que vino a tu casa a por sus cosas? ¿Cómo habéis llegado a pelear hasta pegarse?

—Nada más entrar por la puerta vino a decirme que ya se va. Que tanto te gustó el sexo salvaje que él domina y enamora a cualquiera que estabas dispuesta a hacer lo que sea por él. Que le ibas a ofrecer no solo alojamiento sino dinero también y todo lo que necesitara con tal de volver a ser poseída salvajemente como a todas os gusta. Que no eras tan especial como yo creía y que caíste a la primera. Yo le pedí, muy cabreado, que dejara de hablar así de ti, pero él siguió y allí es cuando perdí el control y le di un puñetazo. Me sorprendió mucho que él no me lo devolviera y que no siguiera con la discusión que él mismo había empezado.

—No. Ahora lo entiendo todo. No te devolvió el golpe porque en realidad lo que quería era parecer la víctima. Cuando yo le pregunté qué había pasado entre vosotros, en la casa, mientras recogía sus cosas, lo que él me contó fue justo lo contrario: que al enterarte quien le estaba ayudando empezaste a echar fuego por la boca sobre mí diciendo que soy una cualquiera, etc. y que al defenderme ante ti, tú, te cabreaste y le pegaste. ¿Ahora entiendes su jugada?

Llevándose las dos manos a la cabeza Chris dijo con estupor:

—Claro. El muy listo al ver que tenemos una amistad especial y difícil de destruir su estrategia fue ponernos uno en contra del otro. Hacer que desconfiemos uno del otro y acabar odiándonos. De esta manera dejaríamos hasta de hablarnos e imposibilitaba descubrir su jugada. Ahora lo entendí todo. Ha jugado con nosotros desde el principio.

Levantándose de la cama, Alice cogió de la mano a Chris pidiéndole apresurada:

—Ahora que las cosas están claras, ven. Sígueme. No podemos perder de vista a este individuo.

Así, cogidos de la mano, siguieron por el pasillo secreto, callados y de puntillas, hasta la habitación bunker donde, Alice, le enseñó a través de su sistema de video vigilancia cómo podían espiar a su hermano probeta sin que se diera cuenta que estaba vigilado en cada momento. Al mirar por las cámaras, Alice vio que seguía en la cocina.

—Mientras estuviste inconsciente, cuando quiso matarte, tuve un enfrentamiento con él. Pero me salvé corriendo. Gracias a las trampas del pasillo principal también. Y ahora, mirale. Está comiendo tranquilamente como si nada...

—Quiso matarme y, aun sabiendo que era un asesino, ¿te enfrentaste a él? —se horrorizó Chris sintiendo escalofríos de hielo recorriendo su columna vertebral al concientizar el grave peligro en el que estuvieron los dos —. Y ¿cómo lograste escapar?

—Hay una pared de cristal que divide el salon en dos que yo puedo activar cuando lo la situación lo requiere. La había activado para impedirle llegar hasta a mí. Pero como tú estabas en su lado y sabe que te tengo cariño, si no le hubiera abierto el paso, creo que hubiera sido capaz de matarte —le resumió Alice un poco los hechos a Chris para que entendiera lo peligroso que era aquel joven.

—El desgraciado ese está subiendo —la avisó Chris de inmediato muy alterado.

—Tranquilo. No puede entrar en las habitaciones. Nada más si le abren desde el interior y ya avisé a las chicas sobre el peligro. Y que no abran por ningún motivo.

—¿Qué chicas? En la casa había llegado Diana...

—Ah, es verdad. Tú no lo sabes porque estabas inconsciente. Mientras yo había logrado ponerme a salvo y tranquilizar a Diana ha llegado Sammy. Y él le abrió las puertas y la dejó pasar. No pude hacer nada para impedírselo. Pero logré interceptarla en cuanto subió a buscarme y la metí en una de las habitaciones. La convencí que permanezca allí y la avisé de que no abriera bajo ningún concepto.

—¿Las chicas saben lo peligroso que puede ser este tío? —se interesó Chris alarmado.

—Ahora que lo dices, me doy cuenta que no les mencioné cuál era el peligro. Y teniendo en cuenta que ninguna de ellas ha visto lo que nos ha pasado...

—Entonces, ellas le van a abrir —la avisó Chris muy convencido de lo que estaba diciendo.

Alice se quedó pensando un poco y luego dijo:

—¿Cres que sería buena idea traerlas aquí? ¿En esta habitación?

—Mira. Está intentando convencerlas de que le abran la puerta en este mismo momento. Ya sabemos que tiene un talento extraordinario de pasar por buena persona y si ellas no saben nada de lo ocurrido...

—Voy a por Diana —le informó Alice mientras salía por una puerta secreta.

Cuando Alice entró en la habitación, Diana la miró asustada desde el rincón donde se había quedado quieta. Tenía los ojos agrandados por el susto y la incertidumbre. No sabía si hablar o eso tampoco estaba permitido. Alice se le acercó y le susurró que la siguiera. Cuando estaban a punto de entrar por la puerta que daba al pasillo secreto, unos golpes fuertes en la puerta les dieron un susto de muerte. Las dos se quedaron quietas mirando la puerta aterrorizadas. Permanecieron un rato escuchando la voz de Mark que estaba pidiendo que le abra porque hay un incendio en la casa.

En aquel momento, Alice, no supo que pensar: si era una argucia o el individuo había prendido fuego de verdad a la casa. Por si era verdad Alice le pidió a Diana que la siguiera de prisa. Llegadas a la habitación bunker, Chris, la informó de que el engendro estaba utilizando una argucia muy buena para que las chicas accedan a abrirle la puerta: un incendio.

—Ya lo hemos oído antes de abandonar la habitación. Pero, ahora, el problema es otro: en Sammy no podemos confiar tanto —se quejó Alice con pena —. No me atrae mucho la idea de traerla aquí. Además a ella no le quiere hacer daño. Él la dejó pasar hace poco en la casa. Si hubiera querido hacerle daño podía haberlo hecho perfectamente.

—Pero, ese chaval, ¿no es Mark? —les preguntó Diana mirando la pantalla muy confusa.

—Sí, Diana. Es Mark —fue la respuesta corta que Alice le dio sin explicarle nada más pensando en qué debería hacer a continuación.

—Y el peligro ¿dónde está? —continuó Diana con las preguntas sin entender nada.

Chris y Alice al oír aquella pregunta se miraron fugazmente y dijeron al unísono:

—El peligro es él.

Diana miraba cuando a uno, cuando a otro, sin entender nada.

—Espera un poco Diana. Necesito pensar —le pidió Alice apurada mientras pulsaba unos botones cercanos a la pantalla.

—Vez. Sammy tiene pegada la oreja a la puerta y le está escuchando. A quién cres que le va a hacer caso: ¿a ti o a él? —se lo planteó Chris de la mejor forma posible.

—Dios mío. Están hablando a través de la puerta y ella tiene la mano apoyada en el picaporte para abrirle —la informó Diana que no le quitaba ojo a la pantalla para entender mejor lo que estaba pasando.

—Voy a traerla aquí —decidió Alice yendo hacia otra puerta secreta.

—¡NO! —le gritó Chris agarrándola con firmeza del brazo impidiéndole que abra la puerta —. Ya le ha abierto. Mejor escuchemos de lo que están hablando.

Alice subió el volumen al altavoz para que todos pudieran escuchar aquella conversación. Quedaron callados y muy atentos. Diana estaba mirando atónita y muy confundida a todo lo que la rodeaba. A la pantalla, a Chris, a Alice, a las puertas secretas, a los botones que parpadeaban por todas partes, al cuadrante de cubos de colores que cada cierto tiempo se movían cambiando de sitio, a los diferentes tipos de teléfonos que había sobre la mesa central del cuarto, pero en un momento dado, la conversación de Sammy y Mark fue lo que más le atrajo la atención quedándose mirando muy atenta a la pantalla, para ver y oír todo, igual que Chris y Alice que, desde el principio de la conversación, habían quedado muy atentos a la pantalla para no perder ningún detalle.

—Si me gusta Alice ¿cuál es el problema?

—Pero ¿no era yo tu novia?

Aquel comentario hizo que los tres se miraran incrédulos. Ninguno tenía conocimiento o alguna sospecha sobre lo que acababan de oír.

—¿Mi novia? Ja, ja, ja. Y tú ¿te lo has creído? Como íbamos a ser novios si nadie supo de lo nuestro y solo nos veíamos de noche para follar y ya está?

Diana se quedó con la boca abierta. Alice sintió la necesidad de sentarse y Chris decidió guardarse para él haberles pillado juntos y desnudos en su apartamento.

—Todo este tiempo ¿has jugado con mis sentimientos?

—No sé yo quién ha jugado con quién. Yo te he utilizado un poco para llegar hasta Alice, pero no tienes de qué quejarte. Te lo pasaste estupendamente gozando como una perra en la cama.

Mientras tú has jugado con las vidas de tus amigos enviándoles a todos a una muerte segura y horrible por un estúpido proyecto. Tú proyecto.

En aquel punto de la conversación, Chris se llevó las manos a la cabeza, sosteniéndolas como si necesitara apoyo, Diana se tapó la boca abierta con una mano por el estupor y Alice se apoyó a la pared más próxima por el mareo que empezó a apoderarse de ella.

—Callate. No sé quién te ha contado estas bobadas o si te lo estás inventando…

—Estuve mucho tiempo en tu cuarto, querida, mientras tú no estabas y he encontrado tus notas. "Hablar con el profe de plasti para convencer a mis amigos que vayan de excursión" —imitando voz de chica—, "Darle detalles sobre el sitio a Alice para que preste atención a todo y recopile mucha información valiosa sobre los fenómenos extraños que pasan en aquel sitio maldito", "Asustar a Crock para que mis mejores amigas no vayan allí, pero los otros sí". Y en tu diario contaste como te rompiste sola la pierna abriéndote tú misma el sistema de seguridad del arnés porque temías ir a aquel lugar y recopilar la información tú misma por culpa de sus inexplicables desapariciones. Te acobardaste por las pesadillas que tenías sobre ese lugar de tanto estudiarlo.

—Lo hice por una buena causa...

—¿En serio? ¿Por una buena causa? Ja, ja, ja. Enviar a todos tus amigos a una muerte segura con el único propósito de recopilar información para la preparación de una tesis que te permita acceder a una plaza en una universidad que estudia fenómenos paranormales es ¿una buena causa?

—Yo no obligué a nadie que vaya allí.

—Hm. „No les obligué" —repitió Mark sus palabras imitándola de forma irónica—. Así que tú hiciste que vayan allí por voluntad propia. Pero esto sí que no me quedó claro: ¿cómo los hiciste que escojan precisamente ese lugar donde tú tenías interés que vayan?

—Sí, hombre. A ti te lo voy a contar.

—Y a mí ¿para qué me necesitaste?

—Para que me cuentes tú los detalles sobre lo que pasó allí ya que nadie quiere hablar de ello y yo necesito toda esa información. Por eso me vi obligada a entrar aquí, aquella noche, saltando el muro. Intentaba encontrar información sobre lo que había pasado en aquel "famoso" sitio porque antes de irse, le había pedido a Alice que hiciera muchas fotos y pensé que puede tenerlas en la casa. Pero me pilló y casi acabo muerta.

—Muy astuta y mala, pero quizás... demasiado para mi gusto. A mí me gustan las chavalas más... tontas. Como tu amiga Alice, por ejemplo.

—Pero si ya la tuviste, ¿por qué no te quedaste con ella?

—Porque yo no la tuve. La tuvo Martín y yo… no soy Martín, como te hice creer. Soy un producto de laboratorio.

—Oye. ¿Tu estas fumado?

—Ja, ja, ja. No. Nunca he utilizado sustancias alucinógenas. Soy natural. Solo que soy un clon. El clon de Martín precisamente.

—¿Un clon? –fue lo único que consiguió decir Sammy al oír algo tan increíble.

—Sí.

—Me estás vacilando, ¿verdad? No eres un clon porque te hice preguntas trampa y si no fueras Martín no hubieras sabido dar con la respuesta correcta —le aseguró Sammy orgullosa de su astucia.

—Creo que sé cuál fue una de esas preguntas trampa. Es sobre Bebito, ¿verdad? Uno de los perros de Alice. Y porque sé que me vas a preguntar cómo es que supe la respuesta correcta te responderé ahora mismo. Sabes que entré en la casa de Alice de noche nada más llegar al pueblo este. En su habitación, por si no lo sabías, tiene sobre la mesita de noche una foto en la que estáis tú, Diana y Alice con el perro sentado a vuestro lado. De allí saqué la conclusión que solo vosotras tres os podéis acercar a ese perro, Bebito.

—¿Así? Y ¿cómo se hace que te gusta la misma chica que a tu hermano? —siguió Sammy con el interrogatorio aún sin creerle —. Todos se encaprichan con ella, pero yo soy mucho mejor que ella. Estoy segura que te gusto yo. Por como lo disfrutaste…

—Los otros no sé por qué la quieren, pero yo la deseo y me encapriché con ella porque, al ser el clon de Martín, y él fue el novio de ella, tengo dentro de mi todo los sentimientos de él.

Todo lo que él sintió por ella lo siento yo también. Hasta tengo los mismos recuerdos. Bueno, no enteros, pero con cada día que pasa recuerdo más cosas hasta que los trozos empiezan a unirse entre sí.

—¿Quieres decirme que a mí no me quieres? ¿Que nunca me quisiste? —realizó Sammy al oír aquella horrible confesión.

—Sí. Lo entendiste perfectamente —reconoció Mark sin ningún reparo.

Aquella frase hizo a Sammy enfurecer más que en toda su vida. Por el asco tremendo que la hizo sentir su confesión sin pelos en la lengua, sin pensar en las consecuencias, le abofeteó lo más fuerte que pudo. Por el sonido del golpe, se quedó satisfecha al haberle pillado desprevenido dándole justo como deseó hacerlo: con todas sus fuerzas.

A continuación, acto reflecto, Mark la agarró del cuello con una sola mano y la levanto del suelo con una furia desmesurada al mismo tiempo que la miraba con mucho odio, pegándola a la puerta con fuerza mientras sus dedos apretaban más y más su garganta con el propósito de asfixiarla, hundiendo la punta de los dedos en sus ganglios para infringirle un dolor insoportable al mismo tiempo.

La falta de aire y el golpe que recibió en la cabeza cuando la pegó a la puerta, le debilitó toda su fuerza siendo incapaz de defenderse o de gritar. Lo miraba directamente a los ojos implorando que la soltase, pero al verle la mirada de psicópata satisfecho, Sammy entendió que no lo iba a hacer. Asustada, pensando que aquello será su fin, intentó apartarle la mano de su garganta arañándolo, golpeándole la mano para que la soltase, pero nada. Parecía que luchaba contra un muro de hormigón. Entonces alargó sus brazos hacía su cara con la intención de sacarle los ojos, pero tampoco lo alcanzó. En cambio sus uñas largas sí que consiguieron arañarle la frente, la mejilla y el tabique nasal.

—Dios mío. La va a matar —gritó Diana mirando aterrada la escena a través de la pantalla.

—Voy allí a…

—No. Espera —paró Alice a Chris al intuir que intencionaba ir a enfrentarse a Mark —. A ver qué podemos hacer desde aquí.

Alice se acercó al panel de control y empezó a pulsar cuidadosamente unos cuantos botones. Intentaba concentrarse para dar con la combinación perfecta y no equivocarse.

—La soltó —gritó Diana con alegría —. Ha funcionado.

—No es cosa mía. Yo he activado otros sistemas de seguridad y he dado la alarma en el cuartel para que vengan cuanto antes, nada más.

—Ah. Entonces…

Los tres se quedaron mirando la pantalla callados y con el alma en vilo preguntándose lo mismo: si Sammy estaba viva o muerta. Mark la había soltado, pero Sammy había caído al suelo como un trapo donde quedó inerte.

Capítulo XIX

El gato y los ratones

***Mientras tanto en una comisaría de policía*:**

—Agente Steve. ¿Puede venir usted hasta la oficina de información?

La compañera Mary tenía una voz agradable, pero siempre que recibía una llamada de su parte era para un caso de risa o de pena. Cosas de vagabundos o sin techo, o de algún perro perdido, el robo de una bicicleta, etc. Casos que no tenían una gran importancia. Desde que había entrado en el cuerpo de policía soñaba con un caso grande, con mucho peso e importancia. No chiquilladas o casos que provocaban las risas de sus compañeros. Estaba desanimado. No se esperaba nada diferente hoy tampoco. Y en cuanto llegó y vio a un hombre de mediana edad, cubierto en totalidad por lodo, ya lo tenía claro: algún vagabundo que cayó a algún lago, agujero o charco y venía a contar, vete tú a saber qué, con el propósito de obtener ropa limpia y seca, algo de comida y un lugar calentito donde pernoctar.

—Agente Steve. Aquí tiene su caso. Dice que alguien lo tiró a un pozo para matarlo. Que encontró una salida secreta y que tiene algo muy importante que contarle.

—Agente, tiene que escucharme. No soy ningún vagabundo. Soy bróker de Bursa. El joven que me tiró al pozo lo hizo con la esperanza de que me muera en la caída y es el que mató a mi hermana hace un mes y medio. El caso "Broken heart". Ahora va detrás de la señorita Alice K. Cooper. La joven más rica del pueblo o quizás del país. Tiene que hacer algo al respecto ahora mismo.

—¿Tiene algún documento de identidad con usted que demuestre que es quién dice ser? —preguntó el agente Steve al hombre cubierto en su totalidad por lodo.

—No. Toda la documentación la llevo en mi maletín de trabajo. Pero puedo decirle la dirección…

Llegando a aquel punto de la conversación el hombre dejó de hablar.

—¿La dirección… ? —insistió el agente Steve invitándole con la mirada a que hablara mientras esperaba, con el bolígrafo en la mano, para apuntar todo lo que aquel hombre le tenía que contar.

—Es que acabo de mudarme y no sé cuál es la dirección de la casa —continuó el hombre avergonzado por la bochornosa situación.

—¿Es bróker de Bursa y no sabe la dirección de la casa en la que vive?

El agente Steve arqueó una ceja por lo increíble que le parecía aquel dato.

—Agente. No sé cuántos días estuve en aquel pozo, pero estoy seguro que la señorita Cooper está en peligro. El asesino de mi hermana anda suelto y está fingiendo ser buena persona con algún fin. Le vi varias veces con la señorita Cooper.

—¿Estaba haciendo algo malo cuando le vio?

—Si le estoy diciendo que finge ser buena persona es obvio que no estaba haciendo algo malo. Ya sabe. Para no delatarse. Pero sé que está tramando algo malo aunque no sé qué.

—¿Me quiere decir usted que sabe quién es el asesino de su hermana y que no vino a denunciarlo antes?

—El mismo día que me tiró al pozo me enteré de que ese joven era el asesino de mi hermana…

—¿Y cómo se dio cuenta de ello?

—Él mismo me dio detalles sobre la escena del crimen y sobre mi hermana…

Viendo que el hombre no sigue el agente preguntó:

—Y ¿vino así de repente para contárselo como si nada?

—Claro que no. Vino a…

—¿A…? —le animó el agente a seguir contando.

—Ahora no me acuerdo. No sé a qué vino esa mañana a mi casa.

—¿Esto quiere decir que se conocían?

El hombre sabía que si hablaría demasiado acabaría preso él también. No podía contar a un agente de policía las "circunstancias" en las que se conocieron, él y aquel joven. Lo único en lo que él había pensado, yendo directo a la comisaría de policía, fue que iban a arrestar a aquel joven para salvar a la señorita Cooper del peligro. Pero si les contaría todo lo que sabía, descubrirían su secreto y le arrestarían a él también. No se había dado cuenta de aquel detalle antes. Eso lo hizo cambiar de estrategia:

—Señor agente ¿me podría dar un bocadillo? Tengo mucha hambre y también frio.

—Bob. Comprale un bocadillo del bar de enfrente a este pobre. Por tener hambre nos va a tener ocupados toda la tarde aquí con unos cuentos dignos de una novela de ficción. Comprale algo para beber también. Un refresco o agua. Quien sabe cuántos días lleva en este estado. Desde luego no le riega el cerebro muy bien.

El hombre cubierto en totalidad por lodo respiró aliviado al ver que su táctica había funcionado. Pero ahora su problema era otro: ¿cómo iba a defender a la señorita Cooper de aquel asesino despiadado que fingía tan bien ser buena persona y buen amigo? Tenía que pensar en algo y rápido.

* * * * *

Mark zarandeaba con un pie el cuerpo inerte de Sammy para comprobar en qué estado se encontraba. Alice, Chris y Diana, a través de la pantalla, esperaban con el alma en vilo a ver lo mismo que él: si Sammy seguía viva o si había muerto.

«Vamos, Sammy. Despierta.» rezaba Alice por dentro con las manos juntadas igual que cuando una persona le pide algo a Dios. Cuando empezó a formar un numero en uno de los teléfonos que había en el bunker se dio cuenta que estaba temblando. Después de haber pedido una ambulancia tras explicar brevemente la situación, colgó y antes de desaparecer por una de las puertas secretas les dejó instrucciones exactas a Chris y a Diana.

—¡Alice! ¡Nooo! —gritó Chris intentando con desesperación abrir la puerta por donde Alice acababa de salir —. Dejame a mi enfrentarme a él. ¡Aliiice… !

Pero Alice no le hizo caso. Una vez en el túnel puso el pestillo para que ninguno de ellos pudiera seguirla. Mientras corría como si de ello dependiera su vida le pedía a Dios que no sea demasiado tarde. Que proteja a su amiga.

Cuando entró en la habitación se alegró de ver que Mark se encontraba de espaldas y que no vio cuando la puerta secreta desapareció detrás del tocador. Sentía mucho miedo, pero no le quedaba de otra. No había otra forma de salvar a su amiga de la infancia. Estaba muy cabreada con ella por todo lo que había hecho, pero no podía dejarla morir. No pensaba que se merecía morir. El cariño que se tuvieron desde pequeñas, hasta hace poco, era más fuerte que el odio. Ella no era capaz de odiar sino todo lo contrario: siempre que alguien querido actuaba mal ella sentía mucha pena por aquella persona. Y ahora mismo sentía la necesidad de salvarla. De salvar a su amiga.

Aprovechando que Mark no se había dado cuenta de su presencia, Alice pasó por detrás de él —de puntillas— y se colocó en la puerta de entrada a la habitación como si acabara de llegar desde el pasillo.

—Mark. Estoy aquí. Dejala en paz, por favor. Ya me tienes a mí. ¿No era eso lo que querías?

Se lo había dicho con voz firme aunque por dentro estaba aterrada. No quería que él supiera que le tenía miedo. Quería verla decidida y segura de sí misma.

Nada más oír su voz, Mark se dio la vuelta quedando en el sitio mirándola desde arriba abajo y viceversa para detectar si le estaba diciendo la verdad o le estaba tendiendo una trampa. Viendo que no llevaba nada en las manos y que el vestidito que llevaba puesto no tenía bolsillos donde pudiera ocultar algún objeto con el que atacarle una sonrisa maliciosa empezó a dibujarse en su cara mientras empezó a caminar lentamente hacia ella.

—Lo sabía. Sabía que ibas a buscarme. Al final tú también deseas lo mismo que yo.

—Sí, Mark. Te he oído cuando le dijiste que te gusto yo. Pero vamos a ir despacio. Este tipo de cosas no hay que apresurarlas. A mí me cuesta estar con un chico aunque me guste —reconoció Alice bajando la cabeza avergonzada por su carácter tímido —. Por lo listo que eres creo que te diste cuenta desde el primer día que me viste, ¿verdad?

—Claro que sí. He visto como me mirabas y lo encantada que estabas de volver a verme. Finges bastante bien. Pero donde hubo fuego, cenizas quedan.

En cuanto llegó a un metro de distancia de ella, Alice empezó a dar marcha atrás, despacio, hacía el pasillo.

—Alice. No tienes por qué huir. Soy tan buen amante que te haré gozar como jamás te lo imaginaste. Quizás tu no tengas experiencia, pero yo sí —confesó Mark intentando convencerla quedar quieta mientras caminaba despacio hacía ella para alcanzarla.

Cuando se encontraban fuera del cuarto los dos, nada más pisar el suelo del pasillo, la puerta de la habitación se cerró de un portazo justo detrás de Mark. En cuanto él giró la cabeza para ver qué había pasado, Alice aprovechó su despiste y entró rápidamente en la habitación contigua. Viendo que no hay trampas, ya que a Alice no le había pasado nada al correr por el pasillo, Mark también corrió hacia esa misma puerta intentando entrar antes de que ella la cerrara con el cerrojo por dentro. Pero no lo consiguió. La puerta ya estaba cerrada. Confiando en su fuerza desmesurada Mark se alejó de la puerta hasta la pared opuesta y se lanzó contra ella, embistiéndola con el hombro, con todas sus fuerzas y confianza de que la va a hacer trizas. La puerta cedió. Pero, al otro lado, la sorpresa fue para él. Los dolores que sentía por todo el cuerpo tras aterrizar en una densa oscuridad y un silencio sepulcral le indicaban que había caído al vacío en un lugar desconocido y que no se encontraba en la habitación en la que Alice había entrado. Eso lo hizo sospechar de la debilidad de la puerta que había logrado abrir con violencia tirando más para la parte de un plan pensado con antelación por aquella chica que tan difícil se le hacía atrapar. Ansioso por dar con ella cuanto antes se puso de pie y comprobó que no tenía nada roto antes de empezar a buscar un interruptor de luz o alguna salida, palpando el aire como un ciego. Estuvo chocando contra varios muebles a su paso, pero no encontró ningún interruptor. Mientras buscaba en los cajones de una cajonera una linterna, un mechero o algo que le aporte luz, sobre su sorpresa, la luz se encendió sola. No era muy potente y no iluminaba bien todo aquel sitio, pero era suficiente para darse cuenta dónde se encontraba. En el sótano de la casa. En cuanto entendió que no tenía salida y el atrapado era él, Mark decidió avisar de que no se iba a rendir y que no tenía miedo.

—¡Maldita perra! Te gusta jugar al gato y al ratón, ¿no? Ya verás tú en cuanto te pille lo que te va a costar esto —refunfuñó Mark con un cabreo espantoso.

«Seguramente hay más trampas. Menos mal que no son mortales. Ya la atraparé» pensaba Mark mientras estudiaba el sitio intentando hacerse una idea de su siguiente movida.

«Hm. Así que no quieres que me vaya. Quieres seguir jugando. Pues, vamos a jugar » se dijo Mark a sí mismo mientras una zona muy oscura en la que la luz no llegaba muy bien le atrajo la atención. No sabía si allí había una pared o una puerta abierta. Se acordó que llevaba un mechero en uno de sus bolsillos, lo sacó y lo encendió. Se acercó a la zona con cautela porque quería sorprender a la persona que podía estar escondida allí. Cuando estuvo justo delante de la oscuridad de aquel rincón adentró el brazo en el que llevaba el mechero encendido en la oscuridad y observó que había un espacio más grande de lo que se había imaginado en aquella zona. Por la poca luz que arrojaba el mechero no podía darse cuenta si aquello era una habitación o un túnel. Tan grande era aquel espacio.

Cuando se había adentrado en la oscuridad de aquel espacio unos cuantos metros, detrás de él, oyó un fuerte estruendo y una ráfaga de viento apagó la llama de su mechero. Intentando mirar atrás se dio cuenta que estaba completamente rodeado por la oscuridad. Se esperaba ver la luz que había dejado atrás, por donde había entrado, pero no. No había ningún tipo de luz. Intentó volver a encender el mechero, pero estaba tan caliente el plástico del que estaba hecho que se hizo pedazos en el intento. Incómodo por aquella densa oscuridad empezó a retroceder con la intención de ir a buscar una linterna o algo con el que poder iluminar aquella zona en la cajonera que se había encontrado antes. Llegado al sitio de donde había partido su búsqueda hacía la oscuridad chocó contra un muro. Un muro de hormigón debería de ser por lo que sentía al palparlo y estudiarlo con sus manos. Aquel detalle lo asustó un poco. No entendía cómo podía existir un muro de hormigón en el sitio por donde había entrado si antes no estaba. Como mucho se hubiera esperado encontrar una puerta en aquel lugar, pero no un muro perfectamente sellado.

—¡Holaaa! ¿Hay alguien allí?

Cuando escuchó su voz retumbando en aquel espacio se dio cuenta que estaba encerrado. Que solo podía seguir hacia adelante, en la dirección a la que iba desde el principio. Angustiado por el espacio cerrado y la oscuridad tan densa, palpando la pared con una mano, decidió seguir caminando hasta donde la pared le guiaba. Cuando llevaba unos minutos caminando, sin ningún resultado, oyó la risa de una joven. No parecía ser de Alice, pero le resultaba familiar. Intentó hacer memoria para recordar por qué le resultaba familiar aquella risa, pero, quizás, por los nervios no lo logró.

—Hola. ¿Quién eres?

La risa volvió a escucharse de nuevo. No parecía estar muy lejos. Deseoso de dar con la joven que oía siguió caminando. Se sentía más tranquilo sabiendo que hay alguien más allí. Aún más escuchando su risa de felicidad. De una persona contenta.

—"Eres lo más bonito que me ha pasado en la vida. Gracias por haberme traído aquí."

Aquel cometario le provocó escalofríos nada más oírlo. Paró en el acto intentando vislumbrar algo a través de la oscuridad. El corazón se le aceleró tanto que en aquel silencio profundo podía oír cada latido. Parecía un tambor tocando la misma nota sin parar y con más fuerza de lo habitual.

«No. No puede ser. Mi mente está jugando conmigo. No puede ser real» empezó a repetirse Mark en la cabeza negando lo que había escuchado.

—"Te amo más que a mí misma."

«¿Cómo es esto posible? No puede ser ella. No puede ser. Es imposible» seguía negando Mark sin poder mover ni un músculo por el miedo que cada vez cobraba más fuerza. Hubiera querido retroceder y salir de allí pitando, pero sabiendo que aquello era imposible, decidió seguir caminando hacia adelante notando como se le aceleraba la respiración con cada paso que daba. Cuando sintió una mano acariciándole con ternura la parte trasera de la cabeza sintió flaqueza en las piernas y gritó aterrorizado:

—¿Quién eres?

—"No llores. Te prometo que jamás me iré de tu lado. Ahora, tranquilizate. No llores más, mi amor."

Esta vez la voz que Mark había escuchado era la suya propia. Estaba escuchando lo que, un día, se lo había dicho a una chica. A una chica que llegó a amarle con locura, pero que había muerto hace poco. Y no existía ninguna grabación con sus conversaciones privadas. ¿Cómo era posible que oyera aquello?

—"¿Seguro? ¿No me lo estás diciendo solo para tranquilizarme? O ¿porque te doy pena?"

«Desde luego es ella. De eso no hay duda. Pero está muerta. Muerta y enterrada. ¿Por qué la oigo?»

—"Te lo juro, mi amor. Jamás me iré de tu lado porque me di cuenta que te amo. Ahora tranquilizate y no llores más."

«Yo mismo le dije esto. ¿Cómo demonios es que oigo aquella conversación? Solo estábamos nosotros dos en su habitación y no había nadie en toda la casa que pudiera haber grabado a escondidas. No puede ser real. Igual ni oigo esto y todo está en mi cabeza. O es por la caída de antes. Me habrán afectado los golpes que me di en la cabeza mientras rodaba por las escaleras. Debe ser por esto» se decía Mark a sí mismo con respeto a lo que oía.

Mientras pensaba en la conversación que oía sintió un gran calambrazo recorriendo su pierna derecha al mismo tiempo que el sonido de una descarga eléctrica. Con una pierna paralizada por el dolor y la brutal contracción muscular cayó fulminado al suelo. Asustado empezó a arrastrarse por el suelo, utilizando sus codos, para avanzar hacia cualquier sitio que le alejaría de aquella zona. Cuando sintió otro calambrazo igual en la otra pierna empezó a gritar como loco de dolor y se colocó boca arriba para poder ver quién lo estaba atacando, mientras lanzaba puños a la oscuridad con la esperanza de golpear al culpable.

—Da la cara hijo de puta. Sal a luchar como un hombre no como un cobarde utilizando la oscuridad como escudo —gritó Mark con una furia desmesurada.

En cuanto acabó la frase otro calambrazo le recorrió el estómago dejándole muy aturdido y hecho un nudo en el suelo.

Pero a través de la luz de la descarga eléctrica logró vislumbrar algo. Un rostro. Le pareció ser la cara de un hombre, pero no logró verlo tan bien como para poder identificarlo.

—¿Quién eres? ¿Por qué me haces esto? —consiguió preguntar Mark con mucha dificultad entre gemidos de dolor.

El sonido de una caja abriéndose quizás fue la respuesta a su pregunta, pero no justo la que él se esperaba recibir.

Empezó a notar algo. Aquel algo le rozaba el cuerpo fugazmente. Y el sonido que sacaba le decía que debe ser un ser vivo. Agudizó sus oídos y quedó quieto intentando descifrar de qué provenía aquel sonido. ¿Qué podía ser?

Un mordisco en la pierna izquierda confirmó sus sospechas: aquel sonido provenía de un ser vivo, de un animalito lo más probable. No era una mordida de gran tamaño, pero aun así le hizo gritar de dolor. Cuando empezó a ser mordisqueado por varios sitios del cuerpo al mismo tiempo intentó defenderse lo mejor que podía con los brazos. Pero aunque no paró de patalear, los mordiscos no pararon. Hasta de las orejas y de la cara le mordían. Ni siquiera sabía lo que le estaba atacando. No parecían ser animales grandes. Quizás si hubiera logrado ponerse de pie hubiera podido evitar ser mordido con tanta frecuencia, pero el dolor muscular se lo impedía. Aun así, seguía luchando por salvar su vida y para salir de allí. No pensaba rendirse hasta el último aliento.

Cuando pensaba que ese sería su fin los mordiscos cesaron. Los sonidos de aquellos seres pararon todos de golpe y el silencio volvió a envolverle como la niebla. Giró la cabeza de un lado a otro para ver si detectaba algún sonido o alguna luz, pero nada. Palpó con las manos a su alrededor intentando dar con la pared para apoyarse e intentar ponerse de pie, pero no la encontraba. Se arrastró usando los codos intentando avanzar hacia alguna parte, pero no encontraba nada. No tenía ni idea de dónde se encontraba y hacía donde tenía que ir. Llevaba así un buen rato. Estaba tan cansado que se vio obligado a parar para descansar. Se sentía un poco débil. Tenía mucha sed. Intentaba humedecerse la boca con saliva, pero la tenía tan seca que se le pegaba la lengua del paladar cuando intentaba conseguir fabricar saliva.

En el momento que ya había perdido la esperanza vislumbró una lucecita muy débil a lo lejos. Ilusionado, empezó a arrastrarse hacía allí lo más rápido que pudo. Pensaba que, quizás, provenía de una salida. De camino paró varias veces para descansar y reunir fuerzas para seguir, pero en ningún momento pensó rendirse. Cuando se encontraba a unos dos metros de distancia de aquella luz se quedó mirándola muy intrigado. Parecía una bola de luz transparente.

—No jodas. ¿Qué coño es esto?

Nada más pronunciar aquellas palabras, la luz empezó a cambiar de forma. Muy despacio, se alargó hacia arriba hasta cobrar forma humana. Parecía una mujer. Estaba de espaldas y llevaba puesto un vestido largo, blanco. Un blanco resplandeciente. Mark, empezaba a dudar si estaba despierto o soñando. Sentía curiosidad, pero no se atrevía a avanzar. Se quedó mirando como si intentara detectar si lo que estaba viendo era real o no. Cuando la mujer empezó a girar, de forma muy lenta, hasta quedar de frente, y pudo ver quién era, Mark, se quedó helado. Los ojos se le agrandaron como si intentaran salirse de su órbita y la respiración se le cortó. También se quedó mudo. Por lo increíble que le resultaba la aparición de aquella chica no podía apartar la mirada de ella. El pánico que sintió en aquel momento era indescriptible y jamás hubiera imaginado que, a él, le pudiera pasar y afectar de aquella manera. Pero el impacto fue tan tremendo al ver a aquella chica que sí que le pasó. El pánico se apoderó de él por muy increíble que pareciera.

—Hola, mi amor. ¿Me echaste de menos? —le preguntó la chica con carita de ángel en cuanto quedó de frente a él sonriéndole con una dulzura que enamoraba.

—¡¿Monique?! —preguntó Mark con voz temblorosa mientras se frotaba los ojos por lo inverosímil que le pareciera aquella apariencia.

—Sí, amor. ¿Qué pasa? ¿No te alegras de verme? Dijiste que me amas tanto que jamás te volverás a ir.

En aquel punto de la conversación Mark tragó en seco. Le costaba respirar. Empezó a sentir un fuerte dolor en el pecho. Intentaba inhalar más aire, pero se le cortaba la respiración.

—Oh, cariño. ¿Es por la emoción de volver a verme? No tenía ni idea de que me amas tanto —preguntó la chica sonriéndole tan contenta que hasta los ojos le brillaban por la alegría de verle.

—Monique. ¡Ayudame! —fue lo único que consiguió Mark pronunciar con gran dificultad.

—¿Ayudarte? ¿De qué forma cariño? ¿Igual que tú me ayudaste a mí?

Mark ni podía, ni sabía qué contestar.

—Eso mismo estoy haciendo. Mirándote. De igual forma que tú te quedaste mirándome el día que me mataste. Me miraste hasta el último momento de mi vida. Te dio gusto verme morir. Lo vi en tu mirada. En tus ojos. En tu sonrisa maliciosa. Disfrutaste cada segundo, hasta el último momento. Ni siquiera pestañeaste.

—No sé de donde sacas esto, cariño. No podías verlo. Estabas muerta —la contradijo Mark al recordar aquel momento del que le hablaba la joven.

—Eso creías tú, mi amor. Pero no. No había muerto. Estaba entre la vida y la muerte. Y... te vi. Mientras yo agonizaba, tendida en el suelo, tú, te pusiste a comer la pizza que había comprado para los dos mientras contemplabas mi cuerpo inerte tendido sobre un charco de sangre. Mi sangre. Mientras se me iba la vida, exactamente. Luego te fuiste antes de que llegara mi hermano, sin siquiera intentar borrar las huellas que dejaste en el lugar. Y, por lo que veo, todavía no te han cogido. Sigues libre.

—Jamás me encontrarán —la aseguró Mark muy convencido y contento por ello.

—¿Por qué estás tan seguro? Yo te encontré.

—Más que seguro ni eres real. Probablemente estoy soñando. O estoy sufriendo alucinaciones. Tú misma dijiste que te maté. Sabes que te maté. Y en este caso no puedes ser real.

—¿Yo tampoco soy real? —preguntó una voz de hombre que apareció justo detrás de la joven.

Fijándose bien, Mark logró ver al hombre que le acababa de hablar desde la sombra. En cuanto se paró al lado de la chica, por la luz resplandeciente que la rodeaba, pudo reconocerlo. Pero tampoco podía creer que existiera de verdad.

—Pero ¿qué es esto? ¿La noche de los muertos vivientes? A ti también te maté. Es imposible que hubieras sobrevivido a aquella caída.

Como respuesta el hombre se le acercó y le sorprendió dándole una patada en la cara. Mark gimió de dolor. No estaba en condición de defenderse y eso le hacía sentir un cabreo que solo debilitaba la poca energía que le quedaba.

—¿Por qué me mataste, Mark? Lo único que hice fue amarte. Hasta podía afirmar que había llegado a amarte como jamás había amado a alguien antes. Nunca te hice daño, sino todo lo contrario. Te he cuidado como si fueras un niño frágil o como si tuvieras un valor inestimable. ¿Por qué lo hiciste? Necesito saber esto para poder descansar en paz.

Oyendo aquel detalle, Mark decidió contarle la verdad. Toda la verdad. Si aquello era el precio para que lo dejara en paz tampoco era para tanto.

—Monique. Para de atormentarte. Tú no hiciste nada malo. No tuviste la culpa de nada. Solo que ya había llegado la hora de marcharme, pero tenía una curiosidad: saber lo que se siente al matar a una persona. Y ya que ibas a sufrir mucho por mi partida, decidí que eras la victima perfecta. De esa forma solo sufrirías un poco durante la matanza, pero sería preferible a un largo sufrimiento por amor. Desamor mejor dicho.

—Y ¡¿quién te dio a ti el derecho a decidir sobre mi vida?! —gritó la joven con tanta fuerza que provocó un viento huracanado que hizo levantar de la nada una gran nube de polvo en dirección hacia Mark.

La nube de polvo apareció tan de repente y con tanta fuerza que sorprendió a Mark sin darle tiempo a taparse la cara antes de ser alcanzado. Le escocían los ojos por los granitos de arena, que la nube de polvo contenía, al pillarlo con los ojos bien abiertos. En la boca sentía la arena hasta la garganta.

Empezó a toser de forma descontrolada intentando evitar tragar la arena que le había inundado la boca y eliminarla, pero le resultaba dificil por la falta de saliva. Necesitaba agua con urgencia.

El hombre se acercó y, como si le hubiera leído la mente, arrojó sobre su cabeza toda el agua de un cubo lleno. Le pillo igual de desprevenido que la arena tragando agua por la boca y por la nariz igual que cuando una ola del mar, durante una tormenta, te sorprende y te envuelve con tanta fuerza que pareces atrapado en una centrifugadora. Empezó a toser violentamente y escupir el agua como recién salido a la superficie de un rio tormentoso.

—¿Qué se siente, Mark? Me arrojaste al pozo creyendo que iba a morir ahogado, pero no te salió bien la jugada.

Mirando hacia su derecha, en la oscuridad, el hombre preguntó:

—Ya tenemos lo que queríamos. ¿Qué hacemos ahora con él? Yo ya no aguanto verle más.

—La policía está de camino. Todo lo que acabas de decir ha quedado grabado: TÚ CONFESIÓN, Mark —le informó Alice con gusto apareciendo desde la oscuridad uniéndose al grupo.

Mark quedó callado en el suelo, mirándoles atónito. No entendía nada. En cuanto el lugar se llenó de luz menos. Delante de él solo se encontraban Alice y el hombre que, hace poco, la había secuestrado. Ni rastro de Monique.

—Tendrás que irte. La policía no tardará en llegar. No te mereces acabar en prisión. Ya sufriste suficiente —aconsejó Alice al hombre que la había secuestrado hace unos días mientras le indicaba con la mirada la puerta de salida del sótano.

Mark, ya se sentía mejor. Aunque desearon hacerle daño, el agua, en realidad, le había devuelto la fuerza. Viendo que ninguno de los dos le prestaban atención, se apoyó en las manos y se levantó del suelo con la rapidez de un rayo abalanzándose directo hacía Alice. Cuando pensaba que la iba a sorprender y que ya la tenía, una pistola, aparecida de la nada, le estaba apuntando justo entre los ojos.

—¿De verdad pensaste que soy tan estúpida? —le preguntó Alice sosteniendo la pistola que apuntaba la cabeza de Mark con firmeza —. ¿Que daría la espalda a un monstruo como tú sin más? Quieto allí. Ni se te ocurra mover un solo músculo.

«Mira la mosquita muerta que peligro tiene. ¿Quién lo iba a decir?» pensaba Mark con las manos levantadas para enseñarle que había entendido perfectamente su orden.

—¡Por favor! ¡Vete! Ya me encargo yo del resto. Ve y sé feliz. Deja todo atrás y busca la felicidad. Eres una buena persona. Tu corazón va a atraer la felicidad. Algún día encontrarás la paz. Pero tienes que salir a buscarla —le recomendó Alice al hombre antes de que saliera por la puerta que daba a la parte trasera del jardín.

Viendo aquella escena emotiva, Mark, se alegró por dentro sabiendo que iba a quedar a solas con Alice. Por ese motivo había decidido permanecer quieto mientras contemplaba el momento de la despedida. La pistola que Alice sostenía en la mano apuntándolo no le asustaba para nada. Sino todo lo contrario: le ponía cachondo.

Después de cerrar la puerta, Alice volvió a prestar toda su atención a Mark. Esperaba oír de un momento a otro las sirenas de los coches de la policía, pero nada. La pistola pesaba algo y, mantenerla apuntando hacia Mark durante un buen rato, empezó a cansarle el brazo.

—A mí ¿no me vas a dejar marchar? —preguntó Mark mientras dio un paso muy lentamente hacía Alice —. A ti no te hice nada.

—¡Quieto! —gritó Alice la orden asustada —. Como des un paso más, te juro que te disparo. Estas advertido.

Aunque parecía bastante valiente y se mantenía firme, Mark, había notado su miedo. Lo podía oler. También podía percibir su nerviosismo interior, que disimulaba muy bien no tenerlo, pero el brazo tenso la delató. Los acelerados latidos de su corazón también la delataban. Quizás ella no era consciente de que se le notaba, pero él sí. Podía oír los latidos de su corazón perfectamente en aquel silencio absoluto.

De un salto, igual a un guepardo al atacar a su presa, Mark, agarró la pistola, quitándosela de la mano al mismo tiempo que la atrapaba en sus brazos por detrás. Tiró la pistola lejos y, mientras Alice intentaba librarse de él, cayeron los dos al suelo. Él encima de ella, tal como estaban. Le pasó un brazo por delante del cuello apretándolo mientras cerraba la uve formada, para debilitarla. No pensaba matarla. Solo quitarle la fuerza para jugar a gusto con ella según lo que le viniera a la mente mientras la tenía atrapada.

—Como me pones. Mientras más forcejeas, más cachondo me pongo. ¿Lo notas? —preguntó Mark mientras le apretaba las nalgas con su miembro endurecido que sobresalía de su pantalón.

Sí que lo notaba. Por eso Alice estaba aterrada. Y más la aterraba notar como perdía todas sus fuerzas al no poder respirar por el brazo de él que no aflojaba ni un segundo. Asustada de muerte empezó a suplicarle con las pocas fuerzas que le quedaban:

—Mark. ¡Suéltame, por favor! La policía está de camino. Si te vas ahora…

Pero Mark no la escuchaba. Metió su otro brazo entre su cuerpo y el de ella para agarrar la tanguita que se veía por haberse apartado la faldita durante el forcejeo y tiró con fuerza para rompérselo. Al sentir el cuerpo de él un poco levantado, Alice levantó sus nalgas intentando ponerse de rodillas para huir. Mark, enloquecido por la imagen que estaba viendo, se bajó el pantalón lo suficientemente para poder liberar su miembro endurecido de tanto placer contenido y lo guió con la mano hacia el sitio deseado. Sintiendo el miembro rozándole los labios y las nalgas en la búsqueda de la entrada tan anhelada, Alice, volvió a su posición anterior, completamente recta, pegada al suelo, moviendo su cuerpo de un lado al otro de forma rápida para que Mark no lograra su objetivo.

—¡Por favor! No —imploró Alice con un hilillo de voz.

Escuchar su negativa y ver la forma en la que ella se movía para evitar que él lograra lo que tenía pensado, hacía que su miembro vibre de placer. Le soltó el cuello y la agarró con fuerza de las caderas con las manos y posicionó su miembro viril justo en la entrada tan deseada.

—Dime que no sientes placer en este mismo momento al notar mi dureza apretando tu entrada y te dejaré en paz —le susurró Mark a Alice, entre jadeos de placer, con los labios totalmente pegados a su oreja.

El pánico que se había apoderado de ella le impedía hablar. Apenas podía respirar. Temiendo que su silencio estuviera interpretado por él como una respuesta empezó a empujarle el cuerpo con las manos. Pero la posición no la ayudaba mucho. Su cuerpo fornido permanecía en posición de ataque sin inmutarse. Por mucho que le empujaba con sus manos suaves en la tripa y en las caderas para que se apartara de ella, el permanecía igual de quieto como una roca. Hasta sus musculos contraídos le parecían de piedra. No le parecía ni humano en aquel momento. Pero Mark disfrutaba con aquella imagen. Le recordaba a una cucaracha caída con las patas arriba que patalea desesperadamente para conseguir darse la vuelta. Y sus nalgas moviéndose y contrayéndose, en el intento de apartarlo de allí, no hacían otra cosa que endurecer y hacer vibrar más y más su miembro viril. Se le había hinchado tanto por el deseo que hasta le dolía. Entonces decidió darle la vuelta para alargar más el momento y también para ver la reacción en su cara. No podía perderse esa imagen, cuando la iba a penetrar y ella abriría la boca gritando y gimiendo mientras se retorciera debajo de él. Tenía que verla.

En cuanto le dio la vuelta, Alice se quedó mirándolo aterrorizada. Intentaba hablarle, pero las palabras no le salían. Intentó hacerlo con la mirada, pero por la expresión de la cara de Mark no parecía entenderla. Lo empujaba con las manos en el pecho y en la tripa intentando apartarlo, quitárselo de encima, pero él seguía en posición de ataque como un bloque de hormigón. Sus movimientos desesperados y los gemidos provocados por el esfuerzo de apartarlo, a él, le volvían loco de placer. Sus fuerzas siendo muy superiores a una jovencita muerta de miedo, con toda la confianza y tranquilidad del mundo agarró su miembro con la mano y lo pasó por el centro de sus labios calientes de arriba abajo con la intención de humedecer bien el sitio para facilitar de aquella forma la penetración. Deseaba provocarle placer no dolor. Sintiendo su dureza cerca de la entrada humedecida por el líquido que producía él, Alice, dejó de moverse. Temía facilitarle la entrada si seguiría moviéndose descontroladamente debajo de él, pero Mark lo interpretó como una invitación. Para él, su gesto, era la señal de que ya estaba preparada. Dejó el miembro endurecido como una roca colocado en la entrada, la abrazó temblando por la sensación de placer que le había inundado el cuerpo por la aproximación del cumplimiento de aquel tan soñado momento y de un solo movimiento entró. El dolor que sintió a continuación era indescriptible. Se apartó de ella dando tumbos por el suelo como una serpiente con la cabeza recién cortada. Sus gritos eran tan fuertes y parecidos a un animal herido de muerte que hasta Alice entendió lo tremendo que debía de ser el dolor que sentía.

Aprovechando la ocasión, Alice se levantó y corrió hacia la puerta que llevaba a la casa. Subió las escaleras lo más rápido que pudo, sin mirar atrás. Dentro de la casa seguía oyendo los gritos de dolor de Mark. Presa del pánico, sintió la necesidad de ver a Chris. Le costaba respirar. Deseaba salir, pero también se acordó que Chris y Diana estaban encerrados en el bunker y que seguramente ellos también sentían la necesidad de salir de allí ya. Pasando por el salón, cogió el mando a distancia que tenía escondido en el sofá e intentó recordar una combinación. Desactivó todas las trampas que se encontraban por toda la casa y en el jardín ya que podían caer sus propios amigos en ellas. Aunque estaba exhausta, subió con prisa las escaleras y fue directo al bunker. Nada más entrar y ver a Chris se tiró en sus brazos con fuerza, estrechándole a su pecho como nunca antes lo había hecho.

—Alice. ¿Por qué hiciste esto? Pensé que te había perdido para siempre —le reprochó Chris con los ojos empañados de lágrimas y la voz ahogada por la fuerte emoción.

—Tranquilo. Todo estaba bien planeado. Solo que hubo un pequeño fallo —intentó Alice consolarlo.

Diana se había quedado muda desde que vio a Alice entrando con el vestido lleno de sangre. No sabía si las manchas de sangre pertenecían a sus heridas o si eran de Mark. Por la rapidez con la que ocurrieron los hechos no pudieron ver con claridad que había pasado en el sótano. También por estar envuelto en oscuridad la mayoría del tiempo. Estaba tan conmocionada que no podía ni hablar aunque se moría de curiosidad por saber qué había pasado exactamente en aquel sótano tan oscuro.

—¡¿Bien planeado?! —se extrañó Chris apartándola de él para mirarla bien desde la cabeza hasta los pies —. ¿Y estas manchas de sangre? ¿Estás herida o… ?

Chris no se atrevió a preguntarla si pertenecían al clon o si ese le había hecho daño a ella.

—No. Yo estoy bien. Lo que no puedo decir de Mark también.

—Gracias a Dios —dijo Chris aliviado estrechando a Alice a su pecho como si la hubiera echado de menos durante más de 100 años.

—Chris. Tengo miedo —reconoció Alice con voz temblorosa escondiendo su cara en su pecho.

—¿Lo has… matado? —consiguió por fin Chris preguntar para saber cómo pudiera ayudarla.

—No lo sé. En realidad no lo sé. Se está desangrando en el sótano me imagino.

—Ha llegado la caballería —gritó Diana contenta al ver en la pantalla a los agentes del S.W.A.T. y a los sanitarios de la ambulancia entrando todos, al mismo tiempo, en la casa —. Deberíamos salir de aquí ahora, ¿no?

—Chris. No me dejes. Aunque querrán separarnos quedate conmigo en todo momento—le imploró Alice llorando.

—Tranquila. Hablaremos con ellos, les contaremos todo lo que ha pasado y seguramente nos mantendrán a todos cerca. No nos iremos de la comisaría hasta que no salgamos juntos —le prometió Chris mientras caminaban unidos por el pasillo que les llevaba de vuelta a la habitación donde se encontraba Sammy, tendida en el suelo, todavía inconsciente.

—Solo un favor os quiero pedir. No mencionéis absolutamente nada de lo que habéis oído o visto en el sótano. Nadie tiene que saber de la existencia de aquel hombre y aquella chica.

—¿Qué hombre? ¿Qué chica?—preguntó Chris extrañado.

—Alice, ¿estás bien? Nosotros no hemos visto nada a través de aquella oscuridad y tampoco hemos oído voces de otras personas que no fueran tú y Mark —la aclaró Diana mirándola muy confusa.

Aquellos comentarios de sus amigos desconcertaron mucho a Alice, pero no le dio tiempo a darle más vueltas al asunto por la repentina aparición de los S.W.A.T. y de los sanitarios que entraron inmediatamente que recibieron la señal de "camino despejado" para atender cuanto antes a Sammy.

Escoltados, los tres, salieron al jardín. Fueron acompañados hasta una furgoneta blindada con la que fueron transportados hasta un hospital privado para un examen forense de donde, posteriormente, fueron llevados a un lugar secreto en donde pudieran contar todo lo ocurrido fuera del alcance de los periodistas y los paparazzi sedientos de información en primicia y de grandes titulares.

Capítulo XX

¡Enhorabuena!

En la parte más alejada de la mansión, en un punto muy frondoso del jardín, la luna llena y las estrellas eran los únicos testigos de las dos personas que se encontraban allí en medio de la noche.

—Muchas gracias por las flores. Es usted todo un caballero, pero no debería haber arriesgado de esta manera su libertad.

—Es lo mínimo que podría hacer en agradecimiento a todo lo que hiciste por mí. Aunque tienes cara de princesa, yo sé que, en realidad, eres un ángel. Uno de verdad —contestó el hombre ante las protestas de la chica por la que sentía una gran admiración.

—Si no fuera por ti, por tu existencia y por tu advertencia, quizás, ahora no estaríamos aquí, hablando, sino bajo tierra con un bonito arreglo floral por encima de nuestras tumbas recién estrenadas.

—No sabía que mi aviso te fue de ayuda. Ya que todo pasó tan rápido y no nos dio tiempo a hablar de nada. Pero ¿cómo fue esto posible? Yo no te di ningún nombre.

—El aviso fue suficiente. Me preparé para cualquier situación. Para cualquier imprevisto. Viniera de quien viniera. Desconfiaba de todo el mundo ya que me pediste que no confiara en NADIE. Y me vino de perlas.

—¿Cómo te preparaste? ¿Te fabricaste una armadura de hierro como los templarios o qué? —se atrevió el hombre a bromear ya que no entendía nada en concreto.

—Ja, ja, ja —se rió la joven con ganas —. Eso no, pero algo parecido. Por ejemplo me pinté las uñas con una laca anti abusadores y también me puse un dispositivo con las mismas propiedades. De no haber sido por estas dos “medidas de seguridad" ni todas las trampas de la casa, ni nadie, hubieran podido salvarme de la desgracia.

—Sigo sin entender nada —reconoció el hombre rascándose la cabeza pensativo.

—Ahora te explico y lo entenderás todo. Ese tal Mark, que afirmaba ser el hermano gemelo de Martín, en realidad era un clon. El clon de Martín exactamente, que ya sabes de los periódicos que murió en la excursión más famosa del pueblo. El día que te pedí que te vayas antes de que llegue la policía, fingió haber sufrido un accidente de coche para poder acceder dentro de mi mansión. Obviamente con malas intenciones. Alertada por tu aviso, me había pintado las uñas con una laca anti abusadores que ahora entenderás de que va. El clon, supongo que contento por haber accedido a mi casa con tanta facilidad, insistió en que tomáramos algo, juntos. Luego hizo que me ausentara un poco para quedarse a solas con las bebidas. En cuanto volví, sin que él se diera cuenta, metí un dedo en mi vaso que había permanecido en la mesa mientras yo no estuve presente por buscar una y otra cosa para atender su herida. La laca anti abusadores, si detecta drogas en la bebida, cambia de color. Y efectivamente eso pasó.

—Me dejas alucinado con tu astucia. Jamás había oído algo parecido —reconoció el hombre impresionado por aquella jovencita que parecía muy vulnerable e inocente.

—Espera que solo acabo de empezar. Aquello me hizo sospechar que su intención era dormirme o drogarme. Cosa que ninguna persona legal haría. En aquel momento me saltaron todas las alarmas aunque todavía no me había enterado de que, el chaval, era un clon. Pero esta información, por favor, que no salga de aquí.

—Ni te preocupes por ello, mi niña.

—En los análisis que se hicieron posteriormente, durante la investigación por lo ocurrido aquel día en mi casa, el resultado dio positivo en una sustancia que tiene el efecto de dormir a la víctima. De no haber sido por tu aviso hubiera caído en su trampa y no quiero ni imaginar cuales eran sus intenciones.

—Nada buenas, seguramente.

—¿Por qué cres que acabó entre la vida y la muerte al quedarme a solas con él en el sótano?

El hombre se encogió de hombros mirándola expectante por oír la respuesta.

—Porque al quedarnos solos, en cuanto tú te fuiste, me atacó y me quitó el arma. Su intención era... tenerme en contra de mi voluntad. Pero la sorpresa fue para él. Tenía un dispositivo anti violador puesto. Un dispositivo indetectable hasta el momento cuando el abusador quiere llevar a cabo su "intención". Así acabó en estado muy grave en urgencias y apenas pudieron salvarle la vida.

—He leído algo, pero no dieron muchos detalles. No salió casi nada de lo que ha pasado allí ese día. Solo que intentaron entrar en la mansión y que fracasaron.

—Sí. Lo sé. Ser rica tiene muchas ventajas. Una de ellas es que hasta el silencio se puede comprar.

—Estoy impresionado y me alegro por ello. Pero no me has contado qué hace en realidad aquel dispositivo.

—Agarrate que vienen curvas —bromeó Alice con la intención de preparar al hombre con respecto a la información muy fuerte que le iba a dar —. Le engancha el miembro. Lo atrapa y le deja en la imposibilidad de "actuar". Pero si el individuo intenta escapar y tira, con la intención de liberarse, "la parte atrapada" se la amputa el individuo mismo.

—¡Pfff! Que horrible. Y que doloroso debe de ser —pensó el hombre en voz alta haciendo una mueca de dolor al imaginarse como debería de ser un suceso como aquel.

—Por poco muere desangrado. Pero lograron salvarlo.

—¿También han logrado salvarle... "la cosita"? —se interesó el hombre intrigado.

—No. Eso no. Hubieran podido porque la tecnología es muy avanzada, pero ¿por qué se iban a esforzar los médicos tanto en hacerlo? Una operación como esa es muy costosa. ¿No cres que es mejor que se gasten tantos recursos y dinero en otras operaciones más importantes? He donado un millón de euros al hospital local para el área de pediatría y otro para familias sin recursos que necesitan operaciones muy costosas que no se permiten pagar y son de vital importancia para llevar una vida normal o para mejorar su calidad de vida con la condición de dejar a ese engendro del mal solo con un "aparato para mear".

¿No te parece mejor esto que salvarle “la cosita” a un violador y asesino despiadado?

—¿Qué te voy a decir? Por mí, encantado. Ya sabes por qué. Es más. He disfrutado muchísimo con el holograma del sótano con el que le aterrorizaste un buen rato. Aunque no sé cómo lograste hacerlo de aquella manera. Y no me refiero solo a la imagen idéntica a la de mi hermana sino a todo el conjunto. Su voz, el dialogo… Es que era su voz. Y el dialogo no sé de donde lo sacaste, pero desde luego has acertado porque estaba cagado de miedo el desgraciado. Estaba al borde del infarto. Se ve que dijiste algo que se acercó mucho a la realidad.

—“Se acercó”, no. Todo el dialogo pasó de verdad entre tu hermana y él.

—Pero… un holograma no puede reproducir eso. Un hecho que pasó.

—Efectivamente. Un holograma no, pero yo sí.

El hombre la miraba pasmado sin entender nada.

—Pero… tú no conociste a mi hermana… ni estuviste con ellos cuando hablaron sobre sus cosas de enamorados.

La cara de asombro e incredulidad del hombre hizo que Alice siguiera con la explicación:

—Cuando te pedí una foto de tu hermana era para utilizarla con aquel aparato que viste en el sótano. Según la imagen cargada en su base de datos recrea a la persona en forma de holograma con una precisión exacta al cien por cien. Solo que es lo último en tecnología y el holograma no parece serlo sino que recrea a la persona de tal manera que juras que es de verdad. El aparato fue creado hace poco y lo van a usar en el mundo cinematográfico para recrear a los actores que murieron durante la grabación de una película. Como es el caso del famoso actor Paul Walker, por ejemplo.

—Estoy alucinando. Me parece increíble lo que me acabas de contar, pero aun así, sigo sin entender cómo pudo un holograma saber lo que hablaron un día mi hermana y ese malnacido.

—Ahora lo entenderás. Cuando estaba manejando la fotografía, para la preparación de la sorpresa, me vino una escena en la cabeza. Fue como un flash. Lo vi y oí todo. Como si yo hubiera estado allí, con ellos, en el día que tuvieron aquel dialogo. Se ve que en algún momento de su relación, él, quiso irse. Poner fin a la relación por motivos de trabajo exactamente. Ella se puso triste. Sufrió un shock. Intento reprimir sus lágrimas para no llorar delante de él mientras se estaba recogiendo sus pertenencias para irse. Ella quiso dejarlo ir, ser fuerte, aunque le dolía hasta el alma, ya que consideraba que él no la amaba lo suficiente como para renunciar a una oferta de trabajo surgida en el extranjero y que les iba a separar para siempre. Pero se ve que él notó su dolor mientras recogía sus pertenencias de la casa y la abrazó para tranquilizarla. En aquel momento ella no pudo reprimir más las lágrimas que empezaron a caer como dos cataratas mientras ella tenía la cara escondida en su pecho. Se ve que algo pasó con él porque en aquel momento tuvo lugar el dialogo que yo, con la voz de tu hermana, ayudada por ese aparato, he recreado fielmente, palabra por palabra, ante él, para hacerle creer que de verdad era ella la que le estaba hablando. Tú hermana.

—¡¿Tienes este tipo de poderes?! —alucinó el hombre al escuchar la confesión de Alice sobre un acontecimiento tan extraño que jamás había soñado vivir en la vida.

—Nunca antes me había pasado algo así. Fue la primera vez en mi vida cuando me pasó algo tan inusual.

— Si no fuera por ti, yo lo hubiera matado. Pero por el final que tuvo, creo que es mejor que siga vivo. Ahora me siento mucho mejor sabiendo lo mal que lo pasó el desgraciado al revivir un momento ya vivido con la persona que el mismo mató. Debe de ser muy jodido que te aparezca la persona a la que mataste para reclamarte lo que has hecho.

—Por su cara, sus ojos desorbitados y los latidos de su corazón, creeme. De verdad se cree que estuvo hablando con tu hermana. Quizás por eso lo enceraron en un manicomio.

—Ah. Ahora entiendo por qué acabó allí. Cuando leí la noticia no entendí cómo es que acabó encerrado en un centro psiquiátrico de máxima seguridad, de por vida y no en una cárcel. Pero si les habrá contado su experiencia del sótano se entiende. Aunque a mí me hubiera gustado más que ingresara en una prisión y ser carne fresca para sus nuevos "amigos". Allí hubiera encontrado hombres a su medida. Hubiera molado mazo verle jodido, aunque prefiero no volver a saber de su existencia jamás.

Sabiendo que de todas formas ha recibido lo que se merece me basta. Y ¿tú amiga Sammy?

—Está bien. Se ha recuperado. Pero se marchó del pueblo. Después de lo que nos ha hecho ya no se atreve a dar la cara con nosotros. No sé dónde habrá ido, pero, sinceramente, aunque no la odio, me alegro que se haya mudado de aquí. Cada vez que me la hubiera encontrado por la calle me hubiera recordado a todos mis amigos muertos. De esta manera nunca hubiera cicatrizado la herida que nos dejó. Y todo por egoísmo.

—¡¿Por egoísmo?! —se extrañó el hombre frunciendo el entrecejo.

—Sí. Solo pensó en sí misma. Nos envió a todos a una muerte segura, esperando que haya algún superviviente que le pueda contar los hechos, información valiosa y útil, para que ella pudiera preparar una tesis tan bien documentada que le asegurase la plaza en una prestigiosa universidad que estudia los fenómenos paranormales.

—La envidia, el egoísmo y la mentira, aunque parecen cosas inofensivas, son más letales de lo que uno se puede imaginar —sacó el hombre la conclusión con tristeza bajando la cabeza por el dolor de su alma al recordar los efectos de las tres cosas mencionadas que a él le habían traído muchas desgracias —. Y ¿tú? ¿Qué vas a hacer ahora?

—De momento asimilar la nueva lección de vida. Nada de planes. Solo relajarme. Pero hay algo, de aquella noche, que no pude entender. ¿Cómo lograste salir de mi propiedad? Es que por el estrés que aquella situación me provocó se me olvidó desactivar las trampas del jardín. Cuando saliste del sótano para que la policía no te pillara todas las trampas estaban activadas. Me imaginé que saliste con vida de mi propiedad solo por el hecho de no haber encontrado ningún cadáver en mis jardines.

—Ah, ahora lo entiendo todo yo también. Cuando salí por la puerta del sótano, tus perros me rodearon y no me dejaron en ningún momento ir por donde yo quería. Llegué a sospechar que me estaban guiando, pero no entendía por qué. Pero se ve que ellos conocen el camino sin trampas que seguramente dejaste por si tuvieras que salir corriendo mientras algún malhechor te persiguiera y que solo tú y tus adorables mascotas conocéis.

—¡Dios Santo! —exclamó Alice horripilada de lo que acababa de darse cuenta —. De no haber sido por mis perros te hubiera matado yo misma al enviarte a un jardín repleto de trampas mortales.

Al oír la exclamación de Alice, Bebito y Foxy aparecieron de la nada quedando los dos mirándola como si intentaran detectar si le había pasado algo a la dueña de sus corazones. Consciente de aquel hecho Alice los acarició a los dos tranquilizándoles poniendo voz de niña:

—Oh, mis niños. Como me quieren y me cuidan. Tranquilos. No me ha pasado nada. Solo estoy hablando con nuestro nuevo amigo. ¿Vale? No hay nada de qué preocuparse.

—Creo que yo también voy a adoptar unos cuantos perros de por allí en cuanto llegue. Me vendrían bien unos amigos como los tuyos —se le ocurrió al hombre al descubrir la importancia de aquellos perros que, sin conocerlo de nada y sin ningún interés económico, material o de otro tipo como los humanos, le habían salvado la vida.

—Cuando vas a ir ¿para allá? Hacia ¿dónde?

—Hacía mi nueva vida, en un lugar muy tranquilo, con gente pobre. Lejos de aquí. Hasta he conocido una voluntaria allí que tiene toda la pinta de ser mi otra mitad. Juntos hemos desarrollado varios proyectos para mejorar la calidad de vida de las personas que viven en aquella zona. Ya está empezada la construcción de una escuela y en cuanto llegue, contrataremos más gente para la construcción de un centro médico. Luego iremos construyendo casas para los obreros y sus familias. Todo el que quiera trabajar, obtendrá una casa. Lo pagarán a largo plazo, en cuotas pequeñas, para que puedan disfrutar de sus familias y de sus vidas. Como ves, estaré ocupado bastante tiempo. Por eso vine a despedirme a esta hora. La vida anterior ya pasó. Es como si hubiera vuelto a nacer. No sé cuándo nos volveremos a ver.

—Me sorprende gratamente saber que tienes tantos proyectos y que estas en ello. Por lo que veo no olvidaste el consejo que te di el día de mi "liberación".

—Y ¿tú? Cuando te "liberarás" de tu sufrimiento?

Con aquella pregunta la joven se puso triste.

—No es algo que yo pueda controlar. Cada uno lleva su luto a su manera y le dura el tiempo que cada uno necesita para recuperarse. Sé que algún día dejara de doler, pero esto no sé cuándo y cómo pasará. Le pediré a Dios que me eche una mano. Ya ves, contigo ha funcionado.

—Tu fe te va a "liberar". Esto lo tengo claro. Me voy sabiendo que estás en buenas manos. Quedamos en contacto. Y cualquier cosa que necesites solo me lo tienes que decir. Eres lo mejor que podía haberme pasado en la vida. Te quiero tanto como a mi hermana pequeña. Dios se llevó una con él, pero a cambio me dio otra.

Los dos se despidieron con un fuerte abrazo. El hombre desapareció en el horizonte antes de que amanezca. La chica volvió a la casa y después de cerrar la puerta, se apoyó en ella sonriendo contenta. Por lo menos uno de ellos ya había encontrado la paz.

* * * * *

En la residencia, Alice fue informada de que la señora Northon ya no vivía allí.

—¿Cómo que ya no vive aquí? Por lo que yo sepa no tenía a donde ir.

—Lo siento señorita, pero no puedo decirle más. No es usted un familiar del paciente y la información de su nuevo paradero es estrictamente confidencial.

Justo cuando Alice estaba a punto de insistir a la enfermera que la atendía en el mostrador de aquella institución su teléfono empezó a sonar. Viendo en la pantalla el nombre de Chris, contestó enseguida.

—Sí, Chris. Dime. ¿Ha pasado algo?

—Tengo una buena noticia que darte. Te va a encantar.

—Ah, ¿sí? ¿Qué noticia?

—No, no. Por teléfono no. Tendrás que venir a mi casa para dártela en persona.

—Vale. Ahora voy para allá. No tardo nada.

Ansiosa por hablar con Chris cuanto antes sobre el paradero de su madre, Alice, aceptó verle sin darle más vueltas al asunto aunque se moría de curiosidad por saber cuál podía ser la buena noticia que tenía que darle.

Cuando llegó, nada más abrirle la puerta, Chris le pidió que cerrara los ojos antes de entrar y seguir hasta dentro sin abrirlos.

—Ya está. Ahora puedes abrir los ojos —le pidió Chris con una voz contenta después de dar unos cuantos pasos.

Cuando Alice abrió los ojos no se lo podía creer. La señora Northon estaba sentada en el sofá del salón. Vestida muy elegante y maquillada, con una sonrisa en la cara que le cambiaba el rostro por completo. Parecía haber rejuvenecido con 15 años.

—Pero... No me dijiste nada. ¿Cómo es esto posible? —regañó Alice a Chris alucinando, sin poder salir de su asombro.

—Después de todo lo que pasó últimamente me di cuenta que la vida es corta y que no es justo que la familia viva separada. Tu habías ido a visitarla varias veces, mientras yo, su hijo, ni una sola vez. Mi madre no es tan mayor, ni tan enferma para que tenga que vivir en una residencia. Pensé que la mejor medicina es vivir en familia. Junto a su hijo. No entre extraños que la tratan con cariño por ser pagados para hacerlo. Como la familia no hay nada.

—¡Wow! —exclamó Alice encantada por lo que acababa de oír —. Me has dejado sin palabras. Aunque no me hayas dicho nada antes, te perdono.

El comentario de Alice les hizo reír como críos. Los tres llevaban mucho tiempo sin reír con tantas ganas o disfrutando de la presencia del otro como debe ser.

—Si tenéis que hablar sobre "vuestras cosas" —insinuó Chris guiñándoles un ojo —yo me voy a la cocina un rato para vigilar el horno. No vaya a ser que se me queme la sorpresa.

Alice había ido aquella mañana a la residencia justo porque tenía algo que contarle a la señora Northon. Tampoco le había contado nada sobre ello a Chris porque era una cosa muy personal. Sobre el secreto que la señora Northon le había confesado el último día que había ido a visitarla. Así que decidió aprovechar la oportunidad que Chris le dio por si ya no encontrara otra oportunidad para decírselo pronto.

—Señora Northon. Tengo noticias con respeto a lo que hablamos la última vez. Relacionado con su secreto.

La mujer quedó de piedra.

—¿Cómo es esto posible? Tener noticias sobre… Si pasó hace muchos años.

—Lo sé. Pero el final no me cuadraba así que, después de aquella visita, contraté a un detective privado. Le conté todo lo que usted me había confesado en la residencia. Y esta misma tarde me trajo noticias. La busqué en la residencia para contárselo, pero…

—¿Qué es lo que has descubierto? —preguntó la señora Northon interrumpiéndola ansiosa por saber qué había descubierto el detective sobre su gran amor y aquel horrible final.

—Vale. Se lo diré, pero tendrá que tener en cuenta que por un lado la noticia es buena y por otro lado no tanto.

—No entiendo.

—El padre de Martín no la engañó. No se fue con la otra mujer. Tenía la intención de seguir su historia de amor con usted y criar junto a usted al hijo que tuvo con la otra mujer. Usted fue el amor de su vida.

—¿Entonces… ? ¿Cómo se hace que nunca más volvió y desapareció junto a la otra mujer?

Echando un vistazo hacia la cocina para asegurarse de que Chris no la puede oír, Alice siguió contando:

—Aquí viene la noticia no tan buena. En realidad ninguno de los dos se fue. El marido de la otra mujer, volvió a casa sin avisar y les pilló juntos. Enloquecido por la furia les mató a los dos. Escondió sus cadáveres enterrándolos en el sótano de su casa y difundió la noticia de que se han fugado juntos. Fue descubierto unos años después cuando vendió la casa y los nuevos propietarios notaron un olor muy fuerte y pesado en el sótano y llamaron a unos fontaneros para arreglar el problema pensando que aquel olor provenía de alguna humedad debida a alguna tubería rota. Obviamente al cavar en la tierra descubrieron los dos cadáveres que posteriormente se comprobó a quiénes pertenecían y se descubrió todo. Lo que no saben las autoridades es qué pasó con el hijo que aquella mujer había traído al mundo. Tras los estudios del esqueleto y los informes de los forenses se supo que la mujer había dado a luz poco antes de ser asesinada. Es lo único que no se descubrió con respecto al asesinato de la pareja.

—Pues sí que es una noticia agridulce —reconoció la mujer abatida —. Por un lado, me alegra saber que no se había escapado con la otra mujer y que yo fui el amor de su vida y, por el otro lado, me duele saber que fue asesinado y que por eso no hemos podido seguir viviendo nuestra historia de amor, junto a su hijo.

—¿Va a contar usted a las autoridades qué ha pasado con aquel niño o… ?

—No, Alice. Ya que Martín está muerto es mejor dejar las cosas así. No quiero que Chris se entere de que Martín y él, en realidad, no eran hermanos.

Tan absorbidas estaban las dos por la historia que ninguna de ella se percató de que Chris se había acercado para preguntarlas algo y llegó a oír todo lo que su madre acababa de decir sobre Martín.

A pesar de haber escuchado aquella información, Chris, fingió no haber oído nada y pasaron un día estupendo. Por la tarde, señora Northon decidió ir a visitar a unas viejas amigas, así que Chris acompañó a Alice a su casa. Una vez llegados se quedaron charlando un rato más. Ahora que Chris sabía que no es el hermano de Martín veía a Alice con otros ojos. Diferente. Tenía ganas de decirle lo mucho que la quería, pero no entendía por qué no se lo había contado ella antes. Cuando estaba a punto de abrir el tema, Alice, le invitó que se sirva él mismo algo mientras ella iba a hacer una llamada. Al volver al salón con un vaso de vino en la mano, Chris, llegó a oír el final de la conversación.

—Sí. Efectivamente. Que no se vuelva a saber jamás algo sobre este caso. Ya sabe usted lo que tiene que hacer. Gracias por su excelente trabajo. Mañana le enviaré un cheque. Buenas noches.

Mientras se acercaba a Chris, el teléfono de Alice empezó a sonar. Por el tono de su voz, Chris, entendió que es un tema muy serio y, quizás, también muy personal, así que, decidió dejarla a solas y se fue a la cocina para dejarle intimidad. La conversación no duró mucho y en cuanto acabó, Alice, vino a buscarle. Por su cara feliz, Chris intuyó que habrá recibido buenas noticias.

—No podrás creerte lo que tengo que contarte —empezó Alice con una cara radiante de felicidad —. Ya eres libre de cargos. Te han absuelto. Mi detective privado, en colaboración con la policía, ha descubierto al verdadero asesino de la señorita Lindsay.

—¿En serio? —preguntó Chris llevándose las manos a la cabeza de alegría.

—Claro que es en serio.

—Entonces, ¿es verdad que fue asesinada? Al principio se sospechaba que había sufrido un accidente —le recordó Chris que estaba al tanto de todas las vías barajadas para la misteriosa muerte de la hermosa científica —. Y ¿quién la mató? Ni siquiera puedo imaginar que aquella señorita tan agradable y atractiva pudo tener enemigos o correr esa suerte.

—Resulta que la mató su propia creación. El clon que había creado por amor: Mark.

Aquella noticia resultó ser para Chris un duro golpe. Igual a una bomba estallando en un lugar y en un momento donde nadie se espera que algo así pudiera pasar. El impacto fue tremendo.

—Pero… ¿por qué demonios la mató? Esa mujer lo creó. Y… lo cuidó. Ella lo amaba. Justo por ese motivo lo creó —recordó Chris con tristeza.

—Desde luego, él, no sentía lo mismo por ella. Quizás por eso se esfumó de su vida sin decir nada. Creo que se sintió acorralado. O atrapado. ¿Recuerdas el día que tú le firmaste un cheque a ese desgraciado? Resulta que lo hiciste con el bolígrafo de la señorita Lindsay. Y él lo reconoció. Tú todavía no sabías que él conocía a aquella señorita y al utilizar su bolígrafo le firmaste la sentencia de muerte a ella. No es que te considere culpable a ti, porque ninguno de nosotros sabíamos de lo que era capaz aquel individuo, pero ese bolígrafo fue el detonante de su muerte. Ironía de la vida porque también, ese mismo bolígrafo, le delató a él.

—No entiendo —la interrumpió Chris confuso —. Nadie sabía que yo estaba en posesión del bolígrafo de la señorita Hoffman. El único que se enteró de ese hecho fue Mark porque lo reconoció. Y como no dijo nada al respecto nadie podía relacionarlos.

—Sabes que ese día, cuando le firmaste el cheque, yo estaba presente, ¿no? Fue el día que Mark me rescató y me liberó de mi cautiverio. Estaba tan triste y desconcertada por tu indiferencia tras mi aparición que te estaba observando minuciosamente, en silencio, con la intención de descubrir qué te estaba pasando. Por eso, cuando sacaste el bolígrafo de tu maleta, lo vi. Y me atrajo mucho la atención por ser en su totalidad de oro. Pero lo que más me llamó la atención fueron los iniciales L. H. que tenía grabado en la parte superior. En cuando me enteré de tu arresto llamé de inmediato a mi detective particular para pedirle que investigue el caso porque no me creí ni por un segundo que tú serías capaz de matar a alguien.

—Aun así, no entiendo cómo pudieron saber lo del bolígrafo —volvió Chris a interrumpirla más confuso aún.

—Espera que ahora lo entenderás. Voy despacio para que lo entiendas bien. En una investigación cualquier pequeño detalle es importante y puede llevar a la resolución del caso. Estate atento. Obviamente, para poder empezar una investigación, mi detective necesitaba datos. Muchos detalles. Así que rebobiné en mi mente todo lo que había pasado últimamente y se lo conté todo con lujo de detalles. Inclusive la descripción de aquel bolígrafo tan especial que, a mí personalmente, me gustó mucho. Lo que no sabes, ni tú, ni nadie, es que yo misma tengo una pequeña colección de bolígrafos porque soy fan de ellos. Resulta que aquel bolígrafo fue lo que despertó las sospechas a mi detective privado y así lograron relacionar a Mark con el crimen. Cuando lo llamaron para declarar, al inspeccionar su cuerpo, vieron que tenía unos arañazos muy feos en los brazos y solicitaron muestras de ADN. Al compararlos con los restos que encontraron debajo de las uñas de la científica coincidieron. Así descubrieron que en realidad fue estrangulada y que su muerte no había sido un accidente. Sino que la horrible imagen que vieron los que encontraron su cadáver era solo una puesta en escena para que parezca que había sufrido un accidente y salir de esa forma impune del crimen que había cometido. Por lo que me imagino que aquella mujer vio quién estaba intentando matarla mientras luchaba por salvar su vida. Debe de ser horroroso ver al hombre que amas mientras te está matando.

—Demoledor, en mi opinión. No era solo el amor de su vida sino, también, su creación. Ella le había dado vida.

—Y al mismo tiempo le había devuelto la vida tras ser asesinado —recalcó Alice recordando su horrible muerte.

—Desde luego no se merecía una muerte tan injusta y miserable. Era una señorita tan dulce que ya le había cogido cariño. Me conmueve mucho su desgracia —reconoció Chris muy abatido —. Cuando me contó sobre Martín, como lo había encontrado, cuidado, y cuanto había luchado para cambiar su carácter y cómo sacrificó sus años más bonitos de juventud para que él esté bien, he podido sentir ese amor que le tenía porque... todavía seguía amándolo. Lo amó con todas sus fuerzas. Seguramente, hasta el último día de su vida.

Al decir aquello, a Chris se le cayeron dos lágrimas por las mejillas. Tan cargadas estaban que antes de llegar hasta la barbilla se precipitaron directo al suelo. Alice lo miraba sorprendida. Nunca se había imaginado a Chris tan sentimental. Él siempre era tan fuerte. Tan guerrero.

Mientras Alice intencionaba abrazar a Chris para consolarle, una vez más, el teléfono volvió a sonar. Al ver en la pantalla quién la estaba llamando, decidió contestar.

—Buenas tardes, doctor. Supongo que si no me ha llamado usted antes, las noticias serán buenas. Los resultados de los análisis habrán salido bien —se adelantó Alice sabiendo que la falta de noticias significaban buenas noticias.

—Muy buenas tardes, señorita Cooper. Las noticias son estupendas, pero no la he podido llamar antes por otro caso que me surgió, lejos de aquí, y tuve que atenderlo cuanto antes.

—¡¿Estupendas?! —repitió Alice muy extrañada ya que no lograba entender que tan maravilloso podía ser su estado de salud por muy excelente que sea.

Chris, por su lado, la miraba expectante e intrigado por la reacción de ella ya que la había visto contestando tan ansiosa y contenta por la llamada y ahora tenía una cara de incertidumbre y más seria que hasta él se moría por curiosidad de conocer el motivo por el que su médico la había llamado.

—Sí, señorita Cooper. Tal como le acabo de decir. Tan estupendas noticias que no he podido resistirme más para llamarla y felicitarla...

En aquel punto de la conversación, Chris, sin poder aguantar más la curiosidad, le preguntó a Alice qué estaba pasando. Perdiendo el hilo de la conversación telefónica por prestarle atención a Chris, Alice, le señaló a su amigo que permaneciera en silencio volviendo a su conversación con el médico mientras se acercaba con el celular hasta la oreja de Chris para que él también pudiera escuchar la conversación y dejara de interrumpir.

—¡Enhorabuena, señorita Cooper! Está usted embarazada.

Continuará…

ÍNDICE:

La casa poseída de Alisson King.

En esta novela encontrarás todos los detalles sobre lo que pasó en la famosa excursión mencionada en este libro y la resolución de muchos más misterios que te puedas imaginar.

En la página de Facebook
https://www.facebook.com/alissonkingescritora/
encontrarás enlaces y otra información relacionada con esta novela como por ejemplo sobre los personajes y su autora.

Libros de la autora:

- *La casa poseída* de Alisson King (terrótico: terror + erótico; que es la 1ª parte de este libro).
- *Sal si puedes* de Alina Lungu (thriller, suspense).
- *Sal si puedes 2* de Alina Lungu (thriller, suspense).

Nota del autor:

El pseudónimo está relacionado con un género. Al cambiar de género es necesario cambiar de pseudónimo.
Por ejemplo: -terrótico (terror + erótico): Alisson King
-thriller erótico: Alice K. Long
-thriller suspense: Alina Lungu
Para más información sígueme en mi página de autora de Facebook: Alisson King Escritora.

Próximamente:

- *La mansión de la Srta. Cooper y el pequeño David* de Alice K. Long (thriller erótico; que será la 3ª parte de "La casa poseída").
- *Sal si puedes 3* de Alina Lungu (thriller, suspense).

Printed in Great Britain
by Amazon